Le courage d'une sœur

KITTY NEALE

LE COURAGE D'UNE SŒUR

traduit de l'anglais
par Martine Desoille

l'Archipel

Ce livre a été publié sous le titre
A Sister's Sorrow
par Avon, Londres, 2019.

Notre catalogue est consultable à l'adresse suivante :
https://www.lisez.com/larchipel/45

Éditions de l'Archipel
92, avenue de France
75013 Paris

ISBN 978-2-8098-4119-0

À mon époux,
mon amour et mon meilleur ami.
Tout ce que tu fais m'enchante.
Tu embellis ma vie.
Un amour, une vie, un amour sincère.
Nous avons passé le cap.
D'autres auraient flanché, mais pas toi.
Nous sommes forts, parce que nous sommes deux,
Pour l'éternité, je suis tienne.
Et, avant de conclure, une dernière chose…
Je suis fière de toi et de porter ton alliance.

1

Battersea, Londres, 1948

Les jambes de Sarah Jepson s'agitaient nerveusement sous son pupitre. Elle attendait impatiemment la fin des cours. Ce matin, au réveil, sa mère, Annie, avait ressenti les premières contractions, et Sarah se faisait un sang d'encre.

Mais lorsqu'elle lui avait fait part de son inquiétude, sa mère l'avait traitée de bonne à rien. Déclarant qu'elle n'avait besoin de personne, elle lui avait dit de filer à l'école. Ce genre de remarques désagréables étaient monnaie courante et Sarah faisait de son mieux pour les ignorer, même si cela la blessait.

Enfin, la cloche sonna. Sarah se dépêcha de ranger ses livres et se rua vers le portail. Dehors, la pluie sale lui fouettait les jambes tandis qu'elle détalait dans les rues étroites flanquées de maisons délabrées. Si seulement je pouvais voler, songea-t-elle en courant aussi vite que ses jambes pouvaient la porter. Le vent s'engouffrait sous son manteau trop petit pour qu'elle puisse le boutonner jusqu'en haut. Il ne la protégeait guère de la bise d'octobre ou de la pluie qui tombait à verse.

Mais Sarah n'avait que faire du mauvais temps. Tout ce qui lui importait c'était de rentrer à la maison et elle priait le ciel pour que tout se passe bien cette fois.

Arrivée au pied de l'immeuble, elle fit une pause pour reprendre son souffle. Son cœur battait à tout rompre et ses cheveux trempés pendouillaient comme des queues de rat. Elle tapota plusieurs fois son index contre son pouce, un geste qu'elle faisait machinalement quand elle était angoissée. Elle empoigna la rampe, les jambes tremblantes, tandis que ses yeux verts fouillaient nerveusement la cage d'escalier. Pourvu que ce ne soit pas comme la dernière fois, songea-t-elle en se rappelant l'enfant mort-né dont sa mère avait accouché trois ans plus tôt. Mme Brown, la voisine du dessus, avait emporté le bébé, mais Sarah frissonnait encore au souvenir du petit visage fripé et du minuscule corps sans vie.

Mme Brown avait passé un savon à sa mère, déclarant que le ciel l'avait punie. Tout ça, c'était la faute au gin. Quand on tuait soi-même son propre enfant, on n'était pas digne d'être mère. Sarah ne comprenait pas comment sa mère aurait pu tuer son bébé étant donné qu'il était déjà mort à la naissance. Lorsqu'Annie avait foudroyé Mme Brown du regard, Sarah n'aurait pas su dire laquelle des deux lui faisait le plus horreur, de sa mère pleine de fiel, ou de la voisine pleine de condescendance.

Un cri retentit au loin, tirant Sarah de ses pensées. C'était sa mère. Elle s'empressa de gravir les trois étages, grimpant les marches deux à deux. Pour l'amour du ciel, faites que le bébé soit vivant.

La porte de l'appartement était grande ouverte. Sarah entra précipitamment en la faisant claquer derrière elle. Bien que la pièce fût plongée dans l'obscurité, elle pouvait distinguer sa mère étendue sur le matelas crasseux jeté à même le plancher. Elle haletait bruyamment et son visage luisait de sueur malgré le froid qui régnait dans la chambre.

— Faites sortir cette saloperie de mon ventre ! hurlait sa mère, agrippée au plaid mité qui lui recouvrait les jambes.

— Je ne sais pas quoi faire, s'écria Sarah affolée.

Elle n'avait que dix ans quand elle avait vu sa mère accoucher, la première fois, mais elle avait beau en avoir treize aujourd'hui, elle était toujours aussi désemparée.

Elle savait qu'il était inutile de faire appel aux voisines. Aucune ne voulait avoir affaire à sa mère, et Mme Brown était morte.

— Il faut que j'aille chercher le docteur ? demanda-t-elle.

— Ce que tu peux être gourde ! Je n'ai pas besoin d'un docteur, juste d'une rasade de gin. Passe-moi la bouteille ! ordonna sa mère en faisant un geste en direction de la minuscule cuisine.

— Mais… ce n'est pas bon pour le bébé, plaida Sarah, quoique sans oser désobéir à sa mère.

— Fais ce que je te dis, nom de Dieu ! grogna sa mère entre ses dents serrées.

Sarah lui tendit à contrecœur la bouteille où il ne restait qu'un fond d'alcool, qu'elle vida d'un trait.

— Ça ne suffira pas. Il m'en faut plus, cria-t-elle en se tordant de douleur sur la paillasse.

— Mais il n'y en a plus, geignit Sarah.

— Tu vas descendre au pub acheter une bouteille et faire une ardoise.

Elle ferma les yeux et grogna à nouveau, terrassée par une nouvelle contraction. Sarah attendit que la douleur fût passée.

— Il est trop tôt, ils ne sont pas encore ouverts, répondit-elle, soulagée de ne pas avoir à aller quémander.

C'était trop humiliant, pire encore que de fouiller les poubelles pour trouver des restes de nourriture ou des vieilles nippes.

— Bon sang ! Tu vas te secouer, oui ou non ? Va trouver Eddy et dis-lui que je le verrai la semaine prochaine. Trouve-moi du gin, je te dis !

Sarah ne voulait pas laisser sa mère seule, mais il était inutile d'essayer de la raisonner quand elle était dans cet état. Elle sortit à nouveau dans le couloir et dévala l'escalier à toute vitesse, mais sans pouvoir se décider à aller frapper chez Eddy. Elle dirait à sa mère qu'il n'était pas chez lui. Elle fronça le nez en songeant à sa bauge infecte. Il avait une façon de la regarder qui la mettait mal à l'aise. C'était un sale type et un des plus anciens clients de sa mère. Il venait lui rendre visite une fois, ou même deux, par semaine.

Sarah se mit à faire le tour des immeubles. Elle avait beau se creuser la cervelle, elle ne voyait pas comment elle allait pouvoir rapporter une bouteille à la maison. Elle n'avait aucune envie d'aller quémander du gin au pub.

Une heure et demie passa. Le soleil commençait à se coucher derrière les nuages et la température chutait rapidement. Sarah claquait des dents. Elle allait devoir rentrer et subir les foudres de sa mère, qui, maigre consolation, ne serait pas ivre pour une fois.

Arrivée devant la porte, Sarah plongea la main dans la boîte aux lettres et en extirpa la ficelle au bout de laquelle était accrochée la clé. Elle la glissa dans la serrure et entra de nouveau dans le studio. Tout était silencieux. Sa mère avait dû s'endormir. C'est alors qu'elle entendit un bruit étrange, une sorte de gargouillis.

Intriguée, elle s'approcha tout doucement du matelas où reposait sa mère, et eut un haut-le-corps en découvrant un nouveau-né couché à même le lino en train d'agiter ses jambes minuscules. Instinctivement, elle prit le bébé dans ses bras. Il était glacé mais semblait malgré tout bien vivant. Elle attrapa une serviette et l'en enveloppa délicatement. Elle était en train de tenir son petit frère dans ses bras !

Émue, elle contempla l'enfant en souriant gentiment. Il était tellement maigre qu'on lui voyait les côtes.

— Coucou, petit bonhomme, je suis ta grande sœur, murmura-t-elle en embrassant le bébé sur le front.

Sa mère remua, puis se redressa.

— Ah, tu l'as trouvé. Tu as mon gin ?

— Désolée, Eddy n'était pas là. Regarde, maman, tu viens d'accoucher d'un petit garçon, dit Sarah en lui tendant l'enfant.

— Je suis au courant, pauvre gourde. Qui a tranché le cordon, d'après toi ? La cigogne ? Maintenant, ôte-le de ma vue.

Sarah fronça les sourcils.

— Mais… il a peut-être faim… il faut le nourrir.

— Pas question qu'il s'agrippe à mes seins. Débarrasse-t'en. Je ne veux plus le voir.

Sarah battit des paupières, incrédule.

— Comment ça ? Comment pourrais-je m'en débarrasser ?

— J'en sais rien. Jette-le dans la Tamise ou laisse-le dans le parc. Je n'ai pas les moyens de nourrir une bouche de plus. Déjà que je me saigne aux quatre veines pour toi !

Sur ces mots, sa mère se retourna face au mur, laissant Sarah désemparée.

Elle berça tendrement le bébé dans ses bras, et les paroles de Mme Brown lui revinrent en mémoire. Elle avait dit que sa mère avait tué son dernier enfant. C'était peut-être vrai en fin de compte, car elle voulait que Sarah fasse de même avec celui-là.

2

Étendue sur son propre matelas à l'autre bout de la pièce, Sarah berçait doucement son petit frère dans ses bras. Elle l'avait enveloppé dans une couverture, mais il pleurait toujours, et elle craignait que ses vagissements ne réveillent sa mère, qui ronflait bruyamment. Elle se mit à tapoter nerveusement son index contre son pouce.

— Tu as faim, mon petit chat. Que va-t-on faire de toi, hein ? murmura-t-elle.

On n'était qu'en début de soirée et Sarah espérait que sa mère allait dormir encore un peu. Car lorsqu'elle se réveillerait et découvrirait que Sarah ne s'était pas débarrassée du petit, elle allait se déchaîner. Tout en continuant de bercer doucement son petit frère, elle se leva et sortit du studio sans bruit pour aller frapper chez sa meilleure amie, au bout du couloir. Jenny avait treize ans, elle aussi, et elles étaient dans la même classe. Sarah priait intérieurement pour que la mère de Jenny ne la mette pas à la porte.

— Bonsoir, Jenny, tu pourrais me rendre un grand service ? implora Sarah quand son amie ouvrit.

Jenny n'était pas bien grande, et ses cheveux blonds et ses yeux bleus lui donnaient un air enfantin qui la faisait paraître beaucoup plus jeune que Sarah.

— Qu'est-ce que tu portes là ? Ta maman a accouché, c'est ça ? demanda Jenny en étirant son cou pour jeter un coup d'œil au bébé que Sarah tenait dans ses bras.

— Oui, c'est un garçon. Le problème c'est que maman est épuisée et qu'elle dort, et que je n'arrive pas à calmer le petit. Je pourrais emprunter un peu de lait en poudre et un biberon à ta mère ? Je le rapporterai demain matin sans faute.

— Entre, tu vas lui demander toi-même, dit Jenny en ouvrant la porte en grand. Il s'appelle comment au fait ?

Réalisant que son frère n'avait pas de nom, Sarah bredouilla :

— Euh… Tommy. Il s'appelle Tommy Jepson.

— C'est un joli nom, dit Jenny tandis qu'elles entraient ensemble dans la cuisine.

— Maman, Mme Jepson a eu son bébé, c'est un petit garçon et il s'appelle Tommy.

La mère de Jenny avait un air sévère, tandis qu'autour de la table quatre petits visages fixaient Sarah du regard. Leur appartement comptait pas moins de quatre pièces, mais étant donné que Jenny avait cinq frères et sœurs, on s'y sentait un peu à l'étroit, même si c'était un lieu chaleureux et douillet. Debout dans la cuisine, Sarah songea qu'elle aurait aimé vivre dans une maison comme celle-là, où flottait toujours une bonne odeur de pain frais.

Elle scruta rapidement la pièce des yeux, et aperçut la baignoire en zinc sous le plan de travail. Comme elle aurait aimé se prélasser dans un bon bain chaud, au lieu de se laver à l'eau froide dans l'évier de sa minuscule cuisine. Jenny avait de la chance d'avoir un père, songea-t-elle, tandis que son estomac se mettait à gargouiller à la vue des bols de ragout disposés devant chaque enfant autour de la table.

— Ne reste pas là les bras ballants. Je suppose que ta mère t'envoie pour quémander ? dit Mme Turner.

C'était une femme potelée et pas bien grande, comme sa fille, mais qui tenait sa maisonnée d'une main de fer.

— Euh… désolée, mais maman n'est pas très bien et le bébé a faim, répondit Sarah nerveusement.

— Pas très bien, mon œil ! Tu veux dire ivre morte, ouais !

Sarah baissa la tête, honteuse. Tout le monde dans l'immeuble savait que sa mère buvait, et qu'elle se vendait en échange d'une pinte de bière ou d'une bouteille de gin.

— Désolée, fillette, c'est pas ta faute, se reprit Mme Turner, radoucie. Je ne veux pas que le pauvre bout de chou ait faim, mais dis à ta mère que c'est la dernière fois.

Sarah n'était pas venue de bon cœur chercher de l'aide, sans parler des remarques humiliantes au sujet de sa mère, mais elle ressentit un immense soulagement.

— Je suppose que t'a mère n'a rien prévu pour le bébé ?

— Euh… en fait… Non, madame Turner, concéda Sarah, rouge de honte.

— Cette femme est indigne. Je ne sais pas ce qu'elle ferait sans toi. Jenny, sers un bol de ragout à Sarah. Tu n'as pas dîné, j'imagine ?

— Je… enfin…, bafouilla Sarah avant d'être promptement interrompue.

— Non, évidemment. Jenny occupe-toi du bébé pendant que je vais chercher deux ou trois bricoles pour lui. T'as de la chance que j'aie eu mon petit dernier y'a pas longtemps !

Sarah s'assit autour de la grande table et mangea avidement, savourant chaque bouchée du ragout fumant. Peu lui importait que les autres enfants la dévisagent pendant qu'elle dévorait. Dieu seul savait combien de temps elle allait devoir attendre avant son prochain repas.

— Ça va être un vrai petit tombeur quand il sera grand. Il a pas tes yeux verts, mais la couleur des yeux change chez les nouveau-nés. En tout cas, il a de sacrés poumons! dit Jenny en berçant Tommy dans ses bras. Tu penses que ta mère va pouvoir s'en occuper?

— Ça m'étonnerait, répondit Sarah. C'est moi qui vais devoir m'en charger.

— Mais comment tu vas faire?

— Je vais arrêter l'école, dit Sarah.

— Mais tu ne peux pas faire ça. Tu es trop intelligente. Tu aurais pu aller au lycée si tu avais passé ton certificat d'études.

— C'est possible, mais on ne le saura jamais, étant donné que je n'avais pas de souliers à l'époque. De toute façon, au point où j'en suis aujourd'hui, je ne vois pas ce que ça aurait changé, répondit Sarah en avalant ce qu'il restait de son bol.

Mme Turner était revenue avec un sac de toile plein à craquer.

— Tiens, ma grande. Ça devrait t'aider dans un premier temps, mais le sac s'appelle reviens.

— Oh, merci, merci, dit Sarah en prenant le fourre-tout. Pourriez-vous me montrer comment on prépare le lait en poudre, s'il vous plaît?

Elle savait plus ou moins comment faire, mais elle voulait calmer Tommy avant de rentrer à la maison.

Mme Turner prépara le biberon, tandis que Jenny montrait à Sarah comment on met une couche.

— Il faut bien l'envelopper. Les bébés prennent facilement froid, pas vrai, m'man? dit Jenny en cherchant dans le sac de quoi habiller le petit.

— Oui, ma chérie. Il faut veiller à ce qu'il ait bien chaud. Et puis tâche de dormir chaque fois que tu en as l'occasion, Sarah, parce que si ton Tommy est comme le mien, il va te tenir éveillée toute la nuit ou presque.

Une fois le ventre plein, Tommy s'endormit. Sarah longea à nouveau le couloir, le bébé dans un bras et le fourre-tout dans l'autre. Quand elle ouvrit sans bruit la porte du studio, elle fut soulagée de trouver sa mère toujours endormie. Elle déposa Tommy sur son matelas et vida le sac. Mme Turner avait été très généreuse. Il y avait des couches en tissu éponge et des épingles à nourrice, ainsi que trois petites grenouillères en tricot, des moufles et un bonnet. Et même une petite peluche.

Elle poussa doucement Tommy sur un côté du matelas, puis s'allongea à côté de lui, et l'attirant contre elle, murmura :

— Je vais veiller sur toi.

3

Annie ne s'était jamais sentie aussi fourbue. Elle avait le bas-ventre en feu et mal dans tout le corps. C'était une des pires gueules de bois qu'elle ait jamais eues. Elle plissa les paupières, éblouie par la lumière du jour. Une bonne rasade allait la requinquer, songea-t-elle, avant de se rappeler subitement qu'elle avait accouché la veille.

Ses tempes battaient furieusement, mais elle parvint à se redresser. C'est alors qu'elle vit Sarah assise à la table. Sa fille tenait le bébé dans ses bras et lui donnait le biberon.

— Je croyais t'avoir dit de t'en débarrasser, glapit-elle.

Sarah ne répondit pas, se contentant de lui jeter un regard plein de dédain.

— Alors ? Qu'est-ce qu'il fiche ici ? demanda Annie.

— Je ne peux pas m'en débarrasser, maman. Tu crois que c'est facile ?

— Évidemment ! Si tu l'avais fait hier quand il faisait nuit, comme je te l'ai dit, tu aurais pu le jeter par-dessus le parapet à Battersea Bridge, ni vu ni connu.

Voyant sa fille écarquiller des yeux horrifiés, elle songea : « Pauvre gourde, pétrie de bons sentiments. »

— Je ne peux pas faire ça, ce serait un crime ! Je pensais que tu plaisantais, en disant ça. Maman, comment peux-tu ? Tommy est ton enfant !

— Tommy ! Parce que tu lui as donné un nom ? Prends garde à ne pas trop t'attacher à lui. Parce qu'il ne va pas rester ici bien longtemps ! lança Annie avant de se laisser retomber sur son grabat.

— Maman, s'il te plaît, je m'en occuperai. Tu n'auras rien à faire. Regarde, je lui ai trouvé des affaires et des couches… S'il te plaît…

Annie leva les yeux au ciel et inspira profondément. Elle n'avait pas envie de penser à tout ça. Elle allait devoir se lever et laver le sang séché sur ses jambes. « La barbe », pesta-t-elle en comprenant qu'elle n'allait pas pouvoir travailler pendant au moins une semaine, et donc pas pouvoir s'acheter à boire.

— Fais ce que tu veux, Sarah, mais je ne veux pas voir ce mioche, et ne compte pas sur moi pour lui donner la tété. Vivement que les montées de lait s'arrêtent, rumina-t-elle en baissant les yeux sur ses seins gonflés.

Il fallait qu'elle fasse attention à ne pas retomber enceinte. Un gros ventre n'était bon ni pour les affaires ni pour son corps.

Et maintenant, elle allait devoir traîner un boulet de plus à cause de Sarah. Sa fille ne voulait pas se débarrasser du petit ? Eh bien qu'elle se débrouille ! Et mieux valait qu'elle le tienne hors de sa vue, sans quoi ça allait barder.

4

Noël était arrivé et reparti sans rien laisser dans les souliers de Sarah ; ce qui ne la surprit guère étant donné que, depuis toute petite, sa mère lui avait expliqué que le Père Noël n'existait pas.

À présent on était en avril, et Sarah se réjouissait que les mauvais jours fussent derrière eux tandis qu'elle poussait le landau de Tommy dans les allées du square. Elle avait trouvé une vieille poussette déglinguée au pied de l'escalier, qu'Eddy avait remise en état.

Son ventre gargouillait bruyamment. Il y avait des jours qu'elle n'avait pas mangé un vrai repas, seulement un peu de soupe de légumes ici et là. Sa mère lui avait donné quelques tickets de rationnement pour acheter du pain, mais elle les avait revendus pour acheter du lait en poudre.

Elle s'arrêta et abaissa la capote du landau pour que le bébé puisse profiter du soleil qui perçait les nuages. Le petit gazouilla gaiement et elle lui sourit avec tendresse, heureuse de s'être privée pour que son petit frère eût de quoi manger. Il avait six mois à présent et elle allait devoir bientôt le sevrer, après quoi il ne tarderait pas à marcher et à parler. Même si elle se réjouissait de le voir grandir, elle aurait voulu pouvoir le tenir éternellement dans ses bras, là où elle le savait en sécurité. Elle craignait que sa mère ne perde patience quand il commencerait à faire ses premiers pas, et se demandait comment elle allait pouvoir le protéger des mots blessants de sa mère et de ses sautes d'humeur.

— Hé, Sarah !

Sarah se retourna et vit Jenny qui arrivait en courant dans sa direction. Bien qu'elles eussent toutes les deux quatorze ans, son amie paraissait très jeune avec ses couettes blondes.

— Ça fait une éternité que je ne t'ai pas vue, lui dit celle-ci en haletant.

— J'ai été très occupée à cause de Tommy.

— Oui, j'imagine. On va tous aller jouer dans le terrain vague. Le père de Stanley lui a fabriqué un nouveau chariot à roulettes, et on va faire la course avec lui Molly et moi. Ça te dirait de venir ? On va bien rigoler.

Sarah réfléchit un moment. Elle aurait adoré se joindre à ses amis, mais elle avait trop à faire.

— Non, non. Pas aujourd'hui. Il faut que j'emmène Tommy au parc.

— Oh, Sarah, ce que tu peux être rabat-joie ! Ne me dis pas tu vas retourner voir ce vieux clodo ? protesta Jenny en levant les yeux au ciel.

— M. Sayers n'est pas un clodo… Il est très gentil.

— Si tu le dis. En tout cas moi, je file.

Tandis qu'elle regardait son amie s'éloigner en sautillant, Sarah éprouva un pincement de jalousie. Elle avait beau aimer Tommy de tout son cœur, elle regrettait le temps d'avant. Chassant au loin ces pensées tristes, et poussée par la nécessité de se remplir le ventre, elle reprit son chemin en direction du parc de Battersea. Elle espérait y trouver M. Sayers en train de bêcher son lopin de terre.

Une partie du parc avait été convertie en potagers dans le cadre de l'effort de guerre, et il subsistait encore un grand nombre de parcelles cultivées par des particuliers, même si, avec les travaux d'embellissement et les nouvelles sculptures, M. Sayers craignait de ne plus pouvoir garder le sien très longtemps.

Elle avait fait sa connaissance un jour qu'elle était en train de cueillir des mûres le long d'un sentier. Lorsqu'il avait compris qu'elle cueillait des baies pour se rassasier, il lui avait dit de le suivre jusqu'à son potager et lui avait donné des choux à emporter à la maison. C'était un an avant la naissance de Tommy, et depuis lors, une solide amitié s'était nouée entre eux. Comme M. Sayers avait la vue basse et qu'il ne pouvait plus lire les journaux, Sarah lui lisait les nouvelles, et en échange, il l'approvisionnait en légumes et fruits.

Arrivée dans le parc, elle aperçut le vieil homme, une pelle à la main.

— Monsieur Sayers ! l'appela-t-elle au loin.

L'homme se redressa et se pencha légèrement en arrière pour la regarder.

— Bonjour, grande fille. Je pensais que tu allais venir aujourd'hui, et je viens justement de cueillir de la rhubarbe pour toi. Viens voir ça ! C'est incroyable comme elle a poussé, surtout avec toute la neige qui est tombée il y a deux mois !

Sarah avait entendu parler de la rhubarbe mais n'en avait jamais mangé.

Elle scruta les tiges rouges et vertes d'un air dubitatif.

— Il suffit de la faire cuire dans l'eau bouillante, et rien d'autre. Avec ce maudit rationnement, j'imagine que tu n'as pas de sucre. Mais si jamais tu en as, tu peux la saupoudrer légèrement. Et tu vas adorer, et le garçon aussi, dit M. Sayers en lui tendant le pied de rhubarbe avant de se pencher au-dessus du landau. Tommy et le vieil homme échangèrent un sourire édenté, puis ce dernier s'écria :

— Mince alors ! C'est qu'il commence à forcir, ce petit !

— Oui, et je crois que je vais bientôt devoir le sevrer. Je vais lui donner un peu de rhubarbe plus tard.

— Sarah, ma grande, j'ai quelque chose à te dire. Tu as un moment ?

Voyant la mine préoccupée de M. Sayers, Sarah comprit que c'étaient de mauvaises nouvelles, et sentit son cœur s'accélérer. Tout doucement, le vieil homme fléchit ses jambes pour prendre place à côté d'elle sur le banc vermoulu. Son dos avait recommencé à lui jouer des tours, pensa-t-elle, en le voyant peiner et en regrettant de ne pas pouvoir aider davantage le brave homme. Sa femme était morte depuis de nombreuses années, et maintenant M. Sayers occupait une chambre chez un couple en échange d'un loyer modéré et d'une contribution en fruits et de légumes. Et bien que sa logeuse fût une mégère cupide, il s'estimait satisfait. Quelques fois, Sarah l'avait aidé à rapporter des outils de jardinage chez lui, mais jamais il ne l'avait invitée à entrer dans la maison.

M. Sayers prit sa main dans sa main calleuse et poussa un long soupir. Sarah sentit qu'il tremblait.

— Qu'y a-t-il, monsieur Sayers ?

— Eh bien… Comment dire ? Je suis un vieil homme au bout du rouleau. J'ai vu cinq rois et reines se succéder sur le trône et j'ai vécu deux guerres. Mais je sens que la fin approche. Je vais revoir ma Dulcie.

Sarah savait que la femme de M. Sayers s'appelait Dulcie, mais elle était morte.

— Je ne comprends pas…, bredouilla-t-elle, redoutant d'entendre ce qui allait suivre.

— Je ne vais pas y aller par quatre chemins, ma grande… Je suis très malade. Le docteur m'a dit que je n'en avais plus que pour quelques mois.

À l'idée de perdre celui qu'elle considérait comme son grand-père d'adoption, Sarah sentit monter les larmes. M. Sayers était un si brave homme, et maintenant que la plupart de ses amies d'école l'ignoraient, il était le seul ami qui lui restait. Qu'il puisse mourir était impensable. C'était trop injuste !

— Allons, allons… Il ne faut pas pleurer. Comme je te l'ai dit, j'ai eu une longue et belle vie, même si Dulcie m'a manqué. Je serai content de la revoir.

Sarah ôta sa main de celle de M. Sayers et s'essuya le nez avec le revers de sa manche.

— Mais… mais… à moi, vous allez me manquer ! explosa-t-elle.

M. Sayers se rapprocha un peu plus de Sarah et lui passa un bras autour des épaules.

— Je suis désolé, ma grande. On ne peut rien y faire. La mort fait partie de la vie et elle n'épargne aucun de nous. Je ne voulais pas te le dire, mais il le faut, parce que je ne vais plus pouvoir venir ici. C'est trop fatigant pour moi. Allons, ne pleure pas, le petit va s'inquiéter…

Sarah ravala un sanglot et plongeant ses yeux dans les yeux gris du vieil homme :

— Vous… vous voulez dire que c'est la dernière fois que nous nous voyons ? Mais ce n'est pas possible ! Laissez-moi venir chez vous et m'occuper de vous… s'il vous plaît…

— Non, ma grande. Mon fils et sa femme viennent me chercher demain matin. Ils vont m'emmener chez eux, dans le Nord, dans une ville appelée Liverpool.

M. Sayers ajouta en ricanant :

— Ce n'est pas ma tasse de thé – ils ont un drôle d'accent là-haut ! Mais je suppose que c'est mieux ainsi.

Sarah jeta ses bras autour du cou du vieil homme en pleurant à chaudes larmes. Elle avait le cœur brisé à l'idée de ne plus jamais le revoir.

— Il faut être courageuse. Sèche tes larmes, lui dit-il en se dégageant gentiment.

— Pardon, dit Sarah en se reprenant. Je peux vous raccompagner jusqu'aux grilles du parc ?

— Bien sûr, mais pas de sanglots. Juste un petit au revoir, d'accord ?

— D'accord, accepta Sarah à contrecœur. Elle savait qu'elle allait le pleurer longtemps.

Tandis qu'ils cheminaient dans le parc, elle se demanda ce qui allait lui arriver. S'il allait vraiment revoir sa Dulcie et s'il pourrait remettre un message de sa part à son frère mort ?

5

Assise à la table de la cuisine, Annie tira une longue bouffée de la cigarette qu'elle s'était roulée avec de vieux mégots trouvés dans la rue. Elle était de mauvais poil. D'une minute à l'autre la porte allait s'ouvrir et ses enfants allaient rentrer.

Eddy venait seulement de partir. Elle versa un peu de bière dans un gobelet en fer-blanc et l'avala d'un trait pour se débarrasser du mauvais goût qu'il lui avait laissé dans la bouche. Elle avait refusé, mais il lui avait fourré son membre jusqu'au fond de la gorge, manquant presque l'étouffer. Elle avait eu envie de le mordre, mais s'était ravisée, songeant que si elle le contrariait il ne lui donnerait pas de bière. Si bien qu'elle s'était pliée à sa volonté… pour cette fois. Mais s'il recommençait, elle exigerait du gin.

— Bonjour, m'man, lança Sarah en entrant avec Tommy dans un bras et une botte de rhubarbe dans l'autre.

Annie répondit par un grognement, elle n'était pas d'humeur à faire la causette. Tommy lui décocha un grand sourire. Saloperie de moutard, songea-t-elle en le foudroyant du regard, jusqu'à ce qu'il détourne les yeux et enfouisse sa tête dans l'épaule de sa sœur.

— Je suppose que tu n'as rien mangé, maman ? dit Sarah.

Annie ne prit pas la peine de répondre.

— Je vais préparer de la compote pour Tommy et moi. Tu en voudras un peu ?

Annie leva les yeux au plafond et secoua la tête. Qu'elle aille se faire foutre avec sa rhubarbe ! Rien que d'y penser elle avait la nausée.

— Mais maman, il faut que tu manges. Tu n'as que la peau sur les os. Ça te fera du bien.

Voilà qu'elle remettait ça, songea Annie. Pour qui se prenait-elle, cette morveuse, pour lui faire la leçon ? Furieuse, elle repoussa sa chaise, saisit son manteau et sortit.

— Maman…, la rappela Sarah, où vas-tu ?

Mais Annie rétorqua, sans même se retourner :

— Faire un tour.

Elle avait assez de sous pour se payer une tournée au pub. Elle n'était pas la bienvenue là-bas, mais c'était toujours mieux que de rester ici à regarder son corniaud s'empiffrer avec la bénédiction de sa grande sœur. Si Sarah s'en était débarrassée quand il était né, elle ne serait pas obligée de le supporter. Chaque fois qu'elle le voyait, elle avait envie de lui défoncer sa petite gueule. C'était le portrait craché de son ordure de père.

Dix minutes plus tard, elle poussait la porte du pub. Elle fut aussitôt prise à la gorge par l'atmosphère enfumée. Elle s'approcha du bar, sans prêter attention aux remarques salaces des clients qui sirotaient leurs pintes.

— Un grand gin, et un demi, commanda Annie.

— Je veux d'abord voir l'oseille, rétorqua le patron.

— Tu sais bien que j'ai de quoi payer, Cyril, mais…

Elle sortit quelques pièces de sa poche et les posa sur le zinc en faisant claquer sa paume.

Cyril hocha la tête et lui servit à boire. Tandis qu'elle attendait, Annie aperçut une femme dans le miroir derrière le bar. La femme aux longs cheveux bruns et à la peau mate aurait pu être très belle. Ses yeux noirs lui donnaient un air exotique, mais elle avait un air hagard de vieille. C'est alors qu'elle comprit qu'elle était en train de contempler son propre reflet, et sursauta. Elle ne s'était pas reconnue.

Cyril plaça la bière et le gin devant elle, et elle descendit aussitôt le gin cul sec. Comment en était-elle arrivée là ? se demanda-t-elle en contemplant à nouveau son reflet dans le miroir. Aussi loin qu'elle s'en souvenait, les hommes avaient abusé d'elle. Mais entre-temps, elle avait pris le dessus et inversé les rôles. Elle couchait avec eux en échange de tout ce qu'ils pouvaient lui donner. Rien de mirifique, certes, mais assez pour avoir un toit au-dessus de sa tête et se remplir le ventre de bière.

Le problème c'est qu'il n'y avait pas que la bière qui lui remplissait le ventre. Elle avait déjà eu trois moutards, dont deux qui avaient survécu. Ils avaient des pères différents, qu'elle détestait autant l'un que l'autre. Le père de Sarah, Ron Lyons, avait été son premier amour. Il était marié quand ils s'étaient rencontrés, mais il lui avait promis de quitter sa femme pour elle, et elle avait été assez stupide pour le croire. Résultat, à seize ans, elle s'était retrouvée enceinte et il l'avait plaquée. Et maintenant, chaque fois qu'elle voyait sa fille, elle voyait les yeux vert émeraude de Ron. Quant au père de Tommy… un frisson lui parcourut l'échine. C'était le vice incarné et elle maudissait le jour où elle l'avait rencontré.

Elle prit une longue gorgée de bière et lâcha un rot bruyant. Un petit homme au crâne dégarni qui se trouvait à côté d'elle lui sourit et lança en ricanant :

— Ça schlingue ici. Cyril ferait bien de curer sa cuve à pression.

Annie le reluqua de haut en bas. Le type avait l'air bien nourri. Il avait de bonnes chaussures, pas comme les autres clients, qui étaient en bras de chemise et portaient leurs godillots de chantier. Elle remarqua qu'il avait des ongles propres. Pas des mains d'ouvrier. Il avait sûrement quelques biftons en poche.

— Z'avez raison, je vais m'en tenir au gin, répondit-elle. Moi, c'est Annie. Je me souviens pas vous avoir déjà vu…

— Philip, dit l'homme. Je sors plus guère ces temps-ci, mais Cyril et moi on a fait l'armée ensemble, il y a un bail.

— Philip, comme le prince ? Enchantée, dit Annie en mimant une révérence.

— Ah, mais oui, sauf que je suis pas un prince.

— N'empêche que t'es vachement plus classe que les gars qui traînent ici, lança Annie avec un sourire aguicheur.

— Merci. Ça fait un bout de temps qu'on m'avait pas fait de compliment. Ça s'arrose. Cyril, remet-nous donc une tournée. Un grand gin pour la demoiselle, je suppose ?

— Nom d'un chien ! T'es pas un prince, mais j'apprécie le « demoiselle » !

— Ce soir, t'es la reine, dit Philip en choquant son verre avec celui d'Annie.

— Et pourquoi est-ce que tu sors pas plus souvent ? demanda-t-elle.

— À cause de ma femme. Elle est malade. Elle quitte plus son lit, et je dois m'occuper d'elle.

— Je me trompe ou ça fait un bail que t'as pas pris du bon temps ? demanda Annie, soudain intéressée.

Philip lâcha un petit rire gêné.

— Allons, pas de manières avec moi. J'ai l'esprit large, et puis moyennant un prix raisonnable, je peux t'en donner, moi, du bon temps.

Cyril se pencha au-dessus du comptoir et murmura :
— Pas de ça ici, Annie. Je t'ai déjà prévenue. Tu arrêtes de racoler ou tu prends la porte.
Philip intervint, en baissant la voix, lui aussi :
— Allons, Cyril. Annie est une gentille fille. Elle proposait seulement de me tenir compagnie.
— Si tu le dis, répliqua Cyril avec sarcasme. En tout cas, je veux pas d'histoires chez moi.
— Ça te dirait d'aller faire un tour jusqu'à ma piaule, Philip ? proposa Annie suffisamment fort pour que Cyril puisse l'entendre. C'est pas un palais, mais au moins, on aura la paix.
— Excellente idée ! approuva Philip en décochant un clin d'œil à Cyril.
Une fois dehors, Annie le prit par la main et l'entraîna vers son bloc d'immeubles, de l'autre côté de la rue. Une fois au pied de l'escalier, elle lui dit, dans la lumière tamisée :
— Je fais pas ça gratis et il faut payer d'avance.
— Combien ? demanda Philip, la voix rauque.
— Si tu me donnes une livre, je te promets que tu vas pas le regretter.
Philip prit un billet dans la liasse qu'il avait dans sa poche et le tendit à Annie.
— Et si on faisait ça ici ? dit-il en se frottant contre elle.
— Non. On pourrait nous surprendre.
Annie le prit à nouveau par la main et l'entraîna dans l'escalier. Remarquant qu'il était hors d'haleine, elle demanda :
— Ça va aller ? Parce que je te préviens, je rembourse pas.
— T'en fais pas pour ça, je vais bien répondit Philip qui suait à grosses gouttes.

Quand ils entrèrent dans la chambre, elle ôta son manteau et lança à sa fille :

— Zou ! Va faire un tour et emmène le mioche.

Sarah était assise en tailleur sur sa paillasse, Tommy à côté d'elle. Remontant sa couverture, elle protesta :

— Mais, maman, il fait nuit et il fait froid dehors, et Tommy dort. Où veux-tu que j'aille ?

— C'est pas mon problème. Débarrasse le plancher, et plus vite que ça ! glapit Annie, qui perdait patience.

— Attends une minute, Annie, dit Philip. Tu veux pas obliger ta fille à sortir dans la rue alors qu'il commence à pleuvoir.

— Ah, d'accord, tu veux du public ? demanda Annie.

— Non… attends. Je pense pas que ce soit une bonne idée. Je préfère qu'on en reste là.

— C'est comme tu veux, mais je t'ai prévenu : je rembourse pas.

— Garde le fric, espèce de souillon ! lança l'homme en battant précipitamment en retraite.

Quand il fit claquer la porte derrière lui, Annie éclata de rire.

— C'est ce qu'on appelle de l'argent facile.

— Ce n'est pas drôle maman. Pourquoi tu ramènes tous ces hommes à la maison ?

Les traits d'Annie se durcirent tandis qu'elle fusillait sa fille du regard.

— Pourquoi ? Parce que si je faisais pas le tapin, tu serais à la rue avec ton bâtard de frère. Alors si j'étais toi, je la fermerais !

Annie se laissa tomber sur une chaise, furieuse contre Sarah. Elle n'était peut-être pas une mère modèle, mais sa fille n'avait pas idée de ce qu'elle endurait ! Elle avait toujours veillé à ce qu'elle eût un toit au-dessus de la tête, et l'avait protégée des salopards qui lui tournaient autour. Certains clients auraient voulu prendre du bon temps avec Sarah aussi, mais elle les rembarrait. Annie n'avait peut-être pas l'instinct maternelle, mais elle ne voulait pas que sa fille subît ce qu'elle avait subi. Elle frissonna de dégoût au souvenir des attouchements de son propre père.

Elle s'approcha de l'évier, saisit le pichet de bière et se servit une généreuse rasade. Le breuvage alcoolisé la calma, et après deux verres la pièce devint floue. Elle regarda sa fille. C'était une belle plante, comme elle, quand la boisson n'avait pas encore fait ses ravages. Sarah aurait pu avoir une meilleure vie que la sienne, mais pour cela elle devait lui inculquer quelques règles de base.

Sarah était horrifiée par l'attitude de sa mère. Elle était habituée à voir des hommes aller et venir de jour comme de nuit. Le plus souvent, sa mère lui faisait signe d'aller attendre dans le couloir. Parfois, Annie ramenait un client quand Sarah était déjà couchée. Dans ces cas-là, elle faisait mine de dormir et se bouchait les oreilles pour ne pas entendre leurs grognements et tous leurs bruits insupportables.

— Sarah, ramène-toi ici et arrête de faire cette tête de chien battu ! ordonna Annie en remplissant un autre verre. Tiens, jette-toi ça dans le gosier, et viens pas dire ensuite que je te donne jamais rien.

Sarah eut le souffle coupé. La bière était une denrée si précieuse que jamais sa mère ne lui en avait proposé ne serait-ce qu'un dé à coudre.

— Merci, maman, dit-elle en prenant une gorgée.

Le breuvage amer la fit grimacer, lui donnant presque un haut-le-cœur. Elle ne comprenait pas pourquoi Annie prenait tant de plaisir à boire.

— Laisse-le-moi, si t'aimes pas, grommela sa mère en lui arrachant le gobelet des mains. Je sais ce que tu penses, dit-elle en soupirant. Tu crois que je suis une mauvaise mère, et je reconnais que j'aurais pu faire plus d'efforts. Mais t'as pas idée de combien j'en ai bavé. J'ai pas envie qu'il t'arrive la même chose. C'est pour ça que je veux que tu me promettes une chose...

Sarah resta bouche bée. Jamais sa mère ne lui avait parlé ainsi, les yeux dans les yeux, sans lui crier dessus ou l'injurier. Elle hocha docilement la tête, en se demandant quelle sorte de promesse sa mère attendait d'elle.

— Tu es une grande fille maintenant, et les hommes vont commencer à te tourner autour. Méfie-toi d'eux ! Ce sont tous des porcs, tous sans exception. Garde tes distances, et surtout n'écarte pas les cuisses.

Sarah battit nerveusement des paupières. Elle se demanda pourquoi sa mère lui disait cela alors qu'elle-même couchait avec le premier venu. Mais n'osant pas lui poser la question, elle répondit simplement :

— Je te le promets.

— Bien. Et maintenant, hors de ma vue ! Et ne t'avise plus jamais de me tenir tête devant un client !

Sarah s'empressa de regagner son grabat, presque soulagée de se faire à nouveau rabrouer, tant l'attitude de sa mère lui avait paru étrange. Elle se blottit contre Tommy et remonta la couverture jusqu'à son menton.

Elle pensa à M. Sayers et fondit en larmes à l'idée qu'elle ne le reverrait jamais. Il allait lui manquer, sans parler de ses fruits et de ses légumes. Elle allait devoir réfléchir à un plan B, sans quoi Tommy et elles allaient mourir de faim.

6

Cinq ans plus tard

— Tommy, lève les pieds quand tu marches, sinon tu vas user tes chaussures, dit Sarah en jetant un coup d'œil à son frère qui avançait en se traînant.

— Elles sont déjà usées de toute façon, protesta l'enfant. Il y a un trou dans la semelle.

— Raison de plus pour les ménager. Je les ai rafistolées avec un bout de carton. Elles devraient tenir encore quelques mois. Allons, dépêche-toi, on est presque arrivés.

Ce matin, Sarah était partie avec un panier plein, et ce soir, à sa grande satisfaction, il était presque vide. Elle avait vendu presque toute sa marchandise et avait hâte de rentrer et de reposer ses jambes fatiguées.

— J'ai faim, geignit Tommy en toussant.

— Je sais, mon lapin, mais on sera bientôt à la maison, lui dit-elle pour le tranquilliser.

Ce n'était pas drôle pour lui, de passer ses journées à faire du porte-à-porte en plein mois de février pour vendre des fagots de bois. Elle se faisait du souci pour ses poumons fragiles. Le malheureux était pris de quintes de toux qui secouaient son petit corps frêle de la tête aux pieds.

Sarah plongea une main dans sa poche et en ressortit une pièce de monnaie.

— Tu vois ça, Tommy? dit-elle en la lui montrant. Si tu arrêtes de ronchonner, je te la donnerai à la fin de la semaine et tu pourras t'acheter ce que tu veux avec.

Elle sourit en voyant s'illuminer les yeux bleus du garçon.

— C'est vrai? Tu m'emmèneras chez le marchand de bonbons? Je pourrai acheter du sirop pour la toux?

— Je n'ai pas de tickets de rationnement pour des bonbons, mais je t'emmènerai chez Woolworth samedi et je t'achèterai une glace. Mais seulement si tu es sage.

Tommy se mit à sautiller à côté d'elle sur le trottoir.

— Demain, c'est moi qui porterai le panier, Sarah, dit-il, avant de piquer un sprint sur quelques mètres.

C'était un brave petit, et elle se réjouissait à l'idée qu'il irait bientôt à l'école. Ainsi, il ne serait plus obligé de la suivre partout et ferait au moins un repas correct par jour – ce qu'elle n'était pas en mesure de lui offrir, même si elle faisait de son mieux. Cet hiver était particulièrement rude, de sorte que les fagots de petit bois de Sarah se vendaient bien. Mais la température n'allait pas tarder à remonter et durant les mois d'été, elle ferait des bouquets de fleurs sauvages qu'elle vendrait sur le boulevard. L'idée lui était venue en voyant une bohémienne proposer de petits bouquets de lavande dans la rue. Elle ne gagnerait pas des mille et des cents, mais suffisamment pour nourrir Tommy. Le vent commençait à se lever. Sarah accéléra le pas.

— Le premier arrivé à la maison a gagné, dit-elle à Tommy en le dépassant.

— C'est pas juste, lança Tommy. Tu as les plus grandes jambes.

Sarah s'arrêta, hors d'haleine, et attendit son petit frère. Elle ne put s'empêcher de rire en le voyant faire exprès des grimaces. Il était tellement drôle! Elle l'aimait comme son propre enfant.

Annie grelottait de froid. Elle en avait assez de battre le pavé devant la porte du pub. Il y avait presque deux heures qu'elle attendait en vain qu'un client lui fasse une proposition. Elle avait horreur de faire le trottoir, mais elle n'avait pas le choix, car les affaires ne marchaient pas fort ces derniers temps. Il y avait un bail que ses trois réguliers ne lui avaient pas rendu visite, et ses finances commençaient à s'en ressentir.

— Hé, Annie! lança une voix.

Elle se retourna et vit Eddy qui sautait d'un pied sur l'autre, les mains enfoncées dans les poches de son caban. Il n'était guère plus vieux qu'elle, mais il était déjà très marqué et ses cheveux grisonnants étaient clairsemés.

— Tiens, un revenant! Où t'étais donc passé pendant tout ce temps? demanda Annie d'une voix mielleuse, dans l'espoir de s'attirer de nouveau ses faveurs.

— Désolé. Mais tu sais comment va la vie.

— Pas vraiment, Eddy. Tu pourrais éclairer ma lanterne?

Eddy haussa les épaules. Il lui cachait quelque chose, songea Annie, bien décidée à savoir quoi.

— J'étais… occupé, répondit Eddy, mais Annie voyait bien que cette conversation le mettait mal à l'aise.

— Trop occupé pour me faire une petite visite?

— Je voulais venir mais… je passerai un de ces quatre.

— Quand ça?

— Je… j'en sais rien.

— C'est pas une réponse, Eddie chéri. Je te connais comme si je t'avais tricoté et je sais quand tu manigances quelque chose. Alors crache le morceau.

Cette fois, Annie ne souriait plus. Elle attendait, les mains sur les hanches.

— Je… Ne le prends pas mal, mais je… vois quelqu'un d'autre.

— Comment ça, quelqu'un d'autre ?

— Elle s'appelle Cathy… Elle vit dans Bullen Street. J'ai vu Jerry qui traînait là-bas, lui aussi, l'autre jour. On dirait que ça marche bien pour elle.

Annie se mordit la lèvre. Voilà qui expliquait pourquoi Jerry, un autre de ses réguliers, ne venait plus la voir.

— Merci tout de même de m'avoir prévenue, Eddy. Après toutes ces années, je m'attendais à un peu plus de considération ! Elle doit être drôlement bien roulée pour que tu aies changé comme ça, du jour au lendemain ! On peut savoir ce qu'elle a de plus que moi, cette Cathy ? Qu'est-ce qu'elle fait que je ne fais pas ?

— Tu vois, c'est exactement pour ça que je voulais pas t'en parler. Je savais que tu allais mal le prendre.

— Tu t'imaginais quoi ?… Bien sûr que ça me met en rogne. Cette Cathy de malheur me pique mes meilleurs clients, dont toi. Tu crois que je vais rester ici à me cailler les miches bien gentiment ! Je vais aller lui arracher les yeux, à cette morue, ouais !

— Je lui ficherais la paix si j'étais toi, Annie. Elle a un souteneur, et il va sûrement pas apprécier que tu viennes lui chercher des noises.

— Alors, je fais quoi ? Je ferme ma gueule et je laisse courir l'affaire ? On voit que tu ne me connais pas, Eddy ! J'ai des bouches à nourrir et il faut que mes gamins aient un toit au-dessus de la tête. J'ai pas les moyens de me tourner les pouces. Et d'ailleurs, qu'a-t-elle de si spécial cette fille ?

Annie foudroya Eddy du regard quand ce dernier ouvrit la bouche puis la referma sans prononcer un mot.

— Eh ben, vas-y ! Parle ! Elle te plaît plus que moi…

— Elle est beaucoup plus jeune, Annie… et, euh… plus jolie. Sa piaule est sympa aussi… elle a un grand lit, et c'est propre.

Annie grinça des dents. Elle bouillait intérieurement. Sans crier gare, elle étira son bras en arrière, puis le ramena en avant d'un mouvement circulaire et gifla Eddy à la volée.

— T'étais moins difficile avant ! Tu te prends pour quoi ! Non mais, tu t'es déjà regardé dans une glace… Allez, va la retrouver, ta poufiasse. Et ne reviens plus jamais chez moi !

Tandis qu'Eddy frottait sa joue cramoisie, Annie tourna les talons. Elle était trop contrariée pour pouvoir lever des clients ce soir, mais, heureusement, elle avait une bouteille de gin qui l'attendait à la maison.

Sarah referma la porte derrière elle et se laissa tomber sur le vieux canapé récupéré par un client de sa mère, qui travaillait comme éboueur.

— Je suis moulue ! dit-elle à Tommy.

— Moi aussi, répondit-il en prenant place à côté d'elle. Où est maman ?

— Je ne sais pas, mon lapin, mais tu ferais mieux de te débarbouiller en vitesse et de te mettre au lit avant qu'elle rentre.

Tommy inclina la tête de côté et, fronçant sa frimousse pâlichonne, demanda :

— Pourquoi est-ce que maman est toujours de mauvaise humeur ? Je fais tout ce qu'elle me dit, mais elle me crie dessus et me dit des choses horribles, et à toi aussi.

Sarah avala sa salive. Elle savait qu'il finirait par lui poser la question un jour. Maintenant qu'il avait quatre ans passés, il se rendait compte que leur mère ne se comportait pas normalement.

— Je ne sais pas, Tommy, elle est comme ça, c'est tout. Il y a des gens qui sont gentils et souriants, et d'autres qui ont un sale caractère.

— Je l'aime pas. Quand elle dit rien, ça va. Mais quand elle boit elle sent mauvais, et puis elle crie et elle devient méchante. Tu l'aimes bien, toi, Sarah ?

— C'est notre maman, Tommy. Il ne faut pas dire du mal d'elle. Si elle n'était pas là, on serait à l'orphelinat ou à la rue. Elle est malade, et le gin, ce truc qui sent bizarre, elle en a besoin pour se sentir mieux.

— Mais si ça lui fait du bien, pourquoi est-ce qu'elle est encore plus méchante quand elle a bu ?

Voyant que la lèvre de Tommy se mettait à trembler, Sarah sentit son cœur se serrer.

— Elle ne pense pas la moitié de ce qu'elle dit. Il faut que tu apprennes à faire comme moi... Ignore-la. Ça rentre par une oreille et ça ressort par l'autre. Ne cherche pas à comprendre et tout ira bien.

Tommy hocha la tête, et Sarah eut l'impression que sa réponse l'avait rassuré.

— Et maintenant, dépêche-toi d'aller au lit.

Tommy fila faire sa toilette dans l'évier de la cuisine. Sarah se renversa sur la banquette et ferma les yeux. Elle allait prendre le temps de souffler cinq minutes avant de lui préparer à dîner.

— Espèce de sale petit rat ! Comment oses-tu !

Sarah ouvrit brusquement les yeux, tirée du sommeil par les hurlements de sa mère. Elle avait dû s'assoupir sans même s'en rendre compte. Elle vit Annie debout devant l'évier, une bouteille de gin vide à la main, et Tommy tout tremblant, tapi derrière une chaise de la cuisine.

— Qu'est-ce qui se passe ? demanda Sarah, sonnée.

— Tu es censée le surveiller, mais pendant que tu ronflais à poings fermés, ce sale petit corniaud a vidé ma bouteille dans l'évier ! Je vais l'étriper, ma parole, que je vais l'écorcher vif !

Sarah se leva d'un bond et s'élança pour prendre Tommy dans ses bras.

— Désolée, maman. Il ne savait pas ce qu'il faisait. S'il te plaît, ce n'est pas sa faute... Je vais te trouver du gin.

— J'espère bien, mais en attendant ce petit merdeux va prendre une bonne raclée. Et ne t'avise pas de t'interposer, sinon tu vas t'en prendre une toi aussi !

Sarah savait de quoi sa mère était capable. Bien que de constitution frêle, Annie avait la main lourde, et Sarah se faisait du souci pour Tommy.

— S'il te plaît, maman. Je vais te chercher du gin tout de suite. Ne le frappe pas. Il ne le fera plus, dit Sarah en larmes.

— Arrête ton cinéma ! Tu peux pleurer comme une fontaine, il ne va pas s'en tirer comme ça !

Sarah sentit que Tommy se mettait à trembler comme une feuille dans ses bras tandis que sa mère allait chercher la canne qu'elle gardait à côté de son lit. Annie ne s'en servait pas souvent, lui préférant les taloches ou les coups de poing, mais cette fois, elle était déchaînée.

Terrorisé, Tommy se mit à pousser des hurlements. Sarah aurait fait n'importe quoi pour lui épargner les coups de badine qu'elle avait elle-même subis et qui lui avaient laissé des cicatrices sur les fesses.

— Je t'interdis de le frapper ! dit-elle fermement.

— Tu m'interdis ? Non, mais pour qui tu te prends ? Si tu m'empêches de rosser ce corniaud, vous débarrassez le plancher tous les deux !

Le cœur de Sarah cognait violemment dans sa poitrine. Elle voyait bien que sa mère était à deux doigts de les massacrer. Paniquée, elle inspira profondément, et sans même prendre le temps de ramasser ses affaires, elle se dirigea vers la porte d'entrée. Si elle partait maintenant, cela signifiait qu'elle ne pourrait plus jamais revenir, mais avait-elle le choix ?

Tommy qui regardait par-dessus son épaule lui cria soudain :

— Cours, Sarah ! Cours !

Sarah jeta un coup d'œil en arrière et aperçut sa mère lancée à leurs trousses, sa badine levée et prête à les frapper. C'est la dernière chose qu'elle vit avant de se précipiter tête baissée dans l'escalier. Heureusement, Annie avait renoncé à les suivre, mais une pluie d'injures et de menaces résonnait en écho derrière eux.

Les joues inondées de larmes, Sarah se jura de ne plus jamais retourner chez sa mère.

7

Cette fois, Annie était dans la mouise jusqu'au cou ; sans gin, sans argent et sans clients. Elle savait qu'il était inutile d'aller quémander chez Cyril, qui l'avait mise à la porte du pub. Quant à Eddy, après la gifle qu'elle lui avait flanquée, il n'allait sûrement pas la recevoir à bras ouverts.

Elle se mit à se ronger les ongles. Le manque d'alcool la rendait folle. Elle inspira plusieurs fois profondément pour essayer de se calmer et se laissa tomber sur le canapé. C'est alors que sa tête frôla le manteau de Sarah. Il y avait quelque chose de dur à l'intérieur.

Elle se mit à fouiller frénétiquement les poches. À son grand soulagement, elle y trouva des pièces. Tu me dois bien ça, songea-t-elle en se léchant les babines à l'idée qu'elle allait pouvoir acheter du gin. Elle prit l'argent et jeta un regard circulaire à la chambre, qui lui sembla soudain étrangement vide et solitaire. Mais Annie était inflexible. Si ces maudits gamins osaient ne serait-ce que pointer à nouveau le bout de leur nez, elle les écorcherait vifs. Oh, et puis, bon débarras ! Elle ôta la clé suspendue derrière la porte afin qu'ils ne puissent plus entrer. Après tout, Sarah avait dix-huit ans, ce n'était plus une gamine. Annie avait fait de son mieux pour l'élever. Il était temps qu'elle fasse son propre chemin dans la vie.

La nuit commençait à tomber et Tommy était fatigué. Il n'avait qu'une culotte courte qui ne lui protégeait guère les jambes et il grelottait de froid. Sarah n'avait malheureusement pas eu le temps d'emporter leurs manteaux, tant leur mère était déchaînée.

— J'en peux plus de marcher, geignit-il. On pourrait pas rentrer à la maison ?

— Non, mon lapin. Ce n'est plus notre maison, lui dit-elle en lui prenant la main pour l'attirer plus près d'elle.

— Mais où est-ce qu'on va aller alors ?

C'était une bonne question. Sarah savait qu'elle allait devoir leur trouver un endroit où dormir, mais sans famille, sans amis et sans argent, elle était complètement perdue.

— Sarah, s'il te plaît, j'ai mal aux pieds, je veux rentrer, chouina Tommy en se mettant à tousser.

— Viens donc t'asseoir ici une minute, le temps que je réfléchisse à une solution, dit-elle en prenant l'air faussement enjoué.

Elle souleva le petit et le fit asseoir sur un muret de pierre.

— J'ai froid…, recommença-t-il à geindre.

— Je sais, mon cœur, dit-elle en l'enveloppant de ses bras.

C'est alors qu'elle eut une idée. L'abri de jardin où M. Sayers rangeait ses outils ! Il y avait quatre ans qu'elle n'y était pas retournée, et elle espérait que le vieux couple qui lui louait une chambre occupait toujours la maison. Si c'était le cas, la grille sur l'arrière serait peut-être déverrouillée, de même que la remise. Ce n'était pas idéal, mais pour cette nuit ça ferait l'affaire. Ils auraient au moins un toit au-dessus de la tête.

— Allez, viens, bonhomme, on part à l'aventure ! lança-t-elle, ragaillardie.

— Quelle aventure ? demanda Tommy, nettement moins enthousiaste que sa sœur.

— On va chercher une cabane secrète et si on ne fait pas de bruit, on trouvera peut-être même un trésor !

Les yeux de Tommy s'illuminèrent, et il sauta au pied du muret.

— Un trésor ? Où elle est, cette cabane ? Il y a des pirates dedans ? C'est le trésor du capitaine Crochet ?

Sarah sourit. *Peter Pan* était l'histoire préférée de Tommy.

— Je ne sais pas. On verra bien. Mais surtout, souviens-toi qu'il ne faut pas faire de bruit.

Tommy hocha la tête et ils prirent le chemin de la maison où habitait jadis M. Sayers.

Une demi-heure plus tard, à sa grande joie, Sarah trouva la grille du jardin déverrouillée et la maison principale plongée dans l'obscurité. Elle se tourna vers son petit frère, et posant un doigt sur ses lèvres, chuchota :

— Pas un bruit.

Tommy s'agrippa à la jupe de Sarah, se cachant presque derrière elle quand ils franchirent la grille et se dirigèrent promptement vers la cabane de jardin. Dieu merci, la porte s'ouvrit sans problème. Elle jeta un coup d'œil par-dessus son épaule, puis voyant que rien ne se passait dans la maison, elle poussa rapidement Tommy à l'intérieur de l'appentis et serra les dents quand la porte se referma en grinçant.

— J'aime pas cette cabane… c'est tout sombre, dit Tommy.

— Mais non, c'est très bien, regarde, l'encouragea Sarah, en tirant un pan d'étoffe suspendu à une tringle de fortune qui masquait la petite fenêtre.

Un rayon de lune entra, illuminant la moitié de la remise.

— C'est mieux comme ça, non ? Je me demande où est caché le trésor. Ne touche à rien surtout, mais est-ce que tu le vois ?

Sa bonne humeur retrouvée, Tommy se mit à scruter les étagères. C'est alors que Sarah aperçut la bêche de M. Sayers, posée debout contre le mur, avec sa vieille casquette accrochée au manche. Elle sentit une boule se former dans sa gorge et dû se retenir pour ne pas pleurer en voyant les affaires du vieil homme couvertes de poussière et de toiles d'araignée.

— Où il est le trésor, Sarah ? murmura Tommy.

— Je ne sais pas au juste. Il fait un peu trop sombre pour chercher ce soir. On va dormir, et on regardera demain quand le soleil se sera levé.

— On va dormir ici ? Mais il fait froid, et puis j'ai peur des araignées.

Sarah regarda autour d'elle et avisa une pile de vieux journaux. Elle en prit un. La date était à peine lisible. 1948. L'année où elle avait vu M. Sayers. C'étaient sûrement ses journaux, ceux qu'elle lui lisait. C'est alors qu'elle remarqua une pelote de ficelle sur l'une des étagères.

— Assieds-toi sur cette chaise, ordonna-t-elle à Tommy en dépliant un vieux transat.

Le tissu rayé était usé, mais cela ferait une couchette confortable pour son petit frère.

— Et ne t'inquiète pas pour les araignées. Les petites bêtes ne mangent pas les grosses. Et elles ont plus peur de toi que toi d'elles.

Tommy hésita mais fit ce qu'elle lui disait, tandis qu'elle dépliait des journaux pour en envelopper ses pieds. Avec des ciseaux qui se trouvaient là, elle coupa des bouts de ficelle qu'elle noua autour du papier journal. Puis elle frictionna énergiquement les jambes du garçon.

— Et voilà ! De vraies pantoufles qui vont garder tes pieds bien au chaud !

— Mais si le Capitaine Crochet vient chercher son trésor et qu'il nous trouve ici, il va nous condamner à la planche !

— Mais non, voyons. Tu as vu des bateaux de pirates dans les environs ? S'il y a un trésor, c'est qu'il est caché depuis tellement longtemps que plus personne ne s'en souvient. Maintenant, je vais étaler des journaux sur toi, et ensuite je veux que tu fermes les yeux et que tu dormes. Il faut qu'on se lève de bonne heure demain matin.

— Mais, et toi ? Où est-ce que tu vas dormir ?

— Ici, par terre, juste à côté de toi.

Une fois emmitouflé sous sa couverture de papier, Tommy ne tarda pas à s'endormir. Sarah essaya de s'installer le plus confortablement possible, mais un courant d'air glacé s'engouffrait sous la porte de la cabane. Elle sentit une bestiole ramper sur son visage, et la chassa avec sa main. Ils étaient à l'abri pour la nuit, mais elle ne cessait de penser au lendemain et n'arrivait pas à dormir. Tommy allait se réveiller affamé, et ils n'avaient plus ni maison ni argent. Elle se demanda si elle n'aurait pas mieux fait de placer son petit frère dans un orphelinat. Là-bas au moins, il serait nourri et logé.

Son regard tomba à nouveau sur la casquette de M. Sayers et elle se mit à penser à celui qui l'avait choyée plus que sa mère ne l'avait jamais fait. Elle l'aimait beaucoup et avait eu le cœur brisé quand il était mort.

Pour finir, elle ferma les yeux et se laissa glisser dans le sommeil, et malgré le froid qui régnait dans la cabane, elle eut l'impression de dormir dans un lit de plumes.

— Bonne nuit, monsieur Sayers, murmura-t-elle.

Elle avait l'impression que le cher vieil homme veillait sur elle et cela lui redonna courage. Elle se jura que rien ni personne ne pourrait jamais la séparer de Tommy. Elle n'était peut-être pas en mesure de lui offrir une vraie maison et de vrais repas, mais elle pouvait lui donner tout l'amour dont il avait besoin, chose qu'il ne recevrait jamais dans un orphelinat.

8

Sarah était déjà éveillée depuis longtemps quand le jour se leva. Comme Tommy dormait toujours, elle en profita pour fouiller la remise, mais ne trouva pas grand-chose qui puisse leur servir, hormis une paire de ciseaux et de la ficelle, une vieille couverture grise et, naturellement, la casquette de M. Sayers. Elle songea que les outils de jardin auraient pu leur rapporter un peu d'argent, mais pour le coup c'eût été du vol. Il y avait aussi une boîte en fer-blanc remplie de petits soldats de plomb qu'elle laissa bien en évidence pour que Tommy puisse la trouver facilement.

Quand le garçon se réveilla, il demanda, en commençant aussitôt à défaire les ficelles autour de ses pieds :

— Est-ce qu'on peut chercher le trésor maintenant ?

— Bonjour à toi aussi ! s'exclama Sarah en riant. Allez, cherche, lui dit-elle, mais surtout ne fais pas de bruit.

Tommy se leva et se mit à fureter dans tous les coins, déplaçant pas mal de poussière. Comme Sarah s'y attendait, il trouva la boîte en fer-blanc. Il la secoua doucement, faisant cliqueter les soldats de plomb qui se trouvaient à l'intérieur, et Sarah sourit en voyant la mine ébahie de Tommy.

— Qu'est-ce que c'est ? demanda-t-il tout excité.

— Je ne sais pas. Un trésor peut-être ? Ouvre-la, pour voir.

Le garçon souleva le couvercle et écarquilla des yeux ébahis.

— Sarah, regarde ! Ils sont magnifiques ! s'écria Tommy en découvrant les petits soldats en redingote rouge et chakos noirs.

— On dirait que tu as trouvé le trésor. Bravo ! Et maintenant il faut qu'on ressorte de la cabane sans faire de bruit. Mets la boîte dans ta poche. C'est bien, dit Sarah en posant la casquette de M. Sayers sur la tête de son petit frère.

Elle jeta un coup d'œil à travers la petite lucarne. La maison semblait silencieuse et tous les rideaux étaient fermés.

— Viens, Tommy, lui dit-elle en le prenant par la main.

Elle poussa la porte qui grinça à nouveau, puis ils foncèrent jusqu'au portail à l'arrière du jardin et de là remontèrent la petite allée jusqu'à la rue principale.

— Où est-ce qu'on va ? J'ai faim, ronchonna Tommy.

— Si on allait faire un tour au parc de Battersea ?

— On pourrait pas manger quelque chose ?

— Si, mais plus tard, répondit Sarah, qui se demandait quand ils pourraient se mettre quelque chose sous la dent.

— J'ai froid. Je veux rentrer à la maison.

— Je te l'ai déjà dit, nous n'habitons plus chez maman. Tiens, ça devrait te tenir chaud, dit-elle en l'enveloppant dans la couverture qu'elle noua comme une cape autour de son cou.

Tommy commençait à traîner des pieds, mais lorsqu'ils tournèrent au coin de l'avenue de Battersea Bridge, il s'anima brusquement.

— Sarah, Sarah… le pont. On peut y aller pour regarder passer les bateaux… s'il te plaît ?

Pourquoi pas, se dit-elle, songeant que ce serait une distraction pour le petit.

— D'accord, mais à condition tu ne jettes pas de cailloux comme la dernière fois.

— Non, non, promis, dit Tommy en se mettant à courir et à sautiller.

Sarah accéléra le pas pour le rattraper, craignant qu'il ne bascule dans la Tamise en cherchant à se hisser sur la rambarde en fer forgé pour admirer les bateaux.

— Hep ! Attends-moi, lui cria-t-elle.

Tommy s'arrêta et se mit à sautiller sur place.

— S'il te plaît, porte-moi, l'implora-t-il, tout excité.

Passant ses deux bras autour de sa taille, elle le souleva juste assez pour qu'il puisse avoir une vue dégagée du fleuve.

— J'aimerais bien habiter sur un bateau, dit Tommy.

— Peut-être qu'un jour tu pourras t'enrôler dans la Navy et naviguer sur un grand cuirassier.

— Nan. Tu me manquerais trop, parce que les filles ont pas le droit de monter à bord.

Sarah le serra tendrement contre elle et Tommy éclata d'un rire joyeux.

Juste au moment où elle allait le redéposer à terre, il s'écria :

— Hé, Sarah ! J'ai vu un trésor !

— Ah oui ? Et quelle sorte de trésor ? demanda-t-elle, entrant dans son jeu.

— Là-bas, sur la rive… *regarde*.

Tommy insista pour que Sarah se penche au-dessus du garde-corps et regarde ce qu'il lui montrait. Dans la boue noirâtre qui recouvrait le rivage, Sarah distingua un objet qui brillait au soleil.

— Tu as raison, Tommy, il y a quelque chose en bas.

— Si ça se trouve c'est un trésor de pirates, s'enthousiasma le garçon en se mettant à courir vers les marches de pierre qui menaient au rivage.

Sarah s'élança à sa suite.

— Attends, c'est trop dangereux. Tu attends ici et tu me laisses faire.

— Mais… mais…

— Il n'y a pas de mais. Tu t'assieds sur la dernière marche et tu n'en bouges pas.

Tommy acquiesça quoiqu'en ronchonnant.

— Reste ici bien sagement, je reviens dans une minute avec le trésor.

S'étant assurée que son petit frère avait bien compris ce qu'elle attendait de lui, elle descendit précautionneusement sur la grève. Heureusement, le sol était moins spongieux qu'il n'y paraissait. Elle chercha l'objet brillant des yeux, puis commença à marcher dans la vase dont la puanteur lui fit froncer le nez. Ses bottines noires ne tardèrent pas à se couvrir d'une épaisse couche de boue et elle manqua perdre l'équilibre deux fois en glissant sur les galets couverts d'algues vertes. À mesure qu'elle se rapprochait du but, son cœur battait de plus en plus vite. Elle était certaine qu'il s'agissait d'un bijou. Qui trouve garde, songea-t-elle, car elle avait désespérément besoin d'argent.

Pour finir, elle se pencha et ramassa l'objet. C'était un beau et lourd bracelet en or orné de breloques incrustées de pierres précieuses. Il devait valoir une fortune !

— C'est un trésor ? lui demanda Tommy en se levant d'un bond quand elle eut regagné l'escalier.

— Oh oui, répondit-elle en tendant le bracelet vers son petit frère pour qu'il puisse l'admirer. Regarde.

— Ouah ! Et il est à nous maintenant ? On peut le garder ?

— Bah, en principe on devrait essayer de retrouver son propriétaire ou l'apporter au commissariat, mais étant donné qu'il était dans la gadoue, je doute qu'on sache un jour à qui il appartenait. Alors, oui, je suppose qu'il est à nous, mais on ne va pas pouvoir le garder, parce que je vais devoir le vendre pour qu'on puisse manger.

— Mais c'est moi qui l'ai vu en premier, il est à moi, et je veux pas qu'on le vende, protesta Tommy.

— À quoi bon le garder ? Tu préfères qu'on meure de faim ? Ne sois pas égoïste, ça ne te ressemble pas.

Tommy baissa la tête. Il était au bord des larmes, et Sarah ne voulait pas le voir pleurer.

— Allons, viens me faire un câlin. Tu sais que tu es très malin de l'avoir aperçu d'aussi loin. Bravo ! dit-elle en l'enveloppant de ses bras.

— Laisse-moi tranquille. Tu sens mauvais, dit Tommy en ricanant.

Sarah comprit qu'il avait raison. Ils avaient besoin d'un bon bain, et le bracelet aussi. Sans argent pour le tram, ils allaient devoir marcher un bout, mais elle décida malgré tout d'aller à la station de métro de Clapham Junction. Là, ils pourraient se laver dans les toilettes publiques et se rendre ensuite au marché de Northcote Road où elle espérait pouvoir vendre sa trouvaille et en tirer de quoi leur remplir le ventre.

À Clapham Junction, les rues grouillaient de monde. Sarah eut un petit pincement en songeant que le bracelet appartenait peut-être à l'une des personnes qui se trouvaient là. Comment savoir ? Elle allait devoir risquer le tout pour le tout.

À son soulagement, Tommy n'avait pas dit un mot de tout le trajet bien qu'il fût à bout de forces et affamé. Quand il levait vers elle ses yeux bleus pétillants et lui souriait, elle sentait son cœur se serrer. Elle aurait voulu pouvoir faire tellement plus pour lui.

Lorsqu'ils passèrent devant le magasin de meubles Hasting, Sarah aperçut son reflet dans la vitrine. Ses souliers étaient couverts de vase, sa blouse élimée, son chandail troué, sa jupe chiffonnée, et ses cheveux emmêlés. Avec Tommy enveloppé dans la couverture, et coiffé d'une casquette trop grande, ils devaient avoir l'air de clochards. Elle traversa l'avenue en direction d'un terre-plein que les gens du coin surnommaient Bog Island. Il y avait des toilettes dans le grand magasin Arding & Hobbs, mais attifés comme ils l'étaient, elle préférait les éviter.

— Sarah, je suis grand maintenant. Je peux aller aux cabinets tout seul.

— Non, Tommy. Tu es trop jeune. Je sais que tu n'aimes pas aller dans les lavabos. avec moi, dit-elle en l'entraînant dans l'escalier qui menait aux toilettes publiques situées au sous-sol, et dont les murs carrelés de blanc était d'une propreté irréprochable.

La tuyauterie en cuivre et les poignées de porte brillaient dans la lumière du jour qui traversait les briques de verre dépoli du plafond. Elle jeta un regard rapide au local, puis s'étant assurée que la dame pipi n'était pas dans les environs, ôta ses chaussures pour les rincer sous le robinet et remplit un autre évier d'eau pour que Tommy puisse faire sa toilette.

— Mais avec quoi je vais me laver ? demanda-t-il.

Sarah trempa un coin de la couverture dans l'eau et entreprit de débarbouiller le visage crasseux de son frère.

— Voilà, c'est mieux comme ça, et maintenant, lave-toi les mains.

— J'ai envie de faire pipi, Sarah.

— Moi aussi, mais je n'ai pas un seul penny. Il faut attendre que quelqu'un sorte des cabinets et foncer à l'intérieur avant que la porte se referme.

— Mais, et si la porte se referme et qu'on reste coincés à l'intérieur parce qu'on n'a pas payé ? demanda Tommy, paniqué.

— Ne t'inquiète pas, ça n'arrivera pas, le rassura Sarah.

Aussitôt finie sa toilette, elle sortit le bracelet de la poche de sa jupe pour le rincer à grande eau.

— Fais le guet, au cas où quelqu'un descendrait l'escalier, dit-elle à Tommy.

Quelques instants plus tard, Tommy s'écria :

— On vient !

Sarah fourra précipitamment le bracelet dans sa poche de chandail et fit mine de remettre de l'ordre dans sa chevelure, tout en observant du coin de l'œil la femme entre deux âges qui venait d'entrer. Coiffée d'un fichu qui cachait ses bigoudis, elle avait sorti un penny de son sac à main pour l'introduire dans la grosse serrure en laiton des toilettes. Peu après, Sarah l'entendit tirer la chasse d'eau. Elle fit un clin d'œil à Tommy en murmurant :

— C'est le moment de saisir ta chance.

Lorsque la femme ressortit, Tommy lui décocha un grand sourire et attrapant la poignée au vol, lui lança :

— Merci, m'dame.

Ce môme aurait pu charmer les serpents, songea Sarah tout en tâtant le bijou dans sa poche. Jusqu'à présent, la chance avait été de leur côté, d'abord avec la cabane de jardin de M. Sayers, et ensuite avec le bracelet en or. Pourvu que ça dure, songea-t-elle en priant le ciel.

9

— Approchez, mesdames ! J'ai un beau costard pour votre petit mari ! beuglait George Neerly pour rameuter le chaland.

Il tenait le stand de fripes du marché couvert depuis aussi longtemps qu'il pouvait s'en souvenir. Il avait commencé tout jeunot et repris l'affaire quand son paternel était mort sous les bombardements.

— Et pour vous, mesdemoiselles, regardez-moi cette merveille, reprit George en brandissant une robe à fleurs vertes et jaunes.

Comme personne ne semblait mordre à l'hameçon, il se tourna vers son voisin Roger, le marchand de primeurs, et se lamenta :

— Ça ne marche pas fort aujourd'hui.

— Non, opina Roger. Si ça continue, je remballe la marchandise.

Roger était un beau gosse, grand et svelte, avec une mâchoire carrée, des cheveux noirs et des yeux bleus magnifiques qui attiraient les ménagères comme des aimants ; ce qui arrangeait bien les affaires de George. Car contrairement à son voisin de stand, ce dernier ne pouvait pas compter sur un physique avantageux pour séduire la clientèle. Il soupira en songeant à la bombe qui s'était abattue sur la maison de ses parents, huit ans plus tôt, quand il n'avait que treize ans et qui l'avait défiguré à vie. Tandis qu'il repliait un pyjama laissé en vrac par une cliente, il remarqua une jeune femme assise sur le trottoir un peu plus loin. Il fut frappé par sa beauté, ses longs cheveux bruns et ses jambes fuselées croisées devant elle. Elle tenait quelque chose de brillant à la main, qu'elle présentait aux passants. On aurait dit de l'or. Un bijou ? Le placier n'allait pas tarder à repasser et s'il la pinçait en train d'essayer de refourguer de la came volée, elle allait se retrouver au poste en moins de deux. George se sentit obligé de la mettre en garde.

Laissant à Roger le soin de surveiller son étal, il se dirigea vers la jeune fille, qui semblait accompagnée d'un petit garçon.

— Qu'est-ce que vous vendez là ? lui demanda-t-il.

Lorsqu'elle leva les yeux vers lui, une expression choquée envahit ses traits. George était habitué à ce genre de réaction de la part d'inconnus qui le voyaient pour la première fois.

— C'est… euh… c'est…, bredouilla-t-elle.

— Écoutez, vous faites ce que vous voulez, mais si le vieux Bill vous trouve ici en train de vendre de la marchandise volée, vous allez vous retrouver au trou.

— Mais je ne l'ai pas volé ! protesta la jeune femme. Je l'ai trouvé !

— C'est vous que ça regarde, mais je préfère vous prévenir, reprit George.

Voyant les yeux verts de la fille se remplir de larmes, il comprit qu'elle était à deux doigts d'éclater en sanglots. À en juger par son allure misérable, elle ne devait pas avoir la vie facile. Il se sentit soudain pris de compassion.

— S'il vous plaît, ne pleurez pas. Je ne disais pas ça pour vous chagriner. Vous savez quoi ? Vous allez m'accompagner jusqu'à mon échoppe. J'ai un bon manteau en lainage qui vous ira comme un gant. Vous avez l'air frigorifiée.

— Merci, mais je n'ai pas d'argent, répondit-elle en reniflant.

— Pas grave. Ça fait des semaines que je l'ai dans mon stock et il n'a pas l'air de vouloir partir. Mais il est très bien, cela dit. Je vous en fais cadeau.

George lui tendit la main pour l'aider à se relever et fut touché de voir qu'elle acceptait. Il l'accompagna jusqu'à son stand, le garçonnet leur emboîtant le pas, en grelottant sous sa couverture. Pauvre petiot, songea-t-il. Il allait devoir lui trouver de quoi s'habiller chaudement à lui aussi.

Sarah était on ne peut plus mal à l'aise. Elle avait horreur qu'on lui fasse la charité, mais elle avait si froid qu'elle claquait des dents, et l'idée d'un manteau bien chaud était tentante.

— Moi, c'est Sarah, et lui c'est mon frère Tommy, dit-elle.

— Enchanté. Moi, c'est George et, tenez, voilà le manteau en question.

George lui tendit un manteau bleu marine et l'aida à l'enfiler. Elle songea qu'il était très galant et fut ravie de constater que le manteau lui allait à la perfection.

— Je ne sais comment vous remercier, George. Si j'arrive à vendre ce bracelet, je reviendrai et je vous donnerai de l'argent. Combien est-ce que je vous dois ?

— Rien du tout. Je vous l'ai dit, c'est un cadeau. Et maintenant, voyons si je peux trouver quelque chose pour le jeune homme, dit George en se tournant vers Tommy en souriant.

Tommy, qui n'avait pas dit un mot jusque-là, s'écria soudain :

— Sarah, pourquoi est-ce que la figure du monsieur elle est toute fondue ?

Sarah sentit ses joues s'empourprer. Elle aurait voulu que la terre s'ouvre sous ses pieds pour pouvoir disparaître. Il était impossible de ne pas voir les cicatrices de George, mais elle ne s'était pas attendue à une telle réaction de la part de son petit frère.

Voyant qu'elle était mal à l'aise, George s'empressa de répondre :

— J'aime bien les gens qui disent ce qu'ils pensent. Tu as raison, petit, ma figure a fondu. Mais c'était il y a longtemps. J'ai été brûlé dans un incendie, alors fais bien attention à toi et ne joue surtout pas avec le feu. Tu ne voudrais pas finir comme moi, hein ?

Tommy fit non avec la tête, puis demanda :

— C'était pendant le grand incendie de Londres ?

— Tommy, ça suffit. La curiosité est un vilain défaut, le semonça Sarah.

— Pardon, s'excusa le garçon, penaud.

— C'est pas grave. Bien, maintenant, voyons ce que j'ai là-dedans qui pourrait t'aller, dit George en désignant une malle cachée sous son étal. Jettes-y un coup d'œil et essaie de trouver quelque chose pour remplacer cette vieille couverture.

Tommy se mit sur ses genoux crasseux et commença à fouiller dans la malle.

— Et maintenant, montrez-moi ce bracelet que vous voulez vendre. C'est bientôt l'anniversaire de ma vieille maman, et un bijou lui ferait sûrement plaisir, dit George.

Sarah sortit le bracelet de sa poche et le lui tendit.

— Je vous jure que je l'ai trouvé, dit-elle. C'est Tommy qui l'a aperçu sur le rivage, depuis le pont. Je ne l'ai pas volé. Je ne suis pas une voleuse.

— Je vous crois, dit George. Mais bon, je dois bien vous avouer que je n'ai jamais rien vu d'aussi précieux. Ce truc doit valoir une fortune. Combien en voulez-vous ?

Sarah savait que le bracelet valait beaucoup plus qu'elle ne pourrait jamais en demander. Mais peu importait. Elle prendrait ce qu'il voudrait bien lui en donner. Elle lança au hasard :

— Dix livres.

George se mit à tousser comme s'il était en train de s'étrangler, et Sarah crut que les yeux allaient lui sortir de la tête.

— En temps normal, je ne dépenserais pas autant d'argent pour faire un cadeau à ma mère, mais…

Sarah dit précipitamment, craignant de rater une vente :

— Cinq livres.

— Holà, du calme, jeune fille. J'allais dire…

Sarah l'interrompit de nouveau :

— Trois livres, alors, mais c'est mon dernier prix.

George éclata de rire.

— Vous êtes dure en affaires. Écoutez-moi. Je vous en donne cinq. Comme ça, il est vendu et ma mère sera aux anges. Vous n'auriez pas pu le vendre ici. Les gens n'ont pas les moyens de s'offrir ce genre de babioles. Il faut aller dans les beaux quartiers pour ça.

— Non, non, cinq livres me vont très bien. Marché conclu, dit Sarah, soulagée à l'idée que Tommy et elle allaient enfin pouvoir se remplir l'estomac.

George lui tendit un billet de cinq livres. Jamais elle n'avait tenu autant d'argent dans sa main. Elle scruta minutieusement le morceau de papier blanc sur lequel on pouvait lire « Banque d'Angleterre » tracé à l'encre noire en lettres cursives, et dessous la mention « à payer au porteur la somme de cinq livres ». Sarah n'était pas certaine qu'il s'agisse d'argent véritable et craignait de se faire rouler.

— Qu'est-ce que vous essayez de me refourguer là, George ? Vous me prenez pour une idiote ?

— Comment cela ? Je n'essaye pas de vous refourguer quoi que ce soit. C'est un authentique billet de banque.

Au ton de sa voix, elle comprit qu'elle l'avait vexé, or elle voulait seulement s'assurer qu'il ne cherchait pas à la duper.

— Je vous prie de m'excuser. Je ne voulais pas avoir l'air d'une ingrate. Simplement, je n'ai jamais vu de billet de cinq livres et je ne sais pas à quoi ça ressemble. Pour être tout à fait franche, j'aimerais mieux être payée en petite monnaie.

— Rendez-le-moi, dit George en faisant claquer sa langue. Vous les femmes, vous n'êtes jamais contentes, ricana-t-il.

Tandis que George sortait quelques pièces de sa ceinture porte-billets, Tommy sauta sur ses pieds en s'écriant :

— Je peux avoir ça ? Elle est tellement belle !

George et Sarah regardèrent la vareuse kaki que le garçon brandissait sous leurs yeux et éclatèrent de rire. Elle lui arrivait aux chevilles.

— Si tu y tiens, pourquoi pas ? Mais c'est à ta sœur qu'il faut demander la permission ?

— Sarah ? S'il te plaît…

Voyant la joie sur les traits de son petit frère, elle songea qu'au moins la veste lui tiendrait chaud.

— C'est d'accord, dit-elle. Mais n'oublie pas de dire merci.

Tommy laissa tomber à terre sa vieille couverture et s'empressa d'enfiler la vareuse. Puis, spontanément, il courut vers George et lui enlaça les jambes de ses bras.

— Oh, merci ! C'est le plus beau manteau que j'aie jamais eu !

— Il n'y a pas de quoi, dit l'homme, en ébouriffant gentiment les cheveux de Tommy.

Sarah ramassa la couverture et la plia rapidement tout en songeant que George avait l'air sincèrement ému par la démonstration d'affection de Tommy. Elle le vit sourire quand son petit frère se mit à marcher au pas devant eux comme à la parade.

— Brave petit gars. Son papa et sa maman peuvent être fiers de lui, dit George.

— Oui, dit Sarah. Mais il n'y a que nous deux. Pas de maman ni de papa.

— Oh, je suis désolé. J'espère que je ne vous ai pas froissée. En tout cas, vous vous occupez bien de lui.

Sarah se sentit à nouveau assaillie par la culpabilité et crut qu'elle allait fondre en larmes, mais George lui tendit l'argent juste à ce moment-là, et elle dit d'une voix rauque :

— C'était un plaisir de faire votre connaissance. Mais maintenant que j'ai de quoi, je voudrais payer pour les manteaux.

— Non, j'ai fait une bonne affaire avec le bracelet. C'est juste un petit plus, répondit George.

Elle lui décocha un sourire ému et appela :

— Tommy, viens, maintenant. Il faut partir.

Le garçon pivota sur ses talons et revint vers elle en marchant au pas, comme un soldat.

— Oui, mon capitaine, dit-il d'une voix grave.

Elle commença à s'éloigner sans regarder en arrière, mais elle entendit George lui lancer :

— J'espère que vous repasserez me dire bonjour un de ces quatre.

Tommy avait englouti son poisson pané et ses frites et avait même léché le papier dans lequel il était enveloppé. Après quoi, ils avaient passé le reste de la journée à errer dans le parc. Mais maintenant que le soleil commençait à descendre à l'horizon, ils allaient devoir regagner la cabane.

Elle aurait pu louer une chambre pour quelques jours, mais il était plus sage de garder l'argent qu'elle avait récolté. Après tout, elle ne savait quand ou comment elle allait pouvoir en gagner d'autre.

— Allons-y, Tommy, dit-elle à son petit frère qui avait grimpé à mi-hauteur d'un chêne.

Ce dernier ronchonna.

— Oh non, pas déjà. On pourrait pas aller à la fête foraine ?

— Non, il va bientôt faire nuit. Allons, descends et ne réponds pas.

Tommy sauta au bas de l'arbre puis la rejoignit en faisant la moue.

— On va retourner dans la cabane ?

— Oui. Mais ce n'est pas une raison pour prendre cet air misérable. Après tout, tu as bien dormi là-bas, et tu as même trouvé un trésor !

— Je sais, mais j'aime pas cet endroit. On pourrait pas rentrer à la maison. Peut-être que maman ne me battra plus.

Sarah, qui avait treize ans de plus que son petit frère, savait pertinemment que sa mère ne se serait pas calmée, et qu'elle ne se priverait pas de leur administrer la raclée de leur vie s'ils avaient le malheur de franchir sa porte.

— Désolée, Tommy, mais je ne peux pas courir le risque qu'elle te batte comme plâtre. Je tiens trop à toi pour cela. Alors on retourne dormir dans l'appentis.

Tommy cessa de protester, mais il baissa la tête tandis qu'ils marchaient côte à côte. Ils atteignirent bientôt l'allée qui menait au portail.

— Tu te souviens qu'il ne faut pas faire de bruit, lui dit-elle en poussant la barrière.

Une fois à l'intérieur, Tommy s'installa confortablement sur la chaise longue.

— Mes soldats, je peux jouer avec ? demanda-t-il en sortant la boîte en métal de sa poche.

Tandis qu'il jouait en silence, Sarah s'empara d'un vieux balai et se mit à balayer le sol. Elle étala ensuite des journaux à terre pour se faire une couchette. Bah, ils n'étaient pas si mal au fond, songea-t-elle, et puis c'était toujours mieux que de retourner chez leur mère.

Une demi-heure plus tard, voyant que Tommy s'était endormi, Sarah lui prit délicatement les soldats des mains et les rangea dans leur boîte. Elle le borda ensuite avec la vieille couverture, puis se coucha sur les journaux, son manteau étalé sur elle comme un édredon. Elle allait pouvoir dormir sur ses deux oreilles, sans se demander comment elle allait faire pour nourrir Tommy, maintenant qu'elle avait des sous dans sa poche.

10

« Sarah, lève-toi. Il faut partir ! »

Sarah se réveilla en sursaut et se frotta les yeux. Le soleil matinal entrait à flots par la petite fenêtre. Elle regarda Tommy. Son petit frère dormait toujours à poings fermés. Mais alors, qui avait parlé ?

— Qui est là ? demanda-t-elle.

Elle se leva et s'approcha sans bruit de la fenêtre. Personne. Pourtant, elle était certaine d'avoir entendu une voix. Tommy commençait à émerger du sommeil. Il bâilla et s'étira.

— Tommy, tu t'amuses à me jouer des tours ? C'est toi qui m'as dit de me réveiller tout en faisant semblant de dormir ? dit-elle sur un ton léger.

L'expression de surprise sur les traits de son frère lui indiqua qu'il ne comprenait pas un traître mot de ce qu'elle lui disait. Il faut partir, songea-t-elle, se remémorant les paroles qu'elle avait entendues. C'était une mise en garde. Il fallait qu'ils déguerpissent de la cabane, vite !

— Lève-toi, Tommy, dépêche-toi. Il faut qu'on parte.

— Oui, oui, dit le garçon en se frottant paresseusement les yeux.

— Dépêche-toi, répéta Sarah d'un ton ferme.

Dès qu'il se leva, elle le prit par la main et ouvrit la porte. C'est alors qu'elle comprit avec horreur qu'une vieille femme arrivait dans leur direction. Bien que s'aidant d'une canne, la mégère avançait à grands pas. Elle avait de longs cheveux gris qui rappelaient ceux d'une sorcière. Sarah savait qu'elle aurait dû prendre ses jambes à son cou, mais elle resta pétrifiée quand la vieille s'arrêta à quelques pas d'elle en agitant furieusement sa canne, comme si elle s'apprêtait à la rouer de coups.

— Sortez de là, et plus vite que ça, espèce de sales romanichels ! J'ai appelé la police, rugit la mégère.

— Je... je suis désolée... nous n'avions pas où dormir, bredouilla Sarah.

— Fichez le camp de mon appentis !

Sarah jeta un coup d'œil à Tommy. Il semblait terrorisé. Elle lui agrippa la main, et l'instant d'après, ils franchissaient le portail tandis que la femme continuait de les abreuver d'injures.

Une fois dehors, Tommy se détendit un peu.

— On n'a pas fait de bruit du tout. Comment est-ce qu'elle a su qu'on était dans la cabane ? demanda-t-il.

— Je n'en ai pas la moindre idée, répondit Sarah en secouant la tête.

Mais comme elle disait cela, elle se remémora la voix et songea que c'était M. Sayers qui les avait sauvés. La mégère avait appelé la police, et s'ils ne s'étaient pas réveillés à temps, les flics les auraient coffrés avant qu'ils aient pu s'échapper.

George n'arrivait pas à chasser Sarah de ses pensées.

— Eh, dis donc ! À quoi tu penses ? lui lança Roger. Ça fait une demi-heure que tu es en train de rêvasser.

En temps normal, George était plutôt d'humeur loquace à l'ouverture du marché. Mais ce matin, il ne disait rien.

S'il avait eu le physique avantageux de Roger, il aurait peut-être trouvé le courage d'inviter Sarah à sortir mais, comme toujours, il avait laissé filer l'occasion, et maintenant il était bourrelé de remords. Il ne lui restait plus qu'à espérer que leurs chemins se croiseraient à nouveau un de ces jours.

— Désolé, vieux, s'excusa George avec un sourire forcé, mais je rumine un peu ces temps-ci.

— Ça serait pas à cause de la poupée avec qui je t'ai vu causer hier ?

— Toi alors, rien ne t'échappe ! répondit George soudain plus joyeux.

— Bah, tu sais bien qu'on doit toujours avoir les yeux et les oreilles grands ouverts par ici. Non, sérieux, qui c'était cette fille ?

— Pas la moindre idée. Je l'ai aperçue assise sur le trottoir, l'air pas reluisant. Mais je ne sais rien d'elle à part qu'elle s'appelle Sarah, que son petit frère s'appelle Tommy et qu'ils n'ont pas de parents.

— Gros bêta ! Tu aurais dû l'inviter à prendre un verre ! Patate ! dit Roger en jetant une pomme de terre à George.

Ce dernier la rattrapa au vol et éclata de rire. Roger avait raison, quand il s'agissait de faire du gringue aux femmes, c'était une vraie patate.

Sarah se dirigeait d'un pas ferme vers l'épicerie tout en tenant Tommy par la main. Là-bas, pour une somme modique, il était possible de mettre une annonce sur un panneau d'affichage, et elle espérait trouver une chambre à louer pas cher.

— On va aller voir George aujourd'hui ? demanda Tommy.

— Non, pas aujourd'hui.

— Pourquoi pas ? dit-il, déçu.

— Parce qu'il faut d'abord qu'on trouve un endroit où dormir, répondit Sarah, même si l'idée de devoir dépenser ses sous alors même qu'elle ne savait pas comment elle allait en gagner d'autres lui déplaisait.

— On va habiter dans une vraie maison alors ?

— Je l'espère, dit Sarah en poussant la porte du magasin. Attends-moi ici, je ne serai pas longue.

Pour qu'il ne soit pas tenté par les bocaux remplis de bonbons qui trônaient derrière le comptoir, elle jugeait plus sage d'entrer seule dans la boutique.

— Bonjour, mademoiselle, lui lança le marchand sans même relever les yeux du magazine qu'il était en train de lire.

— Bonjour. Je peux jeter un coup d'œil aux annonces ?

— Oui, mais à condition de ne pas y toucher. Vous n'avez pas idée du nombre de gens qui les arrachent du panneau.

— Non, non, bien sûr, mais pourrais-je vous emprunter de quoi écrire ?

L'épicier releva la tête et la toisa de la tête aux pieds. Elle n'était guère présentable, mais elle espérait que son manteau bleu cachait suffisamment ses vêtements défraîchis.

— Tenez, lui dit-il en lui tendant un bout de papier, ainsi que le crayon à mine calé derrière son oreille. N'oubliez pas de me le rendre quand vous aurez fini.

Sarah le remercia, puis commença à parcourir le panneau des yeux. Il y avait des chambres à louer en pagaille, mais la plupart étaient trop chères. C'est alors qu'elle en repéra une dans ses prix. Située au rez-de-chaussée d'une maison de ville. Elle n'était pas meublée, mais ce serait mieux que de dormir dans le froid et la pluie. Elle nota le numéro de téléphone puis rendit son crayon à l'épicier.

Quand elle ressortit de la boutique, son estomac se noua quand elle comprit que son petit frère n'était plus là.

— Tommy ! l'appela-t-elle, affolée. Tommy…

Elle balaya la rue déserte du regard. Il n'était pas du genre à s'aventurer seul dans les rues. Que lui était-il arrivé ?

Une femme entre deux âges apparut sur le seuil de sa porte.

— Vous cherchez un petit garçon en veste militaire ?

— Oui, c'est mon frère. Vous l'avez vu ?

— Il a filé avec deux autres garçons. Vous les trouverez certainement dans la ruelle sur l'arrière. Il y a un vieil entrepôt là-bas où tous les gosses vont jouer.

— Merci, répondit Sarah quelque peu soulagée.

Elle remonta la rue au pas de course et contourna le pâté de maisons où elle trouva l'entrepôt désaffecté, exactement comme la femme le lui avait décrit. Voyant que les carreaux des fenêtres étaient brisés et le toit à demi effondré, elle se dit que ce n'était pas un endroit très sûr pour jouer, tandis que son cœur se mettait à cogner violemment dans sa poitrine.

Elle tira la porte métallique qui ne tenait plus que par les gonds du haut. Le sol en ciment était jonché de feuilles mortes, et un pigeon s'envola de son nid, la faisant sursauter.

— Tommy, cria-t-elle à nouveau, en écoutant sa propre voix résonner en écho dans la bâtisse en ruine. Tommy, je sais que tu es là. Arrête de faire l'idiot, tu veux ?

Elle entendit des enfants ricaner derrière un mur, et d'autres dire « chut ». Quand elle contourna la muraille, elle se retrouva nez à nez avec Tommy, visiblement inconscient de la frayeur qu'il lui avait causée.

— Espèce de petit garnement dit-elle, entre ses dents serrées. Puis elle s'approcha d'un pas ferme et lui administra trois bonnes claques sur les fesses.

Les autres garçons partirent en courant, laissant Tommy en larmes.

— Je faisais rien que jouer à cache-cache avec mes amis, sanglota-t-il.

Sarah regretta soudain de l'avoir fessé. Elle ne l'avait jamais frappé avant, et des images de sa mère en colère jaillirent devant ses yeux.

— Je sais, et je regrette de t'avoir donné la fessée, mais tu m'as fichu une de ces frousses. Tu ne dois plus jamais t'enfuir comme ça, c'est compris ?

Tommy hocha la tête et essuya son nez avec le revers de sa manche.

— Et d'abord, qui sont ces garçons ? Tu ne les connais même pas. Ce ne sont pas tes amis.

— Ils s'appellent Jerry et John et ils m'ont dit que je pouvais jouer avec eux.

— Eh bien, la prochaine fois, il faut me demander la permission, dit Sarah un peu radoucie.

Une fois remis de leurs émotions, Sarah et son petit frère ressortirent de la ruelle et se dirigèrent en silence vers le bureau de poste. Elle avait repéré une cabine téléphonique rouge à l'extérieur, et elle avait hâte d'appeler le numéro qu'elle avait relevé sur l'annonce, en espérant que la chambre serait encore libre.

— J'ai jamais été dans une cabine téléphonique, dit Tommy en se serrant dans le petit espace avec sa sœur.

Il souffla sur la paroi vitrée, qui se couvrit de buée sur laquelle il se mit à dessiner avec ses doigts.

Sarah fut soulagée quand Mme Preston, qui avait mis l'annonce, décrocha, et lui dit que la chambre était toujours libre. Elle proposa à Sarah de la rencontrer immédiatement, même si elle n'avait pas l'air enchantée de louer un logement à une fille sans emploi et avec un gamin sur le bras par-dessus le marché. Elle lui dit qu'elle devrait verser une avance de loyer conséquente, et n'ayant d'autre choix, Sarah acquiesça.

Quand ils se présentèrent à l'adresse indiquée, Mme Preston les attendait devant la maison. C'était une femme riche à en juger par ses gants blancs immaculés et son chapeau retenu par une épingle en diamant. Une voiture était rangée le long du trottoir et Sarah remarqua qu'un chauffeur en livrée était assis derrière le volant.

— Madame Preston, enchantée. Je suis Sarah Jepson et voici mon petit frère Tommy.

— Oui, bien. Je n'ai pas de temps à perdre en bavardages, dit la femme en ouvrant la porte d'entrée et en les menant vers une pièce de bonne taille, avec un lavabo sous la fenêtre qui donnait sur la rue.

Sarah fut aussitôt assaillie par une odeur de moisi, mais la chambre était bon marché et ils allaient devoir s'en contenter.

— Comme je vous l'ai dit, j'exige six semaines de loyer payables d'avance, en espèces, dit Mme Preston en tenant un mouchoir blanc devant son nez.

— Oui, oui, c'est entendu, dit Sarah en comptant ses sous.

Mme Preston prit l'argent, puis rédigea un reçu qu'elle tendit à Sarah.

— À l'avenir, c'est M. Terence qui encaissera les loyers, tous les quinze jours. En temps normal, je ne m'occupe pas de ce genre de choses, mais M. Terence n'était pas disponible aujourd'hui. Si vous ne payez pas, vous devrez partir. Je ne suis pas une entreprise philanthropique. Et j'ai horreur des pleurnicheries.

— Je comprends, répondit Sarah.

La mine hautaine, Mme Preston remit les clés à Sarah et ressortit d'un pas altier. Sarah referma la porte, puis se tourna gaiement vers Tommy en s'écriant :

— C'est chez nous. C'est notre nouvelle maison.

— Mais y'a pas de lits ?

— Chaque chose en son temps. On va se débrouiller comme ça pour l'instant. Et d'ailleurs qui se soucie de lits ? L'important, c'est qu'on ait un chez-nous et qu'on ne soit pas obligés de dormir dans une cabane.

Voyant que Tommy souriait, Sarah se sentit fière d'avoir réussi à leur procurer un toit, même s'il ne lui restait guère de sous maintenant qu'elle avait réglé le loyer.

— On peut manger quelque chose ? J'ai tellement faim que ma tête va tomber.

Sarah rit.

— Que dirais-tu d'étaler la couverture sur le plancher, puis d'aller acheter de quoi faire un pique-nique ?

— Oh ouiiii ! s'écria Tommy tout joyeux. Il y aura du gâteau ?

Elle palpa les quelques pièces qui restaient au fond de sa poche de manteau. Ce soir, ils allaient souper comme des princes, mais demain c'était une autre histoire.

11

Le lendemain, Sarah emmena Tommy dans le cimetière qui bordait la Tamise. C'était un endroit tranquille et silencieux où elle aimait venir s'asseoir pour réfléchir en paix.

— On peut s'en aller ? demanda son petit frère qui commençait à s'ennuyer.

— Encore une minute, lui dit-elle.

— On pourrait pas retourner au pont pour voir s'il y a pas un autre trésor ?

— Tu sais, on a eu un gros coup de chance l'autre jour. Je ne crois pas que cela se reproduira.

— S'il te plaît. C'est plus rigolo que de rester ici au milieu de tous ces gens enfermés dans des boîtes sous la terre.

Il n'avait pas tort, songea-t-elle en se levant à regret du banc. Elle n'escomptait pas trouver quoi que ce soit dans la vase, mais il fallait bien qu'elle fasse plaisir à Tommy, ne serait-ce que pour qu'il arrête de geindre.

Le garçon se mit à détaler devant elle, impatient d'aller jeter un coup d'œil au rivage. Une fois sur le pont de Battersea, il s'agrippa à la balustrade et lui cria :

— Porte-moi !

Sarah le souleva et Tommy poussa un cri de joie.

— Sarah ! Tu vas pas me croire… mais il y a encore un trésor !

— Ne sois pas idiot, dit-elle en le reposant à terre.

Mais lorsqu'elle jeta à son tour un coup d'œil par-dessus la rambarde, elle aperçut un objet brillant sur le rivage et resta sans voix. Non, c'était impossible ! Ce devait être une vieille boîte de conserve !

— Tu me crois maintenant ? Quand je te disais qu'on allait encore trouver un trésor !

— Oui, Tommy.

Ils dévalèrent les marches qui menaient à la berge, mais quand Sarah atteignit le pied de l'escalier, le niveau de l'eau avait monté.

— Reste ici ! Je vais le chercher, dit-elle en commençant à longer la grève. Elle n'avait jamais vraiment observé les marées et ne savait pas en combien de temps l'eau montait, mais elle avait entendu dire que des gens s'étaient noyés dans la Tamise. Son cœur se mit à battre violemment tandis qu'elle se hâtait d'aller récupérer l'objet brillant avant qu'il ne soit emporté par le fleuve.

— Je l'ai, cria-t-elle à son frère par-dessus son épaule.

Puis elle se dépêcha de regagner l'escalier avant que la marée ne submerge le rivage.

— Qu'est-ce que c'est ? lui demanda-t-il.

— Je ne sais pas au juste, dit-elle en scrutant l'objet dans sa main d'un œil intrigué.

— Je peux le voir ?

Sarah le lui tendit. C'était une chose ronde munie d'une chaînette. Tommy l'essuya sur sa culotte courte, puis enfonça le petit poussoir qui se trouvait sur le côté, et un couvercle se souleva.

— Ouah ! C'est une montre !

Sarah la lui prit des mains. La montre marquait 11 h 30, sans doute l'heure à laquelle elle était tombée à l'eau. Elle étudia ensuite soigneusement le couvercle en argent. Il était gravé des initiales A. S. et portait la date 1903.

Un profond sentiment de culpabilité l'envahit soudain. En principe, elle aurait dû la rapporter au commissariat, car la montre était aisément identifiable. Mais la personne qui l'avait perdue était à l'évidence quelqu'un de riche. Ce ne serait pas une grosse perte pour elle, alors que pour eux c'était une véritable aubaine. Le bien-être de Tommy passait avant tout le reste.

George avait fait quelques bonnes affaires, le flot continu des chalands l'empêchant de penser à Sarah. Mais maintenant que l'heure du déjeuner approchait, son estomac commençait à gargouiller.

— Hé, George, que dirais-tu d'une tourte à la viande? lui lança Roger.

— Excellente idée! répondit George, en songeant que Roger avait lu dans ses pensées.

— Ça t'ennuie d'aller les chercher pendant que je surveille la marchandise? Je ne sais plus où donner de la tête ce matin, dit Roger, qui était occupé à peser des carottes pour une cliente.

George frappa gaiement dans ses mains et prit aussitôt la direction du pub en saluant les uns et les autres sur son passage. Les pâtés à la viande de Violette, la patronne, étaient les meilleurs du quartier, encore meilleurs que ceux de sa mère. Comme le pub était bondé, il dut patienter un peu au bar avant d'être servi.

Ses deux tourtes achetées, il s'empressa de retourner au stand où Roger l'attendait en soufflant sur ses doigts gelés.

— Voilà, mon vieux. De quoi te réchauffer un peu, lui dit-il en lui tendant un pâté brûlant.

— Tu as pris ton temps, dis donc ! Tu ne devineras jamais ce qui s'est passé ? lui lança Roger.

— Tu as liquidé tout mon stock et amassé une petite fortune ? plaisanta George.

— Nan, mais tu viens de louper la fille… c'est quoi son nom déjà… Sarah ?

— Tu plaisantes ?

— Non, non, je te promets. Je l'ai vue qui marchait avec le gamin au bout de l'allée.

George fourra sa tourte entre les mains de Roger.

— De quel côté est-elle est allée ?

Sans lui laisser le temps de répondre, George pivota sur ses talons et se mit à courir dans la direction que lui indiquait son ami :

— À droite, tourne à droite !

Sarah était allée faire un tour dans les toilettes publiques, et maintenant qu'elle avait bien nettoyé la montre, elle espérait trouver un revendeur. Elle n'avait pas envie de se rendre dans le centre, comme George le lui avait suggéré pour le bracelet, car elle ne s'était jamais aventurée de l'autre côté du pont, où vivaient les gens riches, et d'où la montre provenait sans doute.

George lui ayant dit que la police faisait des tours de ronde dans le marché, elle décida de ne pas s'éterniser. Tommy à la remorque, elle se mit à arpenter les rues à la recherche d'un prêteur sur gages. Une fois, quand elle avait à peu près l'âge de Tommy, sa mère lui avait dit d'attendre à l'extérieur pendant qu'elle entrait dans une de ces échoppes pour vendre une bague qu'un client lui avait offerte. Sarah avait regardé, fascinée, l'enseigne surmontée de trois boules de laiton accrochée au-dessus de la porte. Quand sa mère était ressortie, elle était aux anges. Elle avait aussitôt filé au pub, et ordonné encore une fois à Sarah de l'attendre à l'extérieur.

Ce n'étaient pas de bons souvenirs, songea la jeune fille, tout en cherchant des yeux une enseigne de prêteur. C'est alors qu'elle entendit la voix de George.

— Hé, Sarah !

Elle se retourna, et à sa grande surprise, Tommy lui lâcha la main et s'élança vers George pour se jeter dans ses bras.

— Salut, bonhomme, lui dit le fripier.

— On a encore trouvé un trésor ! s'écria Tommy.

— Vraiment ? Et qu'est-ce que vous avez trouvé cette fois ?

— Une montre en argent. Hein, Sarah, que c'est vrai ? Montre-la à George.

Sarah sentit le rouge lui monter aux joues. Jamais le jeune homme ne voudrait la croire lorsqu'elle lui dirait qu'elle avait trouvé une montre sur les bords de la Tamise. Même elle avait du mal à y croire.

— Voyons cela, dit-il.

Elle plongea une main dans sa poche et en ressortit la montre qu'elle lui tendit.

— Ouah, c'est une belle pièce ! Vous l'avez trouvée au même endroit que le bracelet ?

Sarah savait qu'il allait se poser des questions, mais contre tout attente, il n'y avait pas la moindre suspicion dans son regard. Soudain mal à l'aise, elle baissa les yeux.

— Eh ben, on peut dire que vous êtes de sacrés veinards ! Elle ne marche plus, mais c'est sûrement de l'argent massif. Où allez-vous l'emmener ?

— Je cherchais un prêteur sur gages.

— Je ne crois pas que vous pourrez la vendre là-bas. Ils vont penser que vous l'avez filoutée. Mais j'ai une idée. Je pourrais la mettre en vente sur mon stand.

— Vraiment ? Tu ferais ça pour moi ?

— Bien sûr, mais il t'en coûtera quelque chose, dit George en décochant un clin d'œil à Tommy.

— Je savais que c'était trop beau pour être vrai. Que veux-tu en échange ? demanda Sarah.

— T'inviter… à faire un tour avec moi.

Tommy ricana, mais Sarah eut un haut-le-corps. Comment aurait-elle pu accepter de faire un tour avec lui ? Elle devait s'occuper de Tommy, et puis elle n'avait rien à se mettre. Elle n'avait même pas une brosse à cheveux.

— Je suis désolée, George, mais je ne peux pas.

— Oh, Sarah, dis oui ! supplia Tommy.

— Tais-toi, lui intima-t-elle. Qui va te garder pendant ce temps-là ?

— Tommy peut venir aussi, plus on est de fous…, dit George.

Mais Sarah n'en démordait pas. George ne savait rien d'elle. Il ignorait combien elle était misérable.

Quand bien même elle aurait accepté de sortir avec lui, elle n'en avait pas vraiment envie. C'était un chic type, mais elle avait du mal à passer outre aux horribles cicatrices sur son visage.

— Non, George, je ne peux pas. Mais merci tout de même. Maintenant, est-ce que tu pourrais me recommander un prêteur sur gages dans les parages ? Ça ne coûte rien de la lui proposer. Au pire il la refusera.

Tommy semblait déçu, et sans doute George l'avait-il remarqué, car il lui tapota la tête en disant :

— Ce n'est pas grave, Tommy. Ta sœur ne veut pas sortir avec moi, c'est son droit, mais ça ne nous empêche pas de rester amis. Et puis je peux toujours me charger de vendre la montre pour vous.

Sarah avait blessé George, elle le voyait à ses yeux et au ton de sa voix, soudain moins joviale. Et pourtant, il était toujours d'accord pour l'aider et elle lui en savait gré.

— J'apprécie vraiment ce que tu fais pour nous, et la moindre des choses serait que tu prennes une commission, dit Sarah en relevant bien haut la tête.

Ils avaient beau être sans le sou, elle avait sa fierté.

— Comment ça ? demanda George.

— C'est le terme qui convient, non ? Une commission ? Ainsi, chacun y trouvera son compte.

George se frotta le menton, comme s'il réfléchissait sérieusement à la question.

— Très bien. Tu me donnerais quel pourcentage ?

— Les yeux de Sarah s'écarquillèrent. Elle n'avait jamais vraiment su comment on calculait un pourcentage, mais elle ne voulait pas que George la croie idiote.

— Que suggères-tu ?

— Dix pour cent. C'est-à-dire que si j'en tire dix livres, je garde une livre et je vous en donne neuf.

Sarah songea que c'était plus que raisonnable.

— Ça me semble équitable. Le seul problème, c'est que j'ai un besoin urgent d'argent, George. Tu penses pouvoir la vendre rapidement ?

— Je ne peux rien te promettre, mais je vais faire tout ce que je peux, et avec un peu de chance elle partira rapidement. Et maintenant, retournons à mon stand, vous allez m'aider à trouver la meilleure présentation possible.

Sa fierté retrouvée, Sarah traversa le marché d'un pas assuré. La mendigote qui dormait sous les ponts était devenue une femme d'affaires. Une fois qu'elle aurait empoché l'argent, elle achèterait un ou deux meubles d'occasion pour garnir leur nouveau logis, après quoi elle réfléchirait à un moyen de gagner sa vie.

C'est alors qu'il lui vint une idée lumineuse. Avec l'argent de la montre, elle pourrait acheter de la marchandise que George revendrait pour elle moyennant une commission. En tout cas, jamais elle ne vendrait son corps comme le faisait sa mère.

12

Le lendemain matin, tandis qu'il se préparait à aller travailler, George était d'humeur guillerette. Il savait que Sarah allait passer au stand pour voir s'il avait réussi à vendre la montre.

— Bonjour, mon cœur, le salua Lena, sa mère, le petit-déjeuner est prêt !

— Merci, m'man, répondit George en s'asseyant face à elle à la table de la cuisine.

Elle était toute pimpante dans sa petite robe crème, avec ses cheveux châtains bien coiffés, songea-t-il. Elle n'avait pas une ride, et bien qu'elle eût cinquante ans passés, on lui en aurait donné dix de moins.

Tandis qu'elle lui servait une tasse de thé, elle lui demanda, l'air suspicieux :

— Qu'est-ce qui te rend si joyeux ?

— Rien. C'est juste qu'il fait un temps splendide et que la journée s'annonce bonne, répondit-il en prenant une gorgée de thé.

— Ah oui, mais pourquoi as-tu mis ta plus belle chemise ?

George aurait aimé pouvoir lui répondre qu'il avait rencontré une fille ravissante dont il était tombé amoureux. Mais étant donné que Sarah l'avait éconduit, il n'y avait rien à raconter, même si, étant d'un optimisme inébranlable, il refusait de s'avouer vaincu.

— Arrête, maman, s'il te plaît. Je peux mettre une chemise neuve sans subir un interrogatoire ?

— Je te connais assez bien, George Neerly, pour savoir que ce n'est pas un rayon de soleil qui te met dans cet état ! J'espère que c'est une gentille fille au moins, conclut Lena avec un sourire chaleureux.

— C'est une gentille fille et son nom est Sarah, mais elle ne s'intéresse pas… encore à moi.

— Laisse-lui du temps. Je sais que ce n'est pas facile, mais quand elle aura appris à te connaître… Je suis sûre qu'elle ne pourra pas s'empêcher de tomber follement amoureuse de toi.

— Si seulement, soupira George.

— Mais si, mais si. Fais confiance à ta vieille maman, dit Lena en repoussant sa chaise et en lissant le devant de sa robe. Bien, je dois partir. Il faut que je passe voir Mme Harris avant d'aller travailler. On se voit ce soir. Je croise les doigts pour toi.

George lui fit au revoir de la main tandis qu'elle sortait de la cuisine pour se rendre à l'épicerie où elle travaillait depuis maintenant trois ans. C'était la meilleure chose qui aurait pu lui arriver. Après la mort de son mari, elle avait sombré dans la dépression, et ne quittait pratiquement plus son lit. Mais depuis qu'elle travaillait chez Bosco, elle avait repris goût à la vie. Elle adorait échanger des potins avec les ménagères du quartier et raconter à George les derniers commérages à propos d'untel ou d'unetelle.

Quand la porte d'entrée se fut refermée, George se renversa sur sa chaise et sortit la montre de Sarah de sa poche. Il y avait peu de chances pour qu'il réussisse à la vendre au marché. Mais il ne voulait pas la décevoir car elle semblait avoir cruellement besoin d'argent.

Si sa mère avait su, elle l'aurait traité de fou, mais il n'était pas prêt à renoncer. Il remonta dans sa chambre et prit la boîte en bois sculpté qu'il gardait au fond de son armoire. Il sortit le bracelet qu'il avait acheté à Sarah, prit deux billets de cinq livres qu'il fourra dans sa poche de pantalon, puis remit le bracelet dans la boîte ainsi que la montre en argent.

Elle le vaut bien, songea-t-il, impatient de revoir son beau sourire.

Une odeur désagréable d'humidité picota les narines de Sarah au réveil. Repoussant le manteau qui lui servait de couverture, elle se leva du sol en ciment et s'approcha de la fenêtre dépourvue de rideaux. Il faisait froid dehors, mais une bonne bouffée d'air frais valait mieux que la pestilence de la moisissure.

La chambre qu'elle avait louée n'était guère reluisante. Elle lui rappelait celle dans laquelle elle avait grandi avec sa mère, si ce n'est qu'ici les murs étaient encore plus noirs à cause des champignons. Contrairement au studio de sa mère, qui faisait partie d'un immeuble d'habitation, cette chambre-ci était située au rez-de-chaussée d'une maison particulière, et l'on pouvait entendre marcher les voisins à l'étage. Il y avait une salle de bains commune sur l'arrière. Les robinets de la baignoire étaient hors d'usage et le lavabo ébréché, mais les toilettes étaient propres et la chasse d'eau fonctionnait. C'était déjà ça.

Tommy et elle n'avaient pas un meuble, mais ils avaient un toit au-dessus de leurs têtes et c'était mieux que d'être à la rue. Le petit lavabo sous la fenêtre n'avait qu'un robinet d'eau froide mais c'était suffisant pour faire un brin de toilette. La première fois qu'elle s'en était servie, une eau glacée et rougeâtre en avait jailli. Elle avait dû la laisser couler un bon moment avant qu'elle retrouve une couleur normale. Mais c'était toujours mieux que d'aller se laver dans les toilettes publiques de Bog Island.

Sarah secoua doucement Tommy pour le réveiller.

— On a du boulot, lapin. Alors debout, petit fainéant.

Tommy ouvrit les yeux et lui décocha un grand sourire qui lui fit chaud au cœur.

— On va voir George aujourd'hui ?

— Oui, et avec un peu de chance, il aura vendu notre montre, dit Sarah.

Après un débarbouillage à l'eau glacée, elle fit de son mieux pour les coiffer avec un vieux peigne qu'elle avait trouvé.

— J'ai faim, gémit Tommy.

— D'accord, on va manger un bout avant d'aller voir George.

Le marché bourdonnait d'activité quand ils arrivèrent, et George était en train de fourrer un pull-over dans le caddie d'une cliente.

— À la semaine prochaine, Ethel, dit George à la femme qui s'éloignait, visiblement enchantée de son achat.

— Bonjour, George, lança Sarah.

George se retourna pour la regarder, et une fois encore Sarah eut un haut-le-corps en voyant les horribles cicatrices sur son visage. Elle avait beau le connaître mieux, à présent, à chaque fois elle éprouvait un choc, même si elle faisait de son mieux pour ne pas le montrer.

Tommy, en revanche, nullement incommodé par l'apparence de George, le salua d'un grand sourire.

— Salut, vous deux, répondit le fripier. Comment ça va ?

— Tu veux voir mes soldats de plomb ? demanda Tommy.

— Et comment ! s'exclama George en soulevant le garçon avec ses bras musclés.

— Tu as réussi à vendre la montre ? voulut savoir Sarah.

— Eh, une minute ! plaisanta George. Comment elle est ta sœur, dis-moi ? demanda-t-il à Tommy.

— Ma sœur, elle est comme une glace, dit le garçon.

— C'est-à-dire ?

— Eh ben, comme ça, elle a l'air froide, mais en vrai elle est toute douce, et moi j'adore les glaces.

Sarah sentit son cœur se serrer. Si seulement sa mère avait pu ouvrir les yeux et voir combien son fils était merveilleux.

— Moi aussi, j'adore les glaces, dit George en regardant Sarah d'une façon qui la fit rougir.

Il reposa Tommy à terre, et piochant quelques pièces dans sa poche, les lui donna en disant :

— Tu vois l'enseigne, là-bas, De Marco ? C'est le meilleur glacier de Battersea. Je sais qu'il est un peu tôt et qu'il fait frisquet ce matin, mais va donc nous chercher un cornet chacun. Je te laisse choisir le parfum. Sarah, ça te tente ?

— Non, merci, George. On a déjeuné il n'y a pas longtemps, mais je veux bien que Tommy en mange une. Et, Tommy, tu files là-bas et tu reviens tout de suite, compris ?

Tommy partit en courant, et George se tourna vers Sarah.

— J'ai vendu la montre, mais je n'ai pas réussi à en tirer autant que j'aurais voulu. Elle nous a rapporté six livres. J'espère que tu n'es pas trop déçue ? dit-il en lui tendant l'argent.

Sarah prit les sous, ravie.

— Oh, mais c'est formidable. Merci, George. Je me demandais…

— Non, coupa le fripier. C'est trop dangereux.

Sarah sourit et poursuivit :

— Je me demandais si tu serais d'accord pour vendre d'autres choses pour moi ? Moyennant une commission bien sûr.

— Tu as encore de la marchandise ?

— Eh bien, pas pour l'instant. Mais j'ai pensé que je pourrais utiliser une partie de cet argent pour en acheter.

— Je serais ravi de te rendre ce service. Après tout, c'est de l'argent facilement gagné pour moi. Mais quel genre de marchandise as-tu en tête ?

Sarah demeura pensive. Elle n'y avait pas vraiment songé, et même si elle avait su quoi acheter, elle n'aurait pas su où se le procurer.

— Je ne sais pas. Des bijoux, je suppose. Ça a l'air d'accrocher l'œil des clientes. Qu'en penses-tu ?

— C'est une idée du tonnerre, mais rien de trop précieux, hein ? Mes clientes ne roulent pas sur l'or. Mais elles se laisseront peut-être tenter par un collier ou une broche fantaisie, pour aller avec une robe un peu habillée.

— Oui, c'est une bonne idée ! s'exclama Sarah.

Mais alors qu'ils échangeaient une poignée de main pour sceller leur partenariat, un coup de tonnerre déchira le ciel. Sarah songea : pourvu que ça ne nous porte pas malheur.

La pluie se mit à tomber à verse. George se dépêcha d'abaisser la bâche pour protéger son stand. Sarah courut à l'autre bout de l'étal pour lui prêter main-forte. Dans sa précipitation, elle entra en collision avec Roger qui se pressait lui aussi de mettre sa marchandise à l'abri.

— Désolée, dit-elle, et, lorsqu'elle vit la paire d'yeux bleus qui la regardait, elle retint son souffle.

Tommy aussi avait les yeux bleus, mais ceux-ci étaient d'un bleu de glace bordés d'épais cils noirs.

— Y'a pas de mal. Tu es Sarah, c'est ça ?

— Euh… oui… euh, répondit-elle en bafouillant comme une idiote.

Son cœur battait à tout rompre et des papillons virevoltaient dans son estomac.

— Moi, c'est Roger. George m'a parlé de toi. Ravi de faire ta connaissance.

Incapable de prononcer une parole, Sarah se contenta de le regarder bouche bée. Puis elle entendit Tommy l'appeler et, à son grand soulagement, revint à la réalité. Elle pivota sur elle-même et vit son frère s'approcher, sa vareuse et sa casquette dégoulinant de pluie, et un cornet de glace dans chaque main. La pluie avait fait fondre les boules de crème glacée, mais malgré sa déception, il affichait un grand sourire.

Sarah, George et Roger éclatèrent de rire, et Tommy les imita. Quel bonheur ! songea-t-elle. Il y avait longtemps qu'elle n'avait pas piqué un fou rire et ce n'était pas trois gouttes d'eau qui allaient doucher sa bonne humeur. Après tout, elle venait de conclure un marché avec George et son horizon s'éclaircissait enfin.

13

Sarah n'avait pas donné de nouvelles depuis deux semaines et George commençait à se faire du souci. Il se demandait pourquoi elle n'était pas revenue alors même qu'elle lui avait proposé de lui laisser de la marchandise en dépôt.

— Qu'est-ce qui ne va pas ? Pourquoi tu restes assis là à broyer du noir ? lui demanda sa mère en posant un plat de saucisses et de purée sur la table de la cuisine.

George croisa les bras.

— Rien, maman. Je réfléchis simplement.

— À quoi donc ?

— À Sarah, la fille dont je t'ai parlé. Je lui ai proposé de vendre de la marchandise pour elle sur mon stand, il y a quelques jours, mais elle n'est pas revenue.

— Ma foi, tant pis pour elle. Et maintenant arrête de gamberger et mange avant que ça refroidisse. Je n'ai pas fait la popote pour rien.

— Oui, désolé, m'man, dit George en se servant une grosse cuillerée de purée. Ça a l'air délicieux. Il reste du jus ?

— Dans la poêle. Alors, entre cette fille et toi, c'est juste du business, ou est-ce que je dois songer à m'acheter un nouveau chapeau ?

— Arrête, maman. Il n'y a rien entre nous, même si j'aimerais bien que ce ne soit pas le cas. J'ai l'impression que je perds mon temps. J'ai bien vu la façon dont elle regardait Roger. Jamais elle ne me regardera comme ça.

— C'est sûr que Roger est beau gosse, mais ce n'est pas pour autant qu'il te fait de l'ombre. À part son physique, il n'a pas grand-chose à offrir. Et à ce qu'on raconte c'est un sacré coureur. J'ai bien connu le père de Roger. Il en a fait voir de toutes les couleurs à sa mère. Il couchait avec toutes les traînées du quartier et ne s'en cachait pas ! Pauvre Vivian, elle ne va pas faire de vieux os s'il prend le même chemin.

— Maman, tu es intarissable quand tu es lancée, déclara George en souriant.

— Je dis juste qu'il faudrait que cette fille soit idiote pour préférer Roger à un garçon comme toi.

Il savait que sa mère disait la vérité. Roger passait son temps à se vanter de ses nouvelles conquêtes. « Tu couches et puis t'oublies », disait-il, tout en expliquant à George comment s'y prendre pour attirer une femme dans son lit.

Mais George n'était pas intéressé. Il savait que seule une femme d'exception serait capable de le voir tel qu'il était vraiment malgré son visage brûlé. Et il espérait que cette femme serait Sarah.

Tommy s'amusait à sauter sur son lit tandis que Sarah préparait le dîner.

— Si tu le casses, tu n'en auras pas d'autre, lui lança-t-elle par-dessus son épaule.

— J'aime trop mon nouveau lit. C'est mon premier pour moi tout seul, dit Tommy.

Il n'était pas neuf, mais il était à lui. Il leur avait été livré plus tôt dans la journée, ainsi qu'un lit pour Sarah, deux fauteuils, un petit réchaud et une table basse.

Sarah jeta un coup d'œil circulaire à la chambre et la trouva plutôt accueillante. Elle avait ôté la moisissure, et avait recollé le papier peint qui pendait des murs avec une colle à base de farine et d'eau. Les meubles étaient joliment disposés et il y avait même un joli petit pan d'étoffe verte accroché à la fenêtre, assorti au tapis.

— Allons, viens manger, dit-elle en s'asseyant dans un fauteuil, une assiette sur les genoux.

— Quand est-ce qu'on va voir George ? demanda Tommy en dévorant son escalope de porc panée.

— On ne parle pas la bouche pleine, répondit Sarah, avant d'ajouter : Je ne sais pas. Je n'ai pas encore réussi à me procurer de la marchandise.

— Pourquoi on retourne pas à la Tamise ? Il y a peut-être d'autres trésors.

Sarah leva les yeux au ciel. C'était une idée absurde, même si elle y avait pensé. Elle n'avait rien trouvé à revendre et l'argent fondait comme neige au soleil. Et maintenant, elle regrettait d'avoir dépensé autant pour des meubles. Elle aurait dû attendre d'avoir de la marchandise pour George, mais elle n'avait pas pu résister à l'envie de garnir leur chambre.

Elle venait d'avaler sa dernière bouchée de viande quand on frappa à la porte.

— Une minute ! cria-t-elle, devinant qu'il devait s'agir de Mo, sa voisine du dessus.

Elle l'avait croisée la semaine dernière, dans la salle de bains commune. Mo lui avait brièvement raconté l'histoire de sa vie, et d'après ce qu'elle avait cru comprendre, depuis que Mo vivait en concubinage avec Samuel, son petit copain jamaïcain, sa famille l'avait rejetée.

Sarah s'était immédiatement prise de sympathie pour cette femme à la personnalité chaleureuse. Rousse aux yeux bleus, c'était la plus jolie fille que Sarah ait jamais vue, et elle espérait qu'elles allaient devenir amies.

Mais lorsqu'elle ouvrit la porte, elle eut un haut-le-corps. Le visage de Mo était tuméfié au point d'en être méconnaissable.

— Oh non. Que t'est-il arrivé ? demanda-t-elle en lui faisant signe d'entrer.

Mo entra et fondit aussitôt en larmes.

— Tommy, va jouer dehors. Et reste devant la maison, compris ? Je vais te surveiller par la fenêtre, dit Sarah.

— Mais… j'ai pas d'amis pour jouer, répondit lentement Tommy, visiblement choqué par l'apparence de Mo.

— Eh bien, tu n'as qu'à t'en faire, répondit Sarah d'une voix ferme.

Tommy sortit en ronchonnant, et Sarah dit à Mo :

— Assieds-toi. Je vais mettre la bouilloire en route.

— C'est mignon chez toi, renifla Mo.

— Merci. Ne me dis pas que c'est Samuel qui t'a mise dans cet état.

— Oh, mais bien sûr que non ! répondit Mo. Il ne lèverait jamais la main sur moi. C'est mon père. Il est passé ce matin, et comme j'ai refusé de rentrer à la maison, il m'a… enfin, pas besoin de te faire un dessin.

— Oh, mais c'est affreux. Où est Samuel ? Il est au courant ?

— Non, et j'espère que tout sera rentré dans l'ordre quand il reviendra. Il est allé passer quelques jours chez son frère dans l'est de Londres. Je suppose que mon père le savait et que c'est pour ça qu'il est venu. Il n'aurait jamais osé lever la main sur moi si Samuel avait été là.

— C'est un fameux cocard, Mo. Et tu as la lèvre fendue. Je doute que tu sois remise avant le retour de Samuel.

— Mince, alors ! Qu'est-ce que je vais faire ? Je n'ai pas envie que Sam s'attire des ennuis, mais s'il découvre que c'est mon père qui m'a fait ça, il va le tuer.

Comme Mo redoublait de sanglots, Sarah lui passa un bras autour des épaules.

— Ne t'inquiète pas, Mo, on va trouver quelque chose. Tu pourrais lui dire que tu t'es fait attaquer dans la rue, par exemple.

— Oui, je suppose que ça pourrait marcher, dit-elle en prenant une inspiration tremblante. Oh, Sarah, si tu savais comme je hais mon père. Il a toujours eu la main lourde avec moi et ma mère, mais pas avec mes frères. C'est un lâche. Un lâche et une brute. Mon Samuel en vaut dix comme lui.

Sarah ne savait pas ce que c'était d'avoir un père, mais même si elle avait toujours envié Jenny pour ça, elle savait que tous les pères n'étaient pas des anges.

— Il t'a déjà frappée alors ? demanda-t-elle en feignant de ne pas avoir l'air trop étonnée.

— Oh oui. Ce n'est pas nouveau. Quand j'ai raconté à Sam que mon père me frappait, il a voulu aller lui donner une bonne raclée. Sarah, il ne faut pas que Samuel découvre la vérité. Tu me jures de ne pas vendre la mèche ?

— Je te le jure, la rassura Sarah.

— Merci, dit Mo, puis elle prit une gorgée de thé en grimaçant de douleur.

— Je peux t'aider d'une façon ou d'une autre ? demanda Sarah.

— Non, je peux me débrouiller. J'avais juste besoin de sortir un peu de chez moi et de m'épancher. J'avais l'impression d'étouffer là-haut, et puis j'ai peur que mon père revienne.

— Pourquoi tu ne resterais pas ici avec moi jusqu'au retour de Samuel ? Tommy pourrait dormir avec moi et toi tu prendrais son lit.

— Oh, c'est très sympa de ta part, mais je n'ai pas envie de vous déranger.

— Ne sois pas bête. Ça me fera du bien d'avoir quelqu'un avec qui parler pour une fois. J'adore Tommy, mais la conversation est un peu limitée avec lui.

— Si tu es sûre que ça ne te dérange pas, je veux bien. Je vais remonter chercher deux ou trois bricoles… Tu veux venir avec moi ?

— D'accord, mais je vais d'abord m'assurer que Tommy n'est pas en train de faire les quatre cents coups.

Sarah s'approcha du lavabo et jeta un coup d'œil par la fenêtre. Tommy était en train d'observer un groupe de garçons qui jouaient aux billes. Si seulement il avait pu se joindre à eux. Bah, l'important c'est qu'il soit en sécurité pendant qu'elle montait avec Mo.

Quand celle-ci ouvrit la porte de son logement, Sarah resta bouche bée en découvrant les murs couverts de dessins de fleurs exotiques aux couleurs vives, et tellement bien représentées qu'on avait l'impression de sentir leur parfum.

— C'est beau, non ? dit Mo.

— Je n'ai jamais rien vu de semblable, répondit Sarah. Elles sont magnifiques.

— C'est Samuel qui les a peintes. C'est un artiste et il commence à être connu en Jamaïque. Le problème c'est que son petit frère a vu une de ces affiches de propagande comme quoi la vie est meilleure au Royaume-Uni et qu'il s'est laissé prendre au piège. Samuel n'a pas voulu qu'il parte seul, alors ils ont fait tous les deux la traversée à bord du *Windrush*, et maintenant, tout ce qu'il peut espérer c'est un boulot merdique dans les chemins de fer.

— Il ne peut pas vendre ses toiles ? demanda Sarah.

— Il a essayé, mais les gens d'ici n'aiment pas beaucoup ce genre de peinture. C'est trop exotique pour eux. Il a démarché des galeristes à Chelsea, mais aucun n'était intéressé. Ce n'est pas facile d'être un homme noir dans un pays de blancs.

Sarah n'avait jamais réfléchi à la question. Elle avait déjà vu des pancartes à l'extérieur des hôtels garnis, précisant « Pas de Noirs ni d'Irlandais », mais elle n'avait jamais compris pourquoi. Elle se mit à contempler les peintures pendant que Mo fourrait quelques affaires dans un sac.

— Je vais lui laisser un petit mot pour qu'il sache où je suis, déclara Mo.

Sarah hocha machinalement la tête, sans vraiment prêter attention à ce que lui disait son amie. Elle était fascinée par les dessins qui s'étalaient sous ses yeux et se demandait si Samuel était aussi beau que ses œuvres. C'est alors que, sans crier gare, l'image de Roger surgit dans ses pensées. Elle sentit son estomac chavirer. Lui aussi était beau comme un dieu, et elle s'était mise à bredouiller comme une idiote quand ils s'étaient retrouvés nez à nez au marché. Elle n'avait pas de marchandise à confier à George, mais elle allait y retourner demain en espérant qu'elle y croiserait Roger à nouveau.

14

Il faisait étonnamment chaud pour un mois de mars, et comme toujours, le vendredi était un jour faste pour les affaires. George savait que les femmes aimaient s'offrir une tenue un peu habillée, les fins de semaine, pour aller danser ou au cinéma. Si bien qu'il avait mis ses robes les plus attrayantes bien en vue. Son produit vedette était une étole de fourrure achetée lors d'une vente aux enchères. Tandis qu'il la plaçait sur le devant de son étalage, il songea à Sarah. Elle aurait eu fière allure avec cette petite merveille d'élégance autour des épaules.

— C'est une belle pièce…, le complimenta Roger.

— N'est-ce pas ? répondit George en se tournant vers son ami.

Adossé à son échoppe, Roger était en train de reluquer une jeune femme qui marchait de l'autre côté de la rue. C'est alors que George comprit qu'il se référait à la fille et non pas à l'étole.

Comme si elle avait senti qu'on l'observait, celle-ci se retourna et décocha un grand sourire à Roger. George avait l'habitude de voir les femmes se pâmer devant son ami. Il espérait simplement qu'il ne mettrait pas le grappin sur Sarah.

La matinée passa comme un rêve. George palpa avec satisfaction sa ceinture porte-billets. Il avait bien travaillé et n'avait pas eu le temps de penser à elle. Mais alors qu'il s'étirait en jetant un regard circulaire au marché, il l'aperçut qui marchait dans sa direction, et sentit son pouls s'accélérer. Elle lui parut différente, mieux habillée, ou était-ce sa nouvelle coiffure ?

À mesure qu'elle se rapprochait, il sentit ses lèvres s'étirer en un large sourire, incapable de dissimuler sa joie de la revoir. Il aurait voulu lui ouvrir ses bras et sentir la caresse de ses lèvres sur les siennes. Mais ce fut Tommy qui accourut vers lui en criant de bonheur et se pendit à son cou. Sarah le salua, mais le cœur de George chavira quand il vit qu'elle regardait par-dessus son épaule, comme si elle cherchait Roger des yeux.

— Je commençais à me faire du souci. Je pensais que vous alliez m'apporter de la marchandise, dit George, espérant ainsi capter toute son attention.

— Euh… oui… c'est-à-dire que…, bredouilla Sarah. Je me suis mise en quête de marchandise, mais je ne sais pas vraiment comment m'y prendre. Au point que j'en viens à me demander si je ne vais pas retourner prospecter au bord de la Tamise.

— Bah, vu les trouvailles que vous avez faites jusqu'ici, ce n'est pas une mauvaise idée. Il doit y avoir une telle quantité d'objets enfouis sous la vase. J'ai un nouveau surnom pour vous – les petits rabouilleurs, ajouta George avec un sourire en coin.

— Les rabouilleurs ? Qu'est-ce que c'est que ça ? demanda Sarah.

— C'est comme ça qu'on appelait les gamins des rues qui remuaient la boue à la recherche de trésors à l'époque de la reine Victoria. Mais je ne suis pas certain que de nos jours ce soit encore autorisé.

— Je ne pense pas que la police va me chercher des noises pour deux ou trois bricoles. Je doute de trouver encore des bijoux. Mais j'y ai déjà repéré des pipes en terre et des drôles de coquillages. Je suis allée faire un tour chez le poissonnier hier, et il en avait sur son étalage. Ça s'appelle des huîtres. La coquille n'est vraiment pas belle à l'extérieur, mais à l'intérieur si. J'ai pensé que je pourrais peut-être fabriquer des pendentifs avec.

Ces coquillages sont comme moi, raisonna George. Si seulement elle pouvait me voir comme elle voit les huîtres. Mais il doutait que cela arrive un jour, et mieux valait mettre de côté ces pensées déprimantes.

— Je serais curieux de voir ce que tu arriverais à fabriquer avec des pipes en terre et des coquilles d'huîtres, mais quoi qu'il en soit je suis partant pour essayer de vendre tout ce que tu voudras bien me confier, dit George en décochant un clin d'œil à Tommy.

— Merci, dit Sarah.

— Mais qu'est-ce qui t'amène ici aujourd'hui si tu n'as pas de marchandise ? s'étonna George, bien qu'il eût deviné la raison de sa venue.

— Rien de spécial, répondit Sarah dont les yeux se tournèrent instantanément vers le stand de Roger.

Sans doute ce dernier avait-il senti qu'elle le regardait, car il lui adressa un grand sourire.

— Bonjour, Sarah, dit Roger en la déshabillant du regard.

George eut envie de l'envoyer promener, mais il tint sa langue.

— Bonjour, Roger, répondit-elle timidement.

— Qu'est-ce que tu dirais d'une pomme, Tommy ? J'en ai de bien juteuses.

Tommy hocha la tête avec enthousiasme, et Roger contourna son étal et revint avec deux belles Cox.

— Une pour toi, dit-il en la tendant au garçon, et une pour la jolie fille.

Lorsqu'il lui donna la pomme, George remarqua que ses doigts frôlaient la main de Sarah. Il serra les poings, furieux. Roger savait ce qu'il éprouvait pour Sarah. Quelle sorte d'ami était-il pour oser marcher ainsi sur ses plates-bandes ? Il allait avoir une explication avec lui, mais plus tard, quand Sarah et Tommy seraient partis.

Sur le chemin de retour à la maison, Sarah avait l'impression de flotter sur un petit nuage. Elle n'avait pas osé regarder Roger dans les yeux, craignant qu'il ne devine ses sentiments. Elle croqua dans la pomme qu'il lui avait donnée. Elle avait été parcourue d'un frisson quand il avait frôlé sa peau, et avait brusquement ôté sa main. Mais à présent elle s'imaginait en train de l'embrasser.

— Une tasse de thé ? lui lança Mo par-dessus la rampe d'escalier quand ils entrèrent dans le vestibule.

Elle avait fini par réintégrer son studio, Samuel s'étant absenté plus longtemps que prévu, et dieu soit loué, son père n'était pas revenu la chercher.

— Je peux sortir jouer dehors ? demanda Tommy en tirant sur le bras de sa sœur.

Sarah était contente que Tommy se soit fait de nouveaux amis, mais ils allaient devoir retourner fouiller les rives de la Tamise.

— Oui, mais pas longtemps. Il faut qu'on retourne à la chasse au trésor.

— Oh, mais je voudrais jouer avec Micky et Larry…

— Tu peux le laisser ici, Sarah. Je n'ai pas prévu de sortir, proposa Mo.

Elle travaillait le soir comme ouvreuse au Grand Cinéma et avait offert des places gratuites à Sarah.

— Si tu es sûre que ça ne t'ennuie pas, c'est d'accord. Je veux bien une tasse de thé, mais ensuite je dois filer. Tommy, tu peux sortir jouer, mais à condition de bien te tenir et d'obéir à Mo.

Tommy se rua vers la porte, et Sarah sourit à son amie.

— Qui est-ce, alors ? demanda Mo.

— Je ne comprends pas de quoi tu veux parler, répondit Sarah en rougissant violemment.

— Ça se voit comme le nez au milieu de la figure. Tu as un petit ami, n'est-ce pas ?

— Non... mais j'ai fait la connaissance d'un type incroyablement beau...

— Ah, j'en étais sûre ! Il t'a invitée à sortir ?

— Pas encore. Et de toute façon, je ne suis pas sûre que je pourrais.

— Et pourquoi pas ?

— Eh bien, à cause de Tommy...

— S'il n'y a que ça. Je peux le garder quand je suis à la maison, et les soirs où je ne travaille pas. Entre nous, une petite sortie en amoureux ne te ferait pas de mal !

Quelques minutes plus tard, Sarah était en route pour Battersea. Les paroles de Mo résonnaient dans sa tête. Si Roger lui proposait de sortir avec lui, il n'y avait aucune raison pour qu'elle n'accepte pas. Elle n'était plus à la rue, elle avait de nouveaux habits, du savon et un peigne. Et si elle avait la main heureuse aujourd'hui, elle pourrait peut-être même se payer une brosse à cheveux et du rouge à lèvres. Rose, comme celui de Mo.

Peu après, elle était sur le pont et scrutait la Tamise. Manque de chance, c'était la marée haute et le rivage n'était pas accessible. Elle se mit soudain à paniquer. Elle n'aurait pas dû dépenser autant d'argent, car maintenant elle n'avait plus de quoi se procurer de la marchandise. Tant que Tommy n'irait pas en classe, elle ne pourrait pas chercher de travail, et elle ne pourrait travailler qu'à mi-temps de toute façon à cause des horaires d'école.

— Sarah ! C'est toi ?

Sarah se retourna et vit Jenny, sa vieille copine, qui arrivait dans sa direction.

— Jenny ! Il y a tellement longtemps que je ne t'ai pas vue. Comment ça va ? demanda Sarah, surprise et ravie de revoir son ancienne voisine.

— Je vais bien, je rentre à l'instant du boulot. Et toi ?

— Moi, ça va, merci. Tommy et moi, on loge dans Shuttleworth Street. On a un studio là-bas. Où est-ce que tu travailles ?

— Dans une grande maison à Chelsea, chez Mme Alderton-Steele. Je fais le ménage. Ça se passe bien, mis à part que la patronne est un peu bizarre et que son fils, Godfrey, a essayé une fois de m'attirer dans un coin et que je ne me suis pas laissée faire. Et Tommy ?

— Il va bien. Et je ne vais d'ailleurs pas tarder à l'inscrire à l'école.

— Je suis désolée pour ta mère…

— C'est-à-dire ? demanda Sarah.

— Oh, je croyais que tu étais au courant… elle n'est pas bien.

— Ça fait des années qu'elle n'est pas bien, Jenny.

— Non, non, cette fois c'est sérieux. Je crois que… qu'elle est en train de mourir, bafouilla Jenny.

Sarah retint son souffle. Elle ne s'attendait pas à ça. Il n'y avait pas si longtemps qu'elle était partie de la maison. Comment sa mère avait-elle pu tomber subitement malade ? Elle s'était imaginé qu'elle vivrait éternellement.

— Je t'ai fichu un coup, désolée. Pourquoi tu ne viens pas avec moi pour prendre de ses nouvelles ?

— Je… je ne sais pas, Jenny. Nous ne nous sommes pas quittées en bons termes.

— Viens, tu le regretteras sinon.

— Probablement, dit Sarah, qui acquiesça de mauvaise grâce.

Tout en marchant, elle demanda :

— Tu sais ce qu'elle a ?

— C'est un truc qui s'appelle… cire… quelque chose. Ma mère dit que c'est son foie qui a lâché à cause de l'alcool. Elle ne veut pas aller à l'hôpital, alors ma mère fait ce qu'elle peut pour l'aider, et puis il y a cet Eddy qui passe la voir de temps en temps. Mais peut-être que toi elle t'écoutera si tu lui dis d'aller à l'hôpital ?

— Ça m'étonnerait, ma mère ne m'a jamais écoutée.

— Mais c'est différent maintenant. Elle est vraiment très mal.

Arrivée au pied de l'escalier qui menait à l'appartement de sa mère, Sarah songea qu'elle s'était jurée de ne plus jamais revenir ici, elle se rappela sa mère les pourchassant, sa badine à la main.

Une fois au troisième étage, elle crut que son cœur allait exploser dans sa poitrine. Non pas à cause de l'effort physique, mais parce qu'elle redoutait la réaction d'Annie quand elle la verrait.

— Tu veux que je vienne avec toi ? lui demanda Jenny.

— Non, ça ira, merci, dit Sarah. À plus tard.

Elle resta un long moment à contempler la porte légèrement entrebâillée. Sa mère ne la fermait jamais complètement. Inspirant profondément, Sarah poussa la porte et entra lentement. Elle fut aussitôt assaillie par l'odeur familière de renfermé. Elle vit sa mère étendue sur sa paillasse, une couverture remontée jusqu'au cou, mais son ventre en dessous avait l'air gonflé, et elle avait le teint jaune. Sarah s'agenouilla sans bruit à même le plancher et regarda sa mère dormir. Ses longs cheveux étaient sales et graisseux et on aurait dit que ses yeux s'étaient enfoncés dans son crâne. Elle était en train de se demander si elle allait la réveiller quand sa mère ouvrit brusquement les paupières. Sarah eut un choc en constatant que le blanc de ses yeux était tout jaune.

— Bonjour, maman, c'est moi, Sarah, murmura-t-elle.

— Je vois bien que c'est toi, pauvre idiote, dit sa mère, quoique d'une voix affaiblie et dénuée de son fiel habituel.

— J'ai appris que tu n'étais pas bien.

— C'est exact. Tu es venue te réjouir ?

— Non, bien sûr que non. Je suis venue pour voir si tu avais besoin qu'on s'occupe de toi…

— J'ai pas besoin que tu t'occupes de moi ou de n'importe qui d'autre. Je vais rejoindre bientôt mon Créateur. Tu m'as apporté du gin ?

— Non. C'est à cause du gin que tu es dans cet état. Maman, s'il te plaît, laisse-moi t'aider…

— M'aider, pourquoi m'aider ? Je t'ai déjà aidée, moi, peut-être ? dit-elle, puis elle se mit à tousser bruyamment.

Sarah attendit que la quinte de toux soit passée. Elle était sous le choc de la voir dans cet état, et maintenant elle se félicitait d'avoir trouvé le courage de monter.

— Tu es toujours ma mère. Si tu ne veux pas que je m'occupe de toi, laisse-moi au moins t'emmener à l'hôpital.

— Non, répliqua Annie fermement. Je veux mourir dans mon lit, pas dans un de ces hospices où ils vous saignent et vous font Dieu sait quoi d'autre. Je veux sortir de ce monde comme j'y suis entrée… seule.

— S'il te plaît, maman, tu n'as pas à rester seule. Je veux t'aider.

Sarah vit une larme jaillir de l'œil de sa mère et rouler sur sa joue avant de disparaître dans sa chevelure.

— Tu as toujours été une bonne fille, meilleure que moi, et une bonne mère pour ton petit frère. J'en ai plus pour très longtemps… quelques heures, un jour ou deux. Il y a quelque chose que j'aurais dû te dire…

Sarah saisit la main moite de sa mère dans la sienne. Elle ne l'avait jamais vue pleurer, ni entendue prononcer une parole affectueuse. Elle remarqua que les bras de sa mère étaient couverts de croûtes et de griffures.

— Ton père… Ron Lyons… il habite à Lavender Hill. C'est à toi de décider ce que tu veux faire, mais tu as le droit de savoir.

Sarah tressaillit.

— Mais je croyais que mon père était mort ?

— Non, il est vivant et en bonne santé, mais il voulait pas entendre parler de nous.

— Comment cela ?

— Je t'ai dit qu'il était mort, parce que j'étais encore qu'une gamine quand je l'ai rencontré. Une jolie môme de seize ans… Eh oui, j'ai été jeune et jolie. C'était un type grand et fort, plein de charme, et j'ai craqué. Je suis tombée follement amoureuse de lui. La vie à la maison était insupportable, avec mon père qui me traitait comme si j'étais sa femme. Ron m'a dit qu'il allait m'épouser et m'arracher à cet enfer.

— Et alors ?

— Il a jamais quitté sa femme et ses gosses. Oui, il était marié, mais j'étais tellement éprise, et désireuse de quitter ma maison, que je l'ai cru naïvement. Quand je lui ai dit que j'attendais un enfant de lui, il m'a plaquée tout net. Et j'ai eu le cœur brisé.

— Oh, maman, pourquoi tu ne me l'as jamais dit ?

— À quoi bon ? Quand mon père a su que j'étais enceinte, il m'a donné une bonne raclée et m'a flanquée dehors. Ron voulait plus de moi, j'avais nulle part où aller et pas un sou en poche. C'est comme ça que j'ai commencé à me prostituer. C'était pas pour boire – pas au début tout au moins. Mais plus les années passaient, plus je me haïssais. J'ai commencé à boire pour noyer mon chagrin, et voilà où ça m'a menée.

— Oh, maman, tu as eu une vie horrible, mais il est encore temps d'en changer. Tu peux arrêter de boire et guérir.

— Non, Sarah, c'est trop tard. Je me suis empoisonnée et je vais mourir. Je suis soulagée d'avoir pu te dire la vérité. Je regrette de pas l'avoir fait avant.

— Moi aussi, mais le père de Tommy ?

Sa mère lui lança un regard noir, puis détourna les yeux.

— Va-t'en maintenant, lui dit-elle sèchement.

— Non, maman. Tommy a le droit de savoir, lui aussi, qui est son père.

Annie essaya de s'asseoir, mais retomba sur son matelas.

— Tu veux vraiment savoir ?

— Oui, maman.

— Très bien, je vais te le dire. J'espère pour toi que j'ai pas mis un fils de Satan au monde, parce que son père était un démon.

Voyant sa mère trembler, Sarah se demanda si c'était la fièvre ou le souvenir du père de Tommy qui la mettait dans cet état.

— C'était un client, une rencontre éphémère. Je connais pas son nom de famille. Je l'appelais Bert. Il venait trois fois par semaine, mais il était pas causant. Il me payait bien, parce qu'il voulait être mon client exclusif. Il payait toujours d'avance, mais j'étais pas à l'aise avec lui. Il me... Il me faisait peur. Toujours est-il que quelques mois plus tard, quand j'ai compris que j'étais enceinte et que je lui ai annoncé, il a plus donné signe de vie. Je lui ai menti, je lui ai fait croire que je continuais à voir d'autres hommes, et que je savais pas qui était le père, même si je savais que c'était lui. Je l'ai fait exprès pour qu'il me fiche la paix, il me terrorisait.

— Mais qu'est-ce qu'il y avait d'aussi terrible chez lui ?

— À boire, demanda Annie en montrant une tasse à côté du lit.

Sarah l'aida à tremper ses lèvres dans l'eau.

— Tu as mal, maman ? demanda Sarah en la voyant grimacer de douleur.

Sa mère hocha la tête.

— Quelques jours plus tard, en allant au pub, j'ai trouvé un journal qu'un client avait laissé sur le bar. J'ai cru halluciner quand j'ai vu la tête de Bert à la une avec, en gros titre : « Bert – L'auteur du bain de sang ». Je me suis mise à trembler comme une feuille quand j'ai lu ce qu'il avait fait. Figure-toi qu'en sortant de chez moi, il est rentré chez lui et il a assassiné sa femme enceinte et leur bébé. Il les a assassinés dans leur bain. Ç'aurait pu être nous, Sarah. Il aurait pu nous tuer.

Sarah retint son souffle, horrifiée. Elle avait entendu parler des meurtres. Les enfants ne parlaient que de ça dans la cour de récréation. Et dire que c'était le père de Tommy ! Que lui est-il arrivé ?

— Il a été reconnu coupable et pendu. Tu comprends, maintenant, pourquoi je voulais me débarrasser de Tommy ? Imagine qu'il devienne comme son père en grandissant ?

Non, songea Sarah, Tommy était un garçon adorable, de cela elle était certaine.

— Ça n'arrivera pas, maman. Il est tellement gentil et affectueux. Il n'a pas une once de méchanceté en lui. Mais je ne lui dirai jamais qui est son père.

— J'espère que tu as raison. Écoute, j'ai fait mon devoir, je t'ai tout dit. Et maintenant, je suis fatiguée, Sarah. Laisse-moi, tu veux bien ? Laisse-moi mourir en paix.

— Je suis désolée, maman, mais je ne peux pas te laisser seule dans cet état. Je vais aller chercher une ambulance. Ils vont te donner un calmant à l'hôpital. Ça devrait te soulager un peu.

Sarah vit sa mère s'agripper des deux mains à la couverture et hocher la tête.

— Enfin, songea-t-elle, puis elle fila à la cabine téléphonique avant qu'Annie ne change d'avis.

Quand la porte se referma, Annie essaya de prendre une profonde inspiration, mais son estomac était tellement gonflé qu'elle pouvait à peine respirer. Ses jambes la démangeaient atrocement mais elle n'avait pas la force de les gratter. Elle avait bien fait de laisser Sarah appeler l'hôpital. Elle savait qu'elle n'en avait plus pour très longtemps et c'était tant mieux, car elle n'en pouvait plus de souffrir.

Maintenant, sa fille savait toute la sordide vérité à propos de son père et de celui de Tommy. Sarah était une brave petite. Si seulement Annie avait pu tout recommencer à zéro. Elle regrettait de ne pas l'avoir traitée plus gentiment.

Ses tempes battaient et son corps la mettait au supplice. Des années d'alcoolisme avait finalement eu raison de sa santé. Elle s'était tuée elle-même à petit feu et maintenant il était trop tard pour avoir des regrets.

Elle se gratta les bras, arrachant des croûtes qui se mirent à saigner à nouveau. Au loin, elle entendait jouer des enfants, et au-dessus de sa tête, les pas des voisins. Autour d'elle, la vie continuait, alors que la sienne touchait à sa fin.

Prise de panique, elle se mit à respirer à petits halètements précipités. Je veux pas mourir, songea-t-elle, soudain terrifiée. Suffisait-il de fermer les yeux et… plus rien ? Avait-elle une âme, et si oui, où irait-elle ? Elle savait qu'elle n'avait pas sa place au paradis, et espérait qu'elle n'allait pas revoir son horrible père. On racontait que les gens qui frôlaient la mort voyaient leur vie défiler sous leurs yeux. Pourvu que ça ne lui arrive pas. Elle aurait préféré ne pas se souvenir de la sienne. Quoi qu'il arrive, elle priait pour que ce soit rapide. Elle ne se sentait plus la force de combattre et n'avait plus de raison de vivre.

Elle repensa à sa fille. Elle l'aimait, même si elle ne le lui avait jamais montré ni dit. Elle avait fait tout le contraire. Elle s'était comportée comme une harpie et lui avait probablement donné l'impression qu'elle n'était pas désirée. Elle se revit tenant Sarah tout bébé, si douce et innocente, dans ses bras. Elle avait juré de l'aimer et de toujours veiller sur elle, et puis tout était allé de travers. Elle avait fait de Sarah son souffre-douleur, et pourtant Sarah continuait de lui témoigner de la compassion. Elle savait qu'il était trop tard, mais elle aurait voulu pouvoir se racheter.

La porte s'ouvrit à nouveau et Annie sentit un courant d'air frais entrer avec sa fille.

— L'ambulance sera bientôt là, maman, lui dit Sarah en s'agenouillant à côté d'elle.

— L'ambulance ? demanda Annie, soudain en proie à la confusion.

— Celle que je viens d'appeler pour qu'on t'emmène à l'hôpital.

— L'hôpital ? Elle releva lentement la tête et vit son estomac protubérant. Était-elle sur le point d'accoucher ? Elle ne se souvenait pas d'être tombée enceinte.

Elle sentit la main de Sarah prendre la sienne.

— Tout va bien, maman, dit sa fille d'une voix douce et apaisante.

— Non, pas l'hôpital. J'ai pas le temps, et puis je veux pas d'un autre enfant.

— Mais de quoi parles-tu, maman ?

Annie secoua la tête d'un côté et de l'autre. Elle ne savait pas. Elle avait l'esprit confus.

— Qu'est-ce qui se passe ? demanda-t-elle, prise de panique.

Elle voulut se redresser, mais son corps ne lui obéissait pas.

— Maman… calme-toi… s'il te plaît.

— Il faut que je me lève. Il faut que j'aille travailler, dit Annie en se grattant les bras.

— Je crois que tu es en train de délirer, maman. Chut. Calme-toi.

Annie écouta la voix de sa fille et le brouillard se dissipa.

— Je crois que je suis en train de devenir folle, dit-elle sans vraiment comprendre ce qui lui arrivait.

— Tout va bien, maman. Quand tu seras à l'hôpital ils sauront quoi faire.

— Ah oui, l'hôpital.

Elle était en train de mourir. Son foie ne fonctionnait plus. Elle s'en souvenait à présent. Il fallait qu'elle dise quelque chose à Sarah, quelque chose d'important, mais quoi ? C'est alors que ça lui revint.

— Sarah, ma fille, je suis désolée de ne te l'avoir jamais dit… Je t'aime. Je t'ai toujours aimée. Tu as toujours été ce que j'avais de plus cher au monde et je suis désolée d'avoir pas fait ce qu'il fallait. Sois gentille avec Tommy. Dis-lui bien chaque jour combien je l'aime.

Annie aperçut vaguement l'expression de surprise sur les traits de sa fille, et ses yeux qui se remplissaient de larmes. Elle ne voulait pas la voir pleurer. Elle l'avait fait suffisamment pleurer comme ça.

— Pleure pas, ma chérie. Trouve-toi un homme qui t'aime vraiment. Je te demande pardon d'avoir pas été une vraie mère.

Annie ferma les yeux. Sa respiration faisait un drôle de bruit, comme un râle, et elle comprit que c'était la fin. Elle pouvait partir à présent, laisser ce monde qu'elle détestait, maintenant qu'elle avait fait la paix avec sa fille. Elle ouvrit à nouveau les paupières et contempla Sarah. La fille qu'elle avait mise au monde était si belle, presque comme un ange.

Sarah sentit la main de sa mère se relâcher. Elle la regarda dans les yeux, mais ils étaient vides. Comme si la vie s'en était allée doucement, et elle comprit qu'elle était morte.

Annie lui avait dit qu'elle l'aimait. Sarah avait été tellement stupéfaite qu'elle était restée sans voix. Elle aurait voulu lui dire qu'elle l'aimait elle aussi, mais c'était trop tard.

— Service des ambulances, dit une voix bourrue.

Sarah regarda par-dessus son épaule et vit deux hommes en uniforme entrer d'un pas lourd.

Elle se tourna à nouveau vers sa mère morte, et d'un geste délicat de la main lui ferma les paupières.

— Oh, maman, j'aurais tant aimé que tout soit différent, murmura-t-elle.

Puis elle sentit qu'on la tirait en arrière.

— Désolé, mais il faut qu'on fasse notre travail, dit l'un des deux hommes en l'aidant à se remettre sur ses pieds.

Sarah fit un pas de côté, tandis que le deuxième ambulancier se penchait au-dessus de sa mère. Elle ne fut pas surprise quand il se tourna vers son collègue en secouant la tête. Elle savait qu'Annie avait rendu son dernier souffle.

C'était fini. Il n'y avait plus rien à dire ou à faire. Une dernière pensée traversa l'esprit de Sarah et elle murmura tout bas :

— Repose en paix, maman.

15

Dès qu'elle ouvrit la porte à Sarah, Mo comprit que quelque chose n'allait pas.

— Il y a un problème ? lui demanda-t-elle.

— Où est Tommy ? Je ne l'ai pas vu dehors.

— Il va bien. Son nouveau copain, Larry, l'a invité à goûter chez lui. Il habite à trois maisons d'ici, ne t'inquiète pas.

— Oh, merci, Mo. Je suis désolée d'avoir pris autant de temps, dit Sarah en se laissant tomber sur un fauteuil et en fermant les yeux.

— Tu ne m'as toujours pas dit ce qui n'allait pas. Je vois bien que tu n'es pas dans ton assiette.

Sarah releva la tête et inspira profondément.

— Ma mère… est morte.

— Oh, je suis désolée. Comment est-ce que tu l'as su ? Je croyais que tu allais au bord de la Tamise ?

— C'est ce que j'ai fait. Mais en chemin, j'ai croisé une vieille amie qui m'a dit que ma mère était souffrante. Je suis allée la voir. C'était affreux. Je ne l'avais jamais vue aussi affaiblie et usée. Elle n'était pas dans cet état quand on a quitté la maison. Pour finir, elle a accepté que j'appelle une ambulance, mais quand je suis remontée de la cabine téléphonique, elle était en train de mourir. Elle a prononcé quelques mots et puis c'était fini.

Mo s'approcha de son amie et s'agenouilla à côté d'elle. Elle prit sa main dans la sienne, faute de savoir quoi dire pour la réconforter.

— C'était horrible. Je n'avais jamais vu de mort avant. Elle avait les yeux ouverts, mais elle regardait dans le vide. Sur le coup, j'ai eu du mal à réaliser. Ça me paraissait irréel. L'ambulance est arrivée et les infirmiers m'ont confirmé qu'elle était décédée. C'est curieux, elle m'avait dit qu'elle voulait mourir seule. Son vœu a été presque exaucé. Mais je crois qu'elle était contente que je sois venue au dernier moment.

Sarah se mit à sangloter.

— Elle est mieux là où elle est, dit Mo.

— Ce n'était pas la meilleure des mères, mais avant de mourir elle m'a fait une confession. Et maintenant, je comprends mieux pourquoi elle était aussi dure. Si j'avais su avant, on aurait peut-être pu être plus proches l'une de l'autre.

— Je vais te servir une tasse de thé. Tu as eu un gros choc, dit Mo, tout en remplissant une tasse pour Sarah qui, à son grand soulagement, avait arrêté de pleurer.

— Je n'ai pas beaucoup de sous de côté et ma mère n'avait rien. Je suppose qu'on va devoir l'enterrer dans la fosse commune. C'est désolant, mais je ne peux rien y faire.

— Si j'avais de quoi, je t'aiderais, mais Sam et moi on est très justes. Si on avait du fric, on ne vivrait pas dans ce gourbi, mentit Mo, qui avait un peu d'argent de côté, mais ne voulait pas en donner à une femme qu'elle connaissait à peine.

— Merci, Mo, mais même si tu avais de quoi, je ne te demanderais pas de m'aider. De toute façon, ça n'a pas beaucoup d'importance maintenant qu'elle est morte. Et puis je serai sans doute la seule à l'enterrement.

— Je pourrais venir avec toi si tu veux ?

— Merci, Mo, mais honnêtement, je préférerais que tu gardes Tommy ce jour-là. Je n'ai pas envie qu'il voie sa mère descendre au tombeau.

— Non, bien sûr. Et maintenant, asperge-toi la figure d'eau fraîche, avant que Tommy ne revienne. Il ne faut pas qu'il te voie dans cet état.

Mo prit place dans l'autre fauteuil, mal à l'aise. Elle ne savait pas quelle attitude adopter en pareilles circonstances, et ne ressentait guère de compassion. À force de se faire battre comme plâtre par son père, elle avait fini par s'endurcir.

— Sam rentre demain à la maison. J'ai hâte que tu fasses sa connaissance, dit-elle pour essayer de passer à autre chose.

— Oui, moi aussi, j'ai hâte de rencontrer l'homme qui peint ces magnifiques tableaux, répondit Sarah.

Sarah avait les joues roses après s'être aspergé la figure d'eau froide, et elle s'obligeait à sourire, même si le cœur n'y était pas. C'était une brave fille, songea Mo, mais elle était un peu naïve.

Ce soir-là, Sarah eut du mal à trouver le sommeil. Le visage de sa mère morte lui revenait sans cesse à l'esprit, et elle avait beau essayer de penser à des temps plus gais, il n'y en avait pas tant que ça, à part ceux qu'elle avait connus avec M. Sayers. Elle entendit Tommy s'agiter et tousser dans le lit à côté du sien. Il n'y avait plus qu'eux deux à présent, et pour la première fois, elle se sentit seule au monde. Elle était l'unique personne responsable de son frère. Sa mère n'avait pas fait grand-chose pour eux, et Sarah s'était jurée de tout faire pour que Tommy ait une vie décente.

Elle songea à la dernière conversation qu'elle avait eue avec sa mère. Annie lui avait révélé qu'elle avait un père qui selon toute probabilité était en vie et bien portant. Un certain Ron Lyons. Elle se demanda à quoi il ressemblait et quelle sorte d'homme c'était. Sa mère lui avait dit qu'il n'avait pas désiré Sarah, mais peut-être lui avait-elle menti. Car Annie ne disait pas toujours la vérité. Quoi qu'il en soit, beaucoup d'eau avait coulé sous les ponts depuis le moment où Annie était tombée enceinte, et peut-être qu'il regrettait de l'avoir abandonnée.

Les questions se bousculaient dans la tête de Sarah. Lui arrivait-il de penser à elle ? La seule façon de le savoir était de le retrouver.

16

George et Roger étaient légèrement en froid depuis qu'ils avaient eu une discussion au sujet de Sarah. Quand il l'avait appelée « sa copine », Roger lui avait fait remarquer, à juste titre, que Sarah n'était pas sa copine. Mais le temps était venu de rompre la glace, c'est pourquoi il lui avait lancé :

— Ça te dirait d'aller boire une bière ?

Quand Roger s'était retourné, George avait cru déceler une expression narquoise dans son regard.

— Pourquoi pas ? Tant que tu ne m'accuses pas de boire dans ton verre.

— Arrête un peu. Tu ne vois pas que je suis en train de te tendre une perche ? s'indigna George, qui commençait à regretter sa tentative de réconciliation.

— Désolé, vieux. Va pour une pinte après la fermeture, dit Roger avant de retourner vaquer à ses occupations.

George se félicitait d'avoir renoué avec son ami, même s'il craignait que Roger ne cherche à mettre le grappin sur Sarah à la première occasion. Au même moment, comme par un fait exprès, il l'aperçut qui arrivait dans sa direction. Son cœur s'emballa, mais son excitation retomba lorsqu'il vit sa mine défaite.

— Bonjour, Sarah, ça n'a pas l'air d'aller fort ce matin, lui dit-il gentiment.

— Bonjour, George. Non, c'est vrai.

— Qu'est-ce qui se passe ? Tommy va bien ? demanda-t-il en comprenant qu'elle était seule.

— Oui, il est chez Mo, ma voisine. C'est ma mère… elle est morte la semaine dernière et je cherche une tenue noire pas trop chère pour l'enterrement.

George resta sans voix. Il était persuadé qu'elle avait perdu sa mère depuis longtemps. Mais il s'abstint de lui poser des questions.

— Je suis désolé. J'ai une robe noire en stock à ta taille, et ceci – il étira le bras et saisit un chapeau noir sur l'étalage. Il sera très élégant sur toi.

— C'est parfait. Merci, George. Combien est-ce que je te dois ?

— Rien du tout, répondit-il.

— C'est gentil, mais je tiens à payer, insista-t-elle.

Au ton de sa voix, George comprit qu'elle n'allait pas en démordre, c'est pourquoi il lui en demanda quelques pennies. Il savait qu'elle avait du mal à joindre les deux bouts, et avec le petit Tommy en plus… C'est alors qu'il lui vint une idée. Tandis qu'il emballait ses emplettes, il déclara :

— J'espère que tu trouveras pas ma question indiscrète, mais est-ce que Tommy va aller à l'école bientôt ?

— Oui, aussitôt après l'enterrement de ma mère, je vais m'en occuper.

— Eh bien, quand ce sera fait, il y a un petit boulot qui pourrait t'intéresser et qui coïnciderait parfaitement avec les heures d'école de Tommy, annonça George en se remémorant la conversation qu'il avait eue avec sa mère la veille au soir.

— Oh… quelle sorte de boulot ? Je n'ai pas beaucoup d'expérience professionnelle, et je n'ai aucun diplôme.

— Ce n'est pas grave. C'est pour ma mère. Elle travaille dans une épicerie, et son assistante, Cissy, va bientôt partir parce qu'elle attend un bébé. Je pourrais en toucher un mot à ma mère, si ça te dit ?

— Ce serait formidable. Mais je n'ai jamais travaillé dans une boutique.

— Ne t'en fais pas, ma mère t'expliquera tout ce qu'il faut savoir.

Sarah resta un instant songeuse, puis elle répondit :

— Ma foi, si tu en es sûr, je veux bien que tu me recommandes pour le poste.

— Voilà ce que je te propose. Quand Tommy aura commencé l'école au début du trimestre, vous viendrez dîner chez nous un soir. Comme ça je vous présenterai ma mère, qui est plus ou moins en charge de tout le magasin. Le gérant ne vient que rarement, et c'est elle qui s'occupe de recruter le personnel. Et je suis sûr qu'elle va vous adorer, déclara George, enthousiaste.

Sarah hocha la tête. Même si son offre tombait à pic pour elle, compte tenu des circonstances, George ne s'attendait pas à ce qu'elle saute de joie.

— Je te remercie, George, car je n'ai pas eu la main heureuse dernièrement. Je vais retourner sur les bords de la Tamise au cas où je trouverais un objet de valeur qui pourrait m'aider à tenir jusqu'à ce que je commence à travailler.

— Tu vas y retourner tout de suite ? demanda George.

Il aurait voulu faire davantage pour elle, mais il voyait bien qu'elle était farouchement indépendante et qu'elle n'aurait jamais accepté la charité.

— Il est un peu tard pour ça, ce sera bientôt la marée montante mais j'irai demain matin. Je ne me fais pas d'illusion sur ce que je vais dénicher, mais tu connais le proverbe, jamais deux sans trois.

— Je vais croiser les doigts et les orteils, quitte à marcher comme un canard, dit George, et à sa grande joie, il vit un sourire se dessiner sur ses lèvres.

Elle lui dit au revoir en lui promettant de revenir bientôt avec des trésors glanés sur la grève, ou pour faire la connaissance de sa mère. Il la regarda s'éloigner, le dos voûté. Il aurait tant voulu la rattraper pour la réconforter. À la place, il jeta un coup d'œil suspicieux à Roger, mais constata à sa grande surprise que son ami était resté caché derrière des sacs de pommes de terre.

Roger releva la tête et demanda :

— La voie est libre ?

George ne put réprimer un ricanement.

— Ouais ! Elle est partie, mais tu n'étais tout de même pas obligé de rester embusqué dans ta tranchée.

— J'ai fait ce que tu m'as dit. Je n'ai pas envie qu'une fille vienne gâcher notre amitié. Et puis, il y a plus d'un poisson dans la mer, pas vrai ?

Quand Sarah rentra chez elle, l'après-midi touchait à sa fin et la rue était pleine d'enfants en train de jouer. Mais son petit frère n'était pas parmi eux. Au moment où elle mit sa clé dans la serrure de la porte d'entrée, Tommy et Larry arrivèrent en courant.

— Devine quoi ? lança Tommy.

— Quoi ? répondit Sarah

— On a rencontré Samuel et il nous a donné une pièce de six pence à se partager.

— On est riches, pas vrai Larry ? La maman de Larry a dit qu'elle nous emmènera faire les magasins plus tard… Je peux y aller, Sarah ? S'il te plaît ?

— Si la maman de Larry est d'accord, je veux bien, mais à condition de bien te tenir.

— Promis, juré !

Sarah regarda les deux garçons s'éloigner à toutes jambes, puis se força à sourire. Elle allait faire la connaissance de Samuel, dont Mo lui avait tant parlé, et voulait faire bonne figure malgré la mort de sa mère et ses soucis d'argent. Juste au moment où elle poussait la porte, elle entendit la voix enjouée de Mo. Elle se retourna et vit son amie dégringoler les escaliers d'un pas sautillant, un grand homme noir sur ses talons.

— Sarah, je te présente Samuel, dit Mo en souriant de toutes ses dents, un bras passé autour de la taille de son amoureux.

— Ravi de faire votre connaissance, mademoiselle, dit Samuel en tendant la main à Sarah.

— Pareillement, répondit celle-ci, en serrant la grande main de l'homme qui l'avait appelée « mademoiselle ».

Elle le détailla discrètement du regard et lui trouva une drôle de dégaine. Son pantalon marron à taille haute était assez ample pour pouvoir accommoder deux gaillards comme lui, et il portait une veste croisée assortie et une cravate. Aucun homme à Battersea ne s'habillait ainsi.

— Je vous remercie d'avoir pris soin de ma petite femme pendant mon absence.

Décontenancée par son accent jamaïcain, Sarah resta quelques instants sans voix, avant de répondre :

— Disons plutôt que nous avons pris soin l'une de l'autre. Puis-je vous proposer une tasse de thé ?

— Merci, mais il y a un petit moment qu'on ne s'est pas vus, Mo et moi, alors la tasse de thé ce sera pour une autre fois, si ça ne vous ennuie pas.

Sarah vit Samuel décocher un clin d'œil à sa bien-aimée, et se sentit rougir lorsque le jeune couple s'empressa de regagner son appartement main dans la main.

Mo lui lança :

— À plus tard, Sarah !

Puis elle referma la porte derrière elle en riant, et Sarah ressentit un pincement de jalousie. Elle aurait aimé avoir un petit ami elle aussi, quelqu'un qui la tiendrait enlacée tandis qu'elle lui raconterait ses joies et ses peines. Mais il faudrait que ce soit quelqu'un de spécial. Elle avait vu tant de vauriens dans le lit de sa mère.

Roger était le garçon idéal, songea-t-elle, puis elle s'imagina à nouveau en train de l'embrasser. Un jour peut-être…

17

Presque une semaine s'était écoulée. Sarah avait confié Tommy à Mo pour pouvoir se rendre sur les bords de la Tamise. Elle était fatiguée après une nuit agitée, passée à penser à son père. Après demain on allait célébrer les obsèques de sa mère et elle allait enfin pouvoir tourner définitivement cette page de sa vie, même s'il lui faudrait du temps pour oublier les raclées et les paroles acerbes.

Ses pensées furent interrompues par un objet tombé du ciel qui s'était abattu sur un rocher avec un bruit sec. Une grosse mouette avait alors piqué, puis l'ayant saisi dans son bec s'était de nouveau envolée. Intriguée, Sarah foula la grève couverte de vase et de galets jusqu'au rocher. Elle fouilla le rivage des yeux et trouva une coquille de moule vide.

— Ça alors ! s'exclama-t-elle tout haut, en comprenant que l'oiseau avait dû lâcher la moule exprès sur le rocher pour pouvoir la briser, et ainsi manger le mollusque qui se trouvait à l'intérieur.

Elle se rappela avoir déjà vu des écaillers à l'extérieur des pubs, qui vendaient des coques et des moules, et se demanda si celles-ci provenaient de la Tamise. Elle n'avait rien trouvé de valeur jusqu'ici, mais peut-être qu'elle ne cherchait pas le bon trésor.

Ramassant la coquille, elle commença à rebrousser chemin tout en se demandant si elle n'aurait pas pu devenir écaillère, elle aussi, tout au moins jusqu'à ce qu'elle ait trouvé un vrai travail. C'est alors qu'elle remarqua quelque chose de brillant qui attira aussitôt son attention. Elle baissa les yeux et vit un objet rouge qui émergeait de la gadoue. Elle se pencha pour le ramasser, puis l'essuya dans un pli de sa jupe. Son pouls s'accéléra quand elle comprit qu'il s'agissait d'une bague en or sertie d'un gros rubis. Comment était-ce possible ? songea-t-elle tout en fourrant précipitamment le bijou dans sa poche de manteau.

Elle regagna les marches en courant. Il fallait qu'elle aille tout de suite au marché. George n'aurait aucun mal à la revendre et l'argent ainsi récolté leur permettrait de tenir jusqu'à ce qu'elle commence à travailler à l'épicerie de sa mère.

Une fois remontée sur le pont, Sarah, fit une pause pour reprendre haleine. Elle n'en revenait toujours pas. Elle leva les yeux au ciel et dit en elle-même : Merci, M. Sayers. Quelqu'un là-haut devait veiller sur elle, et ce n'était sûrement pas sa mère.

— Sarah ! C'est encore toi !

Sarah sursauta violemment en entendant la voix de Jenny. Elle était tellement perdue dans ses pensées qu'elle n'avait pas vu approcher son amie.

— Hé, Jenny ! En route pour le boulot ?

— Oui, mais pour la dernière fois.

— Pourquoi ? demanda Sarah en remarquant l'air déçu de Jenny.

— Je crois que Mme Alderton-Steele va me flanquer dehors. Je t'ai dit que j'avais rembarré son fils quand il avait essayé de me coincer… eh bien, comme si ça ne suffisait pas, il y a des objets de valeur qui ont disparu et elle pense que c'est moi qui les ai volés. Mais moi, je parie que c'est ce Godfrey de malheur. Je ne serais pas étonnée qu'il l'ait fait exprès pour que je me fasse enguirlander.

— Oh, Jenny, c'est terrible ! Je te connais, jamais tu ne ferais une chose pareille. Tu t'es défendue au moins ?

— Oui, mais ce vieux chameau ne me croira jamais. C'est dommage, parce que j'aime bien mon travail. Les horaires me laissent du temps pour aider ma mère à la maison. Sans compter que Mme Alderton-Steele paye bien, en tout cas plus que ce que payent la plupart des patrons. Mais si elle s'est mis en tête de me flanquer dehors, qu'est-ce que je peux y faire ?

— Je suis sûre que tu vas très vite retrouver du travail, la consola Sarah.

— Espérons-le, car je n'aurai sûrement pas de lettre de recommandation, et puis je ne retrouverai jamais un boulot qui paye aussi bien.

— Tu as dit à Godfrey que tu savais qu'il avait tout manigancé ?

— Oui, mais il m'a ri au nez. C'est un sale type qui vit aux crochets de sa mère et qui se fiche pas mal des autres. Je ne sais pas ce qu'il a fait des bijoux qu'il a volés, mais j'ai eu beau remuer la maison de fond en comble, je ne les ai pas retrouvés. J'imagine qu'il les aura revendus. Comme s'il avait besoin d'argent ! Madame était dans tous ses états quand elle s'est aperçue que la montre de gousset de son père avait disparu. Mais à Godfrey ça ne lui fait ni chaud ni froid. C'est vraiment un monstre.

Sarah déglutit avec peine lorsqu'elle comprit qu'elle avait été en possession de ladite montre. Elle se rappelait qu'elle était gravée aux initiales A.S., ce qui, à l'évidence, correspondait à Alderton-Steele. Elle était rongée de remords. La montre avait été vendue, de sorte qu'il lui était impossible de la rendre, et maintenant son amie risquait de perdre sa place. Les autres bijoux aussi, le bracelet en or et la bague qui se trouvait dans sa poche. Mais oui, bien sûr, cela tombait sous le sens ! Et dire qu'elle s'était imaginée que c'était un don du ciel, alors qu'en réalité c'était Godfrey qui les avait jetés du haut du pont.

Elle plongea la main dans sa poche et palpa la bague. Elle ne pouvait pas la garder maintenant qu'elle savait à qui elle appartenait et qu'elle avait été volée. Si elle la donnait à Jenny, celle-ci réussirait peut-être à convaincre Mme Alderton-Steele de la garder.

Bien qu'à contrecœur, elle décida de rendre la bague à Jenny. Mais au même instant, l'image de Tommy s'imposa à elle et sa main se figea dans sa poche. C'était mal de garder le rubis, mais si elle ne le faisait pas, elle ne pourrait pas nourrir Tommy. Mme Alderton-Steele n'avait pas besoin d'argent, et Jenny retrouverait facilement du travail. Mais Tommy avait besoin de manger, et c'était sa principale préoccupation.

— Je suis désolée, Jenny mais je dois filer. Bonne chance en tout cas. J'espère que tout va s'arranger pour toi, dit Sarah en s'éloignant à pas rapides. Elle avait tellement honte qu'elle n'avait pas pu regarder Jenny dans les yeux.

Pour la première fois, Sarah comprit pourquoi sa mère se haïssait au point de sombrer dans l'alcoolisme. Une mère était prête à tout pour pouvoir nourrir ses enfants. Tout en se dirigeant vers le marché couvert, Sarah remercia intérieurement Annie, qui avait vendu son corps et fait tous les sacrifices et les choix qu'une mère célibataire est obligée de faire.

Sarah non plus n'était pas fière de se comporter comme elle le faisait, mais qu'importait du moment que c'était pour le bien de Tommy.

Mo aimait bien garder Tommy, car ainsi elle pouvait tromper son ennui quand Samuel était occupé. Elle avait bien essayé de trouver du travail de jour, mais sans succès, car il y avait toujours un de ses frères ou son père pour venir lui chercher des noises. Son emploi d'ouvreuse en soirée n'était pas idéal, mais jusqu'ici aucun membre de sa famille n'avait découvert où elle travaillait.

Du coup, elle ne voyait que rarement Samuel. Elle aurait préféré ne pas travailler du tout, mais Samuel tenait à ce qu'ils mettent des sous de côté pour pouvoir s'acheter une maison.

Tommy était occupé à jouer tranquillement avec du papier et de la gouache. Assis par terre, il était en train de faire un dessin pour Sarah. Mo y jeta un coup d'œil à la dérobée et sourit. Le garçon s'appliquait à recopier du mieux qu'il le pouvait un des tableaux de Samuel, et elle songea que c'était une bonne chose que son homme ait donné envie à Tommy d'apprendre à peindre.

Elle se leva et se mit à faire les cent pas dans la pièce exiguë. La radio était cassée, et le silence la rendait folle. Au moins quand Sarah rentrerait, elle pourrait bavarder un peu.

Sa rencontre avec Sarah avait été une véritable aubaine. Sans sa nouvelle amie, Mo n'était pas certaine qu'elle aurait réussi à tenir le coup. À cause de cette oisiveté forcée, le torchon commençait à brûler entre Samuel et elle, et ils n'avaient pas fait l'amour depuis la fois où il était revenu de chez son frère. Quand Mo rentrait du travail, Samuel s'effondrait sur le lit, et toutes les cajoleries du monde n'auraient pas pu le réveiller. Elle avait essayé à plusieurs reprises, mais à chaque fois il la repoussait, déclarant qu'il était fatigué et avait besoin de dormir.

S'était-il lassé d'elle ? Quand elle lui avait posé la question, il lui avait simplement répondu « Ne sois pas idiote », et lui avait assuré qu'il la désirait toujours autant.

Alors qu'elle faisait les cent pas, elle surprit son reflet dans la glace. Ses ecchymoses avaient disparu et elle avait retrouvé son visage de toujours. Elle se rapprocha du miroir et fit la moue. Elle aurait pu être une starlette avec ses lèvres pulpeuses et ses pommettes saillantes. Sa chevelure rousse, comme celle de Rita Hayworth, ne passait pas inaperçue non plus. Elle posa ses mains sur ses hanches et se mit à se dandiner. Elle était aussi attirante que toutes les stars de cinéma qu'elle voyait à l'écran chaque soir, sans parler de sa silhouette aux courbes sensuelles qui attiraient le regard des hommes. La seule différence était que, contrairement aux pin-up de Hollywood, sa vie à elle se résumait à une relation sans désir, dans un studio minable. Elle recommença à se dandiner en faisant claquer sa langue.

Tommy rit.

— Qu'est-ce que tu fais ? lui demanda-t-il.

Il était tellement silencieux qu'elle l'avait presque oublié.

— Des singeries. Ça ne t'arrive jamais d'imaginer que tu es quelqu'un d'autre ?

— Des fois, je pense que je suis un des garçons perdus de la bande à Peter Pan. Et des fois, Larry et moi on joue aux cow-boys et aux indiens. Et toi à quoi tu joues ?

— Moi, je m'imagine que je suis une grande star de cinéma. On peut bien rêver, n'est-ce pas ?

— Moi, je te trouve très belle, Mo. Pas autant que ma sœur, mais presque.

Mo éclata de rire. Tommy était si gentil ! Il vouait une véritable vénération à sa sœur. Bien qu'elle prît du plaisir à s'occuper du petit frère de son amie, elle n'avait pas envie d'avoir d'enfants. Samuel parlait d'avoir cinq gosses ou plus, mais il ignorait que Mo avait depuis longtemps décidé qu'elle n'avait pas la fibre maternelle et que s'occuper de marmaille n'était pas son truc. Il était hors de question qu'elle perde sa silhouette de rêve.

— Regarde, Mo, j'ai fini. Tu crois que Sarah va être contente ? demanda Tommy en brandissant son dessin.

Mo songea que ce n'était qu'un barbouillage de taches de couleur, mais elle répondit :

— Il est très beau, Tommy, elle va l'adorer.

— Oh, ça oui, alors ! acquiesça le garçon, ravi.

Mo sortit son poudrier et s'inspecta dans la glace. Elle était plus jolie que Sarah, songea-t-elle en tapotant sa chevelure ondulée. Elle tirait une grande fierté de son apparence. Elle avait beau aimer Samuel, elle estimait qu'une fille devait être à son avantage en toutes circonstances, au cas où le Prince charmant viendrait à passer.

George ne s'attendait pas à ce qu'elle revienne avant les obsèques de sa mère. Aussi fut-il agréablement surpris quand il la vit qui arrivait dans sa direction. Il scruta ses traits. Elle semblait soucieuse.

— Bonjour, Sarah. Tout va bien ? lui demanda-t-il, en constatant qu'elle n'arrêtait pas de regarder par-dessus son épaule.

— Bonjour, George. Oui, je vais bien. Je... euh... j'ai une bague... Est-ce que tu pourrais la vendre pour moi ?

Elle sortit le bijou de sa poche et le lui montra, quoi qu'en gardant sa main près de son corps et sans cesser de regarder autour d'elle.

George eut l'impression qu'elle cachait quelque chose.

— Mince alors ! C'est un sacré caillou ! Encore un que tu as trouvé sur les bords de la Tamise ?

— Mais… mais oui, bien sûr, rétorqua sèchement Sacha.

— Eh bien, le moins qu'on puisse dire c'est que tu as une sacrée veine. Enfin, l'un perd, l'autre gagne, comme on dit. Tu es toujours d'accord pour travailler pour ma mère, ou tu as l'intention de continuer la chasse ou trésor ?

— C'est quoi toutes ces questions ? Tu veux bien vendre la bague, oui ou non ?

George eut un mouvement de recul, surpris par la réaction de Sarah.

— Désolé. Je disais ça comme ça. Mais je peux la vendre, bien sûr.

Sarah remit la bague dans sa poche.

— J'ai changé d'avis, dit-elle, puis elle tourna les talons pour s'en aller.

George battit des paupières, abasourdi. Il l'avait vexée sans le vouloir. Il s'élança derrière elle en criant son nom, mais elle continuait de s'éloigner à grands pas.

Il parvint tout de même à la rattraper et la saisit par le bras.

— Sarah, attends. Je suis désolé si j'ai dit quelque chose qui t'a blessée ? Reviens au stand. On va voir ce qu'on peut faire pour la bague.

Sarah regarda George, les yeux écarquillés, puis elle baissa la tête et ses épaules se mirent à trembler.

— Allons bon, qu'est-ce qui ne va pas ? demanda-t-il en voyant de grosses larmes rouler sur ses joues.

— Oh, George… je suis un monstre, pleura-t-elle.

— Ne sois pas bête. Tu es adorable. Il y a un café pas loin. Tu vas me raconter ce qui ne va pas autour d'une tasse de thé.

Sarah hocha la tête et il l'entraîna vers le petit salon de thé. Une fois à l'intérieur, il fila chercher du papier aux toilettes pour qu'elle puisse sécher ses larmes et se moucher. Après quoi il commanda deux tasses de thé et deux tranches de cake et dit :

— Et maintenant, tu vas me raconter ce qui te met dans cet état.

Il songea que c'était probablement à cause de la mort de sa mère.

— J'ai fait quelque chose de terrible…, murmura Sarah, les yeux plongés dans sa tasse.

— Je suis sûr que ce n'est pas aussi terrible que tu l'imagines, déclara George.

Il lui sourit gentiment, mais elle gardait les yeux baissés. Il aurait voulu lui prendre la main, mais il craignait une rebuffade.

— Si, George, c'est terrible. J'ai trahi une amie. Par égoïsme. Et maintenant elle va payer les pots cassés… alors que j'aurais pu l'aider. Mais je lui ai tourné le dos et… j'ai des remords.

— Tout cela me semble un peu confus. Tu pourrais commencer par le début et m'expliquer exactement de quoi il retourne ?

— La bague… elle a été volée, dit Sarah en relevant enfin les yeux pour le regarder.

George fit de son mieux pour ne pas avoir l'air stupéfait, mais il s'écria :

— Tu veux dire que tu l'as volée ?

— Non, non, je l'ai trouvée, mais je sais qu'elle a été volée et à qui elle appartient.

— Sarah, en règle générale, je sais juger les gens, et tu me fais l'effet de quelqu'un d'honnête. Ne te mets pas la rate au court-bouillon. Tu l'as trouvée, un point c'est tout. Et par conséquent elle est à toi.

— Mais j'aurais dû la rapporter à sa propriétaire. Sinon, je ne vaux pas mieux que le voleur.

— Tout dépend comment on regarde les choses. Pour moi, tu as juste eu un gros coup de chance. Quand tu l'as trouvée, tu savais qu'elle avait été volée et à qui elle appartenait ?

Sarah secoua la tête.

— Non, j'étais en train de marcher sur la grève quand je l'ai aperçue dans la vase. Ce n'est qu'après coup que j'ai croisé mon amie et qu'elle m'a raconté que la femme chez qui elle fait le ménage a un fils qui lui vole des objets de valeur. Il le fait exprès pour que mon amie se fasse mettre à la porte. Il veut se venger parce qu'elle a repoussé ses avances. La montre, c'était lui. Elle m'a parlé de la montre. Tu te souviens qu'elle portait les initiales A.S. ? Ce sont celles de la patronne de mon amie, madame Alderton-Steele. Tu comprends maintenant ? Cette bague lui appartient certainement.

George se frotta le front en soupirant.

— Donc, tu es en train de me dire que tu sais à qui appartient la montre et que le fils de cette femme l'aurait jetée dans la Tamise ?

Sarah acquiesça, les yeux toujours pleins de larmes, tandis que George continuait :

— Oui, en effet, il est trop tard pour faire quoi que ce soit maintenant que tu l'as vendue. Mais ton amie n'a pas mentionné la bague, que je sache. Alors comment peux-tu être certaine qu'elle appartient à cette dame ?

— Je ne suis certaine de rien… ce n'est qu'une supposition, parce que son fils, Godfrey a volé d'autres bijoux à sa mère. Donc la bague est sûrement la sienne, non ?

George réfléchit rapidement. Il était en possession du bracelet et de la montre. Si les vols avaient été déclarés à la police et qu'on découvrait qu'ils se trouvaient chez lui, il serait accusé de recel. Heureusement, il n'avait pas cherché à les vendre. Ils étaient en sûreté au fond de sa penderie. Mais il fallait qu'il persuade Sarah de lui donner la bague. Ainsi, elle serait à l'abri de poursuites éventuelles. Il savait qu'elle était innocente, mais les juges ne croiraient pas sa version des faits.

— Le rubis pourrait en effet lui appartenir, mais tu n'en sais rien. Il pourrait très bien avoir été égaré par une autre personne du côté de Windsor, ou autre, il y a des années, et avoir échoué là où tu l'as trouvé. Je pense que tu te fais du mouron pour rien. Tu l'as trouvé. Il est à toi, un point c'est tout.

— Oh, George, si seulement je pouvais me tenir le même raisonnement. Mais j'ai beau me dire que c'est une possibilité, je sais au fond de moi à qui appartient cette bague, et que j'ai mal agi parce que j'avais désespérément besoin d'argent. Et maintenant, je ne sais pas comment faire pour me rattraper.

— Donne-moi la bague, Sarah. Ce qui est fait est fait. Je vais te la racheter pour…

George fouilla dans son porte-billets puis posa plusieurs pièces sur la table.

— Il y a environ trois livres. Ce n'est pas grand-chose pour une bague de ce prix, mais je tiens à te donner un coup de main jusqu'à ce que tu commences à travailler pour ma mère. Et, s'il te plaît, ne me dis pas merci, parce que je pourrais la revendre et en tirer bien plus que trois livres.

— Tu es sûr ? Tu ne penses pas que je dois la rapporter à Mme Alderton-Steele ?

— Non, surtout pas ! Tu penses sincèrement qu'elle va te croire si tu lui dis que vous l'avez trouvée ? Tu ne peux pas prendre un tel risque, par pour une poignée de billets et une bague.

George savait qu'il était un peu trop véhément, mais il fallait absolument qu'il arrive à la convaincre.

Aussi fut-il soulagé lorsque Sarah poussa la bague vers lui au-dessus de la table.

— C'est bien, Sarah. Et maintenant, on n'en parle plus et tu ne t'approches plus de cette fichue rivière, compris ?

Sarah hocha la tête, mais il ne serait pleinement satisfait que lorsqu'il verrait un sourire illuminer son joli visage.

— Que penses-tu du cake ? Il a bon goût, mais je suis obligé de fermer les yeux quand je le mange.

— Pourquoi ? demanda-t-elle.

— À cause des raisins secs… on dirait des mouches mortes.

Enfin, les lèvres de Sarah s'étirèrent et ses yeux se plissèrent aux coins.

— Merci de m'avoir prévenue, George. Maintenant, je vais devoir fermer les yeux moi aussi, sourit-elle en prenant sa part de cake.

George fut content de voir qu'elle se déridait un peu. Elle s'était couvert la tête de cendres parce qu'elle se sentait coupable, et cela ne la rendait que plus attachante à ses yeux. C'était la preuve qu'elle avait une conscience et qu'il pourrait la recommander à sa mère sans hésitation. À l'épicerie, au moins, elle serait en sécurité, et n'aurait plus besoin d'aller rabouiller au bord de la Tamise. Ce temps-là était définitivement révolu.

18

Le jour de l'enterrement, Sarah mit la robe noire qu'elle avait achetée chez George. Il n'y avait personne d'autre à part elle au cimetière, ce qui ne la surprit guère, car Annie avait plus d'ennemis que d'amis. Mais Sarah avait espéré qu'Eddy, au moins, ferait l'effort de venir. Toujours est-il qu'elle se retrouva seule à faire ses adieux à sa mère, debout au bord de la fosse commune.

Elle avait apporté un bouquet de fleurs sauvages, qui lui rappelait l'époque où elle vendait des fleurs aux passants pour pouvoir nourrir Tommy. Si sa mère avait fait son devoir, elle n'aurait pas eu besoin d'arrêter l'école pour s'occuper de Tommy. Mais il était trop tard pour lui en tenir rigueur, et elle éprouvait même de la pitié pour elle. Sarah savait combien il était difficile d'élever un enfant quand on n'avait pas le sou. Elle comprenait mieux pourquoi sa mère s'était prostituée.

Mais était-ce une raison pour maltraiter ses enfants ? Au lieu de se sentir aimée, Sarah avait toujours eu l'impression d'être un boulet. Ce n'est que sur son lit de mort que sa mère lui avait avoué qu'elle l'aimait. Mais c'était trop tard, et Sarah se demandait si Annie n'avait pas simplement cherché à soulager sa conscience. Jetant un dernier regard à la tombe, Sarah murmura :

— Adieu, maman, puis elle s'éloigna sans verser une larme.

Samuel avait l'habitude de rapporter de vieux journaux, magazines ou romans que les gens laissaient derrière eux dans le métro. Assise sur le canapé, Mo feuilleta un moment le journal de la veille, puis le jeta au loin en soupirant. Elle avait du mal à comprendre de quoi parlaient les articles et les photos lui semblaient sans intérêt.

Tommy était dehors en train de jouer avec Larry, mais Sarah n'allait pas tarder à rentrer et à la tirer de son ennui. À condition qu'elle ne revienne pas en larmes, naturellement.

Mo croisa les jambes et se mit à tambouriner nerveusement des doigts. Elle aurait pu préparer un gâteau pour passer le temps, mais elle venait de se faire les ongles et ne voulait pas esquinter son vernis. Elle se leva et se mit à faire les cent pas dans la pièce impeccable. Samuel avait laissé l'argent du loyer dans un compotier posé au centre de la petite table. M. Terence allait passer chercher son argent à tout moment. Elle aurait pu faire bouillir de l'eau pour lui offrir une tasse de thé, mais il n'était guère causant et elle ne voulait pas qu'il se méprenne sur ses intentions.

Elle entendit la porte de l'immeuble se refermer, puis quelqu'un qui montait l'escalier d'un pas léger et rapide. Ce devait être Sarah qui était revenue plus tôt que prévu.

Mo se précipita pour ouvrir à son amie et eut l'agréable surprise de la voir sourire.

— Comment ça s'est passé ? demanda-t-elle, même si, au fond, ça lui était bien égal.

— Exactement comme je m'y attendais. Il n'y avait que moi, et dans un sens, tant mieux, dit Sarah en ôtant son manteau et en poussant le journal pour prendre place sur le canapé.

— Comment ça, tant mieux ? s'étonna Mo.

— Ça m'a permis de réfléchir. Maintenant que maman n'est plus là, je vais pouvoir me consacrer à construire notre avenir à Tommy et moi, mais il y a une chose que je dois faire d'abord, sans quoi je ne pourrai pas prendre un nouveau départ… Je dois retrouver mon père.

Mo tendit une tasse de thé à Sarah, puis tira une chaise et s'assit à la table.

— Tu viens de perdre ta mère, alors je comprends que tu te sentes seule, mais tu es sûre que c'est une bonne idée ? Ta mère t'a dit qu'il ne voulait pas entendre parler de toi, non ?

— C'est vrai, mais c'était il y a longtemps. Je n'arrive pas à me l'ôter de la tête. Je pense à lui chaque soir avant de m'endormir et j'essaie de m'imaginer à quoi il ressemble. J'ai besoin de connaître la vérité.

— Dans ce cas, fais-le, mais… prudence. Va savoir si ce n'est pas une brute épaisse, comme mon paternel.

— Oui, j'y ai pensé, figure-toi, mais d'un autre côté, peut-être pas, répondit Sarah, optimiste.

Mo prit une gorgée de thé brûlant.

— M. Terence va arriver dans une minute. Tu en penses quoi ?

— Je ne l'ai encore jamais vu. Il n'était pas là quand j'ai visité le studio. C'est Mme Preston qui m'a donné la clé. Quelle pimbêche, celle-là !

— Mme P en personne ? Quel honneur ! Ça n'est pas tous les jours qu'elle montre le bout de son nez. Mais tu as raison, c'est une pimbêche qui va le cul nul sous son manteau de fourrure.

Sarah faillit s'étrangler avec son thé.

— Comment cela, un manteau de fourrure et le cul nu ?

— Elle s'imagine qu'elle est au-dessus des autres, mais elle n'a rien de spécial. Ma grand-mère l'a bien connue quand elles étaient voisines. Connie Preston, dite Langue de vipère, vivait dans un gourbi avec les cabinets dans la cour, comme tout le monde. Elle et sa sœur Edna, on les avait surnommées la morve et le glaviot.

Sarah éclata de rire.

— C'est comique, non ? dit Mo en souriant de toutes ses dents. En tout cas, d'après ma grand-mère, paix à son âme, Edna a épousé un laitier qui lui a fait une tripotée de gamins, mais Connie avait des idées de grandeur. Tant qu'à tomber amoureuse, disait-elle, autant que ce soit d'un homme riche. Et c'est ce qu'elle a fait. D'après ma grand-mère, Connie n'arrêtait pas de se faire rosser par son père parce qu'elle piquait les sous du foyer pour s'acheter de belles robes et aller ensuite traîner dans les quartiers chics. Pour finir, ils avaient un tel arriéré de loyers qu'on les a fichus dehors. Après cela, ma grand-mère l'a perdue de vue jusqu'à ce qu'elle la croise par hasard quelques années plus tard. Elle était méconnaissable. Elle parlait comme une bourgeoise et se vantait d'avoir épousé un promoteur immobilier qui avait quarante-cinq ans de plus qu'elle et qui n'allait pas tarder à casser sa pipe. C'est comme ça qu'elle est devenue riche. Il est mort et il lui a laissé toute sa fortune, dont une vingtaine d'immeubles, certains à Battersea. Tu te rends compte !

— Et dire qu'elle me regardait de haut ! s'écria Sarah. En tout cas, moi, je vais travailler pour chaque sou que je vais empocher.

— Oh, et ce n'est pas tout, continua Mo. Malgré tout son fric, elle n'a jamais donné un penny à sa famille. J'ai entendu dire qu'Edna était morte dans d'atroces souffrances parce qu'elle n'avait pas les moyens d'appeler le médecin. Elle a tout de même consenti à donner un toit à ses parents, mais en échange d'un loyer.

— C'est lamentable, dit Sarah.

— Je sais, et maintenant, elle vit dans une espèce de grosse baraque du côté de Victoria. Mais elle ne reçoit jamais personne, à part les chats de gouttière. M. Terence travaillait pour son mari, et elle a en plus un chauffeur et une femme de chambre. Mais à ce qu'il paraît, elle passe ses nuits à compter ses sous. On raconte qu'elle a des billets cousus dans l'ourlet de ses rideaux, sous son matelas, dans des lessiveuses et même dans le réservoir des w.-c.

— Comme quoi l'argent ne fait pas le bonheur, fit remarquer Sarah.

— Non, certes, acquiesça Mo, mais ça rend tout de même la vie plus facile.

— Sans doute, mais je préfère être pauvre et heureuse que riche et seule.

Mo hocha la tête en songeant que si elle devenait une star de cinéma, elle serait très riche – et très heureuse.

19

Le lundi matin Tommy réveilla Sarah en fanfare.

— Lève-toi, Sarah, on va être en retard pour mon premier jour d'école!

Sarah se frotta les yeux et constata qu'il faisait encore nuit dehors.

— Mais enfin, Tommy, il est beaucoup trop tôt, l'école n'est pas encore ouverte. Retourne te coucher et essaie de dormir, sinon tu vas somnoler toute la journée.

Mais Tommy ne voulait rien savoir.

— Sarah, s'il te plaît, lève-toi. Il faut qu'on se prépare.

— Bon sang, Tommy! s'écria Sarah en s'étirant. C'est alors qu'elle remarqua que le lit de son petit frère était soigneusement bordé. Tu as fait ton lit? demanda-t-elle, surprise.

— Oui, et j'ai rangé mon cartable avec mes gouaches, mes billes et une pomme. T'es pas obligée de m'accompagner parce que je vais y aller avec Larry et sa mère. Larry a dit qu'on allait s'asseoir ensemble. Il paraît que la maîtresse est très gentille et qu'elle ne jette jamais l'éponge du tableau noir.

— Tommy, sais-tu seulement ce qu'est un tableau noir?

— Oui, c'est ce truc sur lequel les maîtres d'école écrivent les leçons.

À l'évidence, Tommy et son ami avaient longuement parlé de l'école, songea Sarah, qui se réjouissait de le voir si enthousiaste. Debout sur le seuil, elle le regarda remonter la rue en courant en compagnie de Larry. Elle n'allait sûrement pas lui manquer, même s'il se retourna brièvement pour lui faire au revoir de la main.

Sarah regagna l'appartement et termina sa tasse de thé, assise au bord du lit. Elle était à la fois exaltée et anxieuse à l'idée que leur vie à tous les deux allait changer maintenant que Tommy était scolarisé. Mais avant d'aller trouver George pour discuter du poste à l'épicerie, il y avait une chose qu'elle devait régler : Ron Lyons.

George accueillit Sarah avec une joie non dissimulée quand celle-ci parut, un grand sourire aux lèvres. Ça faisait plaisir de la voir aussi heureuse.

— Bonjour, lui dit-il. Je suppose que Tommy a fait son entrée à l'école ce matin ?

— Bonjour, George. Oui, et il était tellement impatient, qu'il m'a tirée du lit aux aurores.

— Bien, et donc, je suppose que tu es venue pour discuter de la place à l'épicerie ? J'en ai déjà parlé à ma mère et elle a hâte de te rencontrer. Ça vous dirait de venir à la maison demain soir, Tommy et toi ? demanda George en espérant qu'elle allait accepter.

Il avait dû insister pas mal pour persuader sa mère, mais elle avait fini par accepter de donner sa chance à Sarah.

— Oui, très volontiers. Il y a juste un dernier service que j'aimerais te demander…

— Avec plaisir, belle demoiselle. Que puis-je faire pour toi ?

— En fait, c'est une longue histoire…

George rit et déclara :

— Comme toujours !

— Eh bien, je voudrais entrer en contact avec quelqu'un. Je connais son nom et je sais qu'il habite à Lavender Hill, mais rien de plus. C'est une situation un peu délicate, si bien que je ne peux pas simplement aller frapper à sa porte, comme ça. Tu aurais une idée ?

George se frotta le menton et réfléchit. Il aurait aimé en savoir plus au sujet de l'homme qu'elle recherchait. Si c'était un amoureux, il n'était pas certain d'avoir envie de jouer les intermédiaires.

— Je sais que ça ne me regarde pas, mais en quoi est-ce une affaire « délicate » ?

— Comme je te l'ai dit, c'est une longue histoire, mais… je crois que l'homme que je recherche est mon père.

— Oh, je vois, dit George, soulagé qu'il ne s'agisse pas d'un prétendant. Est-ce à dire qu'il ignore ton existence ?

— Oui. Il savait que ma mère était enceinte, mais c'est tout. J'ai cru comprendre qu'il avait fondé une famille de son côté, alors je doute qu'il ait envie de me voir débarquer chez lui.

— Et ce monsieur, ton père, quel est son nom ? Si c'est un habitant du quartier je le connais peut-être.

— Ron Lyons.

— Ron Lyons, répéta George tout en réfléchissant. Le nom me dit quelque chose… En fait, il y avait une fille dans mon école qui s'appelait Theresa Lyons. Elle avait quelques années de plus que moi, mais il n'est pas impossible qu'elle soit de sa famille. Attends une seconde.

Il alla trouver Roger, qui se tenait en retrait, quoiqu'en reluquant Sarah effrontément.

— Dis-moi, vieux, tu te souviens de Theresa Lyons ?

— Et comment! Figure-toi que ce vilain petit canard de Theresa est devenu une beauté. Je l'ai aperçue au bal avec Freddie la Poiscaille. Je ne sais vraiment pas ce qu'elle lui trouve, soit dit en passant. Elle est beaucoup trop bien pour lui.

— Tu ne saurais pas où elle habite par hasard?

— À Lavender Hill. Mais pourquoi ça t'intéresse? Je croyais que tu étais à fond sur Sarah?

— Ce n'est pas moi qui veux savoir, mais Sarah, elle est à la recherche du père de Theresa, Ron.

— Ah, je vois. Et tu aimerais jouer les chevaliers servants. Paye-moi une pinte plus tard, et je te dirai où elle crèche exactement. Je peux même faire mieux. Ron Lyons travaille au commissariat de Battersea Bridge. Il est sergent administratif, dit Roger en gratifiant George d'une tape amicale.

— Super, tu auras deux bières pour ta peine.

George retourna auprès de Sarah pour l'informer de ce que lui avait dit Roger.

— Et donc... tu sais où je peux le trouver? demanda Sarah, fébrilement.

— Oui, et même mieux que ça. Je peux te dire où il travaille, répondit George pas mécontent de lui.

— Oh, mais c'est formidable. Merci, infiniment. Je n'ai pas envie de le mettre dans une situation délicate vis-à-vis de sa famille, alors si je peux aller le trouver sur son lieu de travail c'est encore mieux.

— Ce n'est pas loin de là où tu habites. C'est le poste de police.

— Celui de Battersea Bridge?

— Celui-là même.

— Mon père est agent de police?

— Apparemment. En tout cas, il est sergent administratif, alors tu ne devrais pas avoir de mal à le trouver.

— Je n’arrive pas à y croire ! Toutes les fois où je suis allée fouiller les bords de la Tamise, c’était sous le nez de mon père et je ne le savais pas.

— Le monde est petit ! dit George. Et tu comptes faire quoi maintenant ?

— Aller le voir.

— Comme ça, sans crier gare ? Tu vas te pointer là-bas et lui annoncer que tu es sa fille ?

— C’est à peu près ça. Sauf si tu as une meilleure idée ?

— Non, pas vraiment. Tu veux que je t’accompagne ?

Sarah s’empressa de refuser :

— Non, non, c’est gentil de ta part, George, mais je préfère y aller seule. Bon, j’y vais, et je te dis à demain soir.

— Hep, pas si vite, la miss, dit George en s’emparant d’un crayon et d’un sac en papier sur lequel il griffonna son adresse. Tu vas en avoir besoin. Maman vous attend vers six heures et demie.

Sarah prit le sac, puis gratifiant George d’un sourire, implora :

— Souhaite-moi bonne chance.

Il lui souhaita toute la chance possible, tout en se demandant comment l’homme qui avait abandonné sa mère, alors que Sarah n’était même pas née, allait l’accueillir.

20

Debout à l'extérieur de la grosse bâtisse en brique, Sarah s'agrippa à la grille en fer et inspira profondément pour se donner du courage. Deux policiers sortirent du commissariat et passèrent devant elle, mais ils étaient bien trop jeunes pour être son père. Elle n'avait pas la moindre idée de ce à quoi ressemblait Ron Lyons, mais elle espérait qu'elle le reconnaîtrait au premier regard.

Enfin, elle se décida à gravir les marches qui menaient à l'entrée principale, puis poussa lentement la porte. Une fois à l'intérieur, elle jeta un coup d'œil autour d'elle. Les murs du hall étaient peints en vert et il y avait plusieurs portes dont elle ignorait l'issue.

— Puis-je vous aider ? demanda un policier qui se tenait derrière un long comptoir de bois.

Elle regarda l'homme en se demandant s'il aurait pu être son père. Elle s'approcha en scrutant attentivement les traits du policier.

— Je… euh… je cherche Ron Lyons…, parvint-elle à bredouiller non sans mal.

Son cœur battait à tout rompre et ses mains étaient moites. Elle se mit à tapoter nerveusement son pouce avec son index.

— Qui dois-je annoncer ? demanda l'homme en faction.

Sarah devait penser vite. Elle ne pouvait pas se présenter sous sa véritable identité.

— Sarah Neerly, mentit-elle en songeant que George ne lui en voudrait pas si elle utilisait son nom de famille.

— Et puis-je savoir à quel sujet ?

— Je… euh…, répondit-elle, soudain à court d'idées et paniquée.

— Attendez-moi ici, je vais aller le chercher, bougonna le policier.

Sarah poussa un soupir de soulagement. Avisant une banquette en bois, elle allait s'y asseoir. Ses jambes flageolaient et sa tête tournait. Elle ne faisait plus sa maligne maintenant qu'elle était ici, et regrettait d'avoir refusé que George l'accompagne.

Elle se mit à gigoter nerveusement et à se ronger les ongles. Ça n'allait pas être aussi facile qu'elle se l'était imaginé et elle se demandait ce qu'elle allait bien pouvoir dire. Quelques minutes seulement s'étaient écoulées, mais elle avait l'impression qu'une éternité s'était écoulée quand la porte s'ouvrit à nouveau et que le policier ressortit, un homme en uniforme sur ses talons.

C'est lui, songea-t-elle. C'est mon père ! C'était un homme massif, au crâne en partie dégarni, et au visage buriné, mais lorsqu'elle vit ses yeux d'un vert profond, ses doutes s'évanouirent. C'était bien lui.

— J'ai cru comprendre que vous me cherchiez, dit-il d'une voix profonde. Je suis le sergent Lyons.

Sarah voulut se lever, mais ses jambes refusèrent de lui obéir. Elle était clouée sur la banquette. Elle déglutit avec peine, incapable de prononcer un mot tant elle avait la gorge sèche.

— Mademoiselle… ça ne va pas ?

Sarah hocha la tête bien qu'elle fût à deux doigts de perdre connaissance. Elle entendit son père ordonner à l'autre homme d'aller chercher un verre d'eau, et comprit qu'elle était en train d'attirer l'attention sur elle. Il fallait qu'elle se reprenne.

— Si, si, je vais bien.

— Vous avez demandé à me voir ?

Pour finir, Sarah se leva du banc de bois et s'approcha du comptoir, et tout en regardant son père dans les yeux, pria le ciel pour qu'il réalise qui elle était.

— Puis-je vous parler en privé ? demanda-t-elle dans un murmure.

Les deux hommes échangèrent un regard.

— Venez avec moi, dit son père en soulevant la partie mobile du comptoir.

Sarah le suivit dans un long couloir. Il la mena jusqu'à une salle aux murs gris, meublée avec parcimonie d'une table et de chaises.

— Désolé, c'est la salle des interrogatoires, mais asseyez-vous, lui dit-il.

Sarah s'assit, les mains jointes sur ses genoux.

— Bien, dit son père. Et maintenant, je vous prie de me dire ce qui vous amène. J'espère que c'est important et que vous n'êtes pas en train de me faire perdre mon temps, jeune demoiselle.

Sarah avait réfléchi à ce qu'elle allait dire, mais elle était en train de perdre ses moyens. C'est pourquoi elle lança à brûle-pourpoint :

— J'ai menti. Je ne m'appelle pas Sarah Neerly. Mon nom est Sarah Jepson et je crois que vous connaissez ma mère, Annie ?

Ron Lyons se renversa sur son siège, soudain livide.

— Annie Jepson… Oui, je m'en souviens. Comment va-t-elle ?

— Elle est morte, répondit Sarah sans ambages.

— Oh, je suis désolé.

Sarah ne décelait aucune sincérité dans sa voix et son visage ne trahissait aucune émotion.

— Avant de mourir, elle m'a fait un aveu...

Sarah marqua une pause, espérant que son père allait deviner ce qu'elle était sur le point de lui dire pour qu'elle n'ait pas besoin d'entrer dans les détails.

Il y eut un long silence, qu'il rompit en déclarant :

— Pouvez-vous me dire de quoi il retourne ?

— C'est un peu délicat. Ma mère, Annie, m'a dit que vous... que... Désolée, mais je ne vois pas comment présenter les choses autrement. Elle m'a dit que vous étiez mon père.

Ron Lyons remua nerveusement sur sa chaise. Il avait l'air très mal à l'aise et Sarah se demanda si elle n'avait pas été un peu trop brusque.

Enfin, il s'éclaircit la gorge, et déclara :

— Votre mère, Annie, divaguait. Je crains que vous ne soyez venue ici pour rien. Et maintenant, si vous n'avez rien à ajouter, je vais vous raccompagner.

Elle ne pensait pas que son père la recevrait à bras ouverts, mais elle ne s'attendait pas à une telle rebuffade.

— Attendez. Désolée, mais je crois que vous êtes mon père. Regardez mes yeux. Ce sont les mêmes que les vôtres. Ma mère m'a tout raconté sur vous, comment vous l'avez abandonnée quand vous avez appris qu'elle était enceinte. C'était il y a longtemps, et je n'en veux à personne car vous étiez tous les deux très jeunes, mais vous êtes mon père.

Ron repoussa brusquement sa chaise et se mit à faire les cent pas dans la pièce. Il semblait soucieux, presque paniqué. Mais pourquoi ? Certes, la nouvelle lui avait fait un choc, mais il n'était sûrement pas sans savoir que sa mère avait eu un enfant de lui et que cet enfant finirait tôt ou tard par faire son apparition.

— Je ne comprends pas ce que vous attendez de moi, Sarah. Vous ne pouvez rien prouver et vous ne pouvez pas m'accuser d'être votre père sur la simple foi des dires de votre mère.

— Mais je n'accuse personne ! Je sais que vous êtes mon père et je ne suis pas venue pour réclamer quoi que ce soit, répondit Sarah, blessée dans son amour propre.

— Dans ce cas, que voulez-vous ?

Il avait dit cela d'une voix cassante, et Sarah sentit les larmes lui monter aux yeux.

— Je n'en sais rien. Je voulais juste faire votre connaissance, dit-elle, en l'implorant du regard.

— Navré, Sarah, mais vous perdez votre temps. Je n'ai jamais cru que votre mère était enceinte. Elle a tout inventé parce qu'elle voulait me passer la corde au cou. Vous pourriez très bien être la fille de Tom, Dick ou Harry, ou n'importe quel type avec qui elle a couché après moi. Je ne veux pas être désagréable, mais je sais tout concernant votre mère et comment elle gagnait sa vie. Elle a été coffrée plusieurs fois pour racolage. Mais quoi qu'il en soit, sortez-vous cette idée absurde de la tête.

Sarah ne put retenir ses larmes, qui jaillirent de ses yeux, éclaboussant la table.

— Comment osez-vous parler de ma mère ainsi ! Elle a été obligée de se prostituer parce que vous l'avez abandonnée sans un sou. Comment aurait-elle pu m'élever autrement ?

— Ça suffit. Je vous interdis de dire ce genre de choses. Votre mère était une femme de mauvaise vie et je ne suis pas votre père !

Même s'il lui en coûtait de l'entendre parler de sa mère en ces termes abjects, Sarah estimait de son devoir de l'amener à regarder la vérité en face et à reconnaître qu'elle était sa fille. Il était évident qu'il était son père. Il suffisait de voir ses yeux.

— S'il vous plaît, Ron. Je ne vous demande rien à part votre reconnaissance. Je suis votre fille… Vous ne voulez pas savoir à quoi ressemble ma vie ?

— Écoutez, Sarah, je me contrefiche de vous, de votre vie ou de votre mère. Il y a dix minutes, je ne savais même pas que vous existiez, et je préfère en rester là.

— Mais vous ne pouvez pas le nier, maintenant que vous savez que j'existe ! s'écria Sarah, d'une voix presque suppliante.

— Il est inutile d'insister. Pour moi vous n'êtes qu'une affabulatrice et votre mère une putain. Fin de l'histoire.

Les larmes de Sarah coulaient à flots à présent. Elle prit une inspiration tremblante, renifla une ou deux fois, puis regarda Ron qui s'était rassis face à elle. Elle espérait qu'il allait changer d'avis, faire preuve d'empathie. Mais son regard était glacé, dépourvu de la moindre émotion, et elle comprit qu'elle n'arriverait pas à le faire changer d'avis.

— Ron, je ne suis pas en train de vous demander de m'accueillir dans votre foyer ou ce genre de choses. En fait, je n'ai aucune envie que votre famille sache que j'existe, dit-elle en espérant que cette déclaration le radoucirait.

— Qu'est-ce que ma famille vient faire là-dedans ? Que savez-vous de ma famille ? demanda Ron, soudain suspicieux.

— Euh… rien… je sais juste que vous avez une famille, et je ne veux en aucune façon vous causer d'ennuis.

— Eh bien, sachez que je suis un mari heureux et père de six enfants, et que si vous commencez à répandre des ragots sur mon compte, je pourrais tout perdre. Ma femme, mon métier, tout.

— C'est tout ce qui vous inquiète ? Que votre femme l'apprenne ? demanda Sarah déçue.

— Évidemment ! Mais vous le saviez en venant ici, n'est-ce pas ?

Sarah, qui ne savait pas à quoi il se référait, secoua la tête. Bien sûr, elle se doutait qu'il préférait garder tout ceci secret, mais il semblait insinuer autre chose.

— Mais bien sûr ! J'aurais dû m'en douter. Votre petit jeu est cousu de fil blanc, mademoiselle… vous pensiez qu'en venant ici raconter toutes vos salades, vous alliez pouvoir me soutirer de l'argent en échange de votre silence. C'est ça, n'est-ce pas ?

— Oh, mais pas du tout ! se rebiffa Sarah. Ce n'est pas vrai !

— Si, bien sûr que si ! Vous pensiez m'amadouer et me faire avouer que j'étais votre père, pour pouvoir ensuite me faire chanter.

— Ce n'est pas vrai ! Je me moque de votre argent, protesta Sarah, mais elle voyait bien que Ron ne l'écoutait pas.

— Vous n'allez sûrement pas dire le contraire ! Je fais ce métier depuis plus de trente ans, je connais les gens de votre espèce. Vous n'êtes qu'une sale petite intrigante, exactement comme votre roulure de mère, dit-il en tapant rageusement du poing sur la table.

Sarah sursauta en voyant les traits de son père se tordre de rage. Il était évident que jamais il n'accepterait de reconnaître qu'elle était sa fille.

— Vous vous méprenez totalement et je regrette d'être venue, dit-elle, tandis que ses larmes faisaient place à la colère et à la peur.

Annie était peut-être une putain, mais elle, au moins, avait essayé d'être une mère, alors que lui ne faisait aucun effort. Elle se leva et, rejetant fièrement ses épaules en arrière, déclara :

— Vous n'avez rien compris.

— Moi, je crois que c'est toi qui n'as rien compris, rétorqua Ron en la dévisageant à travers ses paupières plissées.

— Je suis désolée que vous réagissiez ainsi, dit-elle. Mais puisque vous ne voulez rien avoir à faire avec moi, je m'en vais.

Sans un mot, elle suivit Ron jusqu'au hall d'entrée. Il lui tint la porte et quand Sarah franchit le seuil, il la saisit brutalement par le bras et lui glissa à l'oreille :

— Je te conseille de la fermer, sans quoi tu vas le regretter.

Sarah lui lança un regard plein de mépris et se dégagea de son étreinte. Puis elle dégringola les marches et gagna le coin de la rue. Mais une fois hors de vue du commissariat, elle s'arrêta, puis penchée en avant, posa ses mains sur ses cuisses et prit plusieurs longues goulées d'air frais.

Elle n'arrivait pas à réaliser ce qui venait de se passer. Il l'avait menacée. Tout compte fait, c'était une bonne chose qu'il ait abandonné sa mère. Elle n'osait pas imaginer quelle sorte de vie elle aurait eue aux côtés d'un homme aussi abject. Elle songea alors au père de Mo.

Ron Lyons était un loup déguisé en mouton. Sous son uniforme de policier il cachait un tempérament de brute.

Mo avait fini son ménage et regardait autour d'elle en cherchant quelque chose à faire, quand elle aperçut Sarah par la fenêtre. Elle descendit au rez-de-chaussée pour accueillir son amie, mais lorsque Sarah se rapprocha, elle vit qu'elle était pâle comme un linge.

— Eh bien, ma belle. Qu'est-ce qui ne va pas ? lui demanda-t-elle.

— Je ne peux pas te le dire.

— Bon, mais entre au moins prendre une tasse de thé. Ça te requinquera.

Sarah la suivit à l'étage, puis se laissa tomber dans un fauteuil.

— Oh, Mo, si seulement je pouvais te dire ce qui s'est passé. Mais il vaut mieux pour toi que tu ne le saches pas.

— Je comprends, mais si ça peut te tranquilliser, je ne suis pas du genre à colporter des ragots, et rien de ce que tu pourras me dire ne sortira de ces quatre murs.

Ce fut comme si Mo avait ouvert une vanne. Les mots se mirent à se déverser de la bouche de Sarah jusqu'à ce qu'épuisée, elle se laisse retomber dans son fauteuil.

— Désolée d'enfoncer le clou, dit Mo en lui tendant une tasse de thé, mais je t'avais prévenue. Tu t'étais fabriqué une image romantique, mais malheureusement tes illusions ont volé en éclats. Crois-moi, il y a des hommes qu'il vaut mieux ne pas connaître.

— C'est exactement ce que je me suis dit. Je sais que ma mère n'a pas eu la vie facile, mais au moins, elle ne s'est pas trop fait tabasser. Alors que si elle était restée avec Ron…

— Et les autres enfants de Ron ? Ce sont tes demi-frères et sœurs. Tu vas essayer de les contacter ?

— Non, qu'ils aillent tous au diable ! Je n'ai besoin de personne d'autre dans ma vie. Tommy et moi, ça me suffit amplement. Et au fait, mon père n'est plus mon père… À partir de maintenant, ce sera Ron.

Mo fut soulagée de voir que Sarah n'était pas trop ébranlée, même si elle avait eu un choc.

— Je vais dîner avec George et sa mère, Lena, demain. Avec un peu de chance, la semaine prochaine, je vais commencer à travailler. Et ma vie va changer.

Mo ressentit un pincement de jalousie. Elle espérait que Sarah ne plairait pas à Lena, car ainsi elle pourrait continuer de profiter de sa compagnie, qui mettait un peu de distraction dans sa vie monotone.

— Oui, ta vie va changer, répéta-t-elle avec un sourire forcé. Au fait, qu'est-ce qu'il devient le gars pour qui tu en pinçais, ce Roger ? Tu n'en parles plus.

— Je ne l'ai pas revu. Et avec l'enterrement de ma mère et tout, je n'ai pas vraiment eu le temps de penser à lui. Oh, Mo, tu aurais mieux fait de ne pas me parler de lui. Voilà que je recommence à avoir des papillons dans l'estomac.

Mo se mit soudain à chanter « Secret Love » de Doris Day en valsant à travers la pièce. Puis elle et Sarah éclatèrent de rire tandis qu'une rougeur montait aux joues de son amie.

— Merci pour le thé et le fou rire, dit Sarah. Il faut que je descende pour mettre un peu d'ordre dans la maison avant d'aller chercher Tommy à l'école. Si tu l'avais vu ce matin ! C'était une vraie pile électrique.

Mo hocha la tête en s'efforçant de cacher sa déception. Elle aurait aimé que Sarah reste encore un peu.

— Je peux te donner un coup de main, si tu veux, proposa-t-elle.

Elle n'aimait pas particulièrement faire le ménage, mais au moins elle aurait de la compagnie.

— Non, c'est gentil, Mo, mais c'est inutile. Je n'ai qu'une pièce. Ça ne va pas être bien long. Je te dis à très bientôt.

Restée seule, Mo songea que Samuel lui manquait. Il voulait tellement mettre de l'argent de côté pour pouvoir acheter une maison qu'il travaillait comme un forcené et ne prenait jamais de temps libre. Résultat, Mo se sentait frustrée.

Elle se laissa tomber dans son fauteuil. Le silence qui régnait dans la pièce était assourdissant. Oh, et puis flûte ! Il fallait bien qu'elle trouve à s'occuper si elle ne voulait pas mourir d'ennui. Elle allait piocher dans leurs économies pour s'acheter une radio. Et tant pis si Samuel n'était pas d'accord.

Debout devant la grille de l'école, Sarah attendait Tommy. Un léger crachin s'était mis à tomber, mais il fallait plus que trois gouttes de pluie pour doucher la bonne humeur de son frère.

Soudain, la cloche retentit, et une foule de filles et de garçons se déversa comme un torrent dans la cour de récréation. Elle aperçut aussitôt Tommy, qui courait à côté de Larry, en riant gaiement.

— Sarah ! C'était trop bien ! s'écria-t-il en s'élançant vers elle. Larry et moi, on va jouer dans la pièce de l'école, et tu sais quoi ? Je vais faire l'arbre qui parle !

— Eh, ça a l'air super ! Qu'est-ce que vous avez fait d'autre aujourd'hui ? demanda-t-elle.

Elle voulut lui prendre la main, mais Tommy se mit à courir pour rattraper Larry.

— On se retrouve à la maison, maman ! lui lança-t-il.

Stupéfaite, Sarah se figea sur place. Il l'avait appelée « maman ». Elle l'avait toujours aimé comme une mère aime son fils, mais en l'entendant l'appeler ainsi elle avait senti son cœur fondre.

Quelle importance qu'elle n'ait pas de père, surtout un père comme Ron Lyons, du moment qu'elle et Tommy étaient là l'un pour l'autre. Elle se remit à marcher, mais cette fois, elle se sentait plus fière que jamais. Bientôt elle allait avoir du travail et pourrait donner à Tommy de l'amour. Tout l'amour qu'elle n'avait pas eu.

21

— George, tu veux bien arrêter de tourner en rond! C'est Sarah, qui vient dîner, pas la reine mère, dit Lena tout en s'affairant au-dessus du fourneau où elle avait mis des pommes de terre à cuire.

— Je sais, maman. Mais je veux être sûr que tout est en ordre, répondit George en inspectant la cuisine.

— Non, mais! Es-tu en train d'insinuer que ma maison n'est pas bien tenue?

— Non, sûrement pas, rit-il en s'approchant de sa mère pour l'embrasser sur la joue.

Il jeta un coup d'œil à l'horloge sur le mur. Sarah serait là d'un moment à l'autre.

— Va donc retaper les coussins du canapé au lieu de me tourner dans les pattes.

George se rendit dans le séjour, mais au lieu de s'occuper des coussins, il se planta devant la glace au-dessus de la cheminée en faïence et scruta son reflet. Qui cherches-tu à tromper, songea-t-il. Son visage était presque entièrement recouvert de cicatrices. Sa lèvre inférieure était gonflée et il ne lui restait qu'un morceau d'oreille. Seuls quelques touffes de cheveux bruns parsemaient son crâne brûlé et son nez était presque plat. Sa peau le tiraillait bien qu'il l'enduisît chaque jour de crème. Jamais Sarah ne voudrait d'un garçon comme lui, sauf s'ils avaient vécu un conte de fées, comme la Belle et la Bête. Cette pensée lui redonna espoir.

On frappa un coup à la porte, et sa mère lui cria :

— Tu peux aller ouvrir, George ?

Il ouvrit la porte, et aussitôt Tommy lui enlaça les jambes de ses bras.

— Je t'ai fait un dessin, George. C'est maman qui l'apporte. Je vais à l'école maintenant.

Tiens donc, voilà qu'il appelait Sarah maman, maintenant. George songea que c'était touchant, et logique, dans la mesure où Sarah s'occupait de lui comme d'un fils, mais à condition que ça ne fasse pas jaser dans les chaumières. Les gens n'avaient que mépris pour les filles mères, et il ne voulait pas Sarah soit victime des commérages.

— Entre. Tu vas me montrer ça et me parler de ton école.

Comme il disait cela, son regard se porta sur Sarah. Elle était à couper le souffle avec ses longs cheveux rassemblés en un chignon impeccable qui faisait ressortir ses yeux bordés de longs cils noirs et lui donnait un air élégant.

— Tu as l'air en forme, la complimenta-t-il sur un ton faussement flegmatique.

— Merci. J'ai pensé qu'un chignon ferait plus professionnel. J'espère que je vais plaire à ta maman, dit-elle presque dans un murmure.

— Ne t'inquiète pas, elle va être conquise, dit George, puis baissant la voix : Au fait, ça s'est passé comment avec Ron Lyons ?

— Mal. Ce n'est pas mon père, répondit Sarah en regardant le plancher.

— Oh. Je vois. Mais entrez donc dans le salon.

Lena parut dans l'embrasure et ôta son tablier d'un geste prompt.

— Bonjour, Sarah. Et toi, je parie que tu es Tommy, dit-elle. Asseyez-vous donc. George, tu n'offres pas à boire à nos invités ?

— Maman, une minute. Ils viennent juste d'arriver, répliqua George en souriant sous cape.

Sa mère faisait des manières, mais il savait bien que ça n'allait pas durer.

— Merci, dit Sarah sur un ton tout aussi formel en prenant place avec grâce sur le canapé.

— Qu'est-ce qui vous ferait plaisir ? demanda George.

— Une tasse de café serait parfaite, répondit Sarah.

— Et toi, Tommy ? Une limonade ?

— Oh oui, merci, répondit le garçon ravi.

— Le dîner est presque prêt. J'espère que vous aimez la tourte à la viande ? dit Lena.

Sarah hocha la tête, et Tommy déclara :

— C'est mon plat préféré.

Lena retourna à la cuisine. George aurait voulu s'asseoir à côté de Sarah sur le sofa, mais son petit frère avait déjà pris la place, si bien qu'il s'installa dans le fauteuil à côté de la cheminée.

— Tu ne penses pas que je pourrais aller donner un coup de main à ta maman à la cuisine ? demanda Sarah tout bas.

— Je pense qu'elle apprécierait, même si moi, elle ne supporte pas de m'avoir dans ses pattes. Pendant ce temps-là, Tommy va tout me raconter sur son école.

Sarah sortit du séjour et Tommy entreprit de raconter ses aventures à George.

Une vingtaine de minutes plus tard, Sarah revint et annonça :

— À table !

George et Tommy la suivirent dans la cuisine, où Lena les accueillit avec un grand sourire. George ignorait ce qui s'était dit entre les deux femmes, mais la glace semblait avoir été brisée et la conversation allait bon train autour de la table tandis qu'ils mangeaient.

— C'était délicieux, madame Neerly, dit Sarah quand elle eut fini son assiette.

— Je suis contente que ça vous ait plu. Et maintenant, dans la mesure où nous allons commencer à travailler ensemble demain matin, je propose que tu m'appelles Lena.

Les yeux de Sarah s'écarquillèrent, et elle frappa ses paumes l'une contre l'autre.

— Vraiment ? Vous voulez dire que je suis engagée ?

— Oui. Je te demanderai d'être là à 10 heures précises. Et tu finiras ton service à 15 heures. Cela devrait coïncider avec les horaires de Tommy à l'école. Lorsque tu auras appris toutes les ficelles, je te laisserai te débrouiller seule. Pour ma part, je n'aurai plus qu'à assurer l'ouverture le matin et la fermeture le soir. Ce qui m'arrange bien.

— Merci, merci infiniment, madame Neerly… je veux dire Lena.

— C'est tout naturel, ma petite. Il faut bien que chacun ait sa chance, n'est-ce pas, George ? dit Lena avec un coup d'œil espiègle à son fils.

Sa mère se référait au fait que Sarah aurait dû lui donner sa chance, songea George, qui espérait que la jeune fille n'avait pas saisi l'allusion.

— Oui, maman, répondit-il, avant de proposer : Que diriez-vous d'une partie de cartes dans le séjour ?

— Allez-y, tous les trois. Moi, je vais débarrasser, dit Lena.

— Laissez-moi vous aider, proposa Sarah, mais Lena ne voulut rien savoir et les chassa de la cuisine.

— J'ai vraiment hâte de commencer à travailler avec ta maman demain, George.

— Tant mieux. Ça fait chaud au cœur de te voir sourire.

Le reste de la soirée se passa dans la bonne humeur, et quand il fut l'heure de partir, George proposa à Sarah de la raccompagner avec sa camionnette, mais elle insista pour rentrer à pied. Elle était farouchement indépendante, mais il ne l'en admirait que plus.

Plus tard, ce soir-là, la pensée de Sarah revint le hanter et malgré lui il sentit ses sens s'éveiller. Ils avaient passé une excellente soirée, c'était déjà beaucoup, et il espérait qu'il y en aurait d'autres.

Il faisait nuit quand Sarah rentra chez elle. Tommy bâillait à fendre l'âme. Elle s'en voulut de l'avoir laissé veiller aussi longtemps alors qu'il avait école le lendemain.

Quand elle tourna au coin de la rue, elle eut un haut-le-corps en apercevant deux bobbies qui marchaient dans sa direction. Dans la distance, elle ne pouvait pas distinguer leurs traits, mais lorsqu'ils passèrent sous le réverbère, elle poussa un soupir de soulagement en murmurant :

— Dieu merci.

— Pourquoi tu dis ça ? voulut savoir Tommy.

— Je suis juste contente qu'on soit arrivés.

Les *policemen* les saluèrent d'un « bonsoir » et continuèrent leur chemin, mais leurs manières amicales ne suffirent pas à calmer ses angoisses. Ni l'un ni l'autre de ces hommes n'était son père, mais allez savoir si ce dernier n'allait pas rappliquer un de ces jours pour la faire taire définitivement ?

Une fois à la maison, Tommy se mit au lit sans se faire prier et s'endormit aussitôt. Sarah songea qu'elle aurait bien fait de l'imiter. Mais dès que sa tête toucha l'oreiller, elle fut prise d'un brusque sursaut d'énergie nerveuse et se mit à ressasser des idées noires. George avait eu beau lui dire de ne pas s'en faire et lui assurer que tout allait bien se passer à la boutique, elle était sur des charbons ardents. Elle voulait se donner à fond dans son nouveau travail, mais à force de s'entendre répéter par sa mère qu'elle n'était bonne à rien, elle avait fini par douter de ses capacités.

Au bout d'un moment, songeant qu'elle devait coûte que coûte saisir l'occasion qui lui était offerte, elle réussit à se calmer et finit par trouver le sommeil.

22

Le lendemain matin, Lena consulta sa montre. 9 h 50. Elle espérait que Sarah n'allait pas arriver en retard pour son premier jour de service. George l'avait persuadée de l'engager, mais Lena avait malgré tout quelques réserves à son sujet. Sarah avait beau être une gentille fille, elle n'avait guère d'instruction et aucune expérience professionnelle. L'une des clientes de l'épicerie avait laissé entendre que la mère de Sarah était une prostituée alcoolique. Mais Lena ne prêtait que peu de foi à ces commérages, car même si la rumeur s'avérait fondée, Sarah ne ressemblait en rien à sa mère. Du moins l'espérait-elle.

La porte s'ouvrit et Sarah entra. Sous des dehors dégagés, la jeune fille semblait pétrifiée.

— Tu es pile à l'heure. C'est un bon début ! l'encouragea Lena pour la mettre à l'aise.

— Bonjour, Lena, répondit Sarah d'une voix tendue.

— Bien, tu devrais commencer par te débarrasser de ton manteau. Tu trouveras une patère dans l'arrière-boutique. Les toilettes sont à gauche et le coin cuisine à droite. Mets donc la bouilloire en route et prépare-nous une tasse de thé. Ensuite on attaquera les choses sérieuses.

Quelques instants plus tard, Sarah reparut avec deux tasses de thé fumant. La main de la jeune fille tremblait quand elle tendit sa tasse à Lena, qui constata qu'une quantité non négligeable de breuvage s'était renversée dans la soucoupe.

— Je ne mords pas, tu sais ? lui dit-elle pour essayer de la dérider.

— Je suis désolée. J'ai les nerfs en pelote. Ce travail compte tellement pour moi que j'ai peur de tout gâcher.

Le cœur de Lena se serra dans sa poitrine. C'était une lourde responsabilité pour une femme aussi jeune d'élever son petit frère. Et pour autant qu'elle pouvait en juger, Sarah prenait son rôle de parent très à cœur.

— Je suis certaine que tout va bien se passer. Ce qui ne veut pas dire que je vais te laisser te tourner les pouces. Comme je le dis toujours à George, travailler dur est bon pour la santé. C'est pourquoi, tu vas te charger de garnir les rayons. Dans la réserve, tu trouveras des caisses de marchandise. Apporte-les une par une, et veille bien à mettre les produits les plus anciens sur le devant, et les autres derrière. Tu penses pouvoir te débrouiller ?

— Oh oui, sans problème, dit Sarah.

Lena observait attentivement la jeune fille, tandis que celle-ci s'affairait avec célérité. Les clientes semblaient charmées par les manières affables de Sarah. Lena songea qu'elle était tout à fait à sa place dans un commerce, mais qu'elle devait encore apprendre à tenir une caisse et à rendre la monnaie. Il ne s'agissait pas d'une de ces caisses enregistreuses permettant de faire des additions, mais d'un simple tiroir dans lequel on mettait les recettes. Elle espérait que Sarah s'en sortirait sans trop de difficulté.

— Tu as fait du bon travail, ma mignonne. Maintenant, viens avec moi derrière le comptoir pour que je te montre comment servir les clientes.

Sarah, qui commençait seulement à se détendre, fut soudain prise de panique.

— Ce n'est pas compliqué, lui dit Lena pour la tranquilliser.

Il ne fallut pas longtemps à Sarah pour comprendre comment elle devait s'y prendre. Lena, qui se servait d'un carnet et d'un crayon pour noter le prix des articles, fut agréablement surprise de constater que, neuf fois sur dix, Sarah parvenait à additionner mentalement le prix des articles. Dans un premier temps, elle se sentit obligée de vérifier qu'elle ne se trompait pas, mais force lui fut de constater que le compte tombait toujours bon. En fait, Sarah était capable de calculer mentalement plus vite qu'elle.

— Tu vois ? Quand je te disais que tu n'avais pas de souci à te faire. Tu es vraiment douée pour les chiffres, et je sais que je vais bientôt pouvoir te laisser te débrouiller seule.

— Vous le pensez vraiment ? Oh, merci, Lena. J'adore travailler ici. C'est fou comme on ne voit pas le temps passer. Il ne me reste qu'une heure à faire, mais je suis déjà impatiente de revenir demain.

Lena rit.

— Euh… Il se pourrait que tu ne sois plus aussi enthousiaste d'ici quelques semaines.

Au moment de la pause, elle dit à la jeune fille d'aller chercher un autre tabouret dans la réserve et elles s'assirent côte à côte derrière le comptoir.

— En principe, à cette heure-ci on a un creux, lui expliqua-t-elle. Et les gens ne commencent à revenir qu'après la sortie des classes. Je profite de l'accalmie pour faire mon inventaire. Mais je te montrerai ça une autre fois. Aujourd'hui, on va en profiter pour papoter un peu.

Naturellement, la conversation se porta sur George. Lena raconta à Sarah dans quelles circonstances il s'était retrouvé défiguré. Lorsqu'elle lui décrivit comment la chair de son visage avait noirci et s'était mise à fondre, elle vit des larmes monter aux yeux de la jeune fille et regretta d'être entrée dans les détails. Mais son fils était un garçon courageux, qui ne se plaignait jamais, affichant en toutes circonstances une attitude enjouée. Elle seule savait quelles atroces souffrances il avait endurées. Elle en était très affectée, et pouvoir se confier ainsi lui ôtait un poids considérable, car même si l'incident de la bombe incendiaire s'était produit des années auparavant, il avait laissé des cicatrices indélébiles, à la fois physiques, pour George, et psychologiques pour elle.

Réalisant que Sarah était bouleversée, Lena changea de sujet. Une heure passa, durant laquelle Lena entreprit de mener sa petite enquête. Elle découvrit que les rumeurs qui lui étaient parvenues étaient fondées. Et bien que Sarah ne lui fît vraiment pas l'effet d'une fille malhonnête, elle songea qu'il serait tout de même plus sage de garder un œil attentif sur la caisse, au cas où.

Sa journée de travail terminée, Sarah fila chercher Tommy. Quand ils arrivèrent à la maison, Mo lui lança par-dessus la rampe depuis le palier du premier :

— Félicitations pour ta première journée de travail. Comment ça s'est passé ?

— Très bien.

— Monte donc à la maison pour me raconter tout ça.

— J'ai hâte de me déchausser, ça t'ennuie de descendre ?

— J'arrive, acquiesça Mo.

— Je peux sortir jouer avec Larry ? implora Tommy.

— Si tu veux, dit Sarah avant de se laisser tomber sur le canapé et de se débarrasser de ses souliers.

Mo entra et s'assit à côté d'elle.

— Pffiou, ça sent le fromage ici ! s'écria-t-elle en fronçant le nez.

— Oh ! fit mine de protester Sarah en riant. Je voudrais t'y voir après une journée passée à piétiner. Et puis ces chaussures commencent à être sacrément usées.

— Bon, alors, raconte ! C'était comment à l'épicerie ?

— Super ! Lena est tellement gentille. Elle m'a posé beaucoup de questions, et je me suis retrouvée à lui parler de ma mère. J'ai bien observé comme elle se comportait avec les clientes. Elle les écoute parler mais sans rien dire. Elle a le chic pour leur soutirer des informations, mais elle-même ne colporte pas de ragots. Je l'aime bien.

— Tant mieux, dit Mo, même si Sarah voyait bien qu'elle n'était pas tout à fait sincère. Elle a eu l'air choquée quand tu lui as parlé de ta mère ?

— Pas vraiment. Tu sais comment sont les gens dans ce quartier, elle avait déjà entendu des rumeurs. La bonne nouvelle, c'est que j'ai droit à des ristournes sur la marchandise, alors la prochaine fois que tu as besoin de quelque chose, je peux te l'avoir à bon prix.

— Samuel va être ravi, tu sais comment il est avec les sous. Tu te souviens que j'ai acheté une radio l'autre jour ? Eh bien, il m'a obligée à la rapporter au magasin, ce gros radin. Il a de la glu dans les poches, ma parole !

Sarah pouffa. Mo avait toujours le mot pour rire.

— Lena m'a invitée à déjeuner dimanche midi. Apparemment, elle n'en a pas assez de me voir toute la semaine.

Mo lui glissa un regard en biais.

— Ne me dis pas que tu n'as pas compris son manège ?

— Quel manège ?

— George. Tu m'as bien dit qu'il avait le béguin pour toi, non ? Sa chère maman a donc décidé de jouer les entremetteuses, parce qu'elle voudrait qu'il se marie.

Sarah but une gorgée de thé. George lui avait proposé de l'emmener faire un tour la première fois qu'ils s'étaient rencontrés, mais après cela il n'avait plus jamais insisté.

— Non, non. George a compris que nous ne serions jamais plus que des amis.

— Lui, peut-être, mais Lena ?

— Oh, arrête, Mo. Qu'elle le veuille ou non, elle va devoir se rendre à l'évidence. Il n'y aura jamais rien entre George et moi.

Elles continuèrent à bavarder pendant encore une heure, puis Mo s'en alla et Sarah commença à préparer le dîner. Tandis qu'elle faisait réchauffer le ragoût de mouton, elle se mit à penser à Roger. Elle n'allait plus pouvoir le voir aussi facilement, maintenant qu'elle travaillait les jours de semaine. Elle n'allait pas toucher une paye complète ce vendredi, mais suffisamment tout de même pour acheter de nouveaux vêtements à Tommy et à elle aussi. Elle irait jeter un coup d'œil à l'étalage de George samedi, et avec un peu de chance, elle verrait Roger. Elle allait faire un effort de toilette pour paraître à son avantage. Elle pourrait peut-être emprunter un peu de maquillage à Mo. À cette pensée, son estomac se mit à papillonner et elle se prit à rêver qu'un jour peut-être, il l'inviterait à sortir.

23

Sarah se plaisait dans son nouvel emploi, et les semaines passaient à toute allure. On était à présent en avril, et un samedi matin, elle fut tirée du sommeil par un claquement de porte. Elle songea que c'était Samuel qui partait travailler et referma les yeux, pour essayer de se rendormir. Elle voulait avoir la mine reposée quand elle se rendrait au marché, où elle espérait croiser Roger. À sa grande déception, il ne l'avait toujours pas invitée à sortir, mais elle voulait garder espoir.

Elle était toujours éveillée quand le soleil se leva, transperçant de ses rayons le mince rideau devant la fenêtre. Sarah sortit du lit et s'approcha du réchaud pour mettre la bouilloire à chauffer.

Tandis qu'elle attendait que l'eau bout, Tommy sauta du lit et sortit dans le couloir en courant, en s'écriant :

— Il faut que je fasse pipi !

Un bruit de voix lui parvint du hall et elle songea que Tommy devait être en train de parler avec Mo.

Et en effet, quelques minutes plus tard, Tommy revint, Mo sur ses talons.

— Bonjour, ma belle. Tommy m'a dit que tu préparais du café.

— Oui, assieds-toi, l'invita Sarah en bâillant.

— C'est ton nouveau boulot qui t'épuise comme ça ? lui demanda son amie.

— Non, non. C'est juste que me suis réveillée à pas d'heure et que je n'ai pas pu me rendormir.

— Il y a quelque chose qui te tracasse ? Ou quelqu'un ? demanda Mo avec un sourire entendu.

— Tu as mis dans le mille. Figure-toi que j'ai l'intention d'aller faire un saut au marché et j'aurais besoin de tes conseils pour me maquiller.

— Bien sûr. Ça t'ennuierait que je vienne avec toi ? Samuel ne va pas rentrer de la journée.

— On va voir George aujourd'hui ? demanda Tommy, qui n'avait pas perdu une miette de leur conversation, et sautait à présent à pieds joints sur son lit, fou d'excitation.

— Oui, dit Sarah. Et arrête de faire des bonds, sinon tu vas finir par passer au travers.

— Pardon, s'excusa Tommy en s'asseyant sagement.

— C'est une excellente idée, dit Sarah en reprenant le fil de la conversation avec Mo. On va bien s'amuser.

— Tant qu'on ne dépense pas trop de sous. Tu sais comment est Sam.

— Tope là. Tu m'aides à me maquiller et moi je paie le *fish and chips* du déjeuner.

— Miam ! s'écrièrent Mo et Tommy en souriant de toutes leurs dents.

Quelques heures plus tard, Mo entra bras dessus, bras dessous dans le marché avec Sarah, Tommy filant devant elles à toutes jambes. Elle avait hâte de faire la connaissance de George et de voir à quoi ressemblait Roger. Quand Sarah lui avait expliqué que George était défiguré, elle n'avait pas été choquée plus que ça. Quand son frère aîné était ambulancier et qu'elle l'accompagnait dans ses tournées, elle avait vu tellement de gens grièvement blessés à la suite d'accidents.

Mo n'eut aucun mal à reconnaître George dont les yeux s'illuminèrent dès qu'il aperçut Sarah.

— Il est évident qu'il en pince toujours pour toi, lui dit-elle en lui donnant un coup de coude dans les côtes.

— Tu as intérêt à bien te tenir, Mo, lui chuchota Sarah du coin de la bouche, sinon tu seras privée de *fish and chips*.

— Bonjour, George. Je te présente mon amie Mo, qui est aussi ma voisine du dessus, dit Sarah.

— Enchanté, dit George.

Mais Mo ne lui prêta guère d'attention. Son regard s'était porté derrière lui, sur Roger. Il était aussi beau que Sarah le lui avait décrit, et elle comprenait à présent pourquoi son amie en était folle. Elle était en train d'admirer son profil quand il tourna la tête et la surprit en train de le dévisager. Il la détailla de la tête aux pieds, un sourire enjôleur aux lèvres. Voyant que Sarah était occupée à parler avec George, Mo en profita pour rendre son sourire à Roger. Elle voyait bien qu'il la trouvait attirante, mais cela ne l'étonnait pas. C'était le cas avec tous les hommes ou presque.

— Qu'est-ce que tu dis de cette robe ? lui demanda Sarah.

Détachant à regret son regard de Roger, Mo examina la robe que Sarah tenait devant elle ; une chose parfaitement hideuse et démodée.

— Pas mal. Je pense qu'elle t'ira très bien, mentit-elle.

Tandis que Sarah réglait son achat, Mo regarda à nouveau Roger, qui avait choisi quelques pommes sur son étalage et arrivait dans leur direction.

— Bonjour, Sarah. Tu ne me présentes pas à ton amie ? dit Roger.

Mo remarqua que George plissait le front et que Sarah semblait perdre ses moyens.

— Elle, c'est Mo, répondit Tommy à sa place. Je pourrais avoir une pomme, s'il te plaît, Roger ?

— Oui. En voilà une pour toi et une pour chacune de ces ravissantes demoiselles.

La voix de Roger était caressante comme du velours, songea Mo en prenant la pomme avec un petit sourire en coin. Il la fixa du regard, mais elle détourna promptement la tête, se rappelant intérieurement à l'ordre. Après tout, elle était quasiment mariée et son amie Sarah avait des vues sur ce garçon.

— J'ai appris que tu travaillais avec Lena ? dit Roger en se tournant vers Sarah.

— Euh… oui, répondit-elle en rougissant.

George aussi regardait Sarah, et bien qu'il ne l'attirât nullement, Mo fut contrariée de ne pas être au centre de l'attention. S'invitant dans la conversation, elle déclara :

— Comme Sarah est en congé aujourd'hui, on a décidé de sortir.

— Et vous avez prévu de faire quoi au juste ? demanda Roger.

— J'avais pensé à aller voir un film, mais j'ai changé d'avis. Vu que je travaille au Grand Cinéma, ça n'est pas très drôle. Du coup, à part aller manger un *fish and chips* à midi, on n'a pas trop d'idées.

— Le samedi on travaille comme des dingues, au marché, mais on pourrait aller tous ensemble à la fête foraine en soirée ? suggéra Roger.

— Oh oui, maman, s'il te plaît, j'y suis jamais allé ! supplia Tommy.

Mo aurait bien aimé se serrer contre Roger dans une « fusée cosmique ». Les gars s'arrangeaient toujours pour faire asseoir les filles au fond de la cabine de la fusée, comme ça, lorsque le manège prenait de la vitesse, ils se retrouvaient plaqués contre elles. Malheureusement, elle ne pouvait pas sortir ce soir, à cause de Samuel.

— Désolée, mais je ne peux pas.

— C'est dommage, dit Roger. J'aurais bien aimé faire un tour de grand huit.

— Moi aussi, ronchonna Tommy.

— Rien ne t'empêche d'emmener Sarah et Tommy, dit Roger à George.

— Oui, c'est une bonne idée, acquiesça son ami.

Pour Mo, tout ceci ressemblait fort à un traquenard. À l'évidence, Roger savait que George avait le béguin pour Sarah. Sauf que la réciproque n'était pas vraie.

— Oh, maman, dis oui, s'il te plaît, insista Tommy.

Devant la mine implorante du garçon, Sarah soupira :

— Bon, d'accord, mais pas question que je monte sur les montagnes russes ou dans une fusée cosmique. Je vous attendrai en bas.

Roger décocha un clin d'œil à George, puis regagna son étal où une queue avait commencé à se former. Sarah convint de retrouver George plus tard, puis les deux amies prirent la direction de Clapham Junction. Elles marchaient depuis un moment en silence quand Mo demanda de but en blanc :

— Tu es sûre que ça va, Sarah ?

— Oui, mais j'espérais que Roger allait m'inviter à sortir ce soir, pas George.

Peut-être que Roger ne te l'a pas demandé parce que George et lui sont amis et qu'il sait qu'il en pince pour toi, argua Mo en guise de consolation.

— Peut-être. Je n'y avais pas pensé. Pour être tout à fait franche, je n'ai pas envie d'aller à la fête foraine avec

George ce soir, mais je ne savais pas quoi inventer comme excuse, et puis je ne voulais pas décevoir Tommy. J'espère que George n'a pas pensé que je lui tendais une perche, et Roger non plus.

— Non, je ne crois pas, d'autant que tu vas emmener Tommy avec toi.

Elles longèrent l'avenue en faisant quelques haltes pour admirer les vitrines. Il y avait longtemps que Mo ne s'était pas senti le cœur aussi léger. Elle ne regardait pas à tout bout de champ par-dessus son épaule de crainte d'être suivie par ses frères ou son père.

Elles croisèrent l'ami de Tommy, Larry, et sa mère, et devant l'insistance de son petit frère, Sarah finit par accepter que Tommy parte de son côté avec eux. Elle les regarda s'éloigner.

— Ça te dirait d'aller prendre un thé et une brioche chez Arding and Hobbs ? demanda-t-elle à Mo.

Mo hésita, puis dit :

— C'est un peu tôt pour le *fish and chips*, alors oui, pourquoi pas.

Le grand magasin se dressait fièrement au coin de l'avenue. En temps normal, ce n'était pas le genre d'endroits que Mo fréquentait. Elle savait que son frère avait l'habitude de s'y rendre le samedi pour acheter des disques, et tandis qu'elles s'approchaient de l'entrée, elle jetait des coups d'œil affolés autour d'elle.

— Et maintenant, à mon tour de te demander si tout va bien, dit Sarah.

— Tu lis dans mes pensées, ma parole ! répondit Mo, qui était persuadée qu'elle avait réussi à cacher sa nervosité. Eh bien, la réponse est non, pas vraiment. J'ai peur de croiser un membre de ma famille. J'en ai par-dessus la tête de passer ma vie enfermée entre quatre murs, en particulier quand

Samuel travaille à l'extérieur. C'est tellement chouette de pouvoir se promener et de faire du lèche-vitrines. Mais c'est plus fort que moi, j'ai la trouille de les croiser et qu'ils gâchent tout.

— Ils ne vont tout de même pas te faire une scène devant moi et dans un lieu public par-dessus le marché ?

— Oh, on voit que tu ne les connais pas ! Ils ne se sont jamais gênés pour venir me harceler sur mon lieu de travail. Une fois, mon frère Danny s'est pointé à l'usine Gilson et m'a littéralement traînée par les cheveux pour me faire sortir. J'ai eu beau hurler et me débattre comme une folle, il ne m'a pas lâchée. Autant te dire qu'après ça, les patrons n'ont pas voulu me reprendre. Il y a aussi la fois où je tenais un stand de barbe à papa à la fête foraine. Quand mon père l'a su, il a rappliqué aussi sec et fait un tel scandale que tous les gamins ont pris peur. Comme je ne pouvais pas promettre à mes patrons qu'il ne recommencerait pas, j'ai été remerciée. Des exemples comme ceux-là, j'en ai des dizaines. Tu comprends, maintenant, pourquoi je suis dans mes petits souliers quand je mets le nez dehors ?

— Oh, Mo. Je savais que tu n'avais pas la vie rose, mais j'étais loin de m'imaginer que c'était à ce point. Mais comme tu dis, on ne va pas les laisser gâcher notre plaisir. Alors on croise les doigts. Et puis s'il y en a un qui rapplique, au moins tu ne seras pas toute seule.

— Merci, Sarah, dit Mo, bien qu'elle ne vît pas comment son amie aurait pu la protéger de son père ou de ses frères, qui étaient taillés comme des armoires à glace et juraient comme des charretiers. Mais quoi qu'il en soit, c'était chic de sa part.

— Allons, viens, l'entraîna Sarah. Allons faire un tour au rayon cosmétiques. Tu vas m'aider à choisir un rouge à lèvres.

— Oui, mais je déteste les vendeuses du rayon beauté. C'est toutes des filles des beaux quartiers qui vous prennent de haut.

— Je ne suis jamais venue ici, mais je parie qu'aucune d'elles ne peut rivaliser de beauté avec toi, Mo.

— Attends de les voir, Sarah. Elles sont tirées à quatre épingles, et se donnent des grands airs.

Elles gravirent l'imposant escalier de bois ciré tout en admirant les jolies robes exposées au centre.

— Oooh ! Si seulement je pouvais me payer cette robe rouge, au lieu de m'acheter des fripes chez George, murmura-t-elle.

— C'est sûr, mais à quelle occasion est-ce que tu porterais une robe du soir ?

— Tu as raison. Mais en attendant ça ne coûte rien de regarder, dit Sarah.

Mo acquiesça d'un hochement de tête, tout en s'imaginant dans la sublime robe de couturier, filant dans une décapotable aux côtés d'un acteur de cinéma beau comme un dieu. C'était le genre de vie dont elle rêvait. Au lieu de quoi, elle était née dans une famille pauvre où les coups pleuvaient. Ce n'est pas juste, se dit-elle, en réprimant une moue dépitée.

Tandis qu'elles déambulaient parmi les parfums hors de prix du rayon beauté, Sarah s'extasiait sur tout, aussi excitée qu'une gamine à Noël, alors que Mo ne voyait pas l'intérêt de convoiter des choses qu'elles ne pourraient jamais s'offrir, et de se sentir rabaissée par les vendeuses par-dessus le marché.

— Viens, sortons, dit-elle sèchement.

Une expression de surprise se peignit sur les traits de Sarah, mais elle l'empoigna par le bras et l'entraîna *manu militari* vers le grand escalier. Elle avait hâte de sortir d'ici et de retrouver les rues grouillantes du dehors.

— Eh oh, du calme, Mo ! Qu'est-ce qui ne va pas ?

— Rien. Simplement, je n'aime pas cet endroit, répondit-elle les dents serrées.

Juste au moment où elles commençaient à descendre les marches, Mo se figea sur place, terrorisée, en apercevant son frère Danny qui montait l'escalier. C'était lui, pas de doute. Sa tignasse rousse était reconnaissable entre toutes.

— Vite, par ici, dit Mo en entraînant Sarah à nouveau vers le rayon beauté.

— Pourquoi ? Que se passe-t-il ? demanda Sarah en trottant à ses côtés.

— C'est mon frère ! Dans l'escalier. Oh, mon Dieu, j'espère qu'il ne m'a pas vue.

— Qu'est-ce qu'on va faire ? Se cacher ?

— Oui… dans les toilettes pour dames. Non, parce qu'on ne saura pas s'il est parti. Il faut sortir d'ici, tout de suite. On va prendre l'ascenseur.

Mo appuya sur le bouton pour appeler l'ascenseur. Heureusement, personne d'autre n'attendait. Elle jeta un coup d'œil par-dessus son épaule. Pas de Danny en vue, Dieu merci. Il ne s'était sûrement pas arrêté au rayon cosmétiques. Il devait se rendre au rayon disques, comme toujours.

L'ascenseur arriva et un petit homme en livrée et casquette rouge foncé ouvrit les portes.

— Quel étage ? demanda-t-il poliment.

— Rez-de-chaussée, répondit précipitamment Mo.

Le groom referma d'abord la grille, puis la porte vitrée et la cabine commença à descendre. Mais pas suffisamment vite au goût de Mo, qui sentait la panique monter.

— Vite, plus vite, murmurait-elle.

— Tout va bien, Mo, on sera bientôt dehors et loin de lui, lui chuchota Sarah.

Peu après, les portes de l'ascenseur s'ouvrirent et Mo s'élança vers la sortie, Sarah sur ses talons. Une fois dans la rue, elle prit à droite et se mit à courir en direction de Lavender Hill.

— Mo, ralentis… tu es hors de danger maintenant.

— Tu es sûre ? demanda Mo, dont le cœur cognait si fort qu'il résonnait dans ses oreilles.

— Oui, personne ne nous suit. Il ne t'a pas vue.

— Je suis désolée, Sarah. J'étais sûre que j'allais le croiser aujourd'hui. Ma mère disait toujours que j'avais un sixième sens, mais je n'ai jamais compris ce qu'elle entendait par là. Elle me disait que je devais me fier à mon instinct. Maintenant, je sais qu'elle avait raison.

Mo s'en voulait d'avoir ignoré son intuition. Jamais plus elle ne recommencerait, et même si elle s'y sentait comme un oiseau en cage, elle n'avait qu'une hâte à présent, regagner son studio et attendre que Samuel rentre du boulot.

24

George était passé prendre Sarah et Tommy avec sa camionnette. Elle avait insisté pour qu'ils se retrouvent directement au parc d'attractions, mais il n'avait rien voulu savoir. Il trouva une place où se garer, puis dit à Sarah :

— Attendez-moi là.

Sarah attendit, intriguée, tandis que George contournait le véhicule, puis ouvrant la porte côté passager, exécutait une révérence et déclarait :

— Si mademoiselle… veut bien se donner la peine.

Sarah descendit de la voiture en souriant. Elle était venue à contrecœur, mais elle commençait déjà à s'amuser alors qu'ils n'étaient même pas encore à la fête foraine.

George ouvrit ensuite le hayon et Tommy sauta à terre en s'écriant :

— C'était génial. C'est la première fois que je monte à l'arrière d'un camion.

— Attends de voir ce que ça fait de monter sur les montagnes russes ! lui dit George.

Tommy poussa un petit cri de joie, et saisissant la main Sarah, l'entraîna vers les manèges brillamment éclairés.

— Dépêche, maman !

Sarah marchait aussi vite qu'elle le pouvait. Elle avait hâte de voir la tête que ferait Tommy lorsqu'il aurait fait son premier tour de manège. Elle-même n'était jamais allée à la foire, mais elle n'était pas aussi enthousiaste que son petit frère. Ici, non seulement les attractions étaient démesurées mais elles se déplaçaient à toute vitesse. Le champ de foire avait été construit deux ans plus tôt, à l'occasion du Festival de Grande-Bretagne, mais l'entrée coûtait six pence, ce qui était très au-dessus des moyens de Sarah. Néanmoins, l'accès aux Jardins du Plaisir était gratuit, et Tommy et elles étaient venus souvent admirer l'Horloge Guinness. Quatre fois grande comme elle, elle était parée de rayures noires et blanches. Quand elle sonnait l'heure, le spectacle durait environ quatre minutes. De drôles de personnages entraient et sortaient par de petites portes et des moulins se mettaient à tourner. Tommy, fasciné, essayait de deviner ce qui allait arriver ensuite, mais à chaque fois c'était la surprise.

Tandis qu'ils approchaient de l'entrée, Sarah distingua les mots « Fête Foraine » écrits en lettres lumineuses, et les petits guichets en forme de guérites peintes en jaune. George marchait devant, mais Sarah le rattrapa.

— J'espère que tu n'as pas l'intention de payer pour Tommy et moi, lui dit-elle.

— Bien sûr que si, répondit George. Il ne manquerait plus que je vous invite à la fête et vous fasse payer !

Voyant qu'elle l'avait vexé, Sarah ne chercha pas à insister.

Une fois dans l'enceinte, Tommy écarquilla de grands yeux émerveillés, comme s'il ne savait pas par où commencer.

— Je sens qu'il va s'amuser comme un fou. Merci, George, dit-elle.

— Suivez-moi, leur dit George. Je ne compte plus le nombre de fois où je suis venu ici. Je vous propose de commencer par la grande roue. Une fois tout en haut, on a une vue panoramique du parc et on peut décider par quoi on veut commencer. Quand on aura fait tous les trucs sympas, je vous emmènerai sur le chemin enchanté.

— Oh oui ! s'écria Tommy.

Sarah était nettement moins enthousiaste. Elle avait les mains moites à l'idée de se retrouver perchée dans une nacelle à des dizaines de mètres au-dessus du sol, ou de déambuler sous un dais d'arbres illuminés.

— Mais pas de friandises avant les attractions, Tommy. Il ne manquerait plus que tu vomisses une fois sur le manège. C'est déjà arrivé à un ami à moi, dit George en riant. Sur le rotor.

— Qu'est-ce que c'est, le rotor ? demanda Tommy.

— C'est une grande cuve cylindrique dans laquelle on se tient debout, et qui se met à tourner si vite qu'on se retrouve collés à la paroi. Un truc qui vous donne le tournis.

Voyant que Sarah faisait la grimace, George ajouta :

— Je ne pense pas qu'on va y aller ce soir.

Quelques minutes plus tard, Sarah se retrouva sur la grande roue, agrippée des deux mains à la barre de sécurité et incapable d'ouvrir les yeux.

— Regarde, maman ! On peut le faire, celui-là ?

Sarah ouvrit les paupières et vit Tommy pointer du doigt un manège. Elle resta muette. Si elle ouvrait la bouche, elle craignait qu'il en sorte un hurlement de terreur. Heureusement, George intervint.

— Ah, les fusées cosmiques ! Je sens que tu vas adorer, Tommy. Il y a un manche à balai que tu peux actionner pour faire monter ou descendre la fusée.

Une fois débarqués de la grande roue, Tommy montra le chemin jusqu'à la prochaine attraction. Tandis qu'ils faisaient la queue, Sarah crut que ses genoux allaient se dérober sous elle.

— Je ne peux pas le faire, dit-elle à George.

— Faire quoi ?

— Monter sur ce truc. Je vais vous attendre ici. Je pense que je vais m'en tenir aux chevaux de bois.

George éclata de rire.

— Eh, mais qu'est-ce que c'est que cette poule mouillée, dit-il. Ce n'est pas grave, Tommy et moi, on te fera des coucous.

Soulagée, Sarah sortit de la queue et chercha un endroit offrant une bonne vue sur le manège. Elle ne pouvait pas se joindre à eux, mais rien ne l'empêchait de les regarder s'amuser ? Quand le manège se mit en marche, elle entendit fuser des rires et des cris. Et quand la rotation s'accéléra, elle se sentit défaillir et se dit qu'elle avait bien fait de décliner l'invitation. Tommy, en revanche, avait l'air aux anges et elle le vit qui agitait la main dans sa direction. Elle lui fit signe, elle aussi, mais les fusées tournoyaient si vite qu'elle avait du mal à les suivre des yeux. Soudain, elle aperçut un couple dans la distance. Son estomac chavira, non pas à cause des manèges, mais parce que Ron Lyons et une femme qui devait être son épouse, arrivaient dans sa direction.

Sarah voulut prendre ses jambes à son cou, mais c'était trop tard car il l'avait aperçue lui aussi. Elle le vit qui pâlissait tandis que son sourire s'effaçait. Terrifiée, elle le regarda fixement tandis qu'il passait devant elle, un rictus menaçant aux lèvres. Enfin, il contourna un manège et disparut.

Tommy apparut devant elle.

— Alors, maman, tu m'as vu ? Tu as vu jusqu'où on est montés ?

— Oui, mon ange, répondit Sarah, mais son regard était ailleurs, cherchant Ron.

— Tout va bien, Sarah ? Tu n'as pas l'air dans ton assiette, fit remarquer George.

— Euh… oui, merci, George. On pourrait peut-être aller dans la galerie des miroirs ? suggéra-t-elle, songeant que c'était la cachette idéale.

— Oh, mais c'est pas drôle, ronchonna Tommy.

— Comment le sais-tu ? Tu n'y es jamais allé, lui dit George. Et puis c'est le seul endroit où Sarah n'aura pas peur.

La galerie des miroirs était plongée dans le noir, et ses murs étaient tapissés de miroirs déformants. Tommy se mit à courir de l'un à l'autre en riant à gorge déployée lorsqu'il se découvrit affublé d'un visage de six pieds de long et de toutes petites jambes, ou avec une silhouette râblée aussi large que haute.

— Il est arrivé quelque chose pendant que Tommy et moi étions sur les fusées ? demanda George.

Sarah soupira.

— Oui, je me suis retrouvée nez à nez avec Ron Lyons et il n'a pas eu l'air content de me voir.

— Pourquoi ? Je croyais que c'était ton père.

— Il l'a nié, et même si je ne devrais pas te le dire, il… il m'a menacée… et m'a dit de tenir ma langue. Oh, George, si tu avais vu la façon dont il m'a regardée. J'ai grandi avec une mère qui passait son temps à me fusiller du regard, mais ce n'était rien à côté de ce regard-là. Il me terrorise.

Sarah se raidit lorsque George lui passa un bras autour des épaules et l'étreignit brièvement.

— Ne t'en fais pas. Je vais veiller sur toi. Je te le promets. Et maintenant, souris. On ne va pas gâcher la soirée de Tommy, n'est-ce pas ?

Captant son reflet dans un des miroirs, Sarah songea à sa mère. Il y avait beaucoup de choses qui clochaient chez elle, mais c'était une femme courageuse, qui ne se laissait jamais intimider par les hommes. Et pour une fois, Sarah eut envie de lui ressembler. Aujourd'hui, elle avait pris la fuite à deux reprises pour échapper aux foudres d'un homme en colère. Dans un sens, c'était réconfortant de savoir que George était là pour elle.

Mais bien qu'elle appréciât son attitude chevaleresque, Sarah regretta de s'être confiée à lui. Il n'était manifestement pas de taille à affronter quelqu'un comme Ron Lyons et elle ne voulait pas qu'il s'attire des ennuis.

25

Cela faisait plus d'un mois déjà que George était allé à la fête foraine de Battersea Park avec Sarah. Ce soir-là, il l'avait déposée chez elle et avait convenu de passer les prendre le samedi suivant pour aller faire du canot sur le lac. Mais Sarah avait annulé la sortie sous prétexte que Tommy avait attrapé un gros rhume. Elle n'était pas non plus revenue le voir au marché, et il se demandait s'il avait fait ou dit une chose qui ait pu la froisser.

Quand sa mère entra dans la cuisine, George remarqua qu'elle était toujours en robe de chambre.

— Tu ne vas pas travailler aujourd'hui ? lui demanda-t-il, surpris.

— Non, George. J'ai décidé de prendre une semaine de congé. Je vais en profiter pour mettre de l'ordre dans la dépense et aller chez le coiffeur. Demain je vais à Brighton avec Kath, et mercredi j'ai prévu d'aller au cinéma avec Joan. Jeudi je compte faire un saut à Croydon pour passer voir tante Minnie. Je vais dormir là-bas, mais je serai de retour vendredi soir pour te préparer ton dîner.

— Eh bien, tu as une semaine chargée. Mais qui va garder la boutique ?

Sarah, voyons. Elle a demandé à faire des heures supplémentaires, et je sais qu'elle saura parfaitement se débrouiller.

George sentit son pouls s'accélérer. Il n'avait qu'à se rendre au bout de la rue pour la voir. Il lui dirait qu'il était passé prendre de ses nouvelles. C'était parfait !

— Mais, et Tommy ? s'enquit-il.

— Je vais passer le prendre à l'école ce soir avant d'aller chez le coiffeur. Mo va s'en occuper le reste de la semaine. En échange de quoi Sarah va lui faire quelques courses. Comme elle a droit à une grosse ristourne, c'est plus avantageux pour son amie que d'empocher une ou deux livres.

— Et donc, Sarah va passer prendre Tommy ce soir ?

— Oui, mon cœur, et je lui ai dit qu'elle pourrait rester dîner. Elle sera bien contente de pouvoir se mettre les pieds sous la table après une journée de travail en solo.

George se leva d'un bond de sa chaise et embrassa chaleureusement sa mère.

— Maman, tu es une perle, dit-il en commençant à s'éloigner.

— Hep, pas si vite ! le rappela-t-elle. Viens t'asseoir. Il faut que nous parlions.

Voyant l'air sérieux de Lena, il obtempéra sans protester.

— De quoi veux-tu me parler ? Tu ne vas pas m'annoncer que tu es malade au moins ? demanda-t-il, inquiet.

— Non, non. Je vais très bien. C'est au sujet de Sarah…

— Mais encore ? Je l'ai froissée ? Il y a un bail que je ne l'ai pas vue. Elle t'a dit quelque chose ?

— Rien d'explicite, mais je crois qu'elle garde ses distances parce qu'elle a peur de t'avoir fait mauvaise impression.

— Donc elle t'a dit quelque chose ! s'exclama George, qui ne supportait pas que sa mère tourne autour du pot.

— Comme je te l'ai dit, rien d'explicite. Je lui ai juste fait comprendre qu'elle te plaisait, et elle m'a dit que toi aussi tu lui plaisais… comme ami.

George était contrarié, mais il se força à sourire. C'était dur de s'entendre dire qu'elle ne voyait en lui rien de plus qu'un ami, même s'il le savait déjà.

— Bah, de toute façon, je crois qu'elle en pince pour Roger, se résigna-t-il.

— Ça ne m'étonnerait qu'à moitié. Quand son nom a surgi dans la conversation, son regard s'est illuminé. Je n'ai rien dit, mais tu sais ce que je pense de ce garçon…

Il le savait, et une fois encore, les paroles de sa mère lui firent l'effet d'un coup de poing dans l'estomac. Il se dit que le moment était peut-être venu de renoncer à Sarah, même si ça ne serait pas facile, parce qu'elle habitait toutes ses pensées.

Lena était très contente de sa nouvelle coupe et de sa mise en plis, et plus encore d'être rentrée à la maison avec Tommy avant que la pluie ne se mette à tomber. En mai, le temps était toujours changeant, et elle espérait que le soleil serait de retour le lendemain, pour sa virée à Brighton. Elle passa une main affectueuse dans les cheveux de Tommy. Le garçon avait été très sage chez le coiffeur, même s'il avait dû s'ennuyer copieusement quand elle était sous le casque.

— Tommy, monte dans la chambre de George et jette un coup d'œil sous son lit. Il a un vieux train électrique là-haut, et je suis sûre qu'il sera d'accord pour que tu joues avec.

— Roooh, merci ! dit Tommy, en filant au premier.

— Je suis tranquille jusqu'à l'heure du dîner, songea Lena. Elle se prépara une tisane et alla s'installer confortablement sur le canapé du séjour. Elle avait dû s'assoupir, car elle se réveilla en sursaut quand la porte d'entrée claqua et que George appela son nom. Elle jeta un coup d'œil à la pendule sur la cheminée. Il était rentré de bonne heure, et elle savait pourquoi. Leur petite conversation de ce matin avait porté ses fruits.

Au même instant, elle entendit Tommy dévaler les escaliers pour accueillir George. À l'évidence, le garçon l'adorait. Quel dommage qu'il n'en aille pas de même pour Sarah, songea Lena. Il aurait fait un beau-père idéal pour le petit, et un mari formidable pour Sarah. Si seulement la jeune fille avait pu passer outre ses cicatrices !

— Tu es là de bonne heure, mon cœur.

— Oui, j'ai pensé que tu aurais peut-être besoin d'un coup de main avec ce petit monstre, dit George en soulevant Tommy de terre.

— Oh, mais c'est un ange, dit Lena, en pinçant gentiment le nez du garçon.

Elle fit mine de croire à l'excuse de George, bien qu'elle sût qu'il était rentré de bonne heure pour pouvoir faire un brin de toilette avant l'arrivée de Sarah. Elle aurait tant voulu voir son fils heureux en amour. Quel dommage qu'il soit tombé amoureux d'une fille qui ne voulait pas de lui parce qu'elle était aveuglée par ce tombeur de Roger !

Plus tard ce soir-là, quand Sarah rentra chez elle, Mo passa la tête par-dessus la rampe d'escalier.

— J'ai mis la bouilloire à chauffer. Je t'offre une tasse de thé ?

— Non, merci, Mo. J'ai juste envie de me mettre au lit avec un bon livre.

Sarah savait que Mo s'ennuyait à fendre l'âme quand Samuel était au travail, mais elle était trop fatiguée pour lui tenir compagnie.

— Bon. Vous avez déjà mangé ? Je peux vous préparer des sandwichs et vous les apporter ?

— On a déjà dîné chez Lena, mais merci tout de même. Je t'amènerai Tommy demain matin. Mais attends-toi à faire le gendarme, parce qu'il est toujours un peu turbulent le matin quand il va à l'école.

— Oh, mais je suis sûre qu'il ne va pas faire de misères à sa tante Mo. N'est-ce pas, Tommy ?

Tommy hocha la tête. Il était particulièrement calme, songea Sarah, qui se demanda s'il était juste fatigué ou s'il couvait à nouveau une bronchite.

Tandis que Sarah se mettait en chemise de nuit, Tommy s'assit l'air songeur au bord de son lit, et elle comprit qu'il s'était comporté bizarrement pendant toute la soirée. Elle vint s'asseoir à côté de lui, puis inclinant la tête pour le regarder en face, lui demanda :

— Tommy, ça va ?

Il hocha la tête, mais elle voyait bien qu'il n'était pas dans son assiette.

— Tu sais que tu peux me dire tout ce qui ne va pas, n'est-ce pas ?

Tommy hocha à nouveau la tête, puis avec un regard en biais, déclara :

— Je... je comprends pas. George a dit qu'il avait vendu tous les trésors qu'on a trouvés au bord de l'eau, mais il a menti. Et tu m'as toujours dit qu'il fallait pas mentir.

— Qu'est-ce qui te fait penser qu'il a menti ?

— J'ai vu les bijoux dans sa penderie.

— Tu es sûr ?

— Oui, maman, je te promets. Tout était là. Le bracelet, la montre, la bague.

— Mais qu'est-ce que tu es allé faire dans la penderie de George ?

— Je jouais, c'est tout. Lena m'a dit que je pouvais monter jouer dans sa chambre avec son train électrique. J'ai mal fait ?

— Non, non. Par contre j'en connais un qui va m'entendre.

Sarah mit Tommy au lit, puis le borda et dit :

— Ce que tu as vu dans la penderie de George, c'est notre secret à tous les deux. Compris ?

— Compris, confirma le garçon.

Ce soir-là, bien qu'exténuée, Sarah ne parvint pas à trouver le sommeil. Son esprit vagabondait. Tout ceci n'avait aucun sens. Pourquoi George lui aurait-il dit qu'il avait vendu les bijoux s'il ne l'avait pas fait ? Il n'y avait qu'une seule façon d'en avoir le cœur net. Elle irait lui poser la question demain en sortant du travail.

26

Le lendemain matin, George sifflotait gaiement. Il repensait à la veille au soir et à Sarah. Ils avaient beaucoup ri quand elle leur avait raconté que Mme Coombs, une cliente de l'épicerie, lui avait demandé si elle avait des doigts de sorcière. Tâtant chacun de ses doigts, Sarah lui avait répondu :

— Non, non, ils sont tout à fait normaux.

Il avait beau faire, il n'arrivait pas à la chasser de ses pensées. Elle était tellement merveilleuse – belle, intelligente et pleine d'humour. Tout ce qu'un homme peut désirer chez une femme.

— Toi, je parie que tu as vu Sarah ! lui lança Roger depuis le stand d'à côté. C'est pour ça que tu n'arrêtes pas de siffler ce maudit air de *Blanche-Neige et les Sept Nains* : « Siffler en travaillant. »

— Elle est venue dîner hier soir, concéda George en recommençant à siffloter.

C'était plus fort que lui, il n'arrivait pas à tenir en place. Comme le marché était plutôt calme le mardi, il décida de fermer de bonne heure et d'aller faire un tour à l'épicerie.

— Tu remballes déjà ? s'étonna Roger.

— J'ai des trucs à faire et des gens à voir.

— Tu veux dire Sarah ? Bonne chance, vieux !

Quelques minutes plus tard, George poussait la porte de la boutique, l'estomac noué. Il avait conscience qu'il allait lui falloir un sacré coup de chance pour que Sarah tombe amoureuse de lui. Celle-ci était en train de garnir des étagères quand elle entendit tinter le carillon. Quand elle se retourna, son sourire se transforma en un froncement de sourcils sévère.

— Tu parles d'une coïncidence ! lança-t-elle d'un ton sarcastique. J'avais justement l'intention de passer te voir. Mais tu m'as devancée.

— Tu voulais me voir ? demanda George, surpris.

— Tourne la pancarte côté « Fermé ». Je ne veux pas qu'on puisse entendre notre conversation.

George fit ce qu'elle lui demandait, mais toujours sans comprendre pourquoi Sarah avait l'air aussi en colère.

— Peux-tu m'expliquer pourquoi Tommy a trouvé le bracelet, la montre et la bague dans ta penderie alors que tu m'avais dit que tu les avais vendus ?

La bonne humeur de George s'évanouit d'un coup tandis qu'il cherchait quoi répondre.

— Eh bien ? insista Sarah.

Il se mordilla l'intérieur de la joue, hésitant à lui avouer la vérité. Mais voyant sa mine renfrognée, il comprit qu'il n'avait pas d'autre option.

— Je ne pouvais pas les vendre, Sarah, pas dans le quartier. Ils sont beaucoup trop précieux, alors je les ai achetés pour moi et je les ai gardés.

— Mais pourquoi as-tu fait une chose pareille ? Pourquoi m'as-tu menti ?

— Je ne sais pas… tu avais l'air aux abois, j'ai voulu t'aider.

— Tu veux dire que tu m'as fait la charité ?

— Oui… enfin, non… je…, bredouilla George.

— Tu m'as donné beaucoup d'argent pour ces bijoux, et même plus que tu n'aurais dû, parce que j'étais dans la nécessité.

George commençait à perdre patience. Il n'était pas très habile à cacher ses sentiments quand il était mis au pied du mur, c'est pourquoi il explosa :

— Mais enfin, ce n'est pas évident, Sarah ? Je suis amoureux de toi. Je le suis depuis le premier jour où je t'ai vue assise au bord du trottoir comme une petite chatte égarée.

Sarah se mordilla la lèvre, puis déclara :

— Je suis désolée, George, mais ce n'est pas réciproque. Et même si je te suis reconnaissante de m'avoir aidée, tu n'aurais pas dû me mentir. Quand je t'ai raconté qu'il s'agissait de bijoux volés et que je voulais les rapporter à leur propriétaire, tu m'as dit que c'était impossible parce que tu les avais tous vendus à part la bague. Je n'ai plus jamais osé regarder Jenny dans les yeux depuis, alors que pendant tout ce temps-là tu avais les bijoux en ta possession.

— J'ai pensé bien faire. Je voulais te protéger.

— Me protéger ! Mais comment ? répondit Sarah, dont la voix s'était envolée dans les aigus.

— J'avais peur que tu sois impliquée dans un cambriolage, et j'ai pensé qu'il valait mieux cacher la marchandise pour que les flics ne puissent pas remonter jusqu'à toi.

— J'ai besoin de réfléchir à tout ça, dit Sarah, l'air abattue, en se laissant tomber sur un tabouret. Va faire chauffer la bouilloire pour le thé.

George fit ce qu'elle lui disait, puis attendit sans rien dire que l'eau bout. Il l'avait vraiment contrariée. Timidement, il apporta deux tasses de thé dans la boutique et les posa sur le comptoir devant Sarah.

— Je suis désolée. J'ai vraiment fait une grosse gaffe, n'est-ce pas ?

— Oui. Mais ça partait d'une bonne intention. Je suis juste déçue que tu ne m'aies rien dit alors que tu savais que je me faisais du souci pour mon amie. Mais bon, toujours est-il que tu as payé pour la marchandise et que par conséquent tu peux en disposer comme bon te semble, mais si c'était moi…

— Qu'est-ce que tu insinues, Sarah ? Que je devrais rendre les bijoux ?

— Bien sûr, dès l'instant que tu sais qu'ils ont été volés et à qui. Certes, tu vas y laisser des plumes, mais c'est la seule chose à faire.

George roula les yeux. Il savait qu'elle avait raison et qu'il ne ferait jamais rien de ces bijoux de toute façon. Ils resteraient au fond de sa penderie pendant des années. Mais si ça pouvait soulager la conscience de Sarah, ça en valait la peine.

George s'en alla sans ajouter un mot. La colère de Sarah n'était pas retombée. Elle retourna la pancarte côté « ouvert » et se remit tant bien que mal au travail, mais son esprit n'arrêtait pas de vagabonder.

À l'heure de la fermeture, George revint à la boutique.

— Tiens, les voici, lui dit-il en lui tendant les bijoux emballés dans un foulard.

— Oh, George, merci, dit Sarah. Je vais…

George tourna brusquement les talons sans lui laisser le temps de finir sa phrase. Sarah se dépêcha de baisser le rideau, puis de rentrer chez elle, où elle rangea le foulard et son précieux contenu dans la commode avec ses sous-vêtements. Samedi, son jour de congé, elle irait voir Jenny. Elle était touchée que George lui ait rapporté les bijoux, et elle comptait bien les lui rembourser un jour.

Tommy avait recommencé à tousser. La purée de pois londonienne n'était pas bonne pour ses poumons, sans parler de la moisissure des murs dont elle n'arrivait pas à se débarrasser. Maintenant qu'elle avait des revenus réguliers, elle aurait pu aller s'installer ailleurs, dans un appartement plus agréable. Mais la compagnie de Mo et de Samuel risquait de lui manquer, sans compter que le meilleur ami de Tommy vivait dans la même rue, trois maisons plus bas, et qu'il ne serait sûrement pas d'accord pour déménager. Ce studio n'était pas parfait, mais il avait le mérite d'être bon marché, et avec les sous qu'elle mettrait de côté chaque semaine, elle pourrait rembourser George.

Sarah prit son livre sur la table de nuit. Elle s'était dit qu'elle allait lire un peu avant de se coucher, mais elle arrivait à peine à garder les yeux ouverts et à déchiffrer les petits caractères à la faible lueur de la lampe de chevet. Elle commençait à glisser dans le sommeil quand, soudain, la fenêtre vola en éclats et que quelque chose atterrit sur le plancher avec un gros *boum*.

Sarah réprima un cri et se leva d'un bond. Elle contempla la vitre fracassée, puis vit une grosse brique sur un tapis d'éclats de verre.

— Espèce de salope! rugit une voix d'homme depuis la rue.

Elle jeta un coup d'œil à Tommy. Il s'était retourné dans son lit, mais ne s'était pas réveillé, heureusement. Quelqu'un se mit à tambouriner à la porte, et elle se figea sur place, terrorisée.

— Sarah, c'est moi! lui cria Mo.

Elle fila ouvrir à son amie, soulagée que ce ne soit pas l'homme du dehors.

Mo entra et écarquilla les yeux en découvrant la scène.

— Je suis désolée, c'était mon frère. J'ai reconnu sa voix. Cette brique m'était clairement destinée. Vous n'êtes pas blessés au moins ?

Sarah était au bord des larmes et tremblait de la tête aux pieds. Tout était arrivé si soudainement !

— Non, non, la rassura-t-elle. Tommy ne s'est pas réveillé. Mais bon sang que j'ai eu peur. J'en ai encore le cœur qui bat à cent à l'heure.

Samuel entra dans la chambre. Il était hors d'haleine.

— J'ai essayé de le rattraper, mais il a disparu dans une ruelle. Tu vas bien, Sarah ?

— Oui, merci, je suis juste un peu choquée, mais ça va passer.

— Je vais barrer la fenêtre pour ce soir, et je changerai le carreau. Mo, va chercher un balai pour ramasser le verre, ordonna Samuel.

— Ce n'est pas grave, je peux le faire moi-même, déclara Sarah.

— Il faut qu'on parte d'ici, dit Mo d'une voix suppliante à Samuel. Ils ne nous ficheront jamais la paix.

Samuel prit Mo dans ses bras.

— Ne t'inquiète pas, ma chérie.

— Mais si, je m'inquiète ! Imagine qu'ils mettent le feu la prochaine fois ? Ce n'est pas juste pour Sarah et Tommy. Leurs vies à eux aussi sont en danger. S'il te plaît, Sam, partons d'ici, dit Mo en se mettant à pleurer.

— Sarah, je pense que tu devrais appeler la police, lui dit Samuel.

Sarah écarquilla les yeux. Il n'était pas question que Ron Lyons sache où elle habitait, pas après le regard menaçant qu'il lui avait lancé à la fête foraine.

— Non, non. Je ne pense pas qu'ils puissent faire grand-chose de toute façon. Tu sais comment ils sont, ils n'aiment pas fourrer leur nez dans les différends familiaux.

Mo renifla, les joues striées de mascara.

— Elle a raison. La police n'a jamais rien fait pour m'aider. Un jour je suis allée au commissariat couverte de bleus de la tête aux pieds, mais quand je leur ai dit que c'était mon père qui m'avait rossée, les flics ont baissé les bras.

— C'est une honte. Il ne faut pas qu'ils espèrent s'en tirer à si bon compte. Je vais aller les trouver, moi ! s'exclama Samuel, les yeux exorbités de colère.

— Non, s'il te plaît, Sam, n'y va pas. Ça va juste aggraver les choses, s'ils apprennent que c'est toi qui as porté plainte. Je n'ai pas envie qu'il t'arrive malheur, plaida Mo. Dis-lui, Sarah. N'est-ce pas que j'ai raison ?

— J'ai bien peur que oui, Sam. Je ne serais pas surprise qu'ils l'aient fait exprès pour te provoquer. Ils n'attendent que ça. Ne tombe pas dans leur piège. Si j'étais toi, je laisserais courir l'affaire.

Samuel haussa les épaules.

— Je refuse d'être chassé de chez moi par des criminels. On ne bougera pas d'ici !

Tommy remua puis commença à émerger lentement du sommeil.

— Qu'est-ce qui se passe ? demanda-t-il la voix pâteuse.

— Rien, mon chou, rendors-toi, lui dit Sarah, puis se tournant vers Samuel, chuchota : Ne t'en fais pas pour la fenêtre, on verra ça demain. Maintenant, je propose qu'on aille tous dormir.

Mo fit la bise à Sarah, puis suivit Sam à l'étage. Sarah déblaya le verre brisé et la brique, puis elle se mit au lit. Un courant d'air froid entrait par la vitre cassée, mais ce n'était pas bien grave. Ce qui l'inquiétait davantage, c'est qu'ils puissent mettre le feu à la maison.

Elle se retourna dans son lit et remonta les couvertures. Il allait peut-être falloir qu'elle songe à déménager malgré tout.

27

Le lendemain, Sarah passa voir George au marché. Son amitié lui était précieuse et elle voulait le remercier de lui avoir rapporté les bijoux. Le samedi suivant, Tommy était invité à l'anniversaire du petit frère de Larry, et Mo et Samuel avaient décidé de passer un peu de temps en amoureux. Ce qui arrangeait bien les affaires de Sarah, qui ne voulait pas qu'on sache ce qu'elle tramait. Elle avait failli mettre Mo au courant, puis s'était ravisée. Car quelque chose lui disait qu'elle ne pouvait pas tout à fait lui faire confiance. Sa voisine avait beau être une chic fille, elle aurait probablement essayé de la persuader de garder les bijoux.

Sarah s'immobilisa un moment au pied de l'immeuble qui lui était si familier. Revenir ici alors que sa mère n'était plus là, lui procurait une sensation étrange. Deux jeunes garçons passèrent en courant devant elle, et leurs éclats de rire résonnèrent dans la cage d'escalier en béton. Elle se rappela le jour où elle avait entendu sa mère crier, quand Tommy était né.

Elle commença la pénible ascension jusqu'au troisième étage, la bague, la montre et le bracelet soigneusement emballés dans son sac à main. Pourvu que Jenny soit chez elle, songea-t-elle.

Arrivée devant la porte, elle frappa un petit coup discret et sourit chaleureusement à son amie quand Jenny vint lui ouvrir.

— Sarah ! Quelle bonne surprise ! Entre, lui dit son amie en se reculant pour la laisser passer.

— Je peux te parler en privé ?

— Pas de problème, il n'y a que moi à la maison.

Sarah entra. L'appartement était en effet très silencieux.

— Maman a emmené tous les minots chez leurs cousins pour la journée, et mon père est au travail. Je t'offre quelque chose à boire ? Un thé, un jus d'orange ?

— Un jus d'orange, s'il te plaît.

— Alors, dis-moi, qu'est-ce qui t'amène ?

— C'est une longue histoire, et je ne sais pas par où commencer.

— Dans ce cas, on va aller s'installer dans le séjour avec nos verres, pour pouvoir papoter confortablement.

— Tu es resplendissante, dit Sarah, admirative des longues boucles blondes de Jenny.

— C'est parce que je ne suis plus obligée de me lever aux aurores pour aller faire le ménage chez Mme Alderton-Steele. J'ai trouvé un nouveau boulot juste à côté. Je suis apprentie couturière. Ça paie des clopinettes, et je m'ennuie ferme, mais maman dit que c'est bien d'apprendre un métier pour ne pas avoir à dépendre d'un mari.

— Un mari ? Ne me dis pas que tu vas te marier.

— Oh, mais non, ricana Jenny. C'est juste qu'elle se fait du souci pour mon avenir. Je crois que je lui manque depuis que je travaille à plein temps, et que je ne peux plus trop l'aider avec les petiots. Surtout maintenant qu'elle en a encore un en route. Mais, toi, qu'est-ce que tu deviens ?

— Moi, je travaille dans une épicerie. J'aime ça. Je suis contente d'apprendre un métier. Mais, au fait, que s'est-il passé avec Mme Alderton-Steele ?

Elle m'a flanquée à la porte, exactement comme je m'y attendais. Elle n'a jamais voulu me croire quand je lui ai dit que ce n'était pas moi qui lui avais volé ses bijoux. Et le pire c'est qu'elle a appelé la police. Si tu avais vu le petit sourire suffisant de ce salopard de Godfrey quand les flics sont venus me chercher. J'aurais voulu lui tordre le cou. Mais je n'ai pas eu ce plaisir. Les policiers sont venus ici pour fouiller la maison, mais comme ils n'ont rien trouvé, l'affaire a été classée sans suite.

— Mince alors ! Je suis navrée pour toi !

— Oh, penses-tu. Moi, je suis navrée pour la pauvre fille qui m'a remplacée. J'ai appris par un copain que Godfrey exerce le droit de cuissage chaque fois qu'il en a envie et que la pauvre fille n'ose rien dire parce qu'il la fait chanter. Il aurait soi-disant la preuve qu'elle a volé des choses et qu'il peut l'envoyer en prison. Parfois, j'ai envie d'aller raconter toute la vérité à la malheureuse. Mais bon, ce ne sont plus mes affaires après tout.

— Ce type est un monstre.

— Oh oui, et j'aimerais bien pouvoir lui rendre la monnaie de sa pièce, mais je ne fais pas le poids face à ces aristos.

— Écoute, Jenny, je crois que je peux t'aider à prendre ta revanche, mais seulement si tu ne me poses pas de questions.

— Comment ça ? demanda Jenny l'air intriguée.

Sarah plongea la main dans son sac et en ressortit le petit paquet qu'elle posa sur ses genoux avant de le déballer lentement, révélant les bijoux.

— Nom de nom ! Mais où les as-tu trouvés ?

— Au bord de la Tamise. Ils étaient presque enfouis sous la vase. Je suppose que Godfrey s'en est débarrassé en les jetant par-dessus le pont.

— Mais c'est génial ! Tu veux me les donner pour que je puisse les rapporter à leur propriétaire, c'est ça ?

— Oui, c'est un peu ça, confirma Sarah.

— Mais si je les rapporte à Mme Alderton-Steele, elle va penser que je les lui ai volés ?

— Non, non, attends. J'ai une idée. Il faut juste que tu me décrives précisément à quoi ressemble Godfrey, et si ça marche, je te promets qu'il va payer pour tout ce qu'il a fait.

Sarah exposa ensuite à son amie le plan qu'elle avait imaginé.

Une heure plus tard, Sarah allait frapper à la porte d'une maison située non loin de la sienne. Une jeune femme timide passa la tête par l'embrasure et demanda :

— C'est pour quoi ?

— Bonjour, je suis Sarah. Tu es Doreen ?

— Oui.

— Doreen, on pourrait parler cinq minutes ? Je crois savoir que tu travailles pour Mme Alderton-Steele et que son fils Godfrey te mène la vie dure.

— Je ne veux pas en parler, répondit Doreen, prête à claquer la porte au nez de Sarah.

— Non, attends. Je suis venue pour t'aider.

— Personne ne peut m'aider, dit la jeune femme.

— Si, je t'assure, insista Sarah, mais il faut que je t'explique de quoi il retourne.

Lentement, Doreen entrebâilla la porte et Sarah la suivit jusqu'à la cuisine. Un bébé dormait dans ce qui ressemblait à un tiroir de commode posé sur la table. L'évier débordait de vaisselle sale. Du linge était en train de sécher sur une corde tendue en travers de la pièce. Le regard de Sarah tomba sur des bouteilles de bière vides et elle pensa à sa mère.

— C'est pas les miennes. C'est mon mari qui boit. Mais parle tout bas, parce qu'il s'est endormi dans le séjour, dit Doreen en resserrant son gilet autour de ses épaules.

— Je suis ici parce que je voudrais que Godfrey paie pour tout le mal qu'il a fait. Mon amie Jenny, qui travaillait chez Mme Alderton-Steele avant toi a été renvoyée parce que Godfrey a volé des bijoux à sa mère et rejeté la faute sur elle. Ils ont même appelé la police, mais étant donné qu'elle n'avait rien volé, l'affaire a été classée. Quoi qu'il en soit, je me suis laissé dire que Godfrey te menait la vie dure. Si tu acceptes de m'aider, on peut le mettre au pied du mur.

— Je peux pas me permettre de perdre mon boulot. Regarde comment je vis. Mon mari boit plus qu'il ne gagne, je n'ai plus de lait et j'ai à peine de quoi nourrir mon petiot. Je sais bien qu'il y a du travail à revendre en ville, mais c'est pas facile de se faire embaucher quand on a un bébé sur les bras. La cuisinière de Mme Alderton-Steele est ma cousine, et elle accepte de prendre Joseph avec elle à l'office.

— Tu ne perdras pas ton emploi. Tout ce que je te demande c'est de raconter un tout petit mensonge. Je te promets qu'il ne t'arrivera rien et que Godfrey sera puni pour de bon.

— Je ne veux pas prendre de risques. Je le hais… mais je n'ai pas vraiment le choix, si ? Si je ne fais pas ce qu'il me dit, il va me faire arrêter. Et qui va s'occuper de Joseph si je vais en prison.

— Ça n'ira pas aussi loin, lui assura Sarah, avant de lui exposer son plan.

— Oh oui, c'est une bonne idée ! s'exclama la jeune maman quand Sarah eut fini. C'est d'accord.

En ressortant, Sarah poussa un soupir de soulagement. Doreen était malheureuse comme les pierres, mais elle faisait tout ce qu'elle pouvait pour s'en sortir. Sarah ne savait que trop bien ce que c'était de grandir sous le même toit qu'un ivrogne, et elle avait de la peine pour le petit Joseph.

Heureusement, Doreen avait accepté de se prêter à son jeu. L'heure de la revanche avait sonné pour Jenny et Doreen.

Mo tâta à nouveau le front de Tommy. Il n'avait pas l'air plus fébrile que tout à l'heure, mais il était pâle comme un linge.

— Tu parles d'un week-end en amoureux ! grommela Mo.

— Le pauvre gosse n'y est pour rien, remarqua Samuel. Et puis Sarah ne pouvait pas deviner qu'il allait tomber malade. Tu ne crois pas qu'on devrait appeler le médecin ?

— Non, je crois qu'on devrait attendre que Sarah rentre, répondit Mo, en songeant par-devers elle : Fichus gamins et leur maudite fièvre ! Encore une bonne raison pour ne pas en avoir. Puis elle ajouta à voix haute : Vu qu'on est coincés ici, à cause du gosse, que dirais-tu qu'on se descende une bouteille ?

— Je ne pense pas que ce soit une bonne idée de picoler alors que Tommy est mal en point. Mais quand Sarah rentrera, on ira faire une virée si tu veux.

— S'il te plaît, Sam. On n'a pas souvent l'occasion de passer du temps ensemble. Si ça se trouve, elle en a encore pour des heures. Allez, sois sympa, insista Mo avec un battement de cils aguicheur.

— Bon, d'accord, tu sais que je ne sais pas dire non quand tu me regardes comme ça, dit Samuel en l'embrassant sur la joue. Je reviens tout de suite.

Samuel était parti depuis une demi-heure quand Mo aperçut Sarah qui remontait la rue. Elle sortit sur le palier et quand son amie entra, elle la héla par-dessus la rampe.

— Monte vite. Tommy n'est pas bien et j'ai dû le mettre au lit.

Affolée, Sarah, grimpa les marches quatre à quatre.

— Ne t'inquiète pas. Ce n'est pas bien grave. Mais il s'est remis à tousser, et à force ça l'épuise.

— Je suis désolée de vous avoir gâché la journée, s'excusa Sarah en s'approchant de Tommy. Sam n'est pas là ?

— Il est allé acheter une bouteille. Il devrait déjà être de retour, répondit Mo, qui commençait à s'inquiéter de ne pas le voir revenir.

— Il est peut-être allé boire un coup. J'imagine que s'occuper d'un enfant malade ne l'enchante guère.

— Peut-être, mais il n'est pas du genre à aller traîner au pub. Il trouve l'ambiance glauque là-bas. En tout cas, s'occuper de Tommy ne le dérange pas du tout.

— C'est vraiment un chic type.

— Je sais, acquiesça Mo, puis soudain inquiète : Sarah, je sais que tu vas me trouver bête, mais j'ai un mauvais pressentiment.

— Tu veux dire comme la fois où tu as croisé ton frère ?

— Exactement, dit Mo, qui regardait par la fenêtre en tapant nerveusement du pied. Fausse alerte ! Le voilà qui revient, s'écria-t-elle soulagée.

— Je vais ramener Tommy à la maison. Merci encore pour tout, dit Sarah.

— Enveloppe-le dans la couverture. Tu me la rendras plus tard.

Sarah allait prendre Tommy dans ses bras quand Samuel entra.

Mo eut un haut-le-corps.

— Oh, mon Dieu, qu'est-ce qui t'est arrivé ?

— J'ai… euh… j'ai manqué le trottoir et je me suis rétamé.

— Je ne suis pas idiote, Sam. Je sais à quoi ressemble un gnon, j'en ai suffisamment vu dans ma vie. Dis-moi ce qui s'est passé ?

Mo s'élança vers lui et tâta son arcade sourcilière éclatée. Puis elle examina ses mains et vit qu'elles étaient enflées au niveau des jointures.

— J'ai été agressé, mais rien de bien méchant. Juste quelques égratignures, répondit Samuel.

Mais elle n'était pas dupe.

— Je sais que tu ne me dis pas la vérité. C'est mon père, ou un de mes frères qui t'a fait ça, hein ?

Il baissa la tête.

— Je le savais ! J'ai dit à Sarah que j'avais un mauvais pressentiment. Nom d'un chien, on ne peut plus faire un pas dans la rue sans se faire rosser, maintenant ?

Samuel passa un bras autour de ses épaules.

— Tout va bien, murmura-t-il. Ce n'est pas ce que tu crois.

— Si. Je les hais tous autant qu'ils sont ! Qui était-ce ? Danny ?

— Oui, mais il a dégusté encore plus que moi, répondit Samuel.

— Comment ça ? Tu lui as mis une raclée ? s'enquit Mo.

Son frère était une véritable armoire à glace, et Sam ne faisait pas le poids face à lui. Sam était un tendre, le contraire d'une brute.

— Je suis désolé, ma chérie. Je sais que tu préfères que je reste en dehors de tout ça. Mais quand je l'ai vu sortir du pub, c'était plus fort que moi, j'ai vu rouge.

— Tu es en train de me dire que c'est toi qui l'as attaqué ?

— Oui, c'est moi qui ai balancé le premier crochet.

Mo se tourna vers Sarah, qui avait remis Tommy au lit et s'était assise à côté de lui, la mâchoire pendante. Elle était aussi stupéfaite que Mo.

— Nom d'un chien, Sam, tu as complètement perdu la tête ! D'après ce que m'a dit Mo, Danny est une baraque. Il aurait pu te mettre K.O.

— Il n'est pas aussi fort qu'il le croit, dit Samuel avec un petit sourire.

— Mais qu'est-ce qui s'est passé au juste ? insista Mo.

— Je me dirigeais vers le pub quand il m'a aperçu. Il m'a dévisagé d'un air menaçant. Il pensait sans doute que j'allais rebrousser chemin, mais je suis allé droit sur lui. Quand il a commencé à me dire que je ferais mieux de rentrer dans mon pays, l'uppercut est parti tout seul. Il est resté sous le choc, surtout quand il a vu qu'il saignait du nez. Je ne lui pas laissé le temps de réagir. Je lui en ai balancé un deuxième… et un troisième. Je ne sais pas combien au total, mais j'ai continué jusqu'à ce que deux mecs interviennent pour tenter de me maîtriser. Il y a eu encore un petit échange de coups après ça, et c'est comme ça que j'ai eu l'arcade sourcilière fendue. Ce n'est pas ton frère qui m'a fait ça. Lui était au tapis, devant la porte du pub et plutôt mal en point. Il y était encore quand je suis parti.

— Oh, Sam. Je t'adore, dit Mo en enlaçant son amoureux par la taille.

Sarah la ramena sur terre quand elle déclara :

— Si Danny cherche à se venger, ça va faire du vilain, Sam. À supposer que la police débarque ici ?

— Les frères de Mo ne sont pas du genre à aller trouver les flics. Ils préfèrent laver leur linge sale en famille. Danny n'est qu'une grande gueule, et maintenant, il sait ce qui l'attend s'il essaie de nous chercher noise.

Mo s'approcha de la fenêtre et scruta la rue de haut en bas, l'air paniquée, puis se calma. Il n'y avait personne, à part quelques gamins qui jouaient sur le trottoir.

— Permets-moi d'en douter. Si tu veux mon avis, Danny ne va pas en rester là. Il va revenir, mais accompagné cette fois. Je connais ma famille, ils ne vont pas tarder à rappliquer et à crier vengeance. Cette histoire ne va rien arranger. Tout le contraire, même.

— Eh bien, qu'ils viennent, rétorqua Sam, l'air bravache. Je te l'ai dit, il est hors de question qu'ils me chassent de chez moi.

— Ne sois pas borné, Sam. Si je te dis qu'ils vont revenir, c'est qu'ils vont revenir, et plus vite que tu ne le penses ! Il faut qu'on parte d'ici, et toi aussi, Sarah.

Sarah ne se le fit pas répéter deux fois. Prenant Tommy dans ses bras, elle sortit en déclarant qu'elle allait faire ses bagages. Mo espérait que Samuel allait l'écouter lui aussi. Car même si elle admirait son courage, elle craignait pour leurs vies.

28

George était toujours ravi quand Sarah venait lui rendre visite au marché, et aujourd'hui ne faisait pas exception, même si la jeune fille semblait préoccupée et qu'elle traînait un gros sac avec elle.

— Sarah ! Tommy ! Bonjour ! lança George gaiement. Puis voyant la mine pâlotte du garçon, il demanda, soucieux : Ça ne va pas, bonhomme ?

— Bonjour, George. Non, il a recommencé à tousser et il devrait être au lit, mais on a un problème, expliqua Sarah.

— Je suis désolé de l'apprendre. Je peux peut-être vous aider ?

— Eh bien, à dire vrai, j'ai un gros service à te demander.

George écouta attentivement lorsque Sarah lui exposa la situation.

— Et donc, poursuivit-elle. Nous aurions besoin d'être hébergés pendant quelque temps, jusqu'à ce que j'aie trouvé un endroit sûr où habiter. Je serais allée trouver directement ta mère si elle avait été là.

— Oui, elle m'a dit que la boutique était fermée pour travaux. Elle est allée en ville avec Joan, mais je suis certain qu'elle serait ravie de vous accueillir, toi et Tommy. Nous ne pouvons pas vous laisser courir de risques. Les frères de Mo ont l'air d'être des sacrés numéros, dit George avec une pointe de sarcasme.

— Merci, George. Tu nous sauves la vie, dit Sarah, qui semblait avoir retrouvé le sourire.

George plongea une main dans sa poche et en ressortit un trousseau de clés qu'il tendit à Sarah.

— Tiens, allez à la maison et mets Tommy dans mon lit. Vous n'aurez qu'à prendre ma chambre. Je dormirai dans le salon. Il y a du sirop pour la toux dans un placard à la cuisine. Donne-lui-en une cuillerée. Il va faire la grimace, mais c'est bon pour lui. Ma mère ne jure que par ce *Pulmo Bailly*.

— Merci, George, mais je ne veux pas te déranger. Il est hors de question que tu dormes sur le canapé, protesta la jeune fille.

— Oh, mais ça ne me dérange pas du tout. Du moment que je peux m'étendre quelque part, ça me va. Allons, vas-y et ne discute pas. De toute façon, quand ma mère rentrera, tu peux être certaine qu'elle va me virer de ma chambre pour vous y installer. Et tu n'oseras pas lui tenir tête à elle, dit George en riant.

— Tu as raison, concéda Sarah. J'y vais tout de suite, avant que Tommy ne s'effondre. On se voit tout à l'heure quand tu rentreras.

George jeta un coup d'œil à sa camionnette et remarqua qu'elle était bloquée par un véhicule qu'il n'avait jamais vu.

— Tommy n'a vraiment pas l'air bien. Attendez-moi ici une minute, le temps que je retrouve l'idiot qui s'est garé en double file, et je vous ramène à la maison.

— Non, non, ce n'est pas loin et ça ira plus vite si on marche. Ne t'en fais pas pour Tommy.

George les regarda s'éloigner. Sous son manteau, Sarah portait une robe qu'elle lui avait achetée, et avec sa queue de cheval qui se balançait au rythme de ses pas, elle était, comme toujours, ravissante. Il était désolé qu'elle ne se sentît pas en sécurité chez elle, mais d'un autre côté il était ravi qu'elle vienne s'installer chez lui.

Une fois mis au lit avec deux cuillerées de sirop pour la toux, Tommy s'était endormit. Sarah s'était ensuite installée à la cuisine devant une bonne tasse de thé pour se remettre de cette journée difficile.

Elle se demandait quand elle pourrait retourner chez elle, ne serait-ce que pour aller chercher le reste de leurs affaires. Samuel avait finalement cédé à Mo et accepté qu'ils aillent à l'hôtel. Mais Samuel avait insisté pour qu'ils réintègrent leur studio rapidement pour ne pas avoir à trop puiser dans leurs économies. Et en tout état de cause, il refusait catégoriquement de déménager ailleurs. Et bien que Sarah trouvât son attitude courageuse et d'une certaine façon admirable, elle devait d'abord songer à la sécurité de Tommy. Son petit frère passait avant tout le reste, et elle n'était pas certaine de pouvoir continuer à vivre à cette adresse ; surtout après l'incident de la brique.

Trouver un nouveau logement n'allait pas être facile. Elle songea à toutes les dépenses en meubles, nourriture et vêtements qu'elle avait faites ces derniers temps, et qui ne lui avaient pas permis de mettre des sous de côté. Elle avait de quoi payer tout au plus une semaine ou deux d'avance, et les propriétaires n'acceptaient pas volontiers de louer à une mère célibataire, même si elle avait un emploi stable et que Lena accepterait sûrement d'attester de sa bonne moralité.

Elle ne s'était pas attendue à ce qu'on la considère un jour comme une fille mère, mais maintenant que Tommy avait pris l'habitude de l'appeler maman, personne ne voudrait croire qu'ils étaient frère et sœur. Elle était habituée à recevoir des regards de travers, et peu lui importait ce que les gens pouvaient penser d'elle. Tout ce qui lui importait, pour l'heure, c'était que Tommy se remette vite.

Quand Lena rentra, elle entendit George qui riait à gorge déployée, et eut la surprise de le trouver à la cuisine attablé avec Sarah autour du hachis parmentier qu'elle avait préparé le matin même.

— Bonsoir, maman ! J'espère que tu ne nous en voudras pas d'avoir commencé sans toi, mais j'avais l'estomac dans les talons.

— Pas de problème. J'ai déjà mangé avec Joan.

— Maman, j'ai dit à Sarah qu'elle et Tommy pouvaient habiter chez nous pendant quelque temps. Il y a eu un problème dans son immeuble, et il vaut mieux qu'elle ne retourne pas là-bas. Je leur ai laissé ma chambre et moi je vais dormir sur le canapé.

Sans rien dire, Lena tira une chaise et s'assit à côté de George, en face de Sarah. Elle avait mal aux pieds après une journée passée à faire du lèche-vitrines. Elle souleva le couvercle de la théière et eut la bonne surprise de la trouver encore à moitié pleine de thé bien chaud.

— Je n'y vois pas d'inconvénient, finit-elle par dire. Mais qu'y a-t-il d'aussi dangereux chez toi ? demanda-t-elle, craignant que Sarah ne se soit mise dans une sale affaire.

Sarah lui raconta ce qu'elle avait déjà dit à George, et Lena fut soulagée d'apprendre que la jeune fille ne s'était pas attiré d'ennuis personnellement. D'après ce qu'elle savait de la famille de Mo, Lena doutait que ses frères viendraient chercher des noises à Sarah, mais elle était ravie de pouvoir l'accueillir de toute façon et lui dit qu'elle pouvait rester aussi longtemps qu'il le faudrait, surtout si Tommy était souffrant.

Lena se servit une tasse de thé et observa sans rien dire les deux jeunes gens. Ils semblaient goûter la compagnie l'un de l'autre, et George avait l'air heureux. Mais il était évident que Sarah ne voyait en lui qu'un ami. Et maintenant qu'elle vivait sous leur toit, son fils allait recommencer à se monter le bourrichon. Lena en vint presque à regretter de l'avoir accueillie chez elle, car quelque chose lui disait que cette belle histoire risquait de mal finir.

29

Sarah avait savouré chaque instant de son séjour chez George. La vie de famille avait quelque chose de réconfortant, et Tommy adorait George, en qui il voyait une figure paternelle. Mais elle savait que si elle restait une semaine de plus elle ne serait plus la bienvenue. Lena avait refusé qu'elle lui verse une pension, si bien qu'elle avait pu mettre un peu d'argent de côté et visiter un ou deux studios. Mais aucun ne convenait, et ne trouvant rien d'autre à louer, elle avait pris la décision de risquer le tout pour le tout et de retourner vivre dans son ancienne chambre.

Le 2 juin était un jour férié et il faisait un temps radieux. Sarah était dans le séjour en compagnie de George et Lena. Tommy jouait à l'étage avec le train électrique. Le garçon s'était remis de son infection pulmonaire grâce aux inhalations – un truc de Lena qui consistait à garder la tête au-dessus d'un bol d'eau bouillante pour dégager les bronches. Pendant son séjour, Lena avait appris à Sarah un tas de choses utiles, comme la couture ou le tricot.

— Que diriez-vous d'aller faire un tour ? On pourrait aller au lac de Wandsworth Common et donner du pain aux canards. Ça nous changerait du parc de Battersea, suggéra George.

— J'ai promis à Joan d'aller déjeuner avec elle. Elle se sent un peu seule depuis que Pete est mort et elle a besoin de compagnie. Mais allez-y tous les trois. Il fait si beau, ce serait dommage de ne pas en profiter, dit Lena.

Sarah trouvait l'idée attrayante, mais le moment était venu pour elle d'annoncer son départ.

— À vrai dire, je pensais rentrer chez moi aujourd'hui.

— Mais comment être sûre que tu ne risques rien ? objecta George.

— Je ne le saurai qu'une fois sur place. Si les frères de Mo voulaient se venger de Samuel, ils l'auraient fait depuis longtemps.

— Ce n'est pas certain, et je pense que ce n'est pas raisonnable de retourner là-bas. Tu devrais rester encore un peu. Tu es la bienvenue chez nous, n'est-ce pas, maman ?

— Oui, mais si Sarah éprouve le besoin de rentrer chez elle, tu pourrais l'accompagner là-bas et voir si tout est en ordre. Je peux emmener Tommy avec moi chez Joan, comme ça, il sera à l'abri en cas de problème, suggéra Lena.

— C'est très gentil à vous, dit Sarah, pleine de gratitude.

— Très bien, dit George. On va y aller, mais si nous avons le moindre doute, tu reviens ici avec moi.

Sarah monta dire au revoir à Tommy et lui fit promettre de bien se tenir chez l'amie de Lena. Lorsqu'elle prit son sac à main et vit le foulard avec les bijoux à l'intérieur, elle se rappela la promesse qu'elle avait faite à Jenny et Doreen. Elle avait repoussé à plus tard sa visite chez Mme Alderton-Steele, mais maintenant qu'elle allait rentrer chez elle, elle allait s'en occuper toute affaire cessante.

Quand George se gara devant la maison de Sarah, il remarqua aussitôt que la porte d'entrée avait été grossièrement retapée et en déduisit qu'elle avait été défoncée.

— Tu es sûre de vouloir rentrer, Sarah ?

— Absolument sûre, répondit-elle en prenant une longue inspiration.

George descendit le premier de la camionnette, puis précéda Sarah.

— On dirait que la porte a pris un coup, commenta-t-il. Donne-moi la clé.

Sarah la lui tendit et il lui lança par-dessus son épaule :

— Attends-moi ici.

Une fois dans le hall, il avisa des traînées noires, comme si des bottes avaient laissé des traces sur la porte. Mais lorsqu'il voulut introduire la clé de Sarah dans la serrure, celle-ci refusa de tourner.

— Tu es sûre que c'est la bonne clé ? lui lança-t-il.

Sarah entra dans le vestibule à son tour.

— Naturellement.

George essaya à nouveau la clé, sans succès.

— Sarah ! Tu es revenue ! s'écria Mo depuis le premier étage. Attends-moi une seconde. Sam a changé la serrure.

Mo revint aussitôt avec la nouvelle clé et la remit à George.

— Je suppose que ton frère est passé par là ? dit-il en ouvrant la porte.

— Entrez, je vais tout vous raconter, dit Mo. Mais d'abord, vous allez mettre la bouilloire en route pendant que je monte chercher du sucre et du lait.

Sarah fut agréablement surprise de trouver la chambre en ordre, et même mieux rangée que lorsqu'elle était partie. Même la vitre de la fenêtre avait été remplacée. Elle s'approcha du réchaud et mit de l'eau à chauffer.

— Ça va aller ? lui demanda George.

— Oui, je suis contente de voir que rien n'a été endommagé.

Mo reparut avec un petit plateau.

— Vous aurez sans doute remarqué qu'ils sont revenus, vu l'état de la porte. Et j'espère bien qu'on ne les reverra plus.

— Une fois le thé prêt, ils s'assirent et Mo leur raconta ce qui s'était passé.

— On a passé deux nuits à l'hôtel, mais vous connaissez mon Sam quand il s'agit de dépenser de l'argent. Alors on est rentrés. La porte de l'immeuble était fracassée. Il était évident que quelqu'un était venu. Ta porte à toi aussi avait été forcée, mais ils n'ont rien touché. Par contre, à l'étage, ils s'en sont donné à cœur joie. Ils ont tout cassé. Toutes les toiles de Sam étaient éventrées, le matelas aussi et le canapé… Mais comme dit Sam, mieux vaut qu'ils s'en soient pris au mobilier qu'à nous. N'empêche que ça fiche la trouille, parce qu'ils sont venus avec des couteaux.

George sentit son sang se glacer dans ses veines. Sarah aurait pu y laisser sa peau si elle était allée chez elle.

Comme Sam avait peur qu'ils reviennent, il n'a pas voulu me laisser seule. Il a pris une semaine de congé et a demandé à son frère de venir en renfort. Du coup, son frère est venu avec un copain à lui, Tony – un lutteur professionnel qui s'est taillé une réputation de dur dans l'East End. On était un peu à l'étroit, mais à la guerre comme à la guerre. Et moi, je me sentais en sécurité avec trois grands gaillards pour me protéger.

— Tu aurais pu les installer ici, chez moi, fit remarquer Sarah ?

— Pour ne pas te mentir, j'y ai songé, mais je n'ai pas osé. Mais passons, comme l'avait prédit Samuel, Danny a rappliqué avec mon père. Sauf que cette fois, on était prêts. Lorsqu'ils ont compris qu'ils ne faisaient pas le poids, ils ont filé sans demander leur reste. Sam a dit qu'ils allaient revenir en force, et ça n'a pas manqué. Mais cette fois, ils étaient sept. Quand je les ai vus marcher droit vers la maison, j'ai cru que j'allais tourner de l'œil. D'autant plus qu'ils étaient armés de battes, de maillets et tout ce qui s'ensuit.

— Oh, ma pauvre, tu as dû avoir si peur !

— J'ai supplié Sam de ne pas sortir, mais il ne m'a pas écoutée. J'ai pensé : « il va y avoir un mort », et j'ai prié le ciel pour que ce ne soit pas lui. Mais Tony est sorti le premier, et Sam n'avait pas descendu l'escalier, qu'il en avait déjà mis trois au tapis. Après quoi, Sam a foncé sur Danny pendant que son frère s'occupait de mon père. Et voilà qu'il n'en reste plus qu'un et qu'il supplie Tony de ne pas lui faire de mal. Tony l'a empoigné par le cou, et il a dit aux autres que s'ils ne nous fichaient pas la paix, il irait les chercher un par un et qu'il les tuerait.

— Oh, mon Dieu ! s'exclama Sarah. Et Sam et les autres, ils s'en sont sortis comment ?

— Avec quelques bleus et des coupures, mais Tony, rien du tout. J'ai jamais vu quelqu'un frapper comme ça. Pas étonnant qu'il soit devenu une légende. Il les a tous mis K.O. rien qu'en se servant de ses poings nus.

— J'imagine qu'ils ne sont pas revenus ? dit George.

— Non, ils nous fichent la paix maintenant. Et je pense qu'ils se sont calmés.

— Tu es sûre que c'est terminé, Mo ? s'enquit George. Si Sarah ramène Tommy ici, il ne faudrait pas qu'il y ait à nouveau du raffut.

— Non, non, ça ne risque rien. J'ai réussi à faire passer un message à ma mère par l'intermédiaire d'une voisine, et d'après elle, mon père et mes frères ont jeté l'éponge. En ce qui les concerne, je n'existe plus. Et donc, bon débarras.

— La bonne nouvelle, c'est que tu vas enfin pouvoir vivre ta vie, dit Sarah.

— Oui, même si je ne te cache pas que je ne suis pas très rassurée quand je sors dans la rue. Enfin, qui vivra verra, mais à mon avis, ils ont compris la leçon.

Dans un sens, George était soulagé, mais d'un autre côté il avait le cœur serré à l'idée que Sarah allait revenir vivre chez elle. Il aurait préféré la garder avec lui, mais maintenant que la menace était écartée, il n'avait aucune raison de la retenir.

— Je vais repasser plus tard avec Tommy, proposa-t-il en s'efforçant de cacher sa déception.

Certes, il allait pouvoir dormir à nouveau dans son lit, au lieu de l'horrible canapé du salon, mais c'était une maigre consolation.

À l'idée qu'il ne lui restait plus que quelques heures à passer en sa compagnie, il avait l'estomac noué. Il y avait un bout de temps déjà qu'il pensait à lui poser la question qui lui tenait à cœur, et le moment semblait bien choisi. Mais en aurait-il le courage ?

Sur le chemin du retour, Sarah remarqua que George était peu loquace. Une fois arrivés devant chez Lena, elle allait ouvrir la portière pour descendre de la camionnette, quand George la retint.

Puis, sans la regarder, les mains agrippées au volant, il bredouilla :

— Je… euh… je n'ai pas envie que toi et Tommy partiez de la maison.

— Ta mère et toi avez été très chics, et je n'ai pas spécialement envie de partir non plus. Et puis je sais que Tommy va être triste, mais nous n'avons plus aucune raison de rester.

— Si…, dit George en se tournant lentement vers elle et en lui prenant la main.

— Mais qu'est-ce que tu fais ? demanda Sarah avec un rire gêné.

À la façon dont il la regardait, elle le soupçonna de vouloir lui faire la cour.

— Tu préférerais vraiment rester ici avec Tommy ?

— Oui… enfin… C'est super pour Tommy d'avoir un vrai cadre familial, et puis ta mère est adorable. Mais nous ne sommes pas chez nous, George.

— Non, mais vous pourriez l'être, Sarah.

— C'est impossible, George. On ne peut pas éternellement occuper ta chambre, et puis Lena a besoin de tranquillité.

— Sarah, tu ne vois pas où je veux en venir ? Bon sang…

George prit une longue inspiration, puis lâcha :

— Épouse-moi !

Sarah resta interloquée. Elle savait que George l'appréciait, et il lui avait même dit une fois qu'il l'aimait, mais de là à lui demander de l'épouser.

— Je sais que ce n'est pas très romantique, mais si tu acceptes de devenir ma femme, je te referai ma demande à genoux, et avec une bague, comme l'exige la tradition.

La tête de Sarah lui tournait. Elle n'était pas sûre d'avoir bien entendu la première fois, mais il venait de lui confirmer. Elle se dit qu'il plaisantait peut-être, mais un seul regard lui suffit pour comprendre qu'il était on ne peut plus sérieux. Elle aimait George en tant que personne, mais il ne lui provoquait pas de papillons dans l'estomac, comme Roger. Toujours est-il qu'elle ne voulait pas le vexer et qu'elle devait trouver un moyen de l'éconduire gentiment.

— J'imagine que ma proposition te prend un peu de court, Sarah, et que tu as besoin de temps pour réfléchir.

Elle dégagea doucement sa main. Elle n'avait pas besoin de réfléchir, et si elle ne lui donnait pas sa réponse tout de suite, elle ne ferait qu'aggraver les choses.

— Je suis désolée, George, mais c'est non. Tu es mon meilleur ami, et je t'estime énormément, mais je ne suis pas amoureuse.

George détourna la tête, ses épaules s'affaissèrent et Sarah comprit qu'il était profondément blessé. Elle eut envie de le prendre dans ses bras pour le consoler, mais ne voulait pas lui donner de faux espoirs. C'est pourquoi elle descendit de la camionnette.

— Inutile de culpabiliser, lui dit George en descendant à son tour du véhicule. Mais tu as laissé passer la chance de ta vie. Et tu le regretteras le jour où une autre fille me mettra le grappin dessus.

Elle se retourna, et, soulagée de voir qu'il souriait de toutes ses dents, elle l'embrassa sur la joue.

— Du moment que c'est la fille qui te convient et qu'elle te rend heureux, c'est le principal.

Sarah monta dans la chambre. Tandis qu'elle remballait ses affaires, elle en profita pour réfléchir à la proposition de George. C'était un garçon adorable et plein de prévenance, et même s'il avait fait contre mauvaise fortune bon cœur, elle savait qu'il était anéanti intérieurement. Elle poussa un profond soupir et décida qu'elle allait prendre ses distances avec lui, au moins pendant quelque temps. Ainsi, il pourrait se remettre de sa déception et peut-être même rencontrer la personne qui lui donnerait tout l'amour qu'il méritait.

30

Tout en mettant des conserves en rayon, Lena pensait à son fils. Depuis que Sarah et Tommy étaient rentrés chez eux, George semblait avoir perdu sa joie de vivre. Il ne souriait plus le matin, et elle espérait qu'il n'allait pas sombrer dans la dépression.

Le carillon tinta et Lena eut la surprise de voir entrer Albert Bosco, le patron. Il venait rarement à la boutique.

— Bonjour, madame Neerly, comment allez-vous ? lui demanda-t-il en soulevant poliment son chapeau.

— Monsieur Bosco, bonjour. Je vais très bien, je vous remercie. Mais vous avez de la chance de me trouver ici. À cette heure-ci c'est Sarah qui est de service. Mais elle est allée au spectacle de l'école cet après-midi.

Elle songea par-devers elle que son patron était un homme charmant et toujours bien habillé. Il avait le type méditerranéen avec un teint hâlé qui contrastait agréablement avec son épaisse chevelure blanche. Il n'était guère plus grand qu'elle et, contrairement à elle, il n'avait pas gardé la silhouette de ses vingt ans et avait une petite bedaine. Mais il avait des yeux bruns magnifiques, que Lena trouvait très séduisants.

— Dans ce cas, j'ai de la chance, car c'est justement vous que je suis venu voir, Lena.

Elle saisit la caisse de conserves pour l'apporter jusqu'au comptoir.

— Laissez-moi vous aider, lui dit M. Bosco en la lui prenant des mains.

— Vous vouliez me voir pour quoi ? demanda-t-elle. Vous n'êtes pas mécontent de mon travail, au moins ?

L'homme posa la caisse, puis se tourna vers Lena. Il lui parut embarrassé.

— Oh, mais non. Vous donnez entière satisfaction et Sarah a l'air de bien se débrouiller.

— Tout à fait.

Il y eut un long silence, puis M. Bosco dit :

— J'ai deux entrées pour un gala à l'hôtel de ville de Battersea, pour la promotion du petit commerce. Je pense que ce sera un peu guindé.

— C'est une bonne excuse pour se mettre sur son trente et un, et je suis sûre que vous allez beaucoup vous amuser.

— Je ne suis pas très à l'aise avec ce genre de choses… Cela fait longtemps que je n'ai pas invité une dame… Désolé si je suis maladroit, mais est-ce que vous seriez d'accord pour m'accompagner ?

— Oh, fit Lena, déconcertée. Je… je…

— Je comprends, bredouilla M. Bosco. J'espère que je ne vous ai pas contrariée. C'est idiot de ma part. Mille pardons. Je m'en vais de ce pas.

— Non, attendez !

L'homme se retourna.

— Je serais ravie de vous accompagner, monsieur Bosco.

Son visage se fendit d'un immense sourire et il s'exclama :

— Parfait ! Je passe vous prendre à 19 heures samedi soir, et, s'il vous plaît, appelez-moi Albert.

— Très bien, Albert. Je crois que vous devriez m'appeler Lena.

Lorsqu'il fut sorti, Lena se laissa tomber sur une chaise derrière le comptoir. Elle n'arrivait pas à croire qu'elle venait d'accepter une invitation à une soirée dansante. C'était la première fois depuis la mort de son mari. Soudain, elle paniqua. Elle n'avait rien à se mettre. Et George, comment allait-il le prendre ?

Sarah était allée voir Tommy jouer dans le spectacle de l'école, une adaptation des Trois petits cochons dans laquelle il tenait le rôle d'un arbre qui parle. À présent, il était retourné en classe, et Sarah avait quelques heures devant elle pour mettre son plan à exécution.

Debout au pied du perron qui menait à la maison de Mme Alderton-Steele, elle contemplait bouche bée l'imposante demeure avec sa grande porte à poignée de laiton et ses hautes fenêtres garnies de luxueuses draperies. Ce qu'on racontait à propos de ce côté-ci de la Tamise était donc vrai. Les gens qui vivaient dans ce quartier étaient des aristocrates et leurs maisons respiraient l'opulence.

Elle aurait dû se sentir dans ses petits souliers, car son plan était audacieux, mais elle était pleine d'une farouche détermination. Elle ignorait comment Mme Alderton-Steele allait la recevoir, ou même si elle allait la laisser entrer, mais elle releva la tête, gravit les marches et enfonça la sonnette.

— Que puis-je faire pour vous ? demanda le vieux monsieur qui lui ouvrit la porte.

Il portait un costume noir avec une chemise grise impeccable assortie à la couleur de ses cheveux. Sarah songea qu'il devait s'agir d'Henry, le majordome, car il correspondait à la description que lui en avait faite Jenny.

— Bonjour, dit Sarah en prenant soin de bien articuler. Mlle Jepson désire voir Mme Alderton-Steele.

— Vous n'êtes pas attendue, dit Henry, le regard suspicieux.

— Non, mais je pense qu'elle voudra bien me recevoir.

— Nous n'avons pas besoin de personnel présentement, rétorqua l'homme.

Il allait refermer la porte, mais Sarah le retint.

— Attendez. Je ne suis pas venue pour chercher du travail. Je suis en possession d'informations qui devraient l'intéresser.

— Pourriez-vous être plus précise ?

Bien que d'apparence hautaine, elle savait par Jenny que le majordome était un brave homme.

— C'est au sujet d'une montre de gousset et de diverses autres choses qui lui appartiennent, si je ne m'abuse.

Les yeux d'Henry s'écarquillèrent.

— Dans ce cas, entrez, lui dit-il en la précédant dans un vaste hall. Attendez ici, ajouta-t-il avant de disparaître par une porte située à gauche d'un grand escalier.

Sarah regarda autour d'elle. Les murs étaient lambrissés de bois précieux, et des statues trônaient sur des piédestaux en marbre. Un grand lustre de cristal pendait du plafond, jetant sur les murs des reflets arc-en-ciel. Le hall à lui seul était plus grand que son immeuble, songea Sarah, éblouie.

— Par ici, mademoiselle Jepson, dit Henry quelques instants plus tard.

Jusqu'ici, Sarah s'était sentie sûre d'elle, mais devant un tel déploiement de luxe, elle craignit soudain de perdre ses moyens et se mit à taper nerveusement son pouce contre son index. Elle suivit Henry jusqu'à un vaste salon où Mme Alderton-Steele était assise dans un canapé comme elle n'en avait jamais vu. D'un coup d'œil rapide, elle scruta le piano à queue, les tableaux dans des cadres dorés, les vases de porcelaine. C'était ainsi qu'elle se représentait Buckingham Palace, et la maîtresse des lieux était un peu comme la reine. Elle se dit qu'elle devrait peut-être faire la révérence.

— Henry m'a dit que vous saviez où se trouve la montre de feu mon époux, dit la femme.

— En effet.

— Dans ce cas, asseyez-vous, jeune demoiselle. Henry apportez du thé… oh, et une tranche de cake. Je suis sûre que mademoiselle… mademoiselle…

— Jepson. Sarah Jepson.

— Je suis sûre que Mlle Jepson ne serait pas contre grignoter un petit quelque chose avec son thé.

Sarah regarda Henry quitter la pièce, puis se tourna vers Mme Alderton-Steele. Jenny lui avait dit que c'était une femme un tantinet excentrique, mais elle ne s'attendait pas à la voir habillée comme la reine Victoria portant le deuil. Elle arborait même une voilette noire. C'était une femme frêle, au visage creusé de rides profondes et aux lèvres minces.

— Je ne reçois presque jamais de visiteurs. J'espère que vous détenez des informations importantes.

— Tout à fait, madame. J'ai même plus que des informations, dit Sarah en souriant à la vieille femme.

— Eh bien ? Parlez. La montre en particulier m'est très précieuse.

Henry revint avec une théière et des tasses en porcelaine. Il posa le plateau en argent sur une table basse.

— Laissez, Henry. Je crois que Mlle Jepson a des révélations intéressantes à me faire, dit la grande dame en commençant à servir le thé tandis que le majordome allait se poster dans un coin, les mains derrière le dos.

— Comme vous aurez pu vous en apercevoir, je ne suis pas du quartier. J'habite de l'autre côté du pont, et là d'où je viens, la vie est… disons… difficile. À force de côtoyer des drôles de loustics, j'ai appris à flairer les mauvais coups, expliqua Sarah dont le parler cockney revenait au galop. J'étais en train de traverser le pont quand j'ai vu un type jeter quelque chose par-dessus le parapet. J'ai attendu qu'il parte et je suis descendue sur la rive. Et j'ai trouvé ceci.

Elle sortit le bracelet de son sac et le posa sur la table.

Mme Alderton-Steele saisit le bijou de sa main noueuse et s'écria :

— C'est le mien ! Mais comment avez-vous su qu'il m'appartenait ?

— Sur le coup, je n'en savais rien. Mais quelques jours plus tard, j'ai revu le même type sur le pont. Il a à nouveau jeté quelque chose, sauf que cette fois, je l'ai suivi jusqu'ici. Quand je suis retournée au bord de la Tamise pour voir ce qu'il avait jeté, j'ai trouvé ceci.

— Oh, mon Dieu ! dit la vieille dame en prenant la montre que lui tendait Sarah. Je ne croyais pas la retrouver un jour.

— Je suppose que ceci vous appartient également ? dit Sarah en lui remettant la bague.

— Mais oui ! s'écria Mme Alderton-Steele. Mais à quoi ressemblait cet homme ?

— Il était bien habillé, très grand et mince, avec des cheveux noirs. La trentaine. J'en suis venue à me dire qu'il devait vivre ou travailler dans cette maison, étant donné qu'il avait la clé.

L'expression de la vieille femme changea peu à peu, la condescendance faisant place à la stupéfaction, lorsqu'elle comprit que la description correspondait à son fils. Sarah reprit :

— Je me suis posé pas mal de questions. Je n'arrivais pas à comprendre comment quelqu'un pouvait jeter ainsi quelque chose d'aussi précieux, et pour être franche, j'ai hésité moi-même à tout garder. Après tout, qui trouve garde, non ?

— Je vois. Mais pourquoi avez-vous changé d'avis ?

— Parce qu'une fille comme moi ne pourra jamais se payer de bijoux comme ceux-là et que je n'avais pas envie qu'on m'accuse de les avoir volés. Je les ai gardés dans ma chambre, mais au bout d'un moment j'ai eu des remords de conscience, et je suis venue les rapporter…

— Vous êtes une fille honnête, très honnête. Beaucoup n'auraient pas eu ce geste. Mais, dites-moi, avez-vous trouvé autre chose ?

— Non, mais il y a un bail que je ne vais plus là-bas. Cela dit, il se pourrait bien qu'il y en ait d'autres.

— Oui. Je le suppose, car il me manque d'autres bijoux. Henry, où est Godfrey ?

— Il est sorti. Il n'a pas dit où il allait ni quand il comptait revenir. J'imagine qu'il est au club.

— Henry, il y a une photo sur le piano. Montrez-la à Mlle Jepson.

Sarah regarda la photo, et la vieille dame lui demanda :

— Est-ce l'homme que vous avez vu ?

Bien qu'elle ne l'ait jamais vu, il correspondait à la description que lui en avait fait Jenny, c'est pourquoi elle répondit sans hésitation.

— Oui.

— La femme se posa une main sur le front et ferma les yeux.

— Henry, mes sels. C'est trop d'émotion.

Henry lui tendit un petit flacon qu'elle renifla légèrement.

— Mais pourquoi mon propre fils me déroberait-il mes bijoux ? C'est absurde !

— En fait, j'espère que vous n'allez pas penser que je divague, mais quelque chose d'étrange a attiré mon attention quand je suis arrivée. J'ai vu une jeune femme en larmes remonter de l'entresol. Quand je lui ai demandé si tout allait bien, elle m'a répondu que si je venais ici pour chercher à me faire embaucher, je ferais mieux de passer mon chemin, sans quoi le fils de madame allait me donner du fil à retordre. Je n'ai pas bien compris ce qu'elle entendait par là, mais peut-être que cela a un rapport avec les bijoux volés.

Sarah était convaincue que la vieille dame ignorait ce qui se passait sous son toit, mais elle savait par Jenny qu'Henry était au courant des agissements de Godfrey même s'il ne pipait mot. Sarah lança un coup d'œil au majordome, qui eut l'air gêné et se racla nerveusement la gorge.

— Je suppose que vous avez croisé ma femme de ménage, mais pourquoi diable vous a-t-elle dit cela ? Vous savez quelque chose, Henry ?

— À dire vrai, madame, oui, répondit le majordome.

— Eh bien ! Parlez ! glapit la maîtresse de maison.

— Je pense qu'il vaudrait mieux en parler en privé, madame.

— Maintenant que tout le monde sait que mon fils est un voleur, je ne vois pas la nécessité de prendre des gants. Henry, j'exige que vous me disiez exactement ce qui se passe dans ma maison !

Mme Alderton-Steele était à l'évidence une femme de caractère, et Sarah espérait qu'Henry trouverait le courage de lui dire ce qu'il savait. Il fallait que cela vienne de lui, car la vieille femme ne la croirait pas si elle entreprenait de tout lui raconter.

— Je crains que le témoignage de Mlle Jepson ne vienne confirmer mes soupçons concernant le comportement de M. Godfrey, même si je n'ai pas de preuves. Je pense qu'il a dérobé les bijoux pour que la faute en soit rejetée sur le personnel, dit Henry, en jetant un regard entendu à Sarah, comme quelqu'un qui est content de pouvoir soulager sa conscience.

— Mais pourquoi ferait-il une chose pareille ? Dans quel but ?

— Euh... pour pouvoir obtenir... des faveurs, madame... des faveurs de cette demoiselle.

— Je ne comprends pas. Quel rapport avec le vol de mes bijoux ?

— Je crois savoir que M. Godfrey avait des vues sur notre précédente femme de chambre, Mlle Turner, mais que celle-ci avait refusé ses avances. Pour la punir, M. Godfrey a pris les bijoux afin qu'elle soit accusée du vol. Je crois qu'il fait exactement la même chose avec la nouvelle femme de ménage. Il me semble qu'il essaie de la faire chanter pour obtenir ses faveurs.

Sarah, qui ne s'attendait pas à une telle franchise de la part d'Henry, en fut d'autant plus impressionnée. Cette fois, il semblait en paix avec lui-même, ce qui était loin d'être le cas de Mme Alderton-Steele.

— Je vois, dit-elle, d'une voix tremblante. Henry veuillez remettre cinquante livres à Mlle Jepson pour sa peine. Merci de m'avoir rapporté mes bijoux, mademoiselle. J'espère que cinquante livres suffiront à acheter votre silence.

— Oui, merci, madame. Je vous promets que rien de ce qui s'est dit ici aujourd'hui ne sortira de ces quatre murs, répondit Sarah.

— Bien. Je compte sur vous pour garder votre promesse. J'ai honte de l'attitude de mon fils, et il sera puni en conséquence, mais si jamais cette affaire remonte jusqu'aux oreilles de mes amies ou de mes relations, je donnerai ordre à mon avocat d'engager des poursuites pour diffamation.

— Cela ne viendra pas de moi, je vous le promets, dit Sarah.

Elle ne s'était pas attendue à recevoir une récompense, et aussi généreuse par-dessus le marché, mais l'idée que cette affaire puisse finir au tribunal la terrorisait. Elle n'aimait pas mentir, mais elle n'avait pas eu d'autre choix pour amener Mme Alderton-Steele à voir la vérité. Henry avait craché le morceau, les bijoux avaient été rendus, et maintenant, tout ce qu'il fallait espérer c'est que la vieille dame dissuade définitivement Godfrey de mettre ses mains sur Doreen. Jenny ne retrouverait probablement pas son emploi, mais son amie aurait au moins la satisfaction de savoir que l'attitude révoltante de Godfrey avait été démasquée.

— Bien. Henry va vous raccompagner.

Sarah s'empressa de retraverser le pont de Battersea. La tête lui tournait un peu. Elle avait fourré l'argent dans son sac sans chercher à recompter les billets. Cinquante livres ! C'était plus d'argent qu'elle n'en verrait jamais d'un coup dans toute sa vie !

Une fois de l'autre côté de la Tamise, elle se détendit un peu, même si elle força l'allure et garda la tête baissée quand elle passa devant le poste de police où travaillait son père.

Elle allait devoir trouver une bonne cachette pour l'argent. Elle ne pouvait pas risquer de le perdre. Si elle l'employait intelligemment et qu'elle ne faisait pas de folies, Tommy et elle auraient de quoi prendre un nouveau départ.

31

Deux semaines s'étaient écoulées depuis que Sarah était allée rendre visite à Mme Alderton-Steele. À présent, elle allait devoir aller tout raconter à Jenny, quoique sans mentionner la récompense, même si elle était bourrelée de remords. Après tout, Jenny n'était pas aux abois. Elle avait une famille et un travail, alors que Sarah était seule pour pourvoir aux besoins de Tommy. Il était fréquemment malade et vivre dans une chambre humide n'arrangeait rien. Avec l'argent de Mme Alderton-Steele, elle allait pouvoir leur offrir un logement décent et rembourser sa dette envers George. Elle avait en outre un projet qui pourrait lui rapporter de l'argent, à condition que George accepte de s'associer avec elle.

Quand arriva le samedi, elle décida de passer voir Jenny. Elle aurait préféré ne pas emmener Tommy avec elle, mais elle n'avait pas osé demander à Mo de le garder, car elle savait que Sam et elle avaient prévu de passer un peu de temps ensemble.

— On va voir maman ? s'inquiéta Tommy quand ils furent arrivés au pied de l'immeuble.

— Non, mon trésor. Elle n'habite plus ici. Je te l'ai dit, on va voir mon amie Jenny.

— Où est-ce qu'elle habite, maman ?

— Elle vit au paradis avec les anges et ce cher M. Sayers.

— Tu veux dire qu'on l'a mise dans une boîte pour toujours ? voulut savoir Tommy.

— Oui, et maintenant elle est montée au ciel.

Satisfait par ces explications, le garçon commença à gravir l'escalier d'un pas sautillant, Tant mieux, songea Sarah. La nouvelle n'avait pas eu l'air de le bouleverser.

Tommy frappa à la porte de Jenny et fut accueilli chaleureusement par Mme Turner.

— Bonjour, jeune homme. Mais regardez comme il a grandi ! Ta sœur te donne de l'engrais, ma parole.

— Bonjour, madame Turner ! lança Sarah. Il monte en graine, n'est-ce pas. Je ne sais plus comment l'habiller. Jenny est là ?

— Oui, oui, entrez. Je vois que tu t'occupes bien de ton frère. Pourtant, ça ne doit pas être facile. Jenny m'a dit que tu avais trouvé du travail chez Bosco. Il y a des années que je n'y ai pas mis les pieds, mais je sais que M. Bosco est un homme adorable, tout comme l'était son épouse. Il y a du jus de fruits. Entrez et servez-vous. Je vais chercher Jenny.

La grossesse de Mme Turner commençait à se voir, même si elle était encore loin du terme, songea Sarah. Jenny entra dans la cuisine, heureuse de voir son amie.

— Je ne t'ai pas entendue frapper. J'avais mon transistor collé à l'oreille.

— Tommy, tu te rappelles où est ma chambre ?

Il hocha la tête.

— Mes petites sœurs Pat et Carol y sont. Tu peux aller jouer avec elles si tu veux.

Tommy s'éclipsa et Mme Turner déclara :

— Je suppose que vous avez des choses à vous dire. Vous devriez aller faire un tour dehors, il fait un temps splendide. Moi je vais garder Tommy pendant ce temps-là.

— Merci, maman, dit Jenny. Viens, Sarah. Tu te souviens du cratère laissé par la bombe? Si tu voyais comme ça a changé. Ils sont en train de construire des immeubles à tour de bras là-bas.

Elles sortirent et se mirent à marcher bras dessus, bras dessous comme dans le bon vieux temps, quand elles allaient à l'école.

— Alors, raconte! J'ai hâte de savoir comment ça s'est passé, la pressa Jenny.

— Exactement comme je l'avais prédit. Cette Mme Alderton-Steele est une drôle de bonne femme, mais je l'ai trouvée plutôt sympathique. J'ai fait comme tu m'as dit. J'ai attendu que Godfrey soit sorti, et je suis allée sonner à la porte. Henry m'a ouvert, j'ai rendu les bijoux, et je me suis débrouillée pour laisser entendre que c'était Godfrey qui les avait volés. Tu avais raison, le majordome était au courant de tout et il s'est laissé facilement convaincre de tout déballer. C'est un brave homme, et j'ai l'impression qu'il ne porte pas Godfrey dans son cœur.

— Sarah, tu es géniale! Je savais qu'Henry abonderait dans ton sens. Il a eu de la peine quand on m'a fichue à la porte, mais je ne faisais pas le poids face à Godfrey. Qu'est-ce qu'elle a dit, la vieille?

Elle était contente de récupérer la montre, et a paru très contrariée d'apprendre que c'était son fils qui la lui avait volée.

— Elle t'a crue alors?

— Oui, et je lui ai dit qu'il faisait chanter Doreen. Henry a dit « pour obtenir ses faveurs ».

— C'est lui tout craché. Toujours très poli.

— Mme Alderton-Steele va prendre Godfrey entre quatre yeux. Doreen ne devrait plus avoir de problèmes après cela. Et toi, tu as été blanchie.

— C'est formidable ! Je n'ai jamais eu affaire à la police, personne dans ma famille. Il n'y a pas eu de plainte de déposée contre moi, mais tu sais comme les gens adorent colporter des ragots. En tout cas, maintenant que la vieille sait que je suis innocente et que c'est son fiston qui lui a piqué sa quincaillerie, je suis vengée !

— Je suis désolée, Jenny. Mme Alderton-Steele ne veut pas que l'affaire s'ébruite. Elle a dit qu'elle attaquerait en diffamation ceux qui répandraient des rumeurs.

— Mince alors ! Ça veut dire quoi ?

— Je sais pas, mais elle avait l'air sérieuse. Il vaut mieux ne pas se frotter à quelqu'un comme elle. Ses avocats ne feraient qu'une bouchée de nous.

— Dans ce cas, je vais la boucler. Et tu devrais en toucher un mot à Doreen aussi.

— Oui, bien sûr, dit Sarah.

Le sujet étant clos, elles passèrent la demi-heure suivante à explorer l'ancien terrain vague où elles venaient jouer étant enfants. Après quoi, Sarah proposa de rentrer. Elle allait passer prendre Tommy et aller ensuite au marché.

Elle devait discuter affaires avec George, et avec un peu de chance elle croiserait Roger.

Comme chaque samedi, les clients affluaient et la matinée était passée comme un rêve. George n'avait pas revu Sarah depuis qu'elle l'avait éconduit, et entre-temps il pensait s'être remis. Il avait repris son train-train et recommencé à sourire aux clientes. Mais lorsqu'il l'aperçut dans la foule, son estomac se noua malgré lui et il sentit son pouls s'accélérer tandis qu'il écartait les bras pour accueillir Tommy.

— George ! s'écria le garçon fou de joie, lorsqu'il le souleva de terre. Je peux revenir vivre chez toi ?

— Je crois que Sarah ne serait pas d'accord. Tu lui manquerais.

— Bonjour, George, lui dit Sarah avec un grand sourire.

George jeta un coup d'œil rapide à Sarah et remarqua qu'elle portait des vêtements qu'elle n'avait pas achetés chez lui. Une jupe droite et un corsage rouge à col montant, qui marquait avantageusement sa taille de guêpe. Elle était superbe avec ses talons aiguilles qui mettaient en valeur ses jambes fuselées, et lui attiraient des regards admirateurs.

— Maman a dit que j'avais le droit de manger une glace. Tu en veux une aussi ? demanda Tommy.

George le déposa à terre. Le garçon grandissait à vue d'œil et commençait à peser son poids.

— Oui, fiston. Ça tape aujourd'hui, et une glace ne fera pas de mal. C'est moi qui invite, dit George en plongeant la main dans sa poche à billets pour en ressortir quelques pièces.

Tommy fila chez le marchand de glaces, et George se tourna vers Sarah, qui, à sa grande déception, était en train de lorgner du côté de Roger, l'air perdue dans ses pensées. Ne pouvant réprimer un pincement de jalousie? George marmonna :

— Il va te briser le cœur.

— Pardon ? Comment… Je… je…, bégaya Sarah.

— Sarah, je sais qu'il te plaît, et le fait est qu'il est beau gosse, mais si tu veux un conseil d'ami, garde tes distances.

— Je ne vois pas de quoi tu veux parler, rétorqua Sarah sur un ton hautain.

— Au fait, poursuivit George, j'ai entendu dire qu'un gars de la haute te cherchait. Je parie que c'est le type qui a piqué les bijoux de la rombière. Tu les as rapportés ?

— Oui. Et mon amie Jenny a été ravie d'apprendre que Godfrey était tombé en disgrâce aux yeux de sa mère. Et maintenant tu me dis qu'il me cherche ? Qu'est-ce qu'il me veut ? demanda Sarah en détournant enfin son regard de Roger.

— Il a demandé à des collègues du marché s'ils te connaissaient. Comme les gars d'ici sont réglos, ils n'ont pas décroché un mot. Mais tu devrais tout de même rester sur tes gardes.

Sarah se mit à regarder nerveusement autour d'elle.

— Je me demande ce qu'il me veut ?

— T'inquiète. S'il te cherche des noises, il aura affaire à moi. Et maintenant, peut-on savoir ce qui t'amène ?

— Je ne peux pas te parler ici, dit Sarah. Si tu as un moment ce soir, viens chez moi pour qu'on puisse parler en privé.

Tommy revint avec deux cônes de glace. Il était évident qu'il avait léché les deux.

— La glace commençait à couler, expliqua-t-il en tendant un cône à George.

— Bon, à plus tard, dit Sarah en prenant Tommy par la main.

— Au revoir, George ! lui cria le garçon.

— Au revoir, répondit George en les regardant se perdre dans la foule.

Il se consola en se disant qu'il allait bientôt la revoir, même si la journée allait lui paraître interminable.

— Elle était trop bonne, la glace. Merci, maman, dit Tommy en léchant ses doigts tout poisseux.

À l'extérieur du marché, les rues étaient plus calmes. Sarah sortit un mouchoir de son sac, l'humecta légèrement de salive et lui essuya la figure.

— C'est George qu'il faut remercier, pas moi. Non, mais regarde-moi ce petit cochon ! Tu as autant de glace sur la figure que dans l'estomac.

— Arrête, ronchonna Tommy, en essayant de se dégager.

Sarah se redressa et sursauta en voyant un homme de haute taille qui lui barrait le passage. Elle n'avait jamais vu Godfrey qu'en photo, mais elle le reconnut instantanément.

— Vous êtes Sarah Jepson. Je vous cherchais, dit-il avec un rictus mauvais.

— Non, vous faites erreur, dit Sarah dont le cœur battait à tout rompre.

Elle voulut le contourner mais il fit un pas de côté, lui barrant à nouveau la route.

— Si, si, c'est bien vous. Je n'ai pas eu de mal à vous retrouver. Vous avez dit à ma mère que vous viviez à Battersea. Il m'a suffi de demander autour de moi pour apprendre que vous fréquentiez le marché. Ça ne coûte pas bien cher d'inciter les gens d'ici à ouvrir leur vilain clapet.

Sarah regarda autour d'elle. Elle ne reconnut personne, mais cela ne voulait pas dire que les gens ne savaient pas qui elle était. George lui avait assuré que personne n'avait parlé, mais à l'évidence il se trompait.

Tommy observait Godfrey d'un œil soupçonneux. Elle espérait que l'homme n'allait pas faire une scène et terroriser son petit frère.

— Oui, je suis Sarah Jepson. Et alors ? dit-elle d'un air de défiance.

Godfrey ne répondit pas, mais elle sentit soudain sa main se refermer comme un étau sur son bras tandis qu'il cherchait à l'attirer dans une ruelle déserte. Elle essaya de se débattre, mais il était plus fort qu'elle. Il ne fallait pas qu'elle se laisse entraîner dans une ruelle, sans quoi Dieu seul savait ce qu'il lui ferait.

Elle pensait à toute allure. Tommy était cloué sur place, paniqué, et elle n'osait pas crier de peur de l'affoler encore plus.

— Va chercher George ! lui cria-t-elle avant que Godfrey ait pu la museler.

Tout à coup, une douleur aiguë lui transperça l'épaule. Godfrey l'avait plaquée contre un mur de brique et l'écrasait du poids de tout son corps. Elle eut le souffle coupé.

— Personne ne va te venir en aide et personne ne va nous voir ici, dit-il en l'entraînant dans les profondeurs de la venelle, derrière un amas de détritus.

— Lâchez-moi, souffla-t-elle.

Les doigts de Godfrey se resserrèrent autour de son cou, l'obligeant à rejeter la tête en arrière tandis qu'il rapprochait son visage du sien, l'air menaçant. Elle ne pouvait plus respirer ou émettre un son, coincée entre le mur et l'homme qui cherchait à l'étrangler.

— Espèce de garce ! siffla-t-il entre ses dents. Tu as fichu ma vie en l'air. J'ai tout perdu à cause de toi. Et tu croyais que tu allais t'en tirer comme ça ?

Sarah cherchait désespérément à reprendre son souffle, consciente qu'elle devait l'amadouer. Elle parvint à articuler :

— Pardon.

— Pardon ! Pardon ? J'ai été déshérité et chassé de ma propre maison, et tout ce que tu trouves à dire c'est « pardon » ? Espèce de sale pute ! Tu vas me le payer !

Il avait glissé son autre main sous la jupe étroite de Sarah, et elle sentit ses doigts agripper sa peau nue. Il allait la violer, mais elle ne pouvait pas crier, et plus elle se débattait, plus il resserrait son étreinte autour de sa gorge. Ses poumons essayaient désespérément d'aspirer de l'air. Le monde autour d'elle se mit à tourner puis tout devint noir.

— George… George… il y a un homme qui a attaqué maman dans une ruelle et il lui fait du mal, s'écria Tommy, l'air complètement affolé.

George comprit instantanément qu'il devait s'agir de ce fameux Godfrey.

— Vite, Roger, viens avec moi, cria-t-il. Sarah a été attaquée.

Il saisit Tommy par les épaules et le regardant dans les yeux lui ordonna :

— Toi, tu restes ici et tu ne bouges pas.

Puis il partit à toutes jambes, Roger sur ses talons.

— Place, place ! criait-il en se frayant un passage dans la foule compacte des chalands.

Une fois sorti du marché, il prit le chemin qu'aurait emprunté Sarah pour rentrer chez elle. Tommy avait parlé d'une ruelle. Il inspecta la première qu'il trouva, mais ne vit rien hormis quelques caisses vides et une poubelle. Il courut jusqu'à la contre-allée suivante, puis la suivante, jusqu'à ce qu'il atteigne un cul-de-sac où il lui sembla distinguer une ombre derrière un tas d'ordures. Il s'engouffra dans le cul-de-sac, et vit un homme debout, une forme étendue à ses pieds. Son estomac chavira quand il reconnut Sarah.

— Ôte tes sales pattes de là ! rugit George.

Godfrey se retourna, l'air surpris, mais quand George voulut lui balancer un crochet, un coup l'atteignit en plein abdomen et il s'effondra à terre avec un bruit sourd. Godfrey avait-il réussi à le frapper le premier ? Il n'en était pas sûr, mais il ressentit une vive douleur. Il se redressa, et vit que sa chemise blanche était tachée de sang. D'une main tremblante, il tâta la plaie. Elle était mouillée et chaude. C'est alors qu'il comprit qu'il avait reçu un coup de couteau.

— Attention, il est armé, cria George à Roger qui accourait dans sa direction.

Au moment où Godfrey se retourna, le poing de Roger le cueillit à la mâchoire. La force de l'impact l'envoya à terre, à côté de George, tandis que sa main lâchait le couteau. Vite, George s'en empara et parvint tant bien que mal à se remettre sur ses jambes.

— Pas un geste, ordonna George, le couteau pointé sur lui.

Tout était arrivé en quelques secondes, mais c'était comme si la scène s'était jouée au ralenti devant lui. Il jeta un coup d'œil du côté de Sarah, et fut soulagé de voir qu'elle se relevait, aidée par Roger. Elle toussait et sa voix était rauque.

— J'ai cru qu'il allait m'étrangler, sanglota-t-elle.

— Tout va bien. Je suis là, la rassura Roger.

— Qu'est-ce qu'on va faire maintenant ? demanda George.

Roger se retourna et pâlit.

— George, tu es blessé.

— Je sais, mais lui, on en fait quoi ? répéta George en montrant Godfrey assis sans bouger par terre. Et toi, Sarah, comment te sens-tu ?

— Ça va… je crois…, articula-t-elle avec difficulté. Où est Tommy ?

— Il est au marché, dans mon échoppe. Roger, je pense qu'il vaudrait mieux aller chercher les flics et appeler une ambulance.

George commençait à sentir les forces lui manquer à mesure que le sang s'écoulait sur le sol. Il n'était pas certain de pouvoir garder Godfrey encore longtemps en respect.

Roger passa un bras sous celui de Sarah. Elle chancela, s'appuyant de tout son poids sur lui. C'était complètement idiot, mais même dans cette situation, George ressentait de la jalousie.

Profitant de cet instant d'inattention, Godfrey en profita pour bondir sur ses jambes et filer.

— Cours ! Rattrape-le ! cria George, mais trop tard.

La canaille s'était volatilisée.

George se laissa retomber à terre. Il ferma les yeux et sentit que quelqu'un lui soulevait la tête. Il s'obligea à ouvrir les paupières et vit Sarah penchée au-dessus de lui.

— Tout va bien, George… tiens bon…

Sa voix était douce comme celle d'un ange.

Soudain tout devint noir et la dernière chose que George entendit furent des hurlements de sirènes.

32

Lena prit la main de son fils en priant le ciel pour qu'il reprenne connaissance. C'était un garçon robuste. Il avait connu pire, il s'en sortirait. Mais le voir ainsi, dans un lit d'hôpital, lui mettait les nerfs à vif.

— Comment va-t-il ?

Lena se retourna et vit Sarah debout à côté de Roger. Elle était tellement absorbée dans ses pensées qu'elle ne les avait pas entendus entrer dans la chambre.

— Les médecins disent qu'il va se remettre, répondit-elle, avant de demander : Et toi, ma mignonne, comment te sens-tu ?

— Bien, Lena, je vous remercie. Je suis juste un peu angoissée à l'idée que Godfrey court toujours, mais je suppose que la police ne va pas tarder à le rattraper. Je ne sais pas ce que j'aurais fait sans George. Il m'a sauvé la vie.

— C'est parce que je suis Superman, en vrai…, grogna George à voix basse.

Lena sursauta sur sa chaise.

— George, tu es réveillé, s'exclama-t-elle, les larmes aux yeux.

— Oui, mais on dirait que ça ne te fait pas plaisir.

— Ce sont des larmes de joie, dit-elle en resserrant sa main autour de la sienne.

— Dieu soit loué, dit Sarah. Tu sais que tu nous as fichu une belle frousse, George ?

Lena remarqua que sa voix était encore rauque et que son cou portait des marques bleues qu'elle avait tenté de dissimuler sous un foulard.

— Je meurs de faim. Il y a longtemps que je suis là ? demanda George.

Il faisait le fiérot, mais Lena voyait bien qu'il était à bout de forces et qu'il souffrait.

— Nous sommes dimanche, George. Tu te souviens de ce qui est arrivé hier ? lui demanda-t-elle d'une voix douce.

— Maman, j'ai reçu un coup de couteau à l'estomac, pas au cerveau. Bien sûr que je m'en souviens. Vous n'auriez pas apporté des fruits ou des biscuits avec vous, par hasard ?

Roger rit.

— Désolé, mon vieux, mais on est venus les mains vides. Il n'y a que toi pour songer à manger dans un moment *pareil*.

— Je vais demander à l'infirmière si on ne peut pas t'apporter un sandwich. Mais je ne suis pas sûre que tu sois autorisé à manger, dit Lena, puis se tournant vers Sarah : Surveille-le, et ne le laisse pas se lever surtout.

Quand Lena revint, elle vit de la tristesse dans les yeux de son fils et se demanda si ce n'était pas le contrecoup des événements.

— La surveillante est allée chercher le docteur. Il sera là dans une minute. Vous deux, vous devriez peut-être partir pour que George puisse se reposer.

— Entendu. Mais je repasserai demain, vieille branche, dit Roger. Courage ! Après tout, ça ne doit pas être si désagréable de se faire chouchouter par toutes ces belles pépées.

Lena vit Sarah donner un coup de coude à Roger, et songea qu'ils avaient l'air de s'entendre comme larrons en foire. La jeune fille se pencha vers George et déposa un baiser sur sa joue.

— Je viendrai avec Tommy demain. Il n'arrête pas de te réclamer.

— Merci, vous deux, dit Lena. Sarah, tu peux prendre quelques jours de congé. C'est Albert – je veux dire M. Bosco qui l'a proposé.

— Salut, dit George.

Lena se rassit au chevet de son fils. Albert s'était montré très compréhensif lorsqu'elle lui avait expliqué ce qui s'était passé et il avait insisté pour qu'elle et Sarah prennent quelques jours de repos. Lena lui avait promis de dîner avec lui quand George serait remis, même si, pour l'heure, elle n'était pas du tout certaine qu'il allait s'en sortir et se faisait un sang d'encre.

Elle remarqua la façon dont George suivait Sarah et Roger des yeux quand ils sortirent de la chambre.

— Plus besoin de faire ton bravache à présent, lui murmura-t-elle. Dis-moi ce que tu ressens vraiment.

— Je vais bien, maman. Je te promets.

— N'essaie pas de me faire prendre des vessies pour des lanternes. Tu as peur qu'on ne retrouve pas l'homme qui t'a agressé ?

— Ne sois pas bête, maman. Non, je me demande ce que ces deux-là mijotent.

— C'était donc cela qui tracassait son fils. Il craignait que Roger mette le grappin sur Sarah. Pourtant, ça devait arriver tôt ou tard, étant donné que Sarah avait le béguin pour lui. La jeune fille jouait avec le feu, mais c'était pour son fils que Lena se faisait du souci. Et pas que pour sa santé physique. Elle ne voulait pas qu'il ait le cœur brisé.

Mo jeta un coup d'œil par la fenêtre quand elle entendit un bruit de moteur, et vit Roger se garer devant la maison.

— C'est ta maman ! cria-t-elle à Tommy.

— Chic ! s'écria le garçon en s'élançant vers la porte.

Mo, toujours à son poste d'observation, vit Roger se pencher vers Sarah et l'embrasser sur les lèvres. L'instant d'après, Tommy sortit de la maison en courant et Sarah descendit de la voiture sans quitter Roger des yeux. Elle a enfin trouvé son homme, songea Mo avec un pincement au cœur. Elle aurait dû se réjouir pour son amie, surtout après tout ce qui s'était passé, mais c'était plus fort qu'elle, elle ressentait de la jalousie. Elle se reprit, et quand Sarah entra, elle lui dit :

— J'en connais une qui flotte sur un petit nuage.

— Tommy, tu veux aller jouer avec Larry ? demanda Sarah.

— Oui, mais George ? Il va bien ?

— Il va bien. On ira le voir ensemble après l'école demain.

Le visage du garçon s'illumina.

— Super ! Je vais voir Larry.

Quand Tommy fut sorti, Sarah traversa la chambre et se laissa tomber sur le canapé.

— Oh, Mo… il est… tellement… Je crois que je suis amoureuse !

— Vous sortez ensemble alors ? demanda Mo.

— Oui, il m'a demandé de sortir avec lui. Je sais que je devrais être traumatisée après ce qui s'est passé hier, mais je nage dans le bonheur, dit Sarah avec un soupir langoureux.

— C'est fou comme un mec peut vous changer la vie. Hier, tu étais dans tous tes états après l'agression et la déposition à la police, et aujourd'hui tu es une autre femme. Ah, les hommes !

— Je sais, c'est incroyable ! Il est parti depuis cinq minutes à peine et il me manque déjà. Je n'arrête pas de sourire et de penser à lui. Puis elle ajouta, l'air grave : C'est tout de même mieux que de ruminer à propos de Godfrey.

— Et George ? demanda Mo. Comment va-t-il ?

— Il est un peu secoué, mais il va s'en sortir. Merci de t'être occupée de Tommy, Mo.

— Pas de souci. Sam ne va pas rentrer de sitôt. Il est allé aider un pote à réparer sa moto. Tu veux quelque chose à boire ?

— Non, merci. J'ai de la visite ce soir. Je vais commencer par faire le ménage en grand, après quoi, je prendrai un bon bain pour recevoir dignement mon petit copain. Comme il y aura Tommy, il m'a dit qu'il allait lui apporter un jouet… il est tellement gentil et attentionné. Tu ne trouves pas ?

— Disons qu'il en a l'air, répondit Mo, sceptique. Mais ne t'emballe pas trop vite. C'est ton premier fiancé, et il y en a un paquet qui ne pensent qu'à ça.

— Je sais, dit Sarah. J'ai bien vu comment ça se passait avec ma mère. Roger a beau être mon premier jules, je ne suis pas naïve.

Mo n'en était pas certaine, et elle n'avait pas envie de devoir consoler une fille au cœur brisé. Il fallait espérer que Sarah soit aussi clairvoyante qu'elle le prétendait.

Sarah venait juste de mettre une touche de rouge à lèvres rose quand elle entendit la camionnette de Roger se garer devant la maison. Son cœur tressaillit légèrement dans sa poitrine. Elle avait hâte de le voir et se sentait folle d'excitation.

Tommy sortit dans le vestibule pour lui ouvrir la porte, et quand elle vit sa silhouette virile s'encadrer dans l'embrasure, Sarah dut se retenir pour ne pas se jeter à son cou.

— Bonsoir, Roger, dit-elle d'une toute petite voix.

Roger avait une boîte sous le bras, qu'il donna à Tommy. Le garçon s'empressa de l'ouvrir, et sa voix s'envola dans les aigus quand il s'écria :

— *Muffin, la mule !* Je peux aller la montrer à Larry ?

— Oui, mais à condition d'être rentré dans une heure. Tu as école demain matin.

Une fois Tommy parti, Roger s'approcha de Sarah et l'attira contre lui. Un frisson lui parcourut l'échine quand il posa ses lèvres sur les siennes et l'embrassa tendrement.

— C'est chouette de t'avoir rien que pour moi pendant une heure, lui dit-il en l'embrassant à nouveau.

Cette fois, sa langue s'immisça entre ses lèvres, se frayant un chemin jusque dans sa bouche. Ce baiser mouillé lui procura une sensation à la fois étrange et agréable. Ses mains se mirent à courir sur ses hanches, puis remontèrent jusqu'à sa poitrine et emprisonnèrent doucement ses seins. Elle se recula d'un geste brusque.

— Je suis désolé. Je n'ai pas pu résister. Tu es tellement belle, j'ai du mal à garder mes mains dans mes poches.

Il avait dans les yeux le même regard concupiscent que les clients de sa mère, quand ils la dévisageaient. Décontenancée, elle hésita, ne voulant pas que Roger pense qu'il ne lui plaisait pas.

— Pardon, c'est juste que je préfère y aller doucement, dit-elle.

— Pas de problème, répondit Roger en l'embrassant sur le front.

À son grand soulagement, il ne chercha pas à insister. Car même si elle avait pris du plaisir à l'embrasser, elle ne se sentait pas prête, surtout après la mise en garde de Mo. Elle aurait aimé aller plus loin, mais les paroles de sa mère lui trottaient dans la tête : « Surtout, garde tes distances, et n'écarte pas les cuisses. »

33

George quitta l'hôpital en juillet.

À présent, on était en août, et après trois semaines de convalescence, il était prêt à reprendre le travail. Sarah n'était pas venue le voir une seule fois depuis qu'il était rentré à la maison, et lorsqu'il mentionnait son nom, sa mère changeait de sujet.

— Tu vas rouvrir ton stand aujourd'hui ? lui demanda-t-elle.

— Oui. Je piaffe d'impatience.

— Vas-y doucement. Il ne faut pas te surmener.

— Maman, arrête, s'il te plaît. Je n'ai pas l'intention de retourner à l'hôpital. Je te promets d'y aller mollo.

Satisfaite de sa réponse, Lena monta se préparer tandis que George vidait son verre de lait. Avant l'incident, Sarah lui avait dit qu'elle voulait lui parler, mais ça ne devait pas être bien important, car elle n'était pas passée le voir depuis qu'il était rentré à la maison.

Au marché, la plupart des commerçants étaient déjà à pied d'œuvre. George se dit qu'il ferait bien d'aller jeter un coup d'œil à son stand avant de décharger sa camionnette. Lorsqu'il commença à remonter l'allée, il entendit des chuchotements derrière lui, et soudain tous ses collègues l'acclamèrent bruyamment.

— Bon retour parmi nous, George ! Bienvenue, mon vieux !

Il ne s'y attendait pas et leur enthousiasme lui fit chaud au cœur. C'étaient tous des braves gars, et il était certain qu'aucun d'eux n'avait dénoncé Sarah.

Son stand était festonné de banderoles et quelqu'un avait suspendu une grande pancarte où on pouvait lire en toutes lettres : GEORGE NEERLY. NOTRE JOJO EST UN HÉROS.

Il se retourna vers ses amis et, les saluant d'une révérence, cria bien fort :

— Merci, les gars. Ça fait plaisir d'être de retour !

Roger applaudissait lui aussi, mais George lui trouva un drôle d'air, comme s'il fuyait son regard.

— Ça va, vieux ? lui lança-t-il, quand les autres eurent regagné leurs échoppes.

— Oui, oui, répondit Roger en s'affairant autour de ses légumes.

George s'approcha et lui dit :

— Tu aurais pu passer me dire bonjour.

— Désolé, vieux, mais j'avais du boulot par-dessus la tête. En tout cas, ça fait plaisir de te revoir complètement remis, lui dit Roger en lui tapotant le bras.

Il lui cachait quelque chose. C'était évident, et il n'y avait pas besoin d'être un génie pour savoir de quoi il retournait.

— Toi et Sarah… vous sortez ensemble, c'est ça ?

Roger hocha lentement la tête.

— C'est ça, vieux, oui. Je suis désolé. Je sais que tu as le béguin pour elle, mais il n'y aurait jamais rien eu entre vous de toute façon. Et du coup, après l'agression, elle et moi on s'est rapprochés. Elle t'adore comme ami, mais maintenant, c'est ma poule. Tu ne m'en veux pas, hein ?

George eut l'impression de recevoir à nouveau un coup de couteau, mais dans le dos cette fois. Roger était son meilleur pote. Ils se connaissaient depuis la primaire. À sa place, il n'aurait jamais fait une chose pareille. Il était écœuré, mais son orgueil prit le dessus. Il n'était pas question que Roger sache combien il était dépité.

— Non, non, je comprends. Quel garçon n'aurait pas envie de sortir avec elle ? J'espère que ça va rouler entre vous, dit George, puis d'ajouter en s'éloignant : Simplement, ne lui brise pas le cœur. Sinon…

Cette journée qui s'annonçait exceptionnelle avait brusquement viré au cauchemar. Cette fois il pouvait faire une croix définitive sur Sarah. D'un geste rageur, il arracha les banderoles de bienvenue. Coup sur coup son ami l'avait trahi et il venait de perdre l'amour de sa vie.

Mo était d'humeur lascive, et elle en voulait à Samuel de ne pas s'en rendre compte.

— Pour une fois qu'on passe une journée ensemble, tu ne fais rien d'autre que de rester assis là à peindre tes fichus tableaux, grommela-t-elle.

Sam releva le nez de sa toile, quoique sans cesser de manier son pinceau.

— Arrête de bouder comme une gamine, Mo. Tu sais bien qu'il y a longtemps que je veux finir cette peinture. Tu vas voir comme elle sera belle. Et puis ça va mettre de la couleur sur les murs.

— D'accord, mais tu ne pourrais pas arrêter de barbouiller juste aujourd'hui ? Il fait beau, et pour une fois que tu as un jour de congé.

— Je sais, Mo. Mais quand je travaille, je n'ai pas le temps de peindre, et j'en ai assez de voir ces murs vides. Depuis que tes frères ont fracassé toutes mes toiles, ce n'est plus pareil. J'aime la couleur, ça me rappelle les îles.

— À quoi bon te donner tout ce mal, alors que tu dis toi-même qu'on va bientôt déménager dans notre propre maison ?

— On pourra emporter toutes les toiles avec nous, et j'ai envie de me donner du mal. Il fait beau en ce moment parce que c'est l'été, mais le reste de l'année, il fait froid et gris. En Jamaïque, c'est complètement différent. Je t'emmènerai là-bas un jour, et tu comprendras ce que je ressens.

— Oui, c'est ça… je connais la chanson, Sam : Je vais t'acheter une maison… je vais t'emmener en Jamaïque… On aura une télévision, et une voiture. Mais où est le tourne-disque que tu m'avais promis ? Et la bague de fiançailles ? J'en ai ras le bol de tes promesses en l'air ! cria Mo. Tu m'as même obligée à rapporter la radio que j'avais achetée.

— Tu ne vas pas recommencer avec cette histoire de radio !

Mo alla à la fenêtre et jeta un coup d'œil à l'extérieur. Le soleil brillait, il faisait un temps magnifique. Ces fleurs merdiques pouvaient bien attendre, non ?

Samuel posa son pinceau et s'approcha d'elle. Il l'attira contre lui et lui mordilla doucement l'oreille.

— Ce ne sont pas des promesses en l'air, Mo. Tout cela tu l'auras, et même beaucoup plus. Il faut juste un peu de patience. Je travaille dur pour nous et notre future famille.

Mo se raidit à cette allusion. Elle n'était pas prête à lui avouer qu'elle ne voulait pas d'enfants, c'est pourquoi elle changea de sujet.

— Je sais, Sam, mais j'étais juste de mauvais poil. Ça va mieux maintenant. Je vais te laisser peindre en paix et aller faire les courses pour te préparer un délicieux dîner.

Samuel l'embrassa, puis elle sortit en faisant claquer la porte, incapable de réprimer la frustration qui bouillonnait en elle. Fichu bonhomme, songea-t-elle. Il était têtu comme une mule.

Une fois dehors, elle se calma. Elle allait faire un tour au marché. Là-bas, au moins, elle pourrait plaisanter avec les commerçants. Quel plaisir de respirer l'air du dehors et de sentir la caresse du soleil sur sa peau. Elle marchait en balançant des hanches. Elle savait que les têtes se retournaient sur son passage, et prenait plaisir à être au centre de l'attention. Je perds mon temps, ici, songea-t-elle. Ma place est à Hollywood, sur Sunset Boulevard.

Sarah essuya la transpiration sur son front. Il faisait beaucoup trop chaud pour réassortir les rayons. Pendant les vacances scolaires, Lena faisait l'ouverture, le matin, et Sarah travaillait l'après-midi, pendant que la mère de Larry gardait Tommy en échange de quelques shillings. Mo lui avait proposé de s'en occuper gratuitement, mais Sarah le lui avait déjà confié souvent et ne voulait pas avoir l'air d'abuser.

Elle consulta sa montre. Encore deux heures, après quoi elle irait chercher Tommy, le ferait dîner, puis se préparerait avant la venue de Roger. Ce dernier venait lui rendre visite presque chaque soir, et lui apportait des légumes frais, qui lui rappelaient ceux que M. Sayers cultivait dans son petit jardin ouvrier.

Elle venait de finir de garnir les étagères quand une de ses clientes habituelles entra dans la boutique. Elles bavardèrent un petit moment pendant que la femme faisait ses courses, et quand la cliente ressortit, Sarah se prépara une boisson fraîche et s'assit quelques instants pour réfléchir. Elle avait l'intention de faire fructifier les cinquante livres dont elle disposait, mais n'avait pas encore pu parler de ses projets à George. Et maintenant qu'il était rentré chez lui, il avait certainement eu vent de sa relation avec Roger. C'est pourquoi elle allait devoir prendre son courage à deux mains et passer le voir, en espérant qu'elle ne serait pas reçue comme un chien dans un jeu de quilles.

Une cliente entra et s'approcha du comptoir, une boîte de gâteaux secs à la main. C'est alors que Sarah remarqua ses yeux vert émeraude, identiques aux siens. Les yeux qu'elle avait hérités de son père.

— S'il vous plaît, dit la jeune femme en agitant les biscuits sous son nez.

Sarah sentit la tête lui tourner tandis que son cœur s'emballait. Cette fille devait être sa parente, peut-être sa demi-sœur.

— Euh… oui, excusez. Ça fera une demi-couronne, dit Sarah, incapable de détacher son regard de la cliente.

Celle-ci lui tendit l'argent, puis s'arrêta et demanda de but en blanc :

— On se connaît ?

— Euh… non, je ne crois pas, bredouilla Sarah.

Sa curiosité avait beau être à son comble, elle n'osait pas poser de questions, craignant de s'attirer les foudres de son père.

— C'est curieux, votre visage me dit quelque chose, dit la femme.

— Peut-être m'avez-vous déjà vue ici, répondit Sarah en baissant promptement les yeux pour ne pas attirer l'attention de la cliente sur eux.

— Non, je ne crois pas. C'est la première fois que je viens. Enfin, c'est sans importance. Au revoir.

Elle sortit et Sarah réussit à se calmer peu à peu. Elle venait de croiser une personne qui était peut-être une parente proche. Quel dommage qu'elle n'ait pas pu entamer la conversation avec elle ! Mais d'un autre côté elle ne pouvait pas prendre de risques, car Dieu savait quelle aurait été la réaction de Ron Lyons s'il venait à l'apprendre !

34

Plus tard ce jour-là, assise sur les marches du perron, Mo fumait une cigarette en faisant des ronds. Elle avait récemment commencé à fumer, pour se donner l'illusion qu'elle était une star de cinéma. Mais Sam n'aimait pas l'odeur du tabac et l'obligeait à fumer dehors.

Elle écrasa son mégot par terre et allait se lever quand Tommy déboula au coin de la rue.

— Salut ! lui lança-t-il en entrant en courant dans la maison.

Quand Sarah parut à son tour, Mo lui dit :

— Dis donc, il a l'air pressé !

— Il ne tient pas en place. Vous avez passé une bonne journée, Sam et toi ?

Mo fit claquer sa langue.

— Tu tiens vraiment à le savoir ? Prépare-nous donc un rafraîchissement que je te raconte tout ça.

— Euh… je suis un peu aux pièces. Roger ne va pas tarder à arriver.

— Oh, j'oubliais. Il a dit qu'il serait un peu en retard parce qu'il avait une course à faire pour sa mère. J'ai eu l'impression qu'entre lui et George ça n'allait pas fort. Je suppose que George est au courant pour vous deux.

Voyant le sourire de Sarah s'effacer d'un coup, Mo fut parcourue d'un frisson de plaisir.

— Tu les as vus ? demanda Sarah.

— Oui, au marché, tout à l'heure. Roger exhibait fièrement ses biceps devant toutes ces dames. Dis donc, c'est un drôle d'oiseau, ton mec.

— Comment cela ?

— Non, rien, je disais ça comme ça, répondit Mo.

Elle ne voulait pas blesser Sarah. C'est pourquoi elle s'abstint de l'informer que Roger lui avait fait ouvertement du rentre-dedans. Elle savait que Sarah avait refusé de se donner à lui. Mais si elle continuait à se défiler, il finirait par la plaquer pour une fille moins farouche. Les hommes comme lui avaient des besoins.

— Dans ce cas, tu n'as qu'à entrer, lui dit Sarah. Nous avons le temps de prendre un verre. Tu es sûre qu'il a parlé de sa mère ? Je croyais qu'elle était morte depuis des années.

— Oui, oui. Il a dit qu'il avait une course à faire pour sa mère, répondit Mo en jetant un coup d'œil à la pendule sur la cheminée de Sarah. Mais oublie le rafraîchissement, ma belle. Il faut que je monte préparer le dîner de Sam.

— À la revoyure, dit Sarah.

Mo regagna l'étage, un sourire malicieux aux lèvres. Si le torchon ne brûlait pas après ça. À tous les coups elle allait entendre des chamailleries ce soir au rez-de-chaussée.

— On mange du poisson ? demanda George en voyant que sa mère avait préparé des harengs. On n'est pas vendredi que je sache ?

— J'avais envie de changer. Tu n'aimes pas ça ?

— Si, mais ça sent fort, dit George en ouvrant la fenêtre de la cuisine pour aérer.

Lorsqu'ils passèrent à table, Lena se demanda comment elle allait lui annoncer qu'Albert l'avait invitée à sortir. Elle voyait bien que son fils était d'humeur irritable et chipotait son assiette.

— Qu'est-ce qui ne va pas ? lui demanda-t-elle.

— Rien, mais je n'ai pas très faim, dit George en reposant sa fourchette.

Lena décida de remettre à plus tard son annonce, et dit à la place :

— Je vois bien que ça ne va pas. D'habitude tu as un appétit de loup.

— Tu étais au courant pour Sarah et Roger ?

— Au courant qu'ils sortent ensemble ?

— Donc tu savais et tu ne m'as rien dit.

— Je pensais que tu t'en doutais.

— Eh bien, non, et je n'ai pas apprécié de l'apprendre au travail. Il est censé être mon pote !

— C'est un coureur, et Sarah a besoin d'apprendre la vie. J'espère juste qu'elle va se ressaisir avant qu'il ne soit trop tard, dit Lena en repoussant son assiette à moitié pleine. J'imagine que ça n'est pas drôle pour toi de travailler toute la sainte journée à côté de Roger, mais essaie de garder la tête froide. Je sais que Sarah est une fille adorable, mais elle n'est pas faite pour toi. Je suis sûre que tu ne vas pas tarder à rencontrer une fille qui te correspond.

— Si tu le dis.

— Je le pense, George. Alors arrête de faire la tête et ressaisis-toi.

George passa dans le séjour pendant que Lena faisait la vaisselle. Devait-elle lui parler d'Albert ? Le gala de l'hôtel de ville était prévu demain et il allait bien falloir qu'elle en parle à son fils. La mort de son père avait beaucoup affecté George, et ils étaient tellement habitués à vivre rien que tous les deux, qu'elle se demandait comme il allait prendre l'intrusion d'un autre homme dans sa vie.

Une fois la cuisine parfaitement rangée, elle alla rejoindre son fils. Elle s'assit sur le canapé, et inspirant profondément, déclara :

— George, je ne dînerai pas à la maison demain soir. Tu devras te débrouiller tout seul. Il y a une boîte de corned-beef dans le garde-manger et tu pourras te faire une petite salade.

— Oui, pas de problème. Tu sors avec Joan ou Kath ?

— Euh… non… Avec M. Bosco. C'est un homme charmant, comme tu le sais, et il est veuf, annonça Lena d'une traite tout en guettant la réaction de son fils. Voyant que son visage ne trahissait aucune émotion, elle demanda : George, tu m'as entendue ?

— Oui, je t'ai entendue. Tu as raison, c'est un type bien, mais de là à sortir avec lui. Papa ne compte plus pour toi ?

— Oh, mais bien sûr que si, et je ne l'oublierai jamais ! Mais il y a déjà quelques années qu'il est mort. Et il ne voudrait sûrement pas que ma vie s'arrête là.

— Peut-être, mais il ne voudrait pas non plus que tu voies d'autres hommes ! rétorqua George avec humeur.

— Ne sois pas comme ça. J'aimais beaucoup ton père et je l'aimerai toujours, mais il n'est plus là et rien ni personne ne pourra jamais le faire revenir. Je ne suis pas un rossignol. J'ai encore de belles années devant moi et j'ai besoin d'un compagnon. Tu ne vas pas rester ici éternellement. Un jour tu rencontreras une brave fille que tu vas épouser et tu partiras t'installer de ton côté, et moi, je vais me retrouver toute seule. Et puis, ce n'est qu'une invitation à dîner, nom d'un petit bonhomme, pas une proposition de mariage.

Il y eut quelques instants de silence, puis George se leva de son fauteuil et s'approcha de la glace.

— Tu as raison, maman. Je te demande pardon. C'est juste que ça m'a fait un choc d'apprendre que tu voyais quelqu'un. Mais après tout, pourquoi pas ? Tu es une belle femme, bien conservée pour ton âge, et je ne souhaite que ton bonheur.

Lena se leva et s'approcha de son fils. Elle se regarda dans la glace. George avait raison, elle était bien conservée, même si elle était anxieuse à l'idée de sortir avec un homme. Le père de George était le seul qu'elle ait jamais connu, et ce depuis l'école.

Comme s'il avait deviné ses pensées, George lui prit la main.

— Tout va bien se passer, tu verras, la rassura-t-il. Je parie que ce bon vieux Bosco est encore plus paniqué que toi.

— Merci, mon cœur. Tu as sans doute raison. C'est vrai qu'il avait l'air dans ses petits souliers quand il m'a invitée. Ce n'est pas facile pour les gens de notre âge, surtout quand il faut repartir de zéro.

George serra sa main dans la sienne et Lena lui sourit, soulagée qu'il ne lui ait pas fait une scène mais qu'il l'ait encouragée, au contraire. Albert Bosco ne pourrait jamais égaler son époux, mais elle était malgré tout enchantée de l'accompagner au gala de demain.

Roger arriva quand Tommy commençait à glisser dans le sommeil. Il avait passé l'après-midi à courir et à chahuter avec Larry en plein soleil. Sarah lui avait donné un bain froid, en rentrant, mais il avait le front brûlant et elle se demandait s'il n'avait pas la fièvre.

Quand la sonnette retentit, elle sortit sur le palier, et laissant la porte entrouverte derrière elle, dit à mi-voix :

— Je suis désolée, mais Tommy vient juste de s'endormir. Il a besoin de se reposer et il est déjà tard.

— Mais je suis venu exprès. Je vais rester une demi-heure pas plus et je ne ferai pas de bruit, promis.

— Tu ne comprends pas. Il devient tout excité quand il te voit, et ensuite je n'arrive plus à le calmer.

— Dans ce cas, viens t'asseoir sur le perron. S'il dort, il ne remarquera pas que tu es sortie, dit Roger.

— Attends-moi ici, dit Sarah.

Elle rentra dans la chambre pour s'assurer que Tommy dormait, puis ressortit sans bruit et referma doucement la porte derrière elle. Son cœur bondit dans sa poitrine quand elle vit le grand sourire de Roger. Elle s'assit sur la première marche et il l'imita, plaçant un bras autour de ses épaules. Elle s'éclaircit la gorge.

Mo a dit un truc qui m'a paru bizarre tout à l'heure. Elle a dit que tu devais faire une course pour ta mère.

— J'ai dit « ma mère » ? Je voulais dire « ma tante ».

— Elle a ajouté que tu étais un drôle d'oiseau. Qu'est-ce qu'elle entend par là d'après toi ?

— Que je le suis. Il faut avoir un peu de culot quand on bosse au marché. Les femmes adorent ça, surtout les vieilles filles. C'est une façon de fidéliser la clientèle. Et maintenant, que dirais-tu que je joue les effrontés et que je t'embrasse…

Sarah n'eut pas le temps de répondre, car Roger lui fourra sa langue dans la bouche et l'attira tout contre lui, son baiser devenant de plus en plus passionné et sa respiration haletante.

— J'ai envie de toi, Sarah, murmura-t-il d'une voix rauque en glissant une main entre ses jambes.

Bien que son geste l'excitât, elle lui saisit le poignet et l'écarta.

— Non, pas ici… Pas comme ça.

— Allons dans ta chambre, dans ce cas. Tommy doit dormir comme un loir.

Le sang de Sarah se glaça dans ses veines. En disant cela, il venait de ranimer d'horribles souvenirs de sa mère se donnant à des hommes pendant qu'elle faisait semblant de dormir. Les grognements, les gémissements, les odeurs. Tout cela la révoltait. Elle bondit sur ses pieds et lissa sa jupe.

— Il vaut mieux que tu t'en ailles, dit-il sèchement. On se voit demain.

Roger eut l'air stupéfait, mais il se contenta de hausser les épaules.

— Comme tu voudras, dit-il, puis il regagna sa camionnette d'un pas décidé.

— Attends ! lui cria Sarah en courant vers lui.

Elle se hissa sur la pointe des pieds et posa ses lèvres sur les siennes. Après un long baiser, elle s'écarta.

— Excuse-moi, je suis juste épuisée. La journée a été longue et j'ai l'impression que Tommy est malade.

Roger l'étreignit brièvement.

— Ça fait des semaines qu'on est au point mort, et je suis prêt à attendre encore un peu s'il le faut, mais s'il te plaît, ne me dis pas que je vais devoir patienter jusqu'à notre nuit de noces ?

Ils n'avaient encore jamais abordé le sujet du sexe ou même du mariage, si bien que sa question laissa Sarah sans voix. Elle n'y avait jamais vraiment songé, mais dès lors qu'elle l'aimait, et qu'il lui avait dit qu'il l'aimait, la mise en garde de sa mère n'avait plus de raison d'être, si ?

— Parce que tu veux m'épouser ? lui demanda-t-elle.

— Ça se pourrait, répondit Roger sur un ton taquin. Tout dépend si tu acceptes d'être ma petite amie pour de vrai.

Comprenant ce qu'il sous-entendait par là, Sarah hocha timidement la tête.

— J'accepte. Bonne nuit, mon petit ami pour de vrai.

Il monta dans sa fourgonnette et démarra. Elle lui fit au revoir de la main en songeant qu'une étape venait d'être franchie. Les joues brûlantes, elle leva les yeux, et aperçut Mo à la fenêtre du premier étage. Elle agita de nouveau la main, vers son amie cette fois. Mais Mo ne lui rendit pas son salut. Son visage était sans expression. Sarah fronça les sourcils. Quelque chose ne tournait pas rond. Mo ne l'avait peut-être pas vue ? Pourtant, elle aurait juré qu'elle l'observait.

Quand elle regagna sa chambre, Sarah s'approcha du lit de son petit frère et lui caressa la tête.

Elle n'arrivait pas à chasser Roger de ses pensées. Même s'ils n'étaient pas mariés, ils s'étaient promis l'un à l'autre. Le moment était venu d'entrer dans une relation plus intime.

35

Lena s'inspecta une dernière fois dans la glace. Sa mise en plis était parfaite et elle portait une élégante jupe marron avec une jaquette assortie et un corsage blanc. Ce n'était pas à proprement parler une tenue sexy – pour tout dire elle ressemblait plutôt à une maîtresse d'école – mais elle l'avait choisie précisément pour sa sobriété.

Juste au moment où elle prenait son sac à main, la porte d'entrée s'ouvrit et George entra. Elle se souvint qu'il lui avait dit qu'il rentrerait plus tard que d'habitude car il devait passer chercher un stock de marchandise chez un fournisseur qui lui faisait un prix intéressant.

— Tu es… chic, dit-il en fronçant les sourcils. Tu comptes aller habillée comme ça au gala avec M. Bosco ?

— Oui, pourquoi ? Ça ne va pas ? s'alarma Lena soudain prise d'un doute.

— Si, si, mais c'est plutôt le genre de truc qu'on met quand on a rendez-vous avec son banquier, non ?

— Oh, George ! Il est trop tard pour que je me change, il va arriver d'une minute à l'autre.

— T'inquiète, maman, tu es belle comme un cœur. Je disais ça pour te taquiner.

On frappa à la porte. George ouvrit. M. Bosco se tenait sur le seuil, presque entièrement caché derrière un énorme bouquet de fleurs. Lena s'empressa d'aller l'accueillir.

— Albert, entrez donc. C'est pour moi ces jolies fleurs ?

— Oui, j'espère qu'elles vous plairont.

— Elles sont superbes, dit Lena en prenant le bouquet. Il y a longtemps qu'on ne m'avait pas offert de fleurs. George, je t'ai préparé une salade et il y a une miche de pain bien frais à la cuisine. Sois gentil, et mets ce bouquet dans un vase. À plus tard, mon grand.

— À plus tard, dit George sans détacher son regard d'Albert.

Elle embrassa son fils et lui tendit les fleurs, en espérant qu'il n'allait pas faire une remarque désobligeante. Albert avait l'air tellement gêné !

Une fois dehors, M. Bosco ouvrit la portière à Lena pour qu'elle prenne place dans la voiture. Elle fut d'emblée impressionnée par la sellerie en cuir crème et rouge, et l'odeur de *polish*.

— Vous êtes en beauté, lui dit Albert en mettant le contact.

— Merci, vous êtes très élégant vous-même, lui répondit-elle en détaillant son costume tout neuf et sa chemise blanche impeccable.

— Avec un mari, puis un fils qui travaillaient dans la fripe, Lena était allée à bonne école et savait reconnaître la qualité.

— J'ai réservé une table chez Alessandro. C'est un petit restaurant de Chelsea. Vous aimez la cuisine italienne au moins ?

—- À part les glaces De Marco, Lena n'avait jamais goûté de spécialités italiennes.

— Je n'en sais rien, mais je suis sûre que ça va me plaire, répondit-elle en se demandant s'il s'agissait de spaghettis à la sauce bolognaise.

Elle repensa à une scène d'une de ses comédies préférées où les protagonistes dévoraient une énorme assiette de spaghettis à la sauce tomate, et laissa échapper un petit rire.

— Qu'y a-t-il de drôle ? demanda Albert.

— Je repense à un vieux film où il était question de spaghettis, répondit-elle.

— Le film des Marx Brothers ? *Une nuit à l'opéra ?*

— Oui ! Je l'adore ! dit-elle.

— Moi aussi.

Lena commençait à se détendre. Ils n'avaient pas que le veuvage en commun, ils avaient aussi le même sens de l'humour. Elle avait hésité à accepter son invitation, mais maintenant, elle était contente de l'avoir fait.

— Je pourrais avoir une tartine de confiture ? demanda Tommy.

— Non, répondit Sarah d'une voix ferme.

— Mais j'ai faim.

— Dans ce cas, il fallait manger ton dîner.

— Mais j'aime pas le foie.

— Bon, va pour la tartine, mais ensuite au lit, jeune homme.

— Merci, maman. Roger vient te voir ce soir.

— Oui, il ne devrait pas tarder.

— Tu crois qu'il va m'apporter encore une banane ? Je vais la partager avec Larry. Sa maman lui a donné des pêches au sirop comme dessert hier. On pourrait avoir des pêches au sirop, nous aussi ?

— On verra.

Sarah trancha le pain, tout en songeant qu'elle allait devoir faire bouillir le lait pour le conserver. Avec les chaleurs, il tournait rapidement et elle n'avait pas de glacière. Elle donna sa tartine à Tommy, qui la dévora, puis lui ordonna de se laver les dents. Au même instant, on frappa à la porte d'entrée.

— C'est sûrement Roger, dit-elle.

— Vous allez sortir ?

— Oui, mais ne t'inquiète pas. On va rester sur le perron.

Sarah courut ouvrir à Roger. Dans son cardigan dernier cri, c'était le portrait tout craché de James Dean. Il était beau à se pâmer.

— Bonsoir, Roger. Tommy n'est pas encore couché, et maintenant que tu es là, je vais avoir du mal à l'envoyer au lit.

— C'est pas grave. Je lui ai apporté une surprise, dit Roger en embrassant Sarah du bout des lèvres.

Tommy arriva en courant de la salle de bains.

— Roger, maman vient de me faire une tartine de confiture parce que j'ai pas mangé mon dîner. C'était du foie… beurk !

— Tu as de la chance, parce que ma maman à moi, elle m'obligeait à finir tout ce qu'il y avait sur mon assiette.

— Tu vois, Tommy, je suis trop gentille avec toi. Et maintenant, au lit.

— Je peux pas rester encore un peu. S'il te plaît, maman.

— Si tu fais ce que te dit ta maman, tu auras ceci, dit Roger en sortant un yo-yo de sa poche de pantalon en tweed.

— Roooh ! s'exclama gaiement Tommy, en filant se mettre au lit. Je sais y jouer, parce que la grande sœur de Larry elle en a un.

— Mets-le sous ton oreiller, comme ça tu pourras jouer avec demain matin, lui dit Sarah en le bordant.

— Bonne nuit, Tommy, lui dit Roger.

— Tu dors, et nous on sort sur le perron, lui chuchota Sarah.

Tommy obéit sans rechigner. Une fois dehors, Roger prit Sarah dans ses bras, et elle ferma les yeux tandis qu'il pressait ses lèvres contre les siennes. Ils échangèrent un long baiser, puis il la tira doucement par le bras pour la faire asseoir à côté de lui sur une marche.

— J'ai réfléchi, dit-il. C'est casse-pieds de devoir sortir sur le perron chaque soir. Et en hiver, ça va être impossible.

— Je sais, mais qu'est-ce qu'on peut faire d'autre ? Je ne peux pas laisser Tommy tout seul.

— Vous pourriez venir vivre tous les deux chez moi. Il n'y a que mon père et moi à la maison, et il est au Labour Club presque tous les soirs. Tommy aurait sa chambre, et un jardin.

Sarah regimba. Il n'était pas question qu'elle vive dans le péché avec lui.

— C'est impossible. Tu imagines ce qui va se dire dans le quartier ? On n'est pas mariés, ça ne serait pas correct.

— Mo et Sam vivent bien ensemble, eux, et ils ne sont pas mariés non plus, fit remarquer Roger.

— C'est vrai, mais ça les regarde. Moi, j'ai Tommy. Ce n'est pas un bon exemple pour lui.

— C'était juste une suggestion. On ne sort pas ensemble depuis suffisamment longtemps pour songer à se marier. Alors j'avais pensé que vivre en couple serait la meilleure solution.

Sarah voyait bien qu'il était déçu, et il n'avait pas tort de dire qu'il était trop tôt pour songer à se marier. Il avait vaguement fait allusion au mariage une fois, et elle espérait qu'un jour il lui demanderait sa main pour de bon, avec une jolie bague de fiançailles.

— J'ai été très occupée ces derniers temps. Et j'ai songé à déménager. Tu as raison pour Tommy. Ça serait bien qu'il ait sa propre chambre.

— Je suis tout à fait d'accord, mais nous, en attendant, on fait quoi ? On reste assis ici, sur le perron tous les soirs ?

— J'en ai bien peur. Je ne peux pas demander à Lena de garder Tommy, ça ne serait pas correct vis-à-vis de George. Tu sais ce qu'il ressent pour moi. Je n'ai pas envie de retourner le couteau dans la plaie.

— Et Mo ?

— Dans la journée, pas de problème, mais elle n'a qu'une soirée de libre par semaine et elle la passe avec Sam. Je ne peux pas lui demander de jouer les baby-sitters.

— Sans vouloir te froisser, Sarah, tu n'es pas vraiment sa mère. Tu as décidé d'élever Tommy, mais ce n'est pas une obligation. Tu pourrais le mettre en pension. Il y en a une pas trop mal dans le coin. Tu pourrais lui rendre visite les fins de semaine.

Sarah n'en croyait pas ses oreilles. Elle se leva d'un bond, écœurée.

— Comment peux-tu ne serait-ce que suggérer une chose pareille ? Je sais que je ne suis pas sa mère, mais je l'ai pris sous mon aile depuis la première minute où il est né. J'aime Tommy de tout mon cœur et jamais je ne le mettrai en pension. C'est dommage que tu le voies comme un fardeau… Je pense que tu devrais t'en aller à présent.

Roger se leva et l'attrapa par la main.

— Du calme, fillette. Si j'avais su que tu allais réagir comme ça, je n'aurais rien dit.

— Tu aurais mieux fait, glapit Sarah.

— Désolé. J'ai une idée. Je vais t'aider à trouver un logement décent. Je peux t'emmener où tu veux avec ma camionnette.

Sarah se radoucit, mais les paroles de Roger l'avaient ébranlée. Elle avait soudain l'impression qu'il ne savait pas qui elle était, et elle-même commençait à se dire qu'elle non plus ne le connaissait pas vraiment.

36

Il y avait un mois que George avait repris le travail, mais la tension entre Roger restait palpable. Il n'avait pas revu Sarah depuis tout ce temps, mais selon sa mère elle avait l'air heureuse avec son amoureux. Si seulement elle avait su qui il était vraiment, songea George, en observant Roger, qui était en train de bavarder avec la serveuse d'un bar du quartier.

— On médite ? dit une voix derrière lui.

C'était une vieille femme au dos voûté.

— Disons qu'on rêvasse, répondit-il sur un ton faussement enjoué.

— Je parie que c'est une femme qui occupe tes pensées. Tu es transi d'amour, mais elle est hors d'atteinte ? dit la vieille.

— Ouais, c'est à peu près ça.

— Ne baisse pas les bras… prends ton mal en patience…, conclut la vieille en reprenant son chemin. Un jour, elle sera à toi. Je le vois. Mais elle n'oubliera jamais tout à fait l'autre.

George resta sans voix. La pauvre femme avait perdu la tête, songea-t-il, même s'il aurait aimé que sa prédiction s'accomplisse.

Une autre femme, qui poussait un gros landau, s'arrêta devant son stand.

— Vous avez de la layette ? lui demanda-t-elle.

— Une pleine caisse, lui répondit-il en contournant son étal pour lui montrer la marchandise.

Pendant que la femme cherchait son bonheur parmi les affaires pour bébé, George ruminait. Il se tenait juste à côté de l'étalage de Roger, et dressa les oreilles quand la fille du bar lança :

— On se voit ce soir, Roger, mais pas en coup de vent cette fois.

À ces mots, le sang de George ne fit qu'un tour. Ainsi donc, ce salopard jouait un double-jeu. Non seulement il lui avait piqué Sarah, mais en plus il la trompait éhontément.

— Excusez-moi une minute, dit George à la femme au landau, avant de se diriger vers Roger d'un pas décidé.

N'ayant pas réalisé qu'il était d'humeur massacrante, Roger lui décocha un sourire satisfait. Ce qui ne fit qu'empirer les choses. Excédé, George le poussa brutalement.

— Comment oses-tu ? J'ai vu ton petit jeu. Pour qui tu te prends ? rugit-il.

—- Roger trébucha, manquant presque tomber à la renverse.

— De quoi est-ce que tu parles ? dit-il, paumes levées en signe d'apaisement.

— Je ne suis pas sourd. J'ai entendu ce que tu as dit à la fille du café. Et Sarah, dans tout ça ? Je parie qu'elle ignore tout de tes manigances.

— Mêle-toi de tes oignons.

Un silence de mort s'était abattu sur le marché et tous les yeux étaient rivés sur eux, mais George ne put s'empêcher d'empoigner Roger par l'épaule et de lui balancer un crochet au menton.

Sous la force du coup, la tête de Roger bascula en arrière, mais il ne chercha pas à riposter. À la place, il se frotta la mâchoire et dit :

— George, ça va pour cette fois, mais ne te mêle plus jamais de mes affaires.

— Ah non ? Tu crois que tu peux la traiter comme tu as traité toutes les autres ? Sarah est quelqu'un de spécial, et je ne laisserai personne lui briser le cœur.

— OK, elle est peut-être spéciale pour toi, mais qu'est-ce que ça change ?

— Ou bien tu arrêtes de la voir, ou bien je vais tout lui raconter, dit George entre ses dents serrées.

— Raconte-lui tout ce que tu voudras, elle va penser que tu as tout inventé parce que tu es jaloux, et de toute façon, je l'ai entortillée autour de mon petit doigt… Qu'est-ce que tu dis de ça ?

George bomba le torse et serra les poings, prêt à frapper à nouveau, mais soudain des bras puissants l'agrippèrent et une voix lui glissa à l'oreille :

— Du calme, George. Laisse tomber.

— Lâche-moi ! hurla George en jetant un coup d'œil en biais à l'homme qui le retenait.

*C'était Ned, le quincailler qui tenait le stand de l'autre côté de l'allée.

— Je vais le tuer, Ned. Ma parole que je vais lui régler son compte. Lâche-moi ! cria George en se débattant comme un diable.

— Calme-toi, vieux, il n'en vaut pas la peine, et puis le Vieux Bill est en train de faire sa ronde.

George savait qu'il ne faisait pas le poids face à Ned. L'homme était deux fois plus costaud que lui.

— Bon, ça va, dit-il à Ned, puis fusillant Roger du regard : Je ne vais pas en rester là, crois-moi.

Ned le relâcha. George lissa sa chemise, puis voyant que tous les yeux étaient fixés sur lui, rugit :

— Qu'est-ce que vous avez tous à me regarder comme ça ?

Gênés, commerçants et chalands recommencèrent à vaquer à leurs occupations, tandis que George regagnait son stand et commençait à remballer sa marchandise. Il ne pouvait plus rester là à faire mine d'ignorer la situation alors qu'il savait ce que manigançait Roger. Sarah ne le croirait peut-être pas. Mais elle croirait sa mère. Maintenant, il fallait espérer que Lena pourrait parler à Sarah avant que Roger ne lui monte un bateau.

Maintenant que les vacances d'été étaient finies, Lena avait proposé à Sarah d'aller chercher Tommy à l'école chaque jour. Cela évitait à Sarah de payer quelqu'un pour s'en charger ou de mettre Mo à contribution. Et puis, Lena aimait bien s'occuper du petit. Ces derniers temps, il s'était remis à tousser, et elle espérait qu'un après-midi passé à faire de la pâtisserie l'aiderait à se distraire. À présent, le garçon et la cuisine étaient couverts de farine, mais ils s'étaient bien amusés. Et puis Albert apprécierait sûrement son geste. Il l'avait déjà invitée au restaurant quatre fois et elle voulait le remercier avec un gâteau.

— Je peux lécher le bol ? demanda Tommy.

— Oui, je crois que tu l'as bien mérité.

Lena enviait ses amies qui avaient des petits-enfants. Elle aurait tant aimé en avoir elle aussi. Mais elle risquait de devoir patienter jusqu'à ce que George finisse par tirer un trait sur Sarah. Ce qui n'était pas demain la veille.

Elle regrettait l'époque où George n'était encore qu'un bambin. Son travail à l'épicerie l'avait aidée à reprendre du poil de la bête quand elle en avait besoin, mais elle aurait préféré mille fois rester à la maison et s'occuper de Tommy. C'était tellement agréable de se sentir utile et aimée.

Quand il eut fini de lécher le bol, elle le hissa à la hauteur de l'évier et l'aida à se laver les mains.

Tommy riait à gorge déployée tandis que l'eau du robinet l'éclaboussait. Soudain, elle entendit claquer la porte d'entrée. George était déjà de retour ? s'étonna-t-elle en reposant Tommy à terre et en lui donnant un torchon pour qu'il s'essuie les mains. En voyant ses traits livides, elle comprit que son fils avait un sérieux problème.

— Maman, il faut que je te parle, lui dit-il.

Ôtant son tablier, elle le suivit dans le séjour.

— C'est au sujet de Sarah, expliqua-t-il l'air grave.

— Je m'en serais doutée, répondit Lena.

— Depuis que la jeune fille voyait Roger, il n'était plus le même, et elle avait de la peine pour lui.

— J'ai la preuve que Roger la trompe.

— Je ne peux pas dire que ça me surprend. Quand je te disais qu'il était comme son paternel. Tu savais que son père avait essayé de me draguer une fois ? Je lui ai mis une bonne claque et il ne m'a plus jamais adressé la parole ensuite. Mais si ton père l'avait su, il l'aurait réduit en chair à pâté.

— Oui, il l'a échappé belle, mais ce n'est pas là où je veux en venir, maman. Sarah doit savoir ce qu'il manigance avant qu'il ne soit trop tard. Sauf que si c'est moi qui le lui dis, elle ne me croira pas.

— Pourquoi ?

— Parce que Roger va tout nier en bloc, pardi. Il lui dira que je suis jaloux et que j'essaie de semer la zizanie entre eux. Mais toi, elle te croira, maman.

— Parce que c'est moi qui suis censée lui parler ?

— Oui.

— Je ne suis pas sûre que ce soit une bonne idée, George. Je ne crois pas que ce soit une bonne idée de s'immiscer dans les affaires des autres. J'ai déjà fait quelques allusions au sujet de Roger, mais elle n'a jamais relevé. Elle est dingue de ce garçon !

— Alors selon toi, il vaut mieux qu'on la laisse aller droit dans le mur ? s'indigna George.

— Oui. Je sais que ce n'est pas ce que tu as envie d'entendre. Mais avec un peu de chance, elle finira par comprendre qui est vraiment Roger. En attendant, on ne s'en mêle pas.

George se renversa dans son fauteuil.

— Maman, tu as presque toujours raison sur tout, mais là, tu te goures complètement. Si tu ne veux pas t'en charger, c'est moi qui lui parlerai.

Lena connaissait bien son fils, et malgré son visage brûlé, elle voyait bien qu'il bouillait de colère. S'il avait eu des sourcils, il les aurait froncés.

— Je t'ai donné mon avis, lui dit-elle. Si tu parles à Sarah, fais-le pour la bonne raison.

— Comment cela ? Sarah est mon amie et je veille sur elle. Il faut qu'elle sache la vérité.

— J'espère pour toi qu'elle verra les choses ainsi, dit Lena en retournant à la cuisine où elle avait laissé Tommy seul.

Elle sourit tendrement en voyant qu'il s'était amusé à façonner de petites figurines avec des restes de pâte crue.

— Tu veux venir chez Joan avec moi ? lui demanda-t-elle, en songeant que Sarah aurait bientôt fini son service et qu'il valait mieux que Tommy ne soit pas présent quand George lui raconterait ce qu'il savait au sujet de Roger.

Roger avait débarqué à l'improviste au magasin en fin d'après-midi, et Sarah, stupéfaite, avait écouté ce qu'il avait à lui dire. À présent, elle avait fermé la boutique et se dépêchait d'aller chercher Tommy chez Lena. C'était toujours la course pour arriver là-bas avant George. Jusqu'ici, elle avait toujours réussi à l'éviter. Mais cela ne pouvait pas durer, car il fallait absolument qu'elle parle à George des cinquante livres que lui avait donné Mme Alderton-Steele.

Dès qu'elle tourna au coin de la rue de Lena, elle reconnut la camionnette rouge. George était à la maison. À l'idée de se retrouver nez à nez avec lui, elle fut prise de panique. Elle inspira profondément pour se donner du courage, mais il vint lui ouvrir avant même qu'elle ait pu frapper.

— Salut, l'étrangère, lui dit-il en ouvrant la porte en grand.

— Salut, George. Ça fait plaisir de te voir, dit-elle en entrant dans le vestibule. Je ne m'attendais pas à te trouver ici.

— C'était plutôt calme au marché, alors j'ai remballé de bonne heure. Maman a fait un saut chez Joan avec Tommy. Elle m'a dit de te dire que si tu ne voulais pas les attendre, le petit pouvait dormir ici ce soir. Je te l'amènerai demain matin à la première heure si ça t'arrange.

Sarah réprima un sourire. Ça ne pouvait pas tomber mieux. Elle allait pouvoir passer un moment seule avec Roger ce soir. Il lui avait promis de passer la voir, mais ces derniers temps, il lui rendait visite de plus en plus tard, et parfois pas du tout. Il avait toujours une bonne excuse, mais elle commençait à se poser des questions. Un long cheveu blond égaré sur sa manche de chemise avait éveillé ses soupçons. Mais il lui avait affirmé qu'il appartenait à sa tante. Une autre fois, elle avait reniflé sur lui une odeur de parfum, mais elle ne lui avait pas posé de questions, craignant de le froisser. Ces derniers temps, il lui semblait plus distant, mais peut-être en avait-il assez de passer ses soirées sur le perron en attendant qu'elle trouve un logement décent. Quoi qu'il en soit, ce soir, ils allaient pouvoir se voir en toute tranquillité, et c'était une bonne nouvelle.

— Si ça ne vous dérange pas, ce serait super. Merci, George, dit-elle, en tournant les talons pour partir.

— Tu ne veux pas prendre une tasse de thé ? lui proposa-t-il.

Contrairement à ce qu'avait laissé entendre Roger, George avait l'air d'aller tout à fait bien. Elle n'osa pas dire non, même si elle avait hâte de rentrer chez elle pour mettre un peu d'ordre avant l'arrivée de Roger. Et puis, il y avait des lustres qu'elle n'avait pas vu George et elle allait pouvoir lui parler de ses projets. Quand ils entrèrent dans la cuisine, une délicieuse odeur de pâtisserie assaillit ses narines et elle vit des gâteaux et des tartelettes tout frais sortis du four en train de refroidir sur une grille.

— Je vois que ta mère a joué les chefs avec Tommy. Il adore passer du temps avec elle. Elle est tellement gentille avec lui.

— Maman l'adore elle aussi. C'est un peu comme son petit-fils. Elle a toujours rêvé d'avoir une grande famille avec plein de marmaille. Quand j'étais petit, elle s'occupait de tous les gamins du pâté de maisons.

Sarah s'assit à la table de la cuisine et George lui servit une tasse de thé, puis s'assit en face d'elle. À son grand soulagement, il semblait parfaitement détendu, et bientôt, ils se mirent à rire et à échanger des blagues idiotes. Et elle réalisa combien sa compagnie lui avait manqué.

— Je suis contente de te voir, George, parce qu'il y a une chose dont je voulais te parler depuis longtemps.

— C'est drôle, moi aussi, j'ai quelque chose à te dire, répondit-il. Au sujet de Roger.

Sarah retint son souffle. Elle avait refusé de croire ce que Roger lui avait dit, mais maintenant elle s'attendait au pire. Espérant dévier la conversation, elle déclara :

— Je suis désolée de ne pas t'avoir dit que j'avais commencé à sortir avec Roger. Je ne voulais pas gâcher notre amitié.

— Je serai toujours ton ami, Sarah, dit George doucement, et c'est précisément pour cela que je dois te parler, même si je sais que tu ne vas pas aimer ce que j'ai à te dire.

Quand Roger était passé la voir à la boutique, il lui avait dit que George lui cherchait constamment des noises depuis plusieurs semaines. Apparemment, il ne cessait de répéter qu'il allait trouver un moyen de briser leur relation.

— Eh bien, parle. Vas-y.

George se mordilla un moment la lèvre, puis balança de but en blanc :

— Roger te trompe. Il voit quelqu'un d'autre.

— Ce n'est pas vrai. Roger m'a dit que tu allais chercher à semer la discorde entre nous, mais je ne l'ai pas cru. Mais là, franchement, je suis déçue par ton attitude.

George étira le bras et lui prit la main.

— Sarah, je te dis la vérité. Je l'ai vu avec une fille aujourd'hui même. Ils ont prévu de se voir ce soir. Ce n'est pas la première fois, ni la dernière.

George avait l'air sincère. Les soupçons de Sarah refirent surface. Roger lui avait dit qu'il l'aimait, il lui avait parlé de mariage. Comment aurait-il pu la tromper ? Ils n'avaient pas encore fait l'amour, mais elle s'était préparée à l'idée de se donner à lui ce soir.

— C'est la pure vérité, Sarah, dit George, en relâchant sa main et en se calant sur sa chaise.

Elle était convaincue que George était bien intentionné, mais peut-être se trompait-il.

— Tu dois te tromper, George. Parce que Roger doit passer me voir ce soir. Il ne fréquente sûrement pas d'autres femmes.

— Je doute qu'il vienne. Il est comme ça avec les filles. Au début, il est tout feu tout flamme, mais ensuite, c'est plus fort que lui, il faut qu'il aille voir ailleurs. Je n'ai pas envie qu'il se paie ta tête.

Sarah ne voulait pas croire George, mais elle avait l'impression qu'il disait la vérité. Si Roger ne venait pas ce soir, songea-t-elle le cœur serré, elle saurait à quoi s'en tenir.

Mo attendait impatiemment le retour de Sarah et ne comprenait pas ce qui la retenait. Enfin, elle l'aperçut qui marchait dans la rue, seule. Tommy n'était pas avec elle. Elle dégringola l'escalier pour venir à sa rencontre.

— Je suis tellement contente que tu sois là... J'ai une grande nouvelle à t'annoncer.

Sarah avait l'air sombre, mais elle demanda :

— Quoi ? Que se passe-t-il ?

Mo la suivit dans son studio et attendit que son amie ait ôté ses chaussures. À l'évidence quelque chose n'allait pas.

— Tommy va bien ? lui demanda-t-elle.

— Oui, il va dormir chez Lena ce soir. Alors, c'est quoi la grande nouvelle ?

— J'ai trouvé un nouveau boulot génial. Je ne l'ai pas encore dit à Samuel, mais je ne suis pas certaine que ça va lui plaire.

— C'est quoi au juste ?

— Du mannequinat ! répondit Mo en levant gracieusement une main et en posant l'autre sur sa hanche.

— C'est formidable, dit Sarah, mais pourquoi penses-tu que Samuel ne va pas être d'accord ?

— Il n'apprécie pas ce genre de choses. Je crois que c'est l'idée que d'autres hommes puissent me regarder qui lui déplaît. Je pourrais refuser, tu me diras, mais c'est une occasion en or et je n'ai pas envie de passer à côté. C'est arrivé hier soi. J'étais au boulot, et à la fin de la séance, un type s'est approché de moi et m'a tendu sa carte. Il m'a dit que j'étais exactement le genre de modèle qu'il recherchait. Alors je suis passée le voir à son studio aujourd'hui. Il a pris des photos et m'a dit que j'allais être dans tous les magazines. Je dois retourner le voir demain. Tu te rends compte !

Sarah hocha la tête et répondit distraitement :

— Je suis vraiment contente pour toi.

— Tu n'as pas l'air dans ton assiette, dit Mo. Il y a quelque chose qui cloche, avoue !

— C'est au sujet de Roger.

— Il lui est arrivé quelque chose ?

— Non, mais je crois qu'il voit quelqu'un d'autre.

— Qu'est-ce qui te fait dire ça ? Il vient presque chaque soir.

— Oui, presque. Il passe en coup de vent quatre ou cinq fois par semaine, mais il vient de plus en plus tard, et parfois il ne vient pas du tout. Au début, je me suis dit qu'il en avait assez qu'on se voie sur le perron. Mais George m'a révélé quelque chose aujourd'hui qui m'a mis la puce à l'oreille.

— Tu as vu George ?

— Il était chez lui quand je suis allée chercher Tommy. C'était très sympa au début, et on a beaucoup ri. Jusqu'à ce qu'il me dise qu'il avait vu Roger flirter avec une fille et qu'ils avaient prévu de se voir ce soir. Qu'en penses-tu, Mo ?

Aux yeux de Mo, Roger n'était pas un modèle de fidélité. Preuve en était qu'il avait flirté avec elle, même si elle ne voulait pas le dire à Sarah.

— George est peut-être un peu jaloux, ou mal renseigné. Roger doit passer ce soir ?

— Oui.

— Eh bien, attends de voir s'il tient parole. S'il ne vient pas, ça veut dit que George a peut-être raison.

— Je ne suis sûre de rien, Mo. Je comprends qu'il en ait assez de s'asseoir sur les marches du perron. Il n'y a pas longtemps, il m'a proposé de m'installer chez lui.

— Il ne l'aurait pas fait s'il voyait quelqu'un d'autre, si ? Et tu lui as dit quoi ?

— J'ai refusé. Ce n'est pas bien pour moi et Tommy. Je lui ai dit que j'allais chercher un autre appartement, avec une chambre séparée pour Tommy, mais tous les logements que j'ai visités ruissellent d'humidité. Je vais continuer mes recherches, mais je n'ai guère de temps à y consacrer maintenant que je travaille à plein temps.

— Je ne savais pas que tu voulais déménager, dit Mo.

— Ça fait un moment déjà, mais j'aime bien vivre ici, à côté de toi et Sam. Quand il y a eu du grabuge avec tes frères, j'ai visité un ou deux studios, mais je n'ai pas les moyens de me payer quelque chose de correct.

— Si tu veux mon avis, tu n'as pas vraiment envie de partir, et tu le fais pour Roger.

— Et pour Tommy. Il faudrait qu'il ait sa propre chambre, protesta Sarah. Ce studio est humide et ce n'est pas bon pour ses poumons.

— Si tu le dis. N'empêche que Tommy a l'air heureux ici. En tout cas, ne te laisse pas entortiller par Roger. Que tu veuilles t'installer avec lui et que Tommy ait sa propre chambre, je peux le comprendre, mais ne le fais pas tant qu'il ne t'aura pas passé la bague au doigt.

Sarah baissa la tête, et enfouit sa figure dans ses mains.

— On a… on n'a encore rien fait.

Mo le savait, mais elle doutait que Roger patiente encore longtemps. Des types qui l'avaient plaquée après avoir obtenu ce qu'ils voulaient, elle en avait connu. Et elle avait regretté de s'être donnée à eux. Avec Samuel, c'était différent. Il n'avait pas insisté pour coucher avec elle. C'était plutôt elle qui lui avait fait du gringue.

Un grand coup à la porte d'entrée fit sursauter les deux amies. Mo courut à la fenêtre.

— C'est George, dit-elle.

— Oh non. Pas juste au moment où Roger va rappliquer.

— Reste ici et ne bouge pas. Je vais trouver le moyen de m'en débarrasser.

George tambourina de plus belle, et Mo se dépêcha d'aller répondre.

— Qu'est-ce qui se passe ? demanda-t-elle. Y'a le feu ou quoi ?

— Où est Sarah ? Il faut que je lui parle, dit George en la poussant pour entrer.

Il avait l'air survolté.

— Attends, lui cria Mo, mais il entrait déjà en courant dans le studio de Sarah.

— Sarah, je suis venu te chercher. C'est à cause de Tommy ! Maman l'a emmené à l'hôpital. Viens, je vais te conduire.

— Quoi ? Qu'est-ce qui se passe ? demanda Sarah, soudain blanche comme un linge.

— Je ne sais pas, mais il était brûlant de fièvre et il toussait comme un damné. Et d'un seul coup, il a été pris de convulsions.

— Oh non, s'écria Sarah en enfilant ses chaussures à toute vitesse.

— Il va s'en sortir, la rassura George, mais il faut faire vite.

Sarah rafla ses clés et se précipita dehors à la suite de George.

— Quand Roger viendra, dis-lui ce qui s'est passé ! cria-t-elle à Mo.

Quelques secondes plus tard, Mo entendit la camionnette démarrer. Elle se faisait du souci pour Tommy. Une fois, elle avait vu quelqu'un faire une crise d'épilepsie et se mordre la langue jusqu'au sang. Pauvre gosse, et pauvre Sarah, songea-t-elle.

Mais presque aussitôt, son côté égoïste reprit le dessus. Elle avait décroché un boulot de mannequin, et elle était aux anges, mais si Tommy ne s'en sortait pas, elle serait obligée d'être là pour Sarah. Et au lieu de sabler le champagne, elle devrait se fader un enterrement.

37

Sur le chemin de l'hôpital, Sarah mitraillait George de questions auxquelles il était incapable de répondre. Elle se mit à tapoter nerveusement son pouce contre son index, en murmurant :

— Plus vite… plus vite, bon sang.

Après ce qui lui sembla une éternité, ils se garèrent devant les urgences et Sarah sortit en courant de la camionnette. Mais une fois à l'intérieur, elle se figea sur place, comprenant qu'elle ne savait pas dans quelle direction aller.

George la rattrapa.

— Par ici, lui dit-il.

Ils prirent à droite et enfilèrent un corridor au bout duquel Sarah aperçut Lena en train de parler avec un homme en blouse blanche. Elle s'approcha d'eux et demanda, hors d'haleine :

— Où est-il ? Est-ce qu'il va bien ?

— Je suis… je suis… Oh, Sarah…, gémit Lena.

— Quoi ? Qu'est-ce qui se passe ? Je veux voir Tommy ! cria Sarah, le cœur battant la chamade.

Quelque chose ne tournait pas rond, elle le voyait à l'expression de leurs visages.

Le médecin posa une main sur le bras de Sarah.

— S'il vous plaît, asseyez-vous, dit-il en lui montrant une rangée de sièges.

— Je ne veux pas m'asseoir. Je veux voir Tommy, dit Sarah, en regardant tour à tour Lena et le docteur.

Lena détourna les yeux et sortit un mouchoir quand le médecin déclara :

— Nous avons fait tout ce que nous pouvions, mais je suis au regret de vous dire que Tommy est décédé il y a dix minutes. Nous n'avons pas pu le sauver.

Sarah vit remuer les lèvres du docteur, elle entendit ses paroles, mais son cerveau refusait d'écouter ce qu'il lui disait. C'était une erreur, le médecin devait parler d'un autre patient.

— S'il vous plaît, je suis venue voir Tommy Jepson, qui a fait des convulsions, c'est tout. Où est-il ? Dans quel service ?

— Mademoiselle Jepson, vous ne m'avez pas compris. Votre frère est mort.

Non… c'est impossible, songea Sarah. Ils se trompent.

Soudain, elle sentit les murs se resserrer autour d'elle. Le temps semblait s'être arrêté, et pourtant la tête lui tournait. Ses jambes se dérobèrent sous elle et elle se laissa choir. Mais George la saisit par la taille pour l'empêcher de tomber et l'entraîna vers un fauteuil.

— Je suis désolée, sanglotait Lena.

Sarah la regarda sans prononcer un mot. Lena pleurait, mais elle ne ressentait qu'un engourdissement. Ils venaient de lui dire que son frère était mort. Tommy, l'enfant qu'elle aimait par-dessus tout. Elle aurait dû se mettre à hurler de douleur, mais elle était pétrifiée, comme si elle avait assisté à la scène de loin.

— Elle est choquée, dit le médecin à une infirmière.

— Je vais lui chercher une tasse de thé sucré, dit la femme à voix basse avant de disparaître comme elle était apparue.

George tenait toujours la main de Sarah. Sentant la chaleur de sa paume contre la sienne, elle se dégagea de son étreinte Si elle pouvait sentir la chaleur de son corps, c'est que tout ceci était vrai, or elle ne voulait pas que ce fût vrai. Un flot de bile lui remonta dans la gorge, et elle eut un haut-le-corps. Je vais voir, songea-t-elle en se couvrant la bouche.

— Par ici, lui dit le médecin en indiquant une porte de l'autre côté du couloir.

Sarah s'élança vers les toilettes, mais, incapable de se retenir, elle prit appui contre le mur et fut prise de nausées.

George s'approcha et lui tendit un mouchoir. Elle s'essuya la bouche en songeant qu'elle avait laissé son sac à la maison avec son mouchoir à l'intérieur. C'est alors qu'elle se demanda pourquoi de telles pensées lui traversaient l'esprit. Qu'est-ce qui n'allait pas chez elle ? On venait de lui annoncer que Tommy était mort, nom d'un chien !

— Allons, viens, ma grande, assieds-toi, l'encouragea George.

Sarah ne pouvait pas le regarder en face, car elle savait que l'expression de chagrin dans ses yeux allait lui briser le cœur. Elle voulait rester blottie dans le déni, dans cet état d'engourdissement qui la protégeait du monde extérieur.

L'infirmière reparut. Elle tendit la tasse de thé à George, puis passa un bras autour de la taille de Sarah et l'emmena s'asseoir.

— Ne vous en faites pas pour le vomi, lui dit-elle gentiment. La fille de salle va se charger de nettoyer.

Sarah s'assit docilement et prit la tasse de thé.

— Buvez, lui dit l'infirmière. Ça va vous faire du bien.

— Comment ça pourrait me faire du bien alors que je ne ressens rien ? se demanda Sarah en prenant une gorgée du liquide chaud et sucré.

Lena avait essuyé ses larmes, mais elle reniflait toujours, et quand Sarah se tourna vers elle, elle fut brutalement rattrapée par la réalité. C'était un cauchemar. Tout ceci était bien réel, mais son cerveau refusait de l'admettre. Elle aurait voulu revenir en arrière, au moment où Tommy était encore en vie. Elle aurait voulu le serrer dans ses bras, le bercer une dernière fois. Elle demanda :

— Est-ce que je peux le voir ?

— Oui, bien sûr. Emmenez Mlle Jepson voir son frère, ordonna le médecin.

— Par ici, dit l'infirmière, en se dirigeant vers une porte à deux battants.

Soudain, Sarah vit que George était à côté d'elle et s'arrêta. Elle n'était pas certaine de vouloir aller plus loin. Elle n'était pas certaine de pouvoir affronter l'horreur qui se trouvait derrière ces portes. Allons, s'exhorta-t-elle. Il le faut. Tommy est là-bas, tu ne peux pas le laisser seul.

— Tu veux que je vienne avec toi ? demanda George.

Elle hocha la tête.

L'infirmière poussa la porte et Sarah se mit à respirer à petites inspirations saccadées.

— Tu es sûre ? voulut savoir George.

Elle hocha à nouveau la tête, en regardant droit devant elle. Il le faut, songea-t-elle, en continuant d'avancer sur ses jambes tremblantes. Heureusement, George était là pour la soutenir.

La chambre n'avait pas de fenêtre, juste des machines qui n'étaient pas allumées et un lit. Mon petit est dans ce lit, pensa Sarah en se raccrochant à l'infime espoir qu'il s'agissait peut-être d'une erreur et que Tommy allait ouvrir ses paupières et lui sourire.

Lentement, elle traversa la pièce, les yeux fixés sur son petit frère. Il avait l'air si petit dans ce grand lit, avec les couvertures remontées jusqu'à son cou. On dirait qu'il dort, songea-t-elle en s'approchant du lit pour le regarder. Elle tendit la main pour lui caresser la tête et fronça les sourcils.

— Apportez des couvertures, dit-elle. Il a froid.

George lui passa un bras autour des épaules en disant doucement :

— Il n'a plus besoin de couvertures, ma grande.

Sarah repoussa le bras de George et se pencha au-dessus de Tommy.

— Réveille-toi, bonhomme. Maman est là et va te ramener à la maison.

Il ne répondit pas, et les larmes se mirent à rouler sur les joues de Sarah.

— S'il te plaît, Tommy, arrête de me faire marcher. Lève-toi.

George murmura doucement :

— Il ne peut pas t'entendre.

Bien qu'elle refusât de l'accepter, Sarah savait qu'il avait raison. Tommy ne pouvait pas l'entendre. Il ne se réveillerait jamais. Enfin, la réalité s'imposa à elle, et elle laissa échapper un grand cri désespéré en s'accrochant au corps sans vie du garçon.

— Tommy... mon bébé ! S'il te plaît, George, fais quelque chose !

— Si seulement je le pouvais, dit George doucement, mais c'est impossible.

— Je ne peux pas le laisser seul. Il va avoir peur si je ne suis pas avec lui. Tommy... Tommy... je t'en supplie, reviens, implora-t-elle, puis dans un sanglot, cria : Je t'aime.

Assise dans le couloir, Lena pleurait dans son mouchoir. Les cris de Sarah lui parvenaient, déchirants. Des plaintes comme celles-là, elle en avait entendu souvent pendant la guerre. Et elle en avait poussé elle-même quand son mari avait été tué. Pauvre Sarah, songea-t-elle. Aucune femme ne devrait endurer la perte de son enfant, et elle remerciait le ciel que George ait été épargné quand la bombe était tombée.

Les portes se rouvrirent et Sarah émergea avec George qui était presque obligé de la porter pour qu'elle ne s'effondre pas.

— Il faut la ramener à la maison, maman, murmura George par-dessus la tête de Sarah.

Lena acquiesça. Elle aurait voulu trouver des paroles réconfortantes, mais elle savait que rien de ce qu'elle pourrait dire ne consolerait Sarah. Les condoléances, les formules comme « Le temps guérit tout », elle en avait entendu plus souvent qu'à son tour, et cela n'avait rien changé. Elle avait juste appris à vivre avec son chagrin.

Ils regagnèrent tant bien que mal la camionnette, et Lena fut soulagée de voir que Sarah ne protestait pas quand ils lui annoncèrent qu'ils allaient la ramener chez eux. Le trajet du retour leur sembla interminable. Seuls les sanglots de Sarah interrompaient le silence. Elle pleurait, puis se calmait pendant une minute ou deux, puis son visage se crispait à nouveau et elle fondait en larmes.

Lena aussi avait envie de pleurer toutes les larmes de son corps. Elle aimait beaucoup Tommy et il allait lui manquer. Mais il fallait qu'elle soit forte. Son propre chagrin n'était rien en comparaison de celui de Sarah. La pauvre petite était anéantie, et ce n'était que le début d'une très longue période de deuil.

38

Quand Sarah s'éveilla le lendemain matin, le soleil pénétrait à flots dans la chambre de George, et elle mit un certain temps à réaliser où elle était.

C'est alors qu'elle se rappela la mort de Tommy et se redressa d'un bond, tandis qu'un long gémissement douloureux s'échappait de sa gorge.

— Non… non… non.

L'instant d'après, George entra et s'assit au bord du lit pour la réconforter en lui tapotant doucement le dos.

Au bout d'un moment, elle s'arrêta de pleurer, mais sa voix était rauque lorsqu'elle dit :

— Je n'arrive pas à croire qu'il n'est plus là. Quand je me suis réveillée, j'avais oublié. Comment ai-je pu oublier ? Quelle sorte de mère peut oublier une chose pareille ?

— Sarah, tu as été la meilleure des mères qui soit. C'est ton cerveau qui te joue des tours. Ma mère a réagi de la même façon quand mon père est mort. Tu veux descendre prendre un thé à la cuisine, ou tu préfères que je te le monte ?

George était tellement attentionné, songea Sarah qui sentit les larmes monter à nouveau. Elle inspira profondément et articula d'une voix tremblotante :

— Je vais descendre, merci.

— Maman est allée ouvrir l'épicerie. Elle m'a dit qu'il ne fallait surtout pas t'en faire pour le travail.

— Oh, George. J'avais complètement oublié. C'est vrai que je devrais être au magasin, mais je n'arrive à penser à rien d'autre qu'à Tommy…, sanglota Sarah en se cachant la figure dans les mains.

— C'est normal, il va te falloir du temps pour faire ton deuil. Reste ici, je vais te chercher une tasse de thé.

George parti, Sarah se moucha. Elle avait les yeux gonflés à force de pleurer. Elle se leva et alla ouvrir la fenêtre. Bien qu'il fût encore tôt, elle vit des femmes qui balayaient devant leurs portes, vaquant tranquillement à leurs occupations. Mais pour elle, après la mort de Tommy, comment la vie aurait-elle pu continuer normalement ? Elle referma les rideaux et se remit au lit, préférant la semi-obscurité de la chambre au soleil éclatant du dehors.

— Tiens, dit George en posant une tasse sur la table de chevet.

Bien que reconnaissante, Sarah était incapable de sourire. Son monde s'était effondré, et elle avait l'impression que plus jamais elle ne retrouverait sa joie de vivre. Elle aurait tant voulu tenir Tommy dans ses bras, contempler sa petite frimousse adorable, entendre sa voix flûtée…

— Pourquoi ? s'écria-t-elle. Pourquoi un enfant innocent !

— Oh, Sarah, si seulement je pouvais t'aider, dit George, au bord des larmes.

— Si Dieu existe, c'est lui qui devrait m'aider, mais au lieu de réconfort, je ne ressens que du chagrin. Si Dieu existe vraiment, comment peut-il être aussi cruel ? Tommy n'avait jamais fait de mal à personne, il n'a fait qu'apporter de la bonté dans ce monde horrible.

— Je ne sais pas quoi te dire, Sarah. Je ne suis pas croyant, mais tu pourrais peut-être aller parler au prêtre après les obsèques ?

— Ah oui, l'enterrement. Je n'y avais pas pensé. Pas question que Tommy finisse dans la fosse commune, comme ma mère. Je veux qu'il ait une vraie sépulture. C'est bien le moins que je puisse faire pour lui, dit Sarah en retenant ses larmes.

— Tu l'honoreras comme il se doit, Sarah, j'en suis sûr. Le moment est sans doute mal choisi pour en parler, mais j'aimerais contribuer aux funérailles.

Sarah n'avait pas touché à l'argent de la récompense. Elle avait voulu le garder pour plus tard, mais maintenant que Tommy n'était plus là, tous ses projets tombaient à l'eau. Du moins, aurait-elle de quoi lui offrir un enterrement convenable.

— C'est gentil à toi, George, mais je peux me débrouiller.

— En tout cas, quand le moment sera venu de faire les démarches, j'aimerais t'aider.

— Merci, George. Je suis tellement retournée que c'est à peine si j'arrive à penser. Je n'arrive pas à croire que je ne verrai pas Tommy grandir. J'ai l'impression d'avoir perdu une partie de moi-même. Je ne sais pas comment je vais trouver la force de continuer à vivre sans lui, dit Sarah avant de fondre à nouveau en larmes.

George la prit dans ses bras et lui murmura :

— Tu dois faire ton deuil. Et pour cela il faut du temps. Mais maman et moi, on sera là pour toi.

La chemise de George était trempée de larmes, réalisa soudain Sarah. Quand Tommy était avec elle, elle se sentait forte, mais maintenant qu'il était parti, elle était perdue et n'avait plus de raison de vivre.

Mo s'éveilla tout excitée. Elle avait hâte de revoir Barry. Il savait comment la mettre à l'aise devant l'objectif, en lui disant qu'elle était belle, et elle avait pris plaisir à poser pour lui. Aujourd'hui, ils allaient faire une nouvelle série de photos pour son press-book. C'était la chance de sa vie. Bientôt elle allait faire la une de *Vogue*, et faire carrière dans le cinéma.

Sachant que Sam ne serait sûrement pas d'accord, Mo avait décidé d'attendre d'avoir sa photo dans un magazine de mode pour lui en parler. Ainsi il pourrait constater par lui-même qu'elle n'était pas n'importe qui, et il serait fier d'elle.

Elle passa en revue sa garde-robe et essaya plusieurs tenues avant d'opter pour un corsage blanc et une jupe évasée noir et blanche, complétée par une ceinture large. Elle s'inspecta dans la glace. Un peu plus de maquillage la mettrait en valeur. Elle aurait aimé consulter Sarah, mais son amie n'était pas rentrée hier soir, et Tommy n'avait pas frappé à sa porte ce matin pour qu'elle l'emmène à l'école.

Satisfaite de son apparence, et persuadée qu'elle allait faire forte impression sur Barry, elle prit son sac à main et descendit chez Sarah. Mais lorsqu'elle frappa à sa porte personne ne répondit.

Tant pis, elle allait devoir se passer de l'avis de son amie. Elle sortit et prit la direction de Queenstown Road où Barry avait un petit appartement et un studio au-dessus d'une boutique de jouets. Avant d'entrer, Mo sortit un petit miroir de son sac pour vérifier son maquillage.

— Ouah ! s'exclama Barry, admiratif, quand il lui ouvrit la porte. Entre. J'ai préparé tout le matériel. On peut commencer tout de suite.

Mo entra et suivit Barry à l'intérieur. Les rideaux étaient tirés, mais il y avait de puissants projecteurs braqués sur un lit recouvert de satin rose posé sur une estrade, et flanqué de deux grands panneaux blancs. Ce n'était pas exactement ce à quoi elle s'était attendue, et elle trouvait le décor un peu miteux, mais Barry était un pro et il savait ce qu'il faisait.

Toujours très poli et bien habillé, son aisance et sa connaissance du milieu de la mode vous inspiraient aussitôt confiance. Il devait avoir une vingtaine d'années de plus qu'elle, mais Mo le trouvait plutôt séduisant, avec ses cheveux blonds et son teint hâlé, même s'il était un peu maigre à son goût.

— C'est quoi au juste, ce décor ? lui demanda-t-elle en signalant le lit.

— Je veux que tu aies l'air parfaitement détendue, et quoi de mieux qu'un lit pour se relaxer ? répondit Barry. Ah, et avant de commencer, j'aimerais que tu signes ceci.

— Qu'est-ce que c'est ? s'enquit Mo, inquiète de constater que le papier qu'il lui tendait contenait des mots compliqués qu'elle avait du mal à déchiffrer.

— Rien qui vaille la peine que tu fatigues ton adorable petite tête. Ce n'est qu'un contrat stipulant que tu acceptes que je publie tes photos, et dont je vais avoir besoin si nous voulons faire de toi un top-modèle.

— Ah, parfait ! dit Mo en prenant le stylo que Barry lui tendait et en signant là où il le lui indiquait.

— Bien, et maintenant que nous en avons fini avec la paperasse, tu peux poser ton sac sur ce fauteuil, laisser tes chaussures à côté et monter sur le lit.

Mo suivit ses instructions et s'agenouilla sur la courtepointe.

— Comment est-ce que je me mets ?

Barry grimpa sur un escabeau disposé au pied du lit et regarda dans son objectif.

— Comme ça c'est parfait, dit-il tout en actionnant le déclencheur de son appareil-photo. Maintenant, allonge-toi et étire tes jambes, ordonna-t-il. C'est ça, tu es superbe… tourne-toi de côté, un genou replié et relève un peu ta jupe. Tu as des jambes splendides, il faut les montrer.

Mo se tortillait sur le couvre-lit en satin, prenant les poses dont elle pensait qu'elles plairaient à Barry. Elle trouvait cela enivrant et n'était pas le moins du monde anxieuse.

— C'est génial. Et maintenant, déboutonne un peu ton corsage et montre-moi tes courbes généreuses.

Mo rit, puis défit les trois premiers boutons de sa blouse et projeta sa poitrine en avant.

— Tu es vraiment parfaite… mon Dieu, mais où étais-tu cachée pendant tout ce temps ? Attends… ça ne va pas, il faut qu'on arrête là, dit Barry en descendant de l'escabeau, l'air soudain déçu.

— Quelque chose ne va pas ? s'inquiéta Mo.

— Non, non, ma chérie. Tout va bien, mais ta jupe absorbe toute la lumière des projecteurs. Il faudrait que tu la retires.

— Mais…, bredouilla Mo, hésitant à exhiber ses sous-vêtements devant l'objectif.

— Allons, ne fais pas ta timide. Si tu veux devenir top-modèle, tu vas devoir t'habituer à poser en petite tenue. Les modèles qui posent pour les peintres et les filles qui défilent en maillot de bain le font bien.

Ne voulant pas passer pour une idiote, Mo ôta sa jupe puis reprit sa pose sur le lit.

— C'est beaucoup mieux comme ça, ma chère. Tes jambes sont infiniment plus belles sans cette jupe.

Elle avait repris confiance en elle et observait, fascinée, la façon dont Barry ajustait l'éclairage et prenait des clichés.

— Bien, et maintenant, défais entièrement ton corsage et dénude ton épaule.

— Entièrement ?

— Oui, bien sûr, répondit Barry d'une voix dégagée qui laissait entendre que tous les mannequins faisaient ce genre de choses.

Mo ne voulait pas qu'il pense qu'elle refusait de coopérer, c'est pourquoi elle fit ce qu'il lui demandait, même si elle n'était pas tout à fait à l'aise.

— C'est fantastique, dit Barry. J'ai des clichés épatants et tu vas devenir une star en un rien de temps. Mais en attendant, il faut faire bouillir la marmite. Retire ton soutien-gorge, tout en restant de dos et regarde-moi par-dessus ton épaule, comme si tu regardais ton amoureux. Sois aguicheuse, montre-lui que tu le désires.

— Je ne suis pas certaine de vouloir faire ça, Barry. Je ne pense pas que je devrais te montrer mes seins, protesta Mo en songeant que Sam serait furieux s'il l'apprenait.

— Ma chère, je suis photographe, j'ai vu des milliers de tétons dans ma vie, je t'assure que les tiens ne sont pas différents de ceux des autres femmes.

— Mais ce n'est pas le problème. Je pense que mon petit ami ne serait pas d'accord.

— Ton petit ami ne trouvera rien à redire quand tu seras riche et célèbre. Imagine toutes les maisons, les voitures et les vacances de rêve ! Allons, oublie-le pour l'instant et fais-moi un beau sourire.

— Mais je n'ai pas envie de retirer mon soutien-gorge, protesta Mo, l'air grave.

— Si tu préfères t'en aller, dis-le-moi, au lieu de me faire perdre mon temps. Mais tu le regretteras, crois-moi. C'est comme ça que tous les top-modèles et les stars de cinéma ont débuté.

Mo laissa échapper un gros soupir.

— Vraiment ? Elles ont toutes fait ça ?

— Évidemment, sinon elles ne se seraient jamais fait repérer.

Elle se mordilla nerveusement les lèvres. Barry était beaucoup plus expérimenté qu'elle dans ce domaine, et elle rêvait de devenir une star. Il avait sans doute raison.

— Bon, c'est toi l'expert, capitula-t-elle en faisant glisser son soutien-gorge.

Au début, avec son dos tourné vers Barry, ce n'était pas bien méchant. Mais ensuite il lui demanda de se mettre complètement de face, après quoi, avant même de réaliser ce qui lui arrivait, elle se retrouva sans petite culotte.

— Bien, ça ira pour aujourd'hui, dit-il en éteignant les projecteurs.

Une fois rhabillée, Mo écarquilla des yeux comme des soucoupes quand Barry lui tendit deux billets d'une livre.

— Tiens, lui dit-il.

— Mais pourquoi ? demanda-t-elle en prenant l'argent.

— Parce que je sens que tu vas faire un carton auprès de ma clientèle masculine. On reste en contact, dit le photographe en lui ouvrant la porte.

Mo avait l'esprit en ébullition quand elle descendit l'escalier. Sa « clientèle masculine ». Que voulait-il dire par là ? Quelque chose clochait. Lorsqu'elle atteignit la bouche du métro aérien, elle réalisa, effarée, que les photos où elle posait nue allaient circuler sous le manteau.

Elle fit demi-tour et courut frapper de nouveau à la porte de Barry.

— Les photos de moi, s'écria-t-elle. Je veux que tu les détruises.

— Désolée, très chère, nous avons signé un contrat qui me concède tous les droits.

— Mais… mais je ne veux pas que des inconnus me voient nue. Mon petit ami va être furieux s'il l'apprend.

— Dans ce cas, mieux vaut ne pas le lui dire, répondit l'homme avec flegme. Et maintenant, si tu veux bien m'excuser, j'ai du travail.

Quand la porte se referma, Mo s'effondra. Il l'avait piégée et manipulée, mais ce qu'elle redoutait par-dessus tout c'est que tout cela remonte jusqu'aux oreilles de Sam.

39

George et Lena faisaient de leur mieux pour réconforter Sarah. Cette semaine-là, George n'alla pas au marché, et pendant que sa mère était au travail, il consolait Sarah, lui prêtait une oreille attentive lorsqu'elle avait besoin de parler.

— Je te remercie d'avoir annoncé la nouvelle à Mo et Roger. Je n'aurais jamais eu la force de le faire moi-même.

— Pas de problème. C'est la moindre des choses. Je suis étonné que Roger ne soit pas venu prendre de tes nouvelles.

— C'est sans importance. Je n'ai pas envie qu'il me voie comme ça.

Sarah était assise à côté de lui sur le canapé, et bien qu'il fût midi passé, elle était encore en chemise de nuit. Elle ne s'était même pas donné un coup de peigne et George se faisait du souci pour elle. Quand son père était mort, Lena avait sombré dans une dépression noire, et il craignait qu'il n'en fût de même pour Sarah. Il sentit qu'elle posait sa tête sur son épaule et lui dit gentiment :

— Je sais que tu n'as pas envie d'en parler, mais le moment est venu d'organiser l'enterrement de Tommy, tu ne penses pas ?

— J'en suis incapable, George. Je n'en ai pas la force.

— Tu ne peux pas sans cesse remettre à plus tard. Je sais que c'est dur pour toi, mais tu n'as pas le choix.

Sarah soupira.

— Tu as raison, et je vais devoir rentrer chez moi bientôt. Mais je n'arrive pas à me dire que je vais vivre là-bas sans Tommy. Toutes ses affaires, ses vêtements et ses jouets sont dans le studio.

— Je peux m'en occuper, proposa George.

— Non, répondit Sarah résolument. Je te remercie, mais c'est à moi de le faire. C'est bizarre… à la fois j'ai peur d'y retourner, et en même temps j'ai l'impression que ça va me rapprocher de lui. En fait, je devrais y aller aujourd'hui même. Mais avant cela, ça t'ennuierait de me déposer à l'église ?

La réaction de Sarah était plutôt encourageante, cependant George ne voulait pas qu'elle se retrouve seule dans son studio sans personne pour la consoler.

— Tout ce que tu voudras, mais je ne pense pas que ce soit une bonne idée d'y aller seule. Je peux sûrement t'aider à trier les affaires, et ensuite tu pourras revenir ici.

— Non, je te remercie, mais comme je te l'ai dit, c'est à moi seule de m'en charger.

George acquiesça, mais il allait tout de même demander à Mo de garder Sarah à l'œil, et si jamais elle flanchait, il la ramènerait ici.

Deux heures plus tard, George conduisait Sarah chez elle. Ils étaient d'abord passés voir le prêtre, qui avait fait preuve d'une grande compassion et l'avait aidée à organiser le service funèbre.

— Le prêtre de la paroisse est un brave homme, dit George.

— Oui, et j'aime bien les hymnes qu'il a choisies. Tommy adorait chanter « All Things Bright and Beautiful ».

Il l'avait appris à l'école. Tommy était un garçon vif et pétillant d'intelligence, et il faut que les chants reflètent ce qu'il était. En revanche, je ne suis pas certaine de pouvoir lire un passage de la Bible. Peut-être que toi, ou Lena…

— Je peux m'en charger, mais je pense que maman sera honorée.

Ils étaient arrivés devant chez Sarah. Elle ferma les yeux, inspira profondément, cherchant le courage d'entrer dans la maison.

— On peut revenir un autre jour, si tu préfères, proposa George.

— Non, non… je suis prête, affirma Sarah en sortant de la camionnette. Mais une fois devant la porte, sa main se mit à trembler. George, tu veux bien ouvrir pour moi, s'il te plaît ?

Dès qu'ils entrèrent, ils furent accueillis par l'odeur familière de moisi, et elle se reprocha de ne pas avoir déménagé plus tôt. Tommy serait peut-être encore en vie, même si les médecins lui avaient affirmé que cela n'aurait rien changé. Tommy avait attrapé la coqueluche, qui avait entraîné des complications, lui avaient-ils expliqué. C'était une maladie infectieuse, mais Sarah était convaincue que l'humidité n'avait rien arrangé.

Ils étaient encore dans le vestibule, quand Mo parut sur le palier du premier.

— Sarah, tu es rentrée, s'écria-t-elle en dévalant l'escalier. Elle serra son amie dans ses bras. Je suis désolée… tu dois être inconsolable.

Sarah se raidit entre ses bras, réprimant un sanglot. Elle était touchée par la compassion que lui témoignait son amie, mais aurait préféré qu'on la laisse seule.

— Merci, Mo, dit-elle la gorge serrée.

— Je vais faire du thé.

Le thé était la réponse à tout… et à rien, songea Sarah. N'empêche que c'était gentil de sa part et qu'elle ne voulait pas la froisser en refusant.

— Merci, Mo, c'est gentil, lui dit-elle tandis que George ouvrait la porte du studio.

Sarah entra. Tout était comme elle l'avait laissé. Le cartable de Tommy était suspendu au pied de son lit. Ses culottes courtes et plusieurs chemises étaient pliées bien proprement sur une chaise, avec ses soldats de plomb dans leur boîte posés sur le dessus. Muffin la Mule, que Roger lui avait offerte, dépassait de dessous le lit, ainsi que son cahier à dessin et sa boîte de couleurs.

Quand George referma la porte, Sarah vit la veste militaire trop grande, accrochée à la patère. Elle posa une main sur sa bouche, tandis que des larmes silencieuses inondaient ses joues. Elle décrocha la vareuse et la pressa contre son visage pour essayer de sentir l'odeur de son frère.

— Je savais que ce serait trop pour toi, dit George, en la faisant s'asseoir dans un fauteuil.

— Non… il fallait que je vienne. Je veux être ici… J'ai besoin d'être près de lui. Je sais que c'est idiot, mais j'ai l'impression de sentir sa présence. Je suis contente d'être venue.

Elle se mit à pleurer en silence en pensant à Tommy. Ici, chaque objet était chargé de souvenirs.

Mo revint avec une théière et un pot de lait.

— Oh, Sarah, je ne sais pas quoi te dire.

— Il n'y a rien à dire, répondit-elle. Par moments, j'arrive à me contrôler, et puis le chagrin revient d'un coup et je suis submergée. Lena dit que c'est normal, que ça fait partie du travail de deuil.

— J'imagine que ce doit être difficile pour toi. En tout cas, si tu as besoin de moi, tu sais que je suis là.

— Merci, Mo.

— Quand l'enterrement est-il prévu ?

— Lundi.

— Peut-être qu'après ça, tu te sentiras mieux.

Sarah avait entendu toute sorte de platitudes comme celle-là. Les gens essayaient d'être gentils, mais cela ne servait à rien. Elle ne pensait pas qu'elle se remettrait un jour de la mort de Tommy, et par moments, elle regrettait de ne pas être morte elle aussi.

— Peut-être, répondit-elle à Mo. J'ai hésité à revenir ici, mais je pense que ça me fait du bien. George et Lena ne vont pas être mécontents de se débarrasser de moi. Ils doivent en avoir par-dessus la tête de m'entendre pleurer à longueur de temps.

— Allons, ne dis pas cela, protesta George. Je préférerais que tu reviennes avec moi à la maison, et maman aussi.

— Ne t'inquiète pas, George. Je vais veiller sur elle, dit Mo.

Sarah commença à boire son thé, sans prêter attention à la conversation de ses amis. Elle imaginait Tommy assis sur son lit, en train de peindre en silence, et les larmes lui montèrent aux yeux.

— George s'en aperçut et dit :

— Sarah, j'hésite vraiment à te laisser ici.

— Je t'assure que tout va bien, George. De toute façon, il faut que tu reprennes ton travail. Tu as perdu assez de temps comme ça à cause de moi. Je sais bien que tout n'est pas rose entre toi et Roger, mais tu ne penses pas que vous pourriez enterrer la hache de guerre et vous raccommoder ? La vie est trop courte pour se faire la tête, et puis je suis sûre que Roger vous sera reconnaissant, à Lena et toi, d'avoir pris soin de moi.

La brouille entre les deux garçons lui semblait dérisoire à présent.

— Tout ce que je veux, c'est qu'il se comporte bien avec toi, grommela George.

— Bien, dans ce cas, peux-tu lui dire que je suis de retour chez moi, quand tu le verras ?

— Oui, accepta George, quoiqu'à contrecœur.

— Tu vas avoir besoin de provisions, dit Mo. Tu veux que j'aille te faire deux ou trois courses ?

— Oh, je n'y avais pas pensé. Mais ne t'inquiète pas, Mo. Un peu d'air frais me fera du bien. Tu veux venir avec moi ? Comme ça on papotera un peu et ça m'aidera à me changer les idées.

— Oui, bien sûr. Mais on ferait bien de se dépêcher parce que les boutiques ne vont pas tarder à fermer. Et toi, George, tu fais quoi ? Tu nous attends ici ?

— Non, je vais vous laisser, les filles. Si tu es sûre, Sarah ?

— Oui, ne t'inquiète pas, et merci pour tout, George, dit-elle en se levant et en le serrant dans ses bras. Il avait été le plus formidable des amis, et elle se demandait comment elle aurait fait sans lui.

— Très bien, mesdemoiselles. Je vous laisse. Mais je repasserai te chercher dimanche, Sarah. Tu viens dîner à la maison, et pas de discussion.

— Je ne pense pas que je vais avoir très faim, mais merci tout de même. Ce sera l'occasion de remercier Lena pour tout ce qu'elle a fait pour moi, dit Sarah.

Mo avait hâte de sortir prendre l'air, et elle espérait que son amie n'allait pas lui rebattre les oreilles avec la mort de Tommy. Elle avait déjà bien assez de soucis comme ça.

— Quelle journée magnifique! dit-elle tandis qu'elles sortaient dans le beau soleil de septembre.

Battersea était un quartier sale et pollué, plein d'usines qui crachaient de la fumée, mais quand il faisait beau tout ici paraissait plus joyeux.

— C'est vrai, dit Sarah, Tommy serait sûrement en train de jouer dehors avec Larry. Oh, mais, j'y pense, je n'ai pas prévenue la mère de Larry, ni l'école…

— Ne t'inquiète pas, je lui ai parlé et elle a averti la maîtresse. J'ai pensé à aller le dire à ton amie Jenny, mais je n'étais plus sûre de l'adresse.

— Merci, Mo. Je ne sais pas quoi dire.

— Ne dis rien. C'est la moindre des choses.

— Quand je parle de Tommy, je me mets à pleurer. Mais au fait, comment se passe ton nouveau boulot de mannequin?

L'estomac de Mo se noua et son cœur se mit à battre la chamade. Elle n'osait pas dire à Sarah ce qui s'était réellement passé, car elle avait honte.

— Très bien, mentit-elle. Barry m'a fait un press-book et il est en train de démarcher les personnes que ça pourrait intéresser. Je ne devrais pas tarder à décrocher mon premier contrat.

— C'est fantastique! Samuel est au courant?

— Non. Et s'il te plaît, n'en parle pas devant lui. J'ai repris mon boulot au cinéma en attendant d'avoir une proposition sérieuse. Je le lui annoncerai le moment venu, ou quand j'aurai ma photo dans un magazine de mode.

L'estomac de Mo se noua de nouveau à la pensée que les photos d'elle nue allaient peut-être être publiées. Elle était tellement angoissée qu'elle n'en dormait plus la nuit et avait une mine de déterrée.

— Quand il te verra poser dans toute ta splendeur sur du papier glacé, il va être fier de toi. Je n'ai jamais rencontré de célébrités, mais maintenant, j'ai une amie qui va devenir une star !

— Il ne faut pas exagérer, dit Mo, tout en espérant que ses mensonges n'allaient pas éclater au grand jour. Elle savait que ses photos ne seraient jamais publiées dans un magazine, tout au moins pas le genre de magazine que Samuel approuverait.

40

Sarah avait passé une mauvaise nuit, pleine de cauchemars au sujet de Tommy, et elle se réveilla épuisée. Elle se dit qu'elle allait rester au lit ; après tout, elle n'avait aucune raison de se lever. Elle se retourna et rabattit les couvertures sur sa tête pour masquer la lumière du jour. Dehors, elle entendait les voix joyeuses des enfants qui allaient à l'école, et elle se mit à penser à Tommy.

— Oh, monsieur Sayers… j'espère que vous veillez sur mon garçon là-haut, dit-elle à voix haute.

Elle avait deux frères au paradis à présent, jeunes pour l'éternité.

Mo passa la tête dans l'embrasure.

— Tu es réveillée ?

Sarah regretta de ne pas avoir verrouillé la porte. Elle avait envie qu'on la laisse tranquille, pour pouvoir pleurer tout son soûl, mais Mo s'était approchée du lit. Sarah releva la tête, essuyant promptement ses larmes avec le bord du drap.

— Oui, je suis réveillée, dit-elle.

— Je t'ai apporté une tasse de thé.

— Oh, merci.

— Non, mais regarde-moi cette tête. Tu as les yeux battus et une mine de papier mâché. Je vais aller te faire couler un bon bain avec du bain moussant que Sam m'a offert. Tu vas te prélasser un peu dans l'eau chaude, et ensuite on ira faire un tour. On pourrait aller du côté de Clapham Junction, chez Arding et Hobbs.

Sarah savait que cela partait d'une bonne intention, mais elle n'avait aucune envie d'aller faire du lèche-vitrines.

— Non, merci, Mo, vraiment.

— En tout cas, je ne te laisse pas seule ici à broyer du noir. Tu vas prendre un bain, et ensuite on avisera. Allez, sors de ce lit et bois-moi ce thé. Je reviens dans une minute.

Pendant que Mo allait à la salle de bains, Sarah s'extirpa du lit et s'approcha de la fenêtre. Elle tira le rideau, puis le referma aussitôt. Le temps était magnifique, mais elle était d'humeur sombre. Elle s'approcha du fauteuil et s'y laissa choir. Le moindre geste lui demandait un gros effort, et elle avait envie de se laisser aller à dormir.

Mo revint et annonça :

— Ton bain coule. Tu vas voir comme ce truc sent bon, et comme il te fait la peau douce. Surveille le débit surtout, il ne manquerait plus que ça déborde ! Je repasse dans une heure, et je veux que tu sois habillée et prête à sortir.

Sans la laisser protester, Mo s'en alla. Sarah aimait beaucoup Mo, mais elle n'avait pas envie de mettre le nez dehors. Tout ce qu'elle voulait, c'était rester enfermée et pleurer Tommy. Elle avait dormi avec sa veste militaire serrée contre elle. Elle alla la chercher dans le lit et l'enfila. Quand elle plongea ses mains dans les poches, elle sourit à demi en découvrant un vieux bonbon à demi croqué et poisseux que Tommy avait laissé là pour le finir plus tard.

Submergée par l'émotion, elle tomba à genoux.

— Tommy… J'aurais dû te dire plus souvent que je t'aimais, cria-t-elle. Tu me manques. Tu me manques tellement…

Mo faisait les cent pas. Elle entendait Sarah pleurer au rez-de-chaussée mais n'osait pas descendre la voir. Elle aurait mille fois préféré qu'elle reste chez George, car ainsi elle ne se serait pas sentie obligée de veiller sur elle.

Dieu merci, les pleurs cessèrent au bout d'un moment et elle entendit la porte de la salle de bains se refermer. Sarah s'était finalement décidée à se préparer. Sortir un peu lui ferait du bien et l'obligerait à penser à autre chose qu'à Tommy. Entre temps, Mo avait décidé que Clapham Junction n'était pas une si bonne idée. On était vendredi, le jour idéal pour une séance de cinéma. Sarah pourrait se perdre dans un film pendant une heure ou deux, du moment que ce n'était pas un mélo qui vous tirait les larmes.

Mo attendit un peu, puis redescendit, en priant le ciel pour que Sarah ait repris du poil de la bête. Elle n'avait jamais été encline à la compassion, préférant les blagues et les fous rires aux condoléances.

— Eh bien, comment ça va ? demanda-t-elle en entrant dans la chambre de son amie qu'elle eut la bonne surprise de trouver habillée et coiffée.

— Mieux, dit Sarah avec un petit reniflement.

— Parfait. Ça te dirait d'aller au cinéma ? Il est un peu tôt, mais on pourrait aller prendre un café et manger un gâteau en attendant la première séance. Je ne pense pas que tu devrais rester enfermée ici toute la journée à broyer du noir.

— Je n'ai pas envie de faire quoi que ce soit, répondit Sarah tristement.

— Mais je ne t'ai pas demandé ton avis. Tu viens avec moi et tu ne discutes pas.

Au grand soulagement de Mo, Sarah ne protesta pas. Elle la suivit à l'extérieur et une demi-heure plus tard, elles étaient attablées dans un petit salon de thé de High Street.

— Sarah, je ne m'attends pas à te voir sauter de joie. Il est tout à fait normal que tu ressentes du chagrin. Mais je ne peux pas te laisser te morfondre toute seule dans ton coin. J'espère que tu ne me trouves pas insensible ? J'essaie juste de te remonter un peu le moral.

Les yeux de Sarah brillaient quand elle regarda son amie.

— Je sais, dit-elle. Si tu m'avais laissé le choix, je serais en train de pleurer comme une Madeleine dans ma chambre. Mais, tu sais, Mo, je ne prends aucun plaisir à être ici, et ce sera la même chose au cinéma. Tout m'est indifférent à présent, et ma vie n'a plus de sens. J'ai l'impression que plus jamais je ne pourrai rire. Je n'arrête pas de penser à Tommy…

— Pourquoi a-t-il fallu que j'ouvre ma grande gueule ? songea Mo tout en feignant de ressentir de la sympathie pour Sarah. Maintenant, elle va passer son temps à se lamenter.

— Écoute, Sarah, lui dit-elle. Ce n'est que le début. Il faut du temps, ma belle. Je n'ai pas la prétention de savoir ce que tu ressens, mais je sais que Tommy n'aurait pas aimé te voir comme ça. Imagine si ç'avait été l'inverse, si c'était toi qui étais morte. Si tu étais un fantôme et que tu pouvais le voir, tu ne voudrais sûrement pas qu'il soit malheureux ?

— Non, non, c'est vrai. Je voudrais qu'il soit heureux et qu'il se souvienne de moi avec tendresse.

— Tu vois. C'est à cela qu'il faut te raccrocher.

— Mo, le problème c'est que je ne crois pas aux fantômes. Tommy est mort, il ne peut pas me voir, et je ne peux pas m'empêcher de me sentir au quatrième dessous. C'est gentil à toi de m'avoir traînée jusqu'ici, mais maintenant j'aimerais rentrer.

Sarah repoussa sa chaise et sortit presque en courant du café.

Mo piocha quelques pièces dans son porte-monnaie et les jeta sur la table. Puis elle s'élança à la poursuite de Sarah tout en pestant contre elle-même.

— Attends… je suis désolée, lui cria-t-elle au loin.

Sarah se figea et se retourna, les épaules tombantes.

— Non, Mo. Ne sois pas désolée. C'est moi qui te dois des excuses. Va au cinéma, moi je rentre. Et si ça ne t'ennuie pas, j'aimerais être seule pendant quelque temps.

— Si c'est ce que tu veux, dit Mo, tout en se réjouissant intérieurement.

C'était mieux comme ça. Quand Sarah était gaie, elle était de bonne compagnie, mais quand elle se morfondait, c'était insupportable.

— Je passerai te faire un petit coucou tout à l'heure pour m'assurer que tu vas bien.

Sarah hocha la tête et Mo la regarda s'éloigner. Égoïstement, elle espérait que Sarah n'allait plus pouvoir supporter de vivre dans ce studio à cause de tous les souvenirs qu'il contenait, et qu'elle allait décider de déménager. Ainsi, elle ne serait pas obligée de la voir pleurer à longueur de journée pendant des semaines, des mois, voire des années.

Sarah savait que Mo était pleine de bonne volonté, mais elle avait beau essayer, elle n'arrivait pas à se forcer à sourire ou à chasser les sombres pensées qui tournaient en boucle dans sa tête. Elle décida de passer par le parc de Battersea, un lieu plein de précieux souvenirs de Tommy et de M. Sayers. Tous les deux étaient partis à présent, mais jamais elle ne les oublierait.

Elle se mit à longer les allées, admirant les arbres où Tommy aimait grimper et se rappelant ses petits cris de joie. Les tertres du haut desquels il s'amusait à rouler, la mare où ils donnaient du pain aux oies. Le jardinet de M. Sayers avait disparu depuis longtemps mais il était toujours dans son cœur et y resterait à jamais. Soudain, elle se retrouva devant l'horloge Guinness, l'un des endroits favoris de Tommy. Elle s'imagina qu'il était à côté d'elle et essayait de deviner quand les différents mécanismes allaient se mettre en mouvement. D'abord le moulin qui se mettait à tourner, puis le soldat qui sortait de sa guérite… non, c'était le contraire. Il se trompait à chaque fois, se rappela Sarah en ravalant un sanglot.

41

George avait rouvert son stand, mais il avait passé la journée à penser à Sarah. Roger l'avait évité toute la matinée, mais maintenant qu'ils remballaient leurs marchandises, il savait qu'il allait devoir lui transmettre le message de Sarah. Il s'approcha de son étal et prit une orange qu'il lança en l'air et rattrapa.

— Tu comptes l'acheter, cette orange, ou c'est juste pour t'entraîner à jongler ? demanda Roger, sarcastique.

Au ton de sa voix, le sang de George ne fit qu'un tour. Mais il se rappela la promesse qu'il avait faite à Sarah et s'obligea à garder son calme. Elle avait insisté pour qu'ils restent amis, même s'il savait que c'était impossible. Roger avait mis le grappin sur elle dès que George avait eu le dos tourné. Si encore, il avait témoigné à la jeune fille le respect qui lui était dû, il aurait pu lui pardonner. Il songea une seconde à lui lancer l'orange à la figure, mais cela risquait de virer à la bagarre et Roger n'en valait pas la peine. C'est pourquoi il dit posément :

— Sarah m'a chargé de te dire qu'elle était rentrée chez elle.

Il n'avait pas l'air intéressé. George fronça les sourcils.

— Tu ne vas pas passer la voir ?

— Euh… si, je suppose que si.

Une sonnette d'alarme résonna dans la tête de George. Quelque chose ne tournait pas rond. Roger ne lui avait même pas demandé comment elle allait.

— Tu supposes! Tu n'as pas fait l'effort d'aller la voir depuis la mort de Tommy, et maintenant, tu supposes que tu vas passer la voir?

— Oui, mais ta mère et toi vous êtes occupés d'elle, non? Maintenant qu'elle est rentrée, je vais lui rendre visite.

— Tu es sûr? s'enquit George.

— Lâche-moi, tu veux? J'irai la voir en rentrant. Mais que je sache, ce ne sont pas tes oignons.

George avait reposé l'orange sur l'étal, mais ses poings se serrèrent. Il avait une furieuse envie d'écrabouiller la jolie petite frimousse de Roger. Mais il savait que cela ne ferait qu'aggraver les choses. C'est pourquoi il commença à s'éloigner.

— Sois gentil avec elle. Sarah est fragile, et l'enterrement de Tommy aura lieu lundi.

Sans attendre de réponse, il regagna son stand. Il aimait Sarah et cela ne changerait jamais. Dommage qu'il ne puisse pas aller la voir, ce soir, à la place de Roger.

Quand Sarah rentra, elle était épuisée d'avoir passé presque toute la journée à déambuler dans le parc. Elle s'étendit sur le lit de Tommy pour délasser ses jambes endolories, et soudain l'odeur du garçon emplit ses narines, et les larmes se remirent à couler jusqu'à ce qu'elle finisse par s'endormir.

Un coup frappé à la porte la tira du sommeil, puis la porte s'ouvrit et Roger entra.

— C'est Mo qui m'a ouvert, expliqua-t-il.

Sarah sortit promptement du lit, surprise de le voir. Il tenait un bouquet de fleurs à la main.

— Comment ça va ? lui demanda-t-il en les lui tendant.
— Couci-couça.
— Je suis désolé pour Tommy.
Il n'y avait aucune chaleur dans sa voix, et Sarah songea qu'il n'était pas sincère. Roger lui parlait comme si elle avait été une étrangère et non pas sa petite amie.
— Merci pour les fleurs, dit-elle. Elles sont belles. Je vais les mettre dans l'eau.
Roger la suivit jusqu'à l'évier, et quand elle se retourna pour le regarder, elle eut envie qu'il la prenne dans ses bras et la serre contre lui jusqu'à ce que son chagrin s'évanouisse.
— Tu m'as manqué, murmura-t-elle.
— Viens ici, lui dit Roger.
Elle lui tomba immédiatement dans les bras, aussitôt prise de sanglots irrépressibles.
— C'est ça, pleure, ma jolie, ça fait du bien, dit Roger en lui caressant la tête.
Sarah s'obligea à ravaler ses larmes. Désormais, Roger allait veiller sur elle, et même s'il ne pouvait pas effacer son chagrin, il la réconforterait.
Il recula légèrement et prit son visage entre ses mains.
— Non, mais regarde-moi de quoi tu as l'air avec tes yeux tout bouffis, dit-il en effleurant ses lèvres d'un baiser.
Elle sentit la langue de Roger s'immiscer dans sa bouche, et aussitôt, elle sentit monter l'excitation, comme chaque fois qu'il l'embrassait. Son baiser se fit plus passionné, et elle sentit son corps vibrer de la tête aux pieds. C'était si bon de se sentir aimée, d'oublier son chagrin pendant quelques instants. Quand Roger dégrafa sa jupe elle ne protesta pas. Il pressa son corps contre le sien, puis il fit glisser son corsage par-dessus sa tête et souleva son soutien-gorge pour caresser et embrasser ses seins. Quand il la souleva pour l'asseoir sur le rebord de l'évier, ses jambes s'écartèrent d'elles-mêmes, et

elle sentit son membre durci contre son pubis. Il l'embrassait avec passion, et d'une main il abaissa sa petite culotte d'un côté. Il la pénétra d'un coup, lui provoquant une vive douleur, et elle voulut se débattre lorsqu'il se mit à aller et venir furieusement entre ses cuisses.

— Roger… tu me fais mal…

— Ce n'est rien, dit-il en accélérant son va-et-vient.

— Non… Roger… arrête, s'il te plaît, tu me fais mal…, dit-elle en essayant de se dégager.

Mais il continua de plus belle, et elle frémit d'horreur quand il poussa un grognement et enfonça ses ongles dans ses épaules. C'était le bruit que faisaient les hommes qui couchaient avec sa mère. Elle le supplia à nouveau d'arrêter, mais il rejeta sa tête en arrière et poussa un cri triomphant quand il atteignit l'orgasme.

Sarah était incapable de regarder Roger quand il se recula. Sentant quelque chose de mouillé dans sa culotte, elle referma promptement les jambes. Elle avait la nausée.

— Je sais que ce n'est pas très agréable pour toi, Sarah. La première fois, ça fait toujours mal, mais ça ira mieux la prochaine fois, dit Roger en reboutonnant sa braguette.

Elle était écœurée. Elle avait cherché le contact au début, parce qu'il lui apportait du réconfort, mais ensuite elle avait repris ses esprits et l'avait supplié d'arrêter.

— Tu m'as fait très mal, s'écria-t-elle.

— Oh, ne fais pas ta chochotte. Ce n'est pas si grave. Tu ne peux pas allumer un mec comme ça et lui demander de s'arrêter. Désolé si je me suis emballé, mais c'est toi qui m'as mis dans cet état.

Sarah renifla. Sa mère lui avait dit de ne pas écarter les cuisses, et après ce qu'elle venait de subir, elle comprenait pourquoi.

Roger lui sourit gentiment et l'attira entre ses bras.

— Tu me pardonnes ?

Elle hocha la tête. Il avait peut-être raison. Elle aurait dû mettre le holà avant qu'il n'aille trop loin.

— Je ne peux pas rester, dit-il. Je dois me lever tôt demain matin. Mais que dirais-tu d'aller faire un tour dimanche ?

— Je ne peux pas. Je vais dîner chez George et Lena.

— Bon. Mais tu veux que je vienne à l'enterrement de Tommy lundi ? Je vais être obligé de fermer mon stand et perdre une journée de recettes, mais si tu insistes...

Sarah eut l'impression qu'il n'avait pas vraiment envie de l'accompagner, et elle en fut profondément blessée.

— Ce n'est pas grave, dit-elle, cachant ses sentiments.

— Je suis désolé pour tout à l'heure. La prochaine fois, je te promets que je me rattraperai. On se voit mardi ?

— Si tu veux, répondit Sarah, malgré son immense déception.

Quand il sortit en refermant la porte derrière lui, elle s'effondra sur son lit et se mit à hurler, la tête enfouie dans son oreiller. Rien de tout cela n'aurait dû arriver. Tommy n'aurait pas dû mourir, et Roger n'aurait pas dû se montrer aussi brutal. Il s'était comporté comme si elle ne comptait pas, et Tommy non plus.

Et en plus il n'allait pas venir aux obsèques. Il n'avait pas l'air de réaliser à quel point elle avait besoin de son affection et de son soutien. Elle en vint à se demander s'il l'aimait vraiment. Elle l'avait laissé la déflorer brutalement, alors que tout ce qu'elle voulait c'était de l'amour et de la tendresse.

— Qu'est-ce qui m'a pris ? gémit-elle, et elle se remit à pleurer toutes les larmes de son corps.

42

— Ça ne va pas du tout, Albert. La pauvrette est anéantie, dit Lena en se regardant dans la glace et en redressant son chapeau noir.

— George est allé la chercher ?

— Oui, nous allons tous partir ensemble d'ici. Je n'ai pas envie qu'elle reste seule après l'enterrement, et je vais lui proposer de rester dormir à la maison.

— Tu es une femme en or, Lena. Tu es sûr que je peux venir avec vous ? Je ne suis pas de la famille.

— Sarah n'a plus de famille, Albert. Nous sommes ce qu'elle a de plus proche. Mais, s'il te plaît, ne parle pas de nos fiançailles. Je n'ai encore rien dit à George… Avec tout ce qui se passe, déclara Lena en sortant sa bague de son sac à main pour en admirer le solitaire. J'ai hâte de pouvoir la porter, mais tout est arrivé si vite. Il faut laisser à George le temps de se faire à l'idée.

— Comment va-t-il le prendre, d'après toi ?

— C'est un gentil garçon. Une fois le choc passé, tout ira bien. Je t'avoue que je suis moi-même sous le choc, rit Lena.

— Il y a longtemps que j'avais envie de te demander ta main. Et comme c'était ton anniversaire hier, je me suis dit que c'était l'occasion rêvée. Je suis content que tu aies dit oui, parce que sinon j'aurais dû remporter la bague et c'était le seul cadeau que j'avais apporté.

Lena lança un regard plein de tendresse à l'homme assis sur son canapé. Il était complètement différent du père de George. Elle n'aurait jamais cru qu'elle pourrait tomber de nouveau amoureuse après la mort de son époux. Mais Albert lui avait prouvé qu'il était possible d'aimer plus d'une fois dans sa vie. Et bien qu'elle en éprouvât une légère culpabilité, elle était impatiente de devenir Mme Bosco. Elle entendit claquer une portière.

— On dirait que George est arrivé, dit-elle en s'approchant de la fenêtre. Oui, c'est bien eux. Oh, mon Dieu, que Sarah a l'air triste.

George entra, suivi de Sarah, et Albert se leva et souleva poliment son chapeau.

— Assieds-toi, Sarah, lui enjoignit Lena. Il reste un peu de temps avant l'arrivée du cortège. George, sers-lui donc une bonne rasade de cognac.

Sarah s'assit sans rien dire sur le canapé. Elle semblait ailleurs, les yeux bouffis d'avoir trop pleuré.

— Je… je ne suis pas sûre de pouvoir y aller, dit-elle, la voix brisée par l'émotion.

— Mais si, voyons. Tu vas faire à Tommy les adieux qu'il mérite, et nous serons à tes côtés.

— Tiens, lui dit George en lui présentant le verre de brandy.

Elle le vida d'un trait en faisant la grimace. Elle détestait le goût de cette horrible boisson.

— C'est bien, dit Lena. Ça va t'aider à tenir le coup. George, sers-lui encore un verre.

Sarah but la deuxième rasade sans protester.

— Je sais que vu les circonstances, c'est un peu déplacé, mais il faut beau. Le jour où nous avons enterré ton père, George, tu te souviens ? Il pleuvait des cordes, c'était affreux. Tommy était un rayon de soleil, et le soleil est là pour lui rendre hommage.

— Bien dit, commenta Albert.

— Merci, George, dit Sarah. Je crois que le cognac m'a fait du bien.

— Tant mieux.

— Sarah, ma chérie, intervint Lena. Je comprends ta douleur, mais l'année prochaine à la même date, tu verras que ça ira un peu mieux.

— J'essaie de tenir bon, pour Tommy, mais ce n'est pas facile. Je n'arrête pas de penser à toutes les mères qui ont perdu un enfant, à toutes celles qui ont enterré leurs enfants et leurs maris pendant la guerre, et qui ont vaillamment repris le dessus. Des femmes comme vous, Lena. Ce sont des modèles pour moi.

— Voilà qui va dans le bon sens. Chaque fois que tu sens venir les larmes, laisse-les couler. Jusqu'à ce qu'il n'y en ait plus une seule. Le chagrin ne s'en ira jamais tout à fait, mais avec le temps tu apprendras à le dominer et à aller de l'avant.

— Oui. Il paraît qu'avec le temps tout finit par s'arranger, soupira tristement Sarah.

— Il y aura des jours où tu seras capable de mettre ta peine en sourdine, et des jours où elle s'imposera à toi quoi que tu fasses, mais elle finira par s'atténuer, tu verras, conclut Lena.

George essuya discrètement une larme et Albert baissa la tête. Quant à Sarah, elle tenait bravement le coup, constata Lena, qui savait malgré tout que ça n'allait pas durer.

Quand le corbillard arriva, Lena se rappela combien elle avait eu du mal à sortir de la maison lorsqu'elle avait compris que son mari se trouvait à l'intérieur. Sarah allait sûrement avoir la même réaction et ils allaient devoir la soutenir pour ne pas qu'elle s'effondre.

George dut user de toute sa force de persuasion pour convaincre Sarah de sortir. À la seule vue du petit cercueil blanc, elle sentit ses jambes flageoler. Ils parvinrent tant bien que mal à la faire monter dans la berline qui escortait le corbillard. Assise, raide comme une statue, Sarah regardait droit devant elle tandis que Lena se tamponnait les yeux en silence.

Quand ils arrivèrent à l'église, un petit attroupement se tenait sur le parvis. Tous ces gens étaient venus faire leurs adieux à Tommy, songea George, surpris. Mais, bien sûr, Roger n'était pas parmi eux.

Mo et Samuel étaient présents, mais Sarah n'eut pas l'air de s'en rendre compte. Elle ne pleura pas lorsque George la mena vers la chapelle, mais elle semblait perdue et rongée de chagrin, et son visage était blanc comme un linge.

— Comment va-t-elle ? demanda Mo dans un murmure.

— Pas très bien, répondit George.

— Ça fait chaud au cœur de voir tous ces gens, dit Mo à Sarah. Toutes les mamans de l'école de Tommy sont venues, et sa maîtresse aussi. Et j'ai fait la connaissance de ton amie Jenny. Elle est adorable.

Sarah ne répondit pas. Elle était enfermée en elle-même et se mouvait avec des gestes raides d'automate. Debout sur le seuil, le prêtre prit la main de Sarah dans la sienne, mais elle ne dit mot.

George la mena ensuite vers la première rangée de prie-Dieu et l'orgue se mit à jouer. Quand tout le monde fut assis, le prêtre entra et remonta l'allée centrale, suivi par les porteurs et le petit cercueil. Celui-ci fut déposé sur un catafalque. Sarah gardait les yeux fixés sur un point invisible et George se demanda combien de temps elle allait tenir avant de céder au désespoir.

Le service commença ; on chanta des hymnes et on récita des prières. Lena fit un discours. On voyait qu'elle était un peu tendue, mais les choses qu'elle dit au sujet de Tommy étaient très émouvantes, et George entendit les gens renifler dans la nef. Sarah était toujours silencieuse. Elle avait choisi de faire incinérer Tommy, expliquant qu'elle ne supportait pas l'idée de le savoir enterré six pieds sous terre et seul dans le noir.

Quand la dernière hymne retentit, un rideau fut tiré devant le cercueil pour le cacher à la vue, et George sentit sa gorge se serrer. Il ravala ses larmes et dit en silence adieu au petit garçon qu'il avait pris en affection. Il posa sa main sur celle de Sarah. Elle était glacée.

Après le service, tous commencèrent à se diriger vers la sortie et George aida Sarah à se lever. Il la mena vers l'endroit où les gerbes et les couronnes de fleurs avaient été déposées. C'est à peine si elle les regarda, mais Lena s'était chargée de récolter toutes les cartes de condoléances. Peut-être que Sarah voudrait les lire un jour. Mais pour l'heure elle tapotait son index contre son pouce, un geste qu'elle faisait quand elle était contrariée ou soucieuse.

— Je suis désolée, ma douce, dit une jeune femme.

Enfin, Sarah se décida à parler, mais du bout des lèvres.

— Merci, Jenny.

— Sarah, je voulais te dire que j'ai un nouveau travail. Toujours comme couturière, mais mieux payé, dans une maison de couture de l'autre côté de Londres. La sœur de ma mère vit là-bas, alors plutôt que de me ruiner en transports, je vais aller habiter chez elle.

Sarah hocha distraitement la tête. George n'était pas certain qu'elle avait capté l'information. Inquiet, il lui dit :

— On va rentrer, maintenant.

— Au revoir, Sarah, dit Jenny.

Elle ne répondit pas, et Jenny s'éloigna, les larmes aux yeux.

Le trajet du retour se fit dans le silence. Il n'y aurait pas de réunion après la cérémonie ; Sarah avait refusé, déclarant qu'elle ne supporterait pas de prolonger cette journée. George savait que sa mère aurait préféré que tous les gens présents à l'église se voient offrir ne serait-ce qu'un petit en-cas. Mais elle n'avait pas insisté, et George savait qu'elle allait tout faire pour réconforter Sarah.

Une fois à la maison, il prit Lena à part et lui confia :

— Je me fais du souci pour Sarah. On dirait un automate.

— Je sais, mon grand. Elle n'a pas versé une seule larme quand nous étions à l'église. C'est peut-être un mécanisme de défense, mais si ça continue, nous allons devoir appeler le médecin. Va lui tenir compagnie pendant que je fais du thé. Je ne sais pas toi, mais moi je suis déshydratée.

Albert resta avec Lena dans la cuisine pendant que George retournait dans le séjour avec Sarah. Ne sachant comment briser le silence qui s'était installé, il lui prit la main et déclara :

— C'était un beau service.

Mais elle ne répondit pas, sa main reposant mollement dans la sienne.

— Sarah, tu es sûre que ça va aller ?

Enfin, elle fit un petit hochement de tête.

George resserra ses doigts autour des siens et dit, préoccupé :

— Sarah, s'il te plaît, dis quelque chose, je me fais du souci pour toi.

Elle tourna vers lui un regard paniqué.

— J'ai peur, George… que… si je me mets à pleurer, je ne pourrai plus m'arrêter.

— Mais ce n'est pas bon de retenir ses larmes, murmura-t-il en la prenant dans ses bras. Allons…

Juste au moment où Sarah laissait échapper un petit gémissement, Lena entra avec un plateau. George lui fit un signe avec la tête et elle battit promptement en retraite. Sarah fondit soudain en larmes, son corps secoué de gros sanglots, tandis que George lui caressait les cheveux. Il aurait voulu pouvoir effacer son chagrin, mais il savait que c'était impossible.

43

Deux semaines avaient passé depuis les obsèques de Tommy, et Sarah, éprouvant le besoin de se changer les idées, avait repris le travail.

— Je suis fière de toi, lui dit Lena alors qu'elles étaient occupées à garnir les vitrines réfrigérées.

— Pourquoi ? demanda Sarah.

— Tu es déjà de retour au magasin, et tu as repris une vie normale, alors que moi, il m'a fallu un temps fou pour me remettre de la mort de mon mari. George te l'a sûrement dit, j'étais une loque et je passais mes journées au lit. Tu as beaucoup de courage, ma mignonne.

— J'ai repris le travail, c'est vrai, mais j'arrive tout juste à garde la tête hors de l'eau. Pour être franche, Lena, je dois faire un gros effort chaque matin pour me tirer du lit. Et puis j'ai du mal à sourire aux clientes.

— Il n'empêche que tu es très courageuse, alors ne te laisse pas abattre. Tiens, prépare-nous donc quelque chose à boire quand tu auras fini de ranger le beurre et le saindoux.

Quelques minutes plus tard, Sarah revint dans la boutique avec deux tasses de café instantané. Lena en prit une gorgée et grimaça :

— Je ne raffole pas de ce truc.

— Désolée, j'aurais dû faire du thé.

— Bah, ça change un peu, et puis je vais finir par m'y faire. Sarah, il y a une chose que je voulais vous dire à toi et George, mais j'attendais le bon moment, déclara soudain Lena en tapotant sa tasse avec son annulaire, pour attirer l'attention de la jeune fille sur son solitaire.

— Ah oui, et quoi donc ? demanda Sarah.

— C'est à propos d'Albert… et moi, dit Lena en jetant un regard appuyé à la bague qui ornait son doigt.

— Oh non ! Lena, vous êtes fiancés ? s'exclama Sarah en sautant de son tabouret. Faites voir cette merveille, dit-elle en lui prenant la main.

— Il m'a demandé de l'épouser le jour de mon anniversaire. Je sais que ça peut paraître précipité, mais en réalité il y a des années qu'on se connaît.

— Je suis tellement heureuse pour vous. Quand allez-vous l'annoncer à George ?

— Ce soir, en espérant qu'il ne va pas mal le prendre. Qu'en penses-tu ?

— Il ne désapprouve pas votre relation avec Albert. Je l'ai toujours entendu dire beaucoup de bien de lui. Il va se réjouir pour vous.

— J'espère que tu as raison, murmura Lena. (George ne voyait pas d'inconvénient à ce qu'elle sorte avec Albert, mais le mariage c'était une autre histoire.) Quand j'ai perdu mon mari, j'ai cru que je ne pourrais plus jamais connaître le bonheur. Et pourtant… Avec le temps, toi aussi, tu retrouveras ta joie de vivre.

Elles finirent leurs tasses de café, et une heure plus tard, Lena quitta le magasin.

— À demain, ma jolie. Je te dirai comment George a réagi.

— Je croise les doigts pour vous ! lui cria Sarah.

Avec un peu de chance, les clientes afflueraient à la boutique cet après-midi, songea Lena. Et ainsi Sarah n'aurait pas le temps de gamberger. De son côté, elle avait mille choses à faire, à commencer par préparer le dîner préféré de George. Une fois qu'il se serait régalé, elle lui annoncerait la nouvelle.

Quand vint l'heure de baisser le rideau du magasin, Sarah avait le cœur lourd.

Roger lui avait dit qu'il passerait ce soir, et elle avait accepté parce qu'elle redoutait de se retrouver seule. Mais au fond, elle n'avait pas spécialement envie de le voir. Il ne voulait jamais parler de Tommy, sous prétexte que ça la mettait dans tous ses états, et la seule chose qui l'intéressait c'était de coucher avec elle. Après sa première expérience traumatisante, elle avait réussi à le tenir à distance, mais elle voyait bien qu'il était de moins en moins patient. Il n'avait pas l'air de comprendre qu'elle n'avait pas envie de s'amuser, et que toutes les blagues qu'il lui racontait pour essayer de la dérider tombaient à plat. Comment ne voyait-il pas qu'elle avait le cœur brisé ?

Mo était dans l'escalier quand Sarah arriva.

— Tu vas travailler ? lui demanda-t-elle.

— Oui, aujourd'hui, ils nous ont demandé d'être là de bonne heure. Dieu seul sait pourquoi. On se voit demain, dit Mo en se dépêchant de sortir.

Sarah poussa la porte de son studio à contrecœur. Tommy lui manquait horriblement, et elle n'avait pas le courage de se débarrasser de ses affaires. Roger disait que c'était malsain, qu'elle avait transformé sa chambre en sanctuaire. Mais Lena lui avait dit de ne pas l'écouter et de faire comme elle le sentait. Bien qu'elle n'ait jamais fait la moindre remarque à son sujet, Sarah voyait bien que Lena n'aimait pas Roger.

Elle se prépara un sandwich au fromage, puis fit un brin de toilette. Peu après elle entendit arriver la fourgonnette de Roger, mais cela ne lui procura pas de papillons dans l'estomac. Au contraire, elle en éprouva une certaine appréhension.

— Salut, la plus belle, lança-t-il quand elle lui ouvrit la porte.

— Salut, répondit Sarah du bout des lèvres.

— Ne me dis pas que tu as encore le moral dans les chaussettes ! Il faut te ressaisir, voyons.

— Je suis juste fatiguée.

— Viens là, ma pin-up, que je te fasse voir la vie en rose, lança Roger en l'attirant contre lui, ses mains emprisonnant aussitôt ses seins.

— Roger… s'il te plaît… je n'ai pas envie.

— Tu n'as jamais envie ! s'emporta-t-il en la relâchant avec un geste brusque. Ce n'est pas parce que ton frère est mort que tu dois tirer un trait sur ta vie. Je me casse !

Sur ces mots, Roger sortit en claquant la porte derrière lui. Lorsque Sarah entendit démarrer sa camionnette, elle songea qu'elle était en train de le perdre. Mais elle n'avait ni la force ni l'envie de le retenir, et ses paroles l'avaient profondément blessée.

Pendant l'entracte, Mo déambulait dans les allées du cinéma, un plateau en osier plein de friandises et de cigarettes autour du cou. Son métier n'était pas des plus passionnants, mais elle aimait attirer les regards des spectateurs.

— Hep, mademoiselle ! lui cria un homme assis en compagnie de deux autres types. Ils avaient fait un peu de raffut pendant la première partie du film et elle leur avait poliment demandé de faire un peu moins de bruit.

— Vous avez des cigarettes ? lui demanda l'homme.

Maintenant, que les lumières s'étaient rallumées, Mo pouvait voir distinctement à quoi ressemblaient les trois compères. C'étaient des hommes d'âge mûr élégamment habillés.

— On ne s'est pas déjà vus quelque part ? lui demanda le type en la scrutant attentivement du regard.

— Je ne crois pas, monsieur, répondit-elle.

Elle avait l'habitude que des spectateurs lui fassent ce genre de remarques pour flirter, et elle aimait bien ça, mais il y avait dans les manières de cet individu quelque chose qui lui déplaisait.

— Si, si… je suis sûr de vous avoir déjà vue…

Mo commença à lui énumérer les marques de cigarettes qu'elle avait dans son panier, mais l'homme l'interrompit brusquement.

— Ça y est, j'y suis. Vous êtes la pépée des cartes postales… oh, la petite cochonne. Vous savez quoi, les gars, elle cache une sacrée paire de nibards sous cet uniforme.

Quand Mo réalisa à quoi il faisait allusion, elle crut défaillir. L'homme avait vu les photos d'elle nue. Des cartes postales, songea-t-elle, horrifiée.

— Vous faites erreur, rétorqua-t-elle sèchement, puis déguerpit sans demander son reste.

Une fois dans les vestiaires du personnel, Mo se débarrassa de son panier, enfila son manteau et sortit dans la rue. Elle allait sûrement se faire licencier pour être partie sans prévenir, mais elle s'en fichait. C'était beaucoup trop dangereux de retourner là-bas. Si l'homme l'avait reconnue, d'autre la reconnaîtraient aussi. Oh, mon Dieu ! Est-ce à dire que tous les hommes qui avaient vu les cartes postales allaient la reconnaître, y compris quand elle marchait dans la rue ?

Mo rentra chez elle en rasant les murs. Samuel allait s'étonner qu'elle soit de retour d'aussi bonne heure, mais elle lui dirait qu'elle ne se sentait pas bien. Quand elle se cachait de ses frères et de son père, elle se sentait en prison chez elle, mais désormais sa maison était son sanctuaire.

44

Bien qu'il fût parti en claquant la porte, Roger était revenu une ou deux fois voir Sarah. Elle avait réussi à repousser ses avances en prétextant qu'elle était indisposée, et maintenant qu'on était dimanche et qu'ils étaient censés sortir ensemble elle n'en avait aucune envie.

À dire vrai, même si elle l'aimait, elle commençait à lui en vouloir de faire comme si Tommy n'avait jamais existé. Si seulement, elle avait pu se confier à Mo et lui demander conseil. Mais Mo était clouée au lit avec la grippe, et Sarah ne l'avait pas vue depuis une semaine.

Elle soupira au-dessus de son bol de céréales. Plutôt que de dire à Roger en face qu'elle préférait être seule, elle allait l'éviter. Et à la place elle irait voir George. Lena lui avait dit qu'Albert et elle seraient de sortie toute la journée. George serait sûrement content d'avoir de la compagnie. Apparemment, il avait bien pris la nouvelle des fiançailles de sa mère. Lena avait ri, déclarant que son fils s'inquiétait davantage de savoir qui allait tenir la maison et lui préparer son dîner quand elle partirait vivre avec Albert. Une réaction typiquement masculine, songea Sarah. Lena était tellement aux petits soins pour lui que son départ allait laisser un grand vide.

Quelques heures plus tard, Sarah alla frapper à la porte de George, qui l'accueillit chaleureusement quoique sans cacher sa surprise.

— Hé, Sarah ! Tu vas être épatée ! lui dit-il en l'entraînant dans le séjour.

Sarah écarquilla les yeux.

— Non ! Tu as acheté une télévision ?

— Parfaitement ! Quand maman va partir vivre de son côté il va bien falloir que je trouve à m'occuper. Il m'a fallu un petit moment pour ajuster l'antenne sur le toit, mais ça marche du tonnerre. La réception est excellente.

George alluma le téléviseur et Sarah regarda l'écran, fascinée.

— Tommy aurait adoré ça, dit-elle, contente de pouvoir parler librement de son petit frère avec lui.

— C'est drôle que tu dises ça, parce que j'ai pensé exactement la même chose, dit George en lui souriant. Mais, dis-moi, qu'est-ce qui t'amène ici aujourd'hui ?

— En fait, j'étais censée sortir avec Roger, mais je me suis défilée. Je l'aime vraiment, mais il ne fait pas beaucoup cas de mes sentiments. Il ne supporte pas que je prononce le nom de Tommy devant lui, ce qui est difficile, étant donné que je ne fais que penser à lui.

— Tu connais mes sentiments à son égard, alors je ne vais pas en remettre une couche, mais je connais Roger depuis l'enfance, et c'est quelqu'un de très égoïste. Il ne pense à rien d'autre qu'à s'amuser.

— Oui, c'est l'impression qu'il me fait à moi aussi. Ça ne t'ennuie pas que je me cache chez toi, au moins ?

— Mais non, tu sais que tu es toujours la bienvenue. Maman m'a préparé à déjeuner. Ça te dirait de manger un morceau ?

Sarah, qui avait un petit creux, accepta volontiers de s'attabler avec George.

Ils parlèrent d'Albert et Lena, même si la date du mariage n'avait pas encore été fixée, puis ils parlèrent du temps, de la dernière musique en vogue, mais ils parlèrent surtout de Tommy.

— Merci, George, lui dit-elle à la fin du repas. Ça fait du bien d'évoquer tous ces beaux souvenirs.

— Sacré petit bonhomme. Moi aussi, j'aime bien parler de lui, en particulier de cette journée à la fête foraine.

Sarah aida George à faire la vaisselle, puis ils passèrent dans le séjour. Elle se sentait beaucoup mieux. Évoquer les souvenirs, rire et pleurer, c'était exactement ce dont elle avait besoin, et elle se sentait prête à affronter la semaine qui l'attendait.

Mo avait réussi à persuader Sam d'aller travailler, déclarant qu'elle se sentait mieux. Elle savait qu'il aimait faire des heures supplémentaires le dimanche, parce qu'il était bien payé. En réalité, elle se portait comme un charme, mais elle avait prétexté une grippe pour ne pas avoir à sortir dans la rue, où elle risquait d'être reconnue par des hommes qui auraient vu des photos d'elle.

Il était environ deux heures et demie quand Mo entendit frapper à la porte d'en bas. Elle sortit du lit et jeta un coup d'œil par la fenêtre. C'était Roger. Sarah était sortie un peu plus tôt et n'était pas encore rentrée. Intriguée, Mo enfila un peignoir, s'inspecta en vitesse dans la glace pour s'assurer qu'elle était présentable, et courut ouvrir.

Roger était en train de regagner sa camionnette.

— Hep ! Attends ! Tu es venu voir Sarah ? lui cria-t-elle.

Roger se retourna, et une fois de plus elle tomba sous le charme de ses yeux bleus magnifiques.

— Oui, je croyais qu'elle savait que je devais passer la prendre aujourd'hui, mais il n'y a personne.

— Je l'ai entendue sortir ce matin. Mais je ne sais pas où elle est allée.

— C'est bizarre.

— Bah, elle ne va sûrement pas tarder à rentrer. Tu veux monter l'attendre chez moi ? Je m'ennuie comme un rat et je ne serais pas contre un peu de compagnie, dit Mo, consciente que son peignoir de satin s'était entrouvert, révélant une chemise de nuit assortie dont le décolleté plongeant laissait entrevoir sa généreuse poitrine.

— OK, dit Roger.

Tandis qu'il la suivait à l'étage, Mo se dandinait pour attirer son regard sur ses hanches. Une fois dans son studio, elle fit un geste en direction du canapé.

— Assieds-toi. Sam est au boulot, il fait des heures sup. Et moi, je suis seule, comme une âme en peine.

— Tu flemmardes à la maison ? dit Roger en la déshabillant du regard.

— On peut dire ça, répondit Mo. J'ai passé la semaine ici. J'ai dit que j'avais la grippe.

— Ah, ouais ? Et pourquoi ça ?

Mo brûlait de partager son terrible secret avec quelqu'un. Elle songea que, contrairement à Sam, Roger avait les idées larges et qu'il la comprendrait.

— J'ai fait une grosse connerie… vraiment très grosse, et maintenant, je ne sais plus comment m'en dépêtrer.

Roger leva les yeux au ciel.

— Allons, arrête, Mo. Ce n'est pas si grave, si ?

— Tu promets que tu ne le répéteras pas ?

— Promesse de scout.

— Non, sérieux, Roger. Tu ne diras rien à personne ?

— Je sais garder un secret, Mo.

— Eh bien, j'ai complètement perdu la tête. J'ai laissé un type me convaincre de retirer mes affaires pour poser nue. J'ai cru naïvement qu'il voulait faire de moi un top-modèle. Mais il m'a humiliée, et maintenant, je crois bien qu'il y a des photos de moi qui circulent sous le manteau dans tout

Battersea. J'ai tellement honte que je n'ose plus mettre le nez dehors.

— Mince alors ! Je croyais que tu allais m'avouer quelque chose de terrible. Mais il n'y a vraiment pas de quoi s'en faire. De nos jours, les photos de femmes nues on en voit partout. Roulée comme tu es, tu es probablement devenue la coqueluche de ces messieurs, et c'est plutôt flatteur.

— Tu le penses sincèrement ?

— Oh, mais oui. J'aimerais bien avoir une de ces photos… Je la poserai à côté de mon lit et je la contemplerai chaque soir.

Mo n'était pas quelqu'un qui rougissait facilement, mais elle sentit ses joues s'enflammer.

— C'est gentil de ta part, mais que va penser Sam ? Je le connais, il va être furieux s'il l'apprend.

— Il ne le saura peut-être jamais. Arrête de t'en faire pour quelque chose qui n'arrivera pas. Et si jamais ça arrive, tiens-lui tête.

— Oui, tu as raison, Roger. Merci. Je me sens mieux, dit Mo en s'approchant du sofa pour s'asseoir à côté de lui.

— Tu n'aurais pas ces photos, par hasard ? J'adorerais y jeter un coup d'œil.

— Non, mais voyez-moi cet effronté ! répondit Mo avec un sourire aguicheur.

Elle ne repoussa pas la main de Roger lorsqu'elle la sentit remonter le long de sa cuisse.

— Que dirais-tu de me faire un show privé, de poser pour moi comme tu l'as fait pour le photographe ? demanda Roger, la voix rauque.

— Oh… je ne sais pas…

— Allez, ça restera entre nous. Ça m'excite de penser à ton corps fabuleux.

Le visage de Roger se rapprocha du sien, et leurs lèvres se joignirent. Elle lui rendit son baiser et gémit de plaisir quand sa main s'immisça entre ses jambes. Elle se cambra sous ses caresses, incapable de résister.

— S'il te plaît, Mo… pose pour moi, lui dit Roger en faisant glisser sa chemise de nuit sur ses épaules pour titiller ses tétons avec sa langue.

Mo le repoussa doucement pour ôter son peignoir, puis sa nuisette, qui tombèrent à terre, la laissant nue. Elle traversa ensuite la pièce et alla s'étendre sur le lit, exactement comme elle l'avait fait pour Barry, et demanda :

— Alors, je te plais ?

Roger poussa un grognement d'excitation.

— Oh oui, Mo, tu es superbe, dit-il en venant se poster à côté du lit.

Mo défit sa braguette, libérant son membre en érection. Elle sourit et dit :

— Regardez-moi ce truc ! On dirait que tu as envie de moi.

— Oh oui, mais comme ça, dit Roger en grimpant sur le lit et en la retournant sans ménagement, puis en la saisissant par la taille pour la mettre à quatre pattes.

Mo geignit de plaisir quand il la pénétra avec force. Elle aimait la façon dont il la dominait, lui donnant de furieux coups de reins, agrippé des deux mains à ses hanches.

— Oui, oh oui, haletait Roger.

Mo sentit le plaisir monter, et elle était sur le point d'atteindre l'orgasme quand la porte s'ouvrit à la volée et qu'elle vit les traits horrifiés de Sam.

— Qu'est-ce que… ? rugit Sam en se ruant sur Roger.

Roger dégringola à toute vitesse du lit, tout en remontant son pantalon, tandis que Mo s'interposait entre eux.

— Sam, arrête, ce n'est pas ce que tu crois !

Sam la repoussa violemment de côté.

— Je ne suis pas idiot… espèce de garce… quant à toi !

Il se jeta sur Roger.

— Non, Sam, hurla Mo, mais Samuel était déchaîné.

Les poings serrés, il balança un direct à Roger en pleine figure. Le sang jaillit, Roger lâcha un cri de douleur.

Mo se jeta sur Sam en hurlant :

— Arrête ! Arrête, tu vas le tuer !

Mais il se dégagea et continua de cogner jusqu'à ce que Roger tombe à terre, inconscient.

— Oh, Sam, qu'est-ce que tu as fait ? cria Mo. Qu'est-ce que tu as fait ? Il est mort.

— Tant mieux, cracha Sam.

Mais au même instant Roger grogna.

— Espèce de sale nègre. Tu vas me le payer. Tu ne vas pas t'en tirer comme ça. Je vais te foutre les flics au cul.

Mo paniqua. Elle savait que la police serait sans pitié pour Samuel et qu'il irait en prison.

— Vite, Sam. Il faut que tu t'en ailles.

Le sang pissait du nez de Roger, qui dit :

— Tu peux courir tant que tu voudras, tu n'iras pas bien loin. Tu vas me le payer !

Mo piocha une liasse de billets dans la boîte à biscuits et les jeta à Samuel.

— Va-t'en, vite, avant que la police rapplique !

Samuel regarda Roger, puis battit des paupières, ses yeux agrandis d'effroi lorsqu'il réalisa ce qu'il venait de faire. Il prit l'argent et fila.

Mo ramassa son peignoir tombé à terre et l'enfila. Lorsqu'elle voulut aider Roger à se relever, il la repoussa.

— Je suis désolée, dit-elle. Il n'était pas censé rentrer à cette heure-ci.

Roger la fusilla du regard, puis s'approchant d'un pas chancelant du petit lavabo, s'aspergea la figure.

Mo s'assit au bord du lit, les jambes tremblantes. Au même instant, la porte s'ouvrit à nouveau et Sarah parut, l'air paniquée.

— Mais enfin, qu'est-ce qui se passe ? Je viens de croiser Samuel en bas, dans la rue. Dites-moi que je rêve, s'écria Sarah, qui, devant le spectacle qui s'offrait à elle, ne tarda pas à comprendre qu'elle ne rêvait pas.

— Je suis désolée, Sarah. C'est arrivé sans qu'on le veuille. Une de ces pulsions auxquelles on ne peut pas résister, plaida Mo.

Elle avait dit cela sans oser la regarder dans les yeux.

— Comment as-tu pu ? explosa Sarah, avant de se tourner vers Roger. Quant à toi, George avait raison. Tu m'as dit que tu m'aimais, mais ça ne t'a pas empêché de sauter dans le plumard de celle que je pensais être ma meilleure amie.

Roger, qui se tenait de dos devant le lavabo, se retourna brusquement et Sarah se demanda ce qu'elle trouvait le plus choquant de sa nudité ou de son visage tuméfié.

— Ne la ramène pas avec tes jérémiades, éructa-t-il. Tu t'imaginais que j'allais attendre encore combien de temps ? Ma pauvre fille, tu es complètement frigide !

Sarah le regarda bouche bée.

— Je viens de perdre mon frère, mais tout ce qui t'intéresse c'est de coucher avec moi. Vous me dégoûtez l'un comme l'autre, dit-elle, furieuse, puis elle sortit en trombe du studio.

La tête lui tournait. Elle ne se sentait pas la force de regagner sa chambre alors que Mo et Roger étaient là-haut et peut-être même en train de rire à ses dépens. Écœurée, elle décida d'aller retrouver son seul véritable ami.

George ne put cacher sa surprise en voyant Sarah sur le pas de la porte alors qu'elle était partie une demi-heure plus tôt. Il lui suffit de voir son visage inondé de larmes pour comprendre que quelque chose de grave était arrivé.

— Qu'y a-t-il ? demanda-t-il.

Sarah tomba dans ses bras en sanglotant.

— Oh, George… tu n'imagines pas à quelle scène je viens d'assister.

Elle tremblait comme une feuille entre ses bras.

— Viens à l'intérieur, lui dit-il en l'entraînant vers le séjour. Il l'invita à s'asseoir et alla chercher un gant de toilette humide pour lui essuyer la figure.

— Je ne suis qu'une idiote, dit Sarah. J'étais presque arrivée à la maison quand j'ai croisé Samuel dans la rue. Il avait l'air paniqué et m'a simplement dit qu'il avait mis une raclée à Roger. Il m'a dit qu'il l'avait trouvé au lit avec Mo. Sur le coup, j'ai cru que je n'avais pas bien compris, mais dès que je suis montée chez Mo, j'ai su que je n'avais pas rêvé. Roger était nu comme un ver et Mo… a dit qu'elle était désolée.

Sarah se remit à pleurer. George lui passa un bras autour des épaules. Comment Roger avait-il pu lui faire une chose pareille ?

— J'ai envie de lui tordre le cou, dit-il. C'est Roger tout craché. En revanche, je suis étonné pour Mo.

— Moi aussi. Elle était censée être mon amie et je lui faisais confiance. Quant à lui, j'avais des doutes à son sujet, mais c'est un tel bonimenteur !

— Je ne sais pas quoi dire, à part qu'ils ne valent pas mieux l'un que l'autre, conclut George.

— J'aimais Roger, mais quand Tommy est mort, j'ai compris qu'il n'était pas l'homme que je croyais. Il semblait si indifférent, et puis il n'a même pas pris la peine de venir à l'enterrement.

— Tu ne me l'as jamais dit.

— Non, parce que je savais que tu ne le portais pas dans ton cœur et que je ne voulais pas mettre de l'huile sur le feu. Oh, George, je ne me sens pas de retourner chez moi. Je ne veux pas vivre sous le même toit que Mo. Samuel ne reviendra jamais – Roger l'a menacé de porter plainte. Comment pourrais-je dormir tranquille maintenant que je sais ce qui se passe entre l'amour de ma vie et ma meilleure amie ?

George tiqua lorsqu'elle appela Roger l'amour de sa vie. C'étaient des paroles douloureuses à entendre, mais George avait l'habitude de cacher ses sentiments.

— Tu peux rester ici jusqu'à ce que tu aies trouvé autre chose. Tu vas me faire une liste de toutes les choses dont tu as besoin et je vais aller faire un saut chez toi et te les rapporter.

Les larmes de Sarah s'étaient arrêtées, mais elle semblait pensive.

— C'est gentil de ta part, mais je vais venir avec toi. Je me fiche de ne plus revoir Roger ou Mo de toute ma vie, mais je ne retournerai plus jamais dans mon studio et je veux absolument tout emporter, y compris les affaires de Tommy.

— Je comprends. Je vais faire en sorte qu'ils te fichent la paix. Ils auront affaire à moi s'ils cherchent à t'approcher.

45

On était lundi matin et George et Sarah étaient assis à la table de la cuisine tandis que Lena faisait revenir des saucisses à la poêle. Lena avait entendu Sarah pleurer toute la nuit. La pauvrette était anéantie après ce qui s'était passé entre Mo et Roger, et elle lui avait suggéré de prendre sa journée, mais Sarah avait refusé, déclarant qu'elle préférait travailler plutôt que rester à la maison à se morfondre.

George et Sarah commencèrent à manger leur petit-déjeuner en silence. Lena brûlait d'envie de leur annoncer la nouvelle, mais le moment lui semblait mal venu. D'un autre côté, cela aiderait peut-être Sarah à se changer les idées.

— Les événements de ces dernières semaines ont été éprouvants, en particulier pour toi, Sarah, c'est pourquoi je pense que nous avons tous besoin de nous requinquer un peu.

— C'est pas faux, dit George. Tu avais quelque chose en tête ?

— Eh bien, oui, justement, répondit Lena avec un petit sourire malicieux.

— Alors, vas-y ! On t'écoute, dit George en essuyant son assiette avec un morceau de pain.

— Albert et moi avons arrêté une date pour notre mariage.

Bien qu'elle s'efforçât d'avoir l'air calme, l'excitation pointait dans la voix de Lena, qui n'arrivait pas à contenir sa joie.

George se leva, contourna la table et, posant ses deux mains sur les épaules de sa mère, l'embrassa sur les deux joues.

— C'est formidable, maman. Félicitations. Et c'est quand alors ?

— En novembre. Je sais que ça peut paraître un peu précipité, mais nous n'avons pas envie d'attendre trop longtemps. Nous n'allons pas faire d'extravagances, mais ce sera tout de même un jour spécial, et Dieu sait si nous en avons tous besoin !

— Félicitations, Lena, c'est une excellente nouvelle, dit Sarah, dont le sourire n'était qu'une façade destinée à dissimuler son chagrin.

— Après la cérémonie, j'irai vivre chez Albert. Ce qui veut dire que tu pourras prendre ma chambre, George. Et si Sarah veut s'installer ici, elle pourra prendre la tienne. Cela t'évitera de payer un loyer, Sarah, et puis c'est à deux pas du magasin, ce qui est bien pratique. Qu'en penses-tu ?

— Une minute, maman. Tu ne crois pas que ça va faire jaser dans les chaumières ?

— Dès l'instant que vous aurez chacun votre chambre, vous aurez la conscience tranquille. Il n'y a que les gens qui ont l'esprit mal tourné qui répandent des commérages. Qu'en dis-tu, Sarah ?

— C'est absolument parfait, je vous remercie, Lena, mais toi, George, es-tu d'accord ?

Avant qu'il ait pu répondre, Lena lança :

— Oh, il sera sûrement d'accord, et content d'avoir de la compagnie. N'est-ce pas, George ?

— Oui, bien sûr, dit le garçon en levant les pouces en signe d'approbation.

— Affaire conclue, donc. Albert veut que j'arrête de travailler, de sorte que nous allons te confier davantage de responsabilités, Sarah. Tu assureras la gérance du magasin et tu pourras prendre une assistante. Je te fais entièrement confiance. Tu t'en sens capable, ma jolie ?

— Oh, mais oui. Je ne sais que vous dire, bredouilla Sarah, interloquée.

— Merci suffira. Et bien sûr, nous allons augmenter ton salaire.

— Oh, merci, Lena ! Je vous promets que vous ne le regretterez pas, dit Sarah, soudain plus enjouée.

Lena savait qu'elle pouvait s'en remettre les yeux fermés à la jeune fille. Elle avait le sentiment que davantage de responsabilités l'aideraient à oublier toutes ses déceptions.

— J'ai pensé que tu pourrais peut-être m'aider à préparer le mariage. Comme je l'ai dit, nous ne voulons pas de tralala, mais malgré cela, il y a tout de même une foule de détails à régler.

— Je serai ravie de vous donner un coup de main, dit Sarah.

Se tournant vers son fils, Lena lui demanda :

— Au fait, George, tu es d'accord pour me conduire jusqu'à l'autel ?

— Avec plaisir, maman, mais est-ce qu'il va falloir que je graisse la patte à Albert pour qu'il me débarrasse de toi ?

— Veux-tu te taire, effronté ! plaisanta Lena.

Sarah monta au premier pour se préparer avant d'aller au travail. Bientôt cette chambre serait à elle. L'idée lui plaisait. Elle s'était toujours sentie à l'aise chez Lena, une maison luxueuse comparée à son studio miteux.

Des images de Mo et Roger ensemble l'assaillirent et elle essaya de les chasser. Elle avait pleuré toutes les larmes de son corps la nuit dernière, et maintenant, elle n'éprouvait plus que du mépris pour la femme qu'elle considérait jusqu'ici comme sa meilleure amie. Heureusement, quand George l'avait accompagnée chez elle, hier, Mo n'était pas sortie de sa chambre et la fourgonnette de Roger n'était plus là.

Sarah regrettait de ne pas avoir suivi les conseils de George concernant Roger. Son propre instinct lui avait dit de se méfier, mais elle était passée outre, et à présent elle le regrettait. Mais elle avait appris sa leçon, et jamais elle ne lui pardonnerait de l'avoir trompée au moment où elle avait le plus besoin de lui.

Ses yeux recommencèrent à se remplir de larmes, mais elle serra les mâchoires. Ni l'un ni l'autre ne méritait ses pleurs. Une fois habillée, elle se mit une touche de rouge à lèvres et se rappela l'argent de Mme Alderton-Steele. Grâce à son pécule, elle avait fait de grands projets quand Tommy était encore en vie, mais à présent plus rien de tout cela n'avait d'importance. Et maintenant qu'elle allait être promue à l'épicerie, et qu'elle allait verser un loyer tout à fait raisonnable à George, elle se demandait ce qu'elle allait faire de ses économies. Pour l'heure, elle allait laisser l'argent dans son sac, et réfléchir tranquillement à la façon dont elle pourrait l'employer.

George était ravi pour sa mère. Albert était un chic type, et il savait qu'il allait la combler. L'unique ombre au tableau était Roger. Il ne savait pas comment il allait résister à l'envie de lui mettre son poing dans la figure quand il le reverrait. Sarah détestait la violence, et elle lui avait fait promettre de ne pas lever la main sur lui, mais c'était beaucoup lui demander.

Fort heureusement, quand George arriva au marché, Roger n'y était pas. D'après Sarah, il avait pris une sérieuse correction et avait peut-être honte de se montrer en public avec un cocard. Grand bien lui fasse.

La matinée se passa normalement, si ce n'est que les gens n'arrêtaient pas de demander à George s'il savait où était Roger. Une demi-douzaine de ménagères au moins lui avaient déjà posé la question. C'est alors qu'il aperçut la serveuse du café qui venait dans sa direction.

— Bonjour, lui lança-t-elle. Tu ne sais pas où est Roger par hasard ?

George comprenait pourquoi elle avait tapé dans l'œil de Roger. Avec ses yeux verts et ses cheveux acajou, elle était superbe, mais aussi plus jeune qu'il ne se l'était imaginé.

— Non, ma jolie, et pour être tout à fait franc, je m'en contrefiche. Et si je peux te donner un conseil – et si tu as deux sous de cervelle – garde tes distances avec lui.

— Je sais qu'entre Roger et toi ça ne va pas fort. Mais pourquoi devrais-je suivre tes conseils ? dit la fille d'un air hautain, avant de s'éloigner sans laisser à George le temps de lui répondre.

— Je vais te dire pourquoi, lui cria-t-il. Parce que sa petite amie l'a surpris au lit avec la femme d'un autre.

La fille fit volte-face, une expression incrédule dans les yeux.

— Tu es jaloux, parce qu'il est beau gosse et que tu es… non, mais regarde-toi, crapaud, cracha-t-elle avant de reprendre son chemin.

George eut l'impression d'avoir reçu une gifle en pleine figure. Mais la fille avait raison, il n'était qu'un crapaud.

Pas étonnant que Sarah n'ait pas envie de lui. Il avait appris à vivre avec ses cicatrices, et parfois il arrivait même à les oublier, jusqu'à ce qu'il surprenne son reflet dans la glace…

— N'y prête pas attention, dit une femme qui avait tout entendu. Ce n'est qu'une gamine qui ne sait rien de ce qui t'est arrivé. Quant à Roger, on sait tous de quoi il est capable, mais elle va devoir l'apprendre à ses dépens.

La femme était une amie de sa mère.

— Merci, Kath, mais je sais bien qu'elle a raison. Je suis un monstre. Et aucune fille ne tombera jamais amoureuse de moi.

— Ce qu'il te faut, c'est une fille capable de voir plus loin que ton physique, George. Garde la tête haute, fiston. Moi, je suis sûre que cette fille-là existe. Laisse-moi faire, mon garçon, il se pourrait bien que j'aie une belle surprise pour toi.

46

C'est à peine si Sarah vit passer les deux semaines suivantes. Elle avait engagé une petite jeune fille du nom de Violette, qu'elle devait former dans la journée, et le soir venu elle discutait chiffon avec Lena, qui refusait catégoriquement de mettre une robe blanche pour son mariage, estimant avoir passé l'âge de jouer les jeunes mariées rougissantes.

Le samedi soir, George avait emmené Sarah au concert, et le dimanche ils avaient fait une longue promenade dans le parc. Maintenant, on était à nouveau lundi et elle était de retour à l'épicerie.

— Violette, un thé ou un café, ça te dit ?

— Non, merci. Ça ne me fait pas très envie.

— Un jus d'orange alors ?

— Ça, oui, par contre, je veux bien.

Sarah venait d'entrer dans la remise quand elle entendit tinter le carillon. Violette n'était là que depuis deux semaines et elle préférait ne pas la laisser seule. C'est pourquoi elle revint sur ses pas, en lançant :

— Bonjour !

En entrant de nouveau dans la boutique, elle comprit à sa grande stupeur que deux policiers étaient en train de s'entretenir avec Violette derrière le comptoir.

Les deux hommes se tenaient de dos, et Sarah sentit son cœur s'accélérer, craignant que son père ne soit l'un d'eux.

Quand les officiers de police se retournèrent, elle s'écria malgré elle :

— Oh, je croyais que l'un de vous était le sergent Lyons.

— Le sergent Lyons est parti à la retraite, il vit en Cornouailles à présent, répondit l'un des compères.

— Oh, dit Sarah, interloquée.

— Vous êtes Sarah Jepson ? demanda l'un des deux hommes.

— Oui, répondit-elle le cœur battant à tout rompre.

— Nous enquêtons au sujet d'une agression qui aurait eu lieu à votre domicile.

— Oui ? marmonna Sarah.

— M. Roger Brooke a été blessé au cours d'une agression perpétrée par un certain Samuel Edwards. Nous n'avons pas réussi à localiser M. Edwards, mais on nous a dit que vous étiez la dernière personne à l'avoir vu. Il vous a dit où il allait ?

— Non, répondit Sarah, en songeant que même si elle l'avait su elle ne l'aurait pas dit à la police.

En ce qui la concernait, Roger n'avait eu que ce qu'il méritait, et elle espérait que Samuel ne serait pas condamné.

— Vous ne savez donc pas où il se trouve ?

— Non, répondit-elle sèchement.

— Merci, mademoiselle Jepson, désolés de vous avoir dérangée. Si jamais vous avez des nouvelles de M. Edwards, merci de nous contacter.

Sarah hocha la tête, bien qu'elle doutât de revoir Samuel un jour.

Quand elle retourna dans la réserve, elle était pensive. Ron Lyons était trop jeune pour prendre sa retraite. Avait-il pris la fuite pour se protéger, et protéger sa famille, des conséquences de ses erreurs passées.

Si c'était le cas, tant mieux, songea Sarah. Désormais, cette page-là était tournée, et elle n'avait plus rien à craindre.

Le cœur de George chavira le jour où Roger reparut au marché. Depuis deux semaines, sa colère avait eu le temps de retomber, mais elle continuait malgré tout à bouillonner sous la surface.

Il jeta un coup d'œil à Roger et constata non sans satisfaction que le jeune homme portait encore les traces de la correction que lui avait flanquée Samuel.

— Alors, c'est pour novembre à ce qu'il paraît ? Tu dois être tout excité.

George détacha ses yeux de Roger et se tourna vers Kath, qui se tenait devant lui, son cabas en osier à la main.

— Bonjour, Kath. Novembre ? Ah oui, le mariage de ma mère ? Bah, pour être franc, vivement que ce soit fini. Elle et Sarah ne parlent que de ça : robes, gâteaux, coiffures et tout le tremblement. Elles vont finir par me rendre dingue.

— Allons, tu devrais te réjouir pour ta mère.

— Oh, mais oui. Ce n'est pas ce que je voulais dire. Simplement, ce qui devait être un petit mariage célébré dans l'intimité est en train de devenir un véritable événement. Si ça continue, elle va se marier à Westminster.

Kath rit.

— Tu exagères, Georges. Quoi qu'il en soit, Joan et moi avons décidé d'organiser une petite fête entre copines avant le grand jour. Il faut que tu dises à Sarah qu'elle est invitée.

— Je n'y manquerai pas. Ça ne peut que lui faire du bien. Et, au fait, Kath, à quoi faisiez-vous allusion la dernière fois ? C'est quoi cette histoire de surprise pour moi ?

— Tu verras, dit Kath en clignant de l'œil, l'air mystérieux, avant de s'éloigner.

Mo jeta un coup d'œil à la pendule. Midi. Ces temps-ci, elle avait l'habitude de se lever tard. Rien ne l'obligeait à sortir du lit. Depuis que Samuel avait rossé Roger, elle n'avait plus vu ni l'un ni l'autre, et idem pour Sarah. Désormais, en plus de ses journées, elle passait ses nuits dans une parfaite solitude.

Elle avait écrit plusieurs fois à Samuel, chez son frère, dans l'espoir que ce dernier ferait suivre. Mais elle n'avait reçu aucun retour. Elle ne savait pas où il était et avait le cœur gros. Il lui manquait tellement. Elle s'extirpa du lit et s'approcha de la bouteille de cognac. Vide. La chambre avait l'air d'un taudis, mais elle s'en fichait. Elle avait donné tout l'argent de la boîte à biscuits à Sam, et n'avait plus un sou vaillant. Quant à retourner travailler après s'être absentée pendant si longtemps sans un mot d'explication, il ne fallait pas y compter. L'avenir s'annonçait sombre. Elle entendit frapper à la porte du bas, et jeta subrepticement un coup d'œil par la fenêtre. C'était M. Terence qui venait chercher le loyer. Son cœur s'emballa. Elle n'avait pas de quoi le payer, et si jamais il découvrait qu'elle était seule et sans travail, il la flanquerait dehors.

Mo retourna se coucher et rabattit l'oreiller sur sa tête. Au bout d'un moment, les coups à la porte cessèrent et elle entendit la voiture de M. Terence démarrer. Elle avait réussi à l'éviter, mais elle ne pourrait pas lui échapper éternellement.

Rejetant les couvertures, elle s'approcha de la glace. Son reflet était à l'image de sa vie : sens dessus dessous. Elle n'avait pas de compagnon, pas d'amis, pas de famille, et bientôt elle n'aurait plus de maison. La seule chose qui lui restait, c'était son physique. Elle pourrait se faire une beauté et retourner trouver Barry. Il ne ferait jamais d'elle un top-modèle, mais il pourrait lui donner de l'argent en échange de photos érotiques. Après tout, elle l'avait déjà fait et n'en était pas morte. Et maintenant que Samuel n'était plus là, elle était prête à faire tout ce que Barry lui demanderait, du moment qu'il la payait en conséquence.

47

Le mariage de Lena était dans trois semaines. On était jeudi soir et Sarah, ainsi que Kath et Mine, la tante de George, s'étaient réunies chez Joan.

Lena poussa un petit cri de douleur et Joan s'excusa :

— Désolée, je ne voulais pas te piquer avec mon épingle, mais cette robe à besoin d'être reprise.

— À force de galoper à droite et à gauche, pas étonnant que j'aie perdu du poids, médita Lena dans sa robe longue en satin ivoire et boléro assorti.

— Vous êtes superbe, la complimenta Sarah.

— Merci, lui répondit Lena radieuse.

— Bien, voilà qui est fait. Et maintenant, à toi, dit Joan en faisant signe à Sarah d'approcher.

Elle la fit monter sur un petit escabeau et pinça sa robe de demoiselle d'honneur au niveau de la taille.

— Toi aussi, tu as perdu du poids, commenta-t-elle.

— J'espère que tu ne t'épuises pas au travail et que tu manges les sandwichs que je te prépare, dit Lena, l'air soucieuse.

La tante Mine prit Lena à part et lui chuchota :

— Laisse-la donc tranquille. Tu ne te rappelles pas comment tu avais fondu quand ton mari est mort sous les bombes ?

— Oui, tu as raison, je ne mangeais plus rien. Pauvre Sarah, elle fait tout ce qu'elle peut pour ne pas montrer son chagrin. Je dois reconnaître qu'elle est beaucoup plus courageuse que moi, dit Lena.

— C'est une si gentille fille, dit Mine. Je l'aime beaucoup.

— Moi aussi. Si j'avais eu une fille, j'aurais voulu qu'elle lui ressemble.

Elles s'imaginaient que Sarah ne pouvait pas les entendre, mais aucune de leurs paroles n'avait échappé à la jeune fille, qui se mit à rougir. Elle n'était pas habituée à ce qu'on se répande en compliments à son sujet ou qu'on lui témoigne de l'affection.

— Au fait, je ne te l'ai pas dit, Lena, mais j'ai arrangé un rendez-vous pour George avec une jeune fille, dit Kath.

Sarah tendit l'oreille. L'idée que George ait pu avoir un rendez-vous galant l'incommodait. Mais pourquoi ? Ils étaient amis et elle aurait dû se réjouir pour lui. Mais tout ce qu'elle arrivait à se dire, c'est que s'il avait une fiancée, ils ne se verraient plus aussi souvent, et qu'il allait lui manquer.

— Il ne m'en a pas parlé, dit Lena.

— Parce que je ne lui ai pas encore dit. Mais tu connais ma nièce Julie. Eh bien, elle adorerait sortir avec lui.

— Julie… elle n'est pas un peu jeune pour lui ? marmonna Joan, qui avait des épingles plein la bouche.

— Elle a dix-huit ans.

— Mon Dieu, que le temps passe vite. Ce n'était encore qu'une gamine la dernière fois que je l'ai vue.

— Eh bien, si tu la voyais aujourd'hui, tu n'en reviendrais pas. Elle a grandi et elle est jolie comme tout, en plus, déclara Kath fièrement.

— Tu lui as expliqué que George était gravement brûlé ? s'enquit Lena.

— Oui, et je lui ai aussi dit que c'était un garçon épatant. Elle fait des études pour devenir infirmière et ce genre de choses ne lui fait pas peur. Ce qui lui importe ce sont les qualités morales des individus. Comme je dis toujours, elle est de la vieille école, et elle a un cœur en or.

— Ah, je suis contente de l'entendre, Kath. Et quand sont-ils censés se rencontrer ? demanda Lena.

— Samedi soir. Il y a une soirée dansante à Carshalton, là où elle habite.

— Ooooh. Imaginez un peu notre George emmenant une fille danser ! C'est un garçon formidable, et il mérite d'avoir une fiancée, dit tante Mine.

— Mais il faut d'abord qu'il l'invite. J'ai expliqué à Julie qu'il était un peu timide, alors elle va venir avec moi au marché demain et faire en sorte qu'il comprenne qu'il ne la laisse pas indifférente, dit Kath avec un clin d'œil.

Lena soupira.

— J'espère que c'est la fille qui lui convient. Il faut bien avouer qu'il n'a pas eu de chance avec toi, Sarah.

— Nous sommes amis, très amis, et je l'aime énormément, mais pas comme un petit ami, expliqua Sarah en rougissant à nouveau.

— Bien, annonça Joan. J'ai fini de reprendre ta robe, tu peux la retirer maintenant. Mais tâche de ne pas perdre plus de poids.

— Je vais essayer.

— Albert a l'air d'un homme charmant, dit Mine.

— Il l'est, et c'est un excellent cuisinier par-dessus le marché. Il me prépare toujours de délicieux petits plats, dit Lena.

— Un homme qui fait la cuisine ! Le rêve ! Je comprends pourquoi tu veux l'épouser, s'exclama Kath.

— Oh, mais il n'y a pas que les petits plats. Il est plein d'attentions pour moi. Quand il sait que je viens, il achète mes biscuits préférés parce qu'il sait que j'ai la dent sucrée.

C'est un vrai gentleman. Il vous tient la porte, il met des disques de Vera Lynn pour me faire plaisir alors qu'il déteste sa voix, et hier, il m'a annoncé que je pouvais redécorer sa maison comme je voulais. Il veut que je m'y sente chez moi.

En entendant Lena parler ainsi d'Albert, Sarah comprit que Roger n'avait jamais eu la moindre attention pour elle.

— Tu as décroché le gros lot, Lena. Mon Bob aussi était comme ça. Il se mettait toujours en quatre pour me faire plaisir. Une fois, quand j'étais enceinte d'Emily, j'ai eu une soudaine envie de purée de pommes de terre. Mais nous n'avions plus une seule patate en réserve. Eh bien, il a fait douze kilomètres sous la pluie et escaladé les barrières de la prairie de Hampton pour me rapporter un sac plein de pommes de terre. Il était minuit passé quand il est rentré, trempé comme une soupe et le dos cassé d'avoir porté ce gros sac jusqu'à la maison. Et comme si ça ne suffisait pas. Il les a épluchées et fait cuire ! dit Joan.

— Je m'en souviens, confirma Kath. Parce que je lui ai demandé pourquoi il n'était pas simplement allé aux jardins ouvriers pour en ramasser une ou deux.

— C'est vrai, il n'y a pas pensé une seconde, cet idiot. En tout cas, après ça, on a eu assez de patates pour tenir un mois, s'esclaffa Joan.

Plus les autres femmes évoquaient leurs chers disparus, plus Sarah comprenait que Roger ne l'avait jamais aimée. La seule attention qu'il avait eue était un bouquet de fleurs pour elle et un jouet pour Tommy, mais c'était sans doute une manœuvre pour la séduire et l'attirer dans son lit. Elle frissonna en repensant à la façon brutale dont il l'avait déflorée. Elle regrettait de l'avoir laissé faire. C'était arrivé alors qu'elle était en plein désarroi et en demande d'affection après la mort de Tommy.

Deux heures s'étaient écoulées, et après plusieurs verres de sherry, leur petite réunion entre femmes battait son plein quand on frappa à la porte. C'était George.

— Dis à maman et Sarah que je les attends dans ma camionnette, dit-il à Joan lorsque celle-ci ouvrit la porte. Mais qu'elles prennent leur temps. Vous avez l'air de vous amuser comme des folles.

— Entre, George, l'invita-t-elle en lui laissant le passage tandis que des hurlements de rire leur parvenaient depuis le salon.

— Non, je préfère attendre dans la fourgonnette. Je me méfie de cette congrégation de sorcières, lança George en riant.

Joan retourna dans le grand séjour et informa Lena que son fils était là pour les ramener, elle et Sarah, quand elles le souhaiteraient.

— En voilà un qui ferait un bon mari, dit Kath. Si ça se trouve, entre lui et Julie, ça va faire tilt et on va bientôt célébrer un deuxième mariage.

L'estomac de Sarah se noua. Que George sorte avec une fille, c'était une chose, mais qu'il se marie !

Peu après, la porte d'entrée s'ouvrit et le petit groupe de commères sortit dans la rue. George était en train d'abaisser sa vitre quand Kath vint à sa rencontre.

— Bonjour, George. Je voulais justement te parler. Je passerai te voir demain au marché avec la surprise dont je t'ai parlée, dit-elle.

— Oh, Kath. Tu sais bien que j'ai horreur des surprises. Dis-moi de quoi il s'agit… s'il te plaît.

— Bon, puisque tu y tiens, je vais te donner des indices. C'est au sujet de ma nièce, Julie. Elle aimerait que tu l'emmènes danser samedi, alors tu as intérêt à bien astiquer tes chaussures et à te donner un coup de peigne. Elle a très envie de te rencontrer. Elle va te plaire, George, elle est jolie comme tout, et intelligente aussi. Je t'avais dit de me laisser faire, non ? lança Kath en lui décochant un clin d'œil.

— Oui, mais tu ne m'avais pas dit qu'il était question d'une fille. Je ne sais pas… je. Je suis sûr que ta nièce est quelqu'un de très bien, mais…

— Tu vas l'inviter un point c'est tout, coupa Kath. Tu ne peux pas lui poser un lapin alors qu'elle rêve de faire ta connaissance. Et d'ailleurs, ça fait combien de temps que tu n'es pas allé danser ?

— Bon, bon, ça va, dit George.

Il regarda en direction de Sarah. Il aurait mille fois préféré sortir avec elle, mais elle était hors d'atteinte et il avait fini par se faire à l'idée qu'il n'y aurait jamais autre chose que de l'amitié entre eux.

— Parfait, à demain donc, conclut Kath d'un ton ferme.

George hocha la tête à contrecœur, et descendit de la camionnette pour ouvrir la portière à sa mère.

— Je vois que mon Albert n'est pas le seul homme à connaître les bonnes manières, dit Lena. Au revoir, les filles, et merci pour la tranche de rire.

George ouvrit ensuite à Sarah.

— Désolé, ce n'est pas très confortable à l'arrière de mon fourgon, s'excusa-t-il. Mais je t'ai installé une banquette en bois.

— Oh, merci, George, ça ira très bien. Tommy adorait monter à l'arrière, et je suis sûre que ça va me plaire. C'est beaucoup mieux que de rentrer à pied la nuit.

Sur le trajet du retour, Lena relata les moments forts de la soirée à George, mais Sarah semblait étrangement songeuse.

— Ça va, là-bas derrière, en deuxième classe ? lui lança-t-il.

— Oui, oui, je suis juste un peu fatiguée, répondit Sarah.

Mais ce n'était pas la fatigue, il en était certain. Quelque chose la tourmentait et il lui poserait la question quand sa mère ne serait pas dans les parages.

Le vendredi matin, quand ils se retrouvèrent au petit-déjeuner, Sarah ne desserra pour ainsi dire pas les dents. Lena aussi se comportait bizarrement, décochant à tout bout de champ des clins d'œil à son fils.

À présent, George se tenait devant son stand, et guettait la venue de Kath avec appréhension. Il était en train de déballer des vêtements pour une cliente quand une voix lui lança :

— George !

Il se retourna et aperçut Kath en compagnie d'une jeune fille ravissante.

— Bonjour, Kath ! Pas trop la gueule de bois ce matin ?

— Non, mais ! Je n'ai presque rien bu hier. Voici ma nièce Julie. Elle fait des études d'infirmière.

— Bonjour, Julie, enchanté de faire ta connaissance, dit George mal à l'aise.

Elle était beaucoup plus jolie qu'il ne s'y attendait.

— Enchantée, moi aussi, dit-elle, l'air nullement rebutée par son apparence et en le regardant droit dans les yeux.

Soudain réduit à quia, il se mit à bégayer :

— Alors… comme ça… tu fais des études d'infirmière ?

— Oui, et j'adore ça. Je fais un stage en pédiatrie pour l'instant, dit-elle en le regardant à nouveau attentivement. Un des petits s'est retrouvé dans un incendie, et il va garder des cicatrices au visage, comme toi.

— Pauvre gosse, murmura George.

— Mais toi, tu as appris à vivre avec tes cicatrices, non ? Et puis la chirurgie plastique a fait de gros progrès.

— Quand on a une tête comme la mienne, on n'a guère le choix, dit George sur un ton qui se voulait dégagé.

— Oh, mais ce n'est pas si terrible, dit Julie avec un sourire craquant.

Étant donné qu'il était peu probable qu'elle cherchât à l'aguicher, George en vint à la conclusion qu'il se faisait des idées.

— C'est gentil de ta part, mais je sais de quoi j'ai l'air.

— À moi, ça me va, dit Julie gentiment.

— On dirait que ma nièce te trouve à son goût, George. Il y a un bal à l'hôtel de ville la semaine prochaine. Tu devrais l'inviter, lança Kath au débotté.

— Tatie ! protesta Julie en rougissant.

— Pas la peine de faire des manières. Tu es partante, non ?

— Oui, bien sûr, si George est d'accord, répondit Julie avec un regard timide.

— Eh bien, George, qu'est-ce que tu attends ? dit Kath.

George n'arrivait pas à en croire ses oreilles. Cette fille ravissante était en train de lui dire qu'elle voulait aller danser avec lui.

— Euh... eh bien... est-ce que ça te dirait de...

— Oh oui. Très volontiers, le coupa Julie.

— Parfait, dans ce cas, l'affaire est réglée, dit Kath en riant. Je vous laisse vous mettre d'accord pendant que je fais mon marché. J'ai besoin d'une cuillère en bois.

George se sentait quelque peu désarçonné pour ne pas dire incrédule. Mais lorsque Julie lui sourit à nouveau, il n'eut pas besoin de se faire prier pour l'inviter.

48

On était en novembre. Un jour, en fin d'après-midi, Sarah s'apprêtait à fermer boutique quand le carillon de la porte tinta. Son sourire de vendeuse s'effaça dès qu'elle comprit que la cliente qui venait d'entrer était Mo.

— Du balai, lui dit-elle sèchement. Je n'ai rien à te dire.

— Sarah, s'il te plaît, écoute-moi. Je suis désolée de m'être comportée comme je l'ai fait alors que j'étais ton amie, et je ne me pardonnerai jamais.

— Moi non plus, je ne te pardonnerai jamais. Et tu n'as jamais été mon amie. Alors va-t'en.

— S'il te plaît, Sarah, je ne serais pas venue te trouver si je n'étais pas aux abois, supplia Mo au bord des larmes.

Sarah se retrancha derrière le comptoir, désireuse de mettre une barrière entre elle et Mo. Non parce qu'elle avait peur d'elle, mais parce que la revoir avait rouvert de vieilles plaies.

— Ce que tu as fait est inqualifiable. Tommy venait juste de mourir, et tu savais combien j'étais fragile. Mais ça ne t'a pas empêchée de coucher avec Roger. Et maintenant, tu te paies le culot de venir ici et de me dire que tu es désolée. Tu n'es qu'une garce. Je te hais, et j'aurais préféré ne jamais t'avoir rencontrée, éructa Sarah.

— Je sais tout ça, dit Mo en sanglotant, mais je n'ai personne vers qui me tourner. Je me suis comportée comme une moins que rien, et je le regrette du fond du cœur. Si seulement je pouvais revenir en arrière et tout effacer. Mais je ne le peux pas et maintenant… maintenant… je suis enceinte.

Sarah se laissa tomber sur le tabouret, abasourdie.

— Et qu'attends-tu de moi ? demanda-t-elle. Rentre chez tes parents. Maintenant que tu n'es plus avec Sam, ils te reprendront.

— Je ne peux pas… je ne sais pas qui est le père. Si le bébé a la peau noire, ils me chasseront. L'enfant est peut-être de Roger, mais il ne veut plus rien avoir à faire avec moi. Quant à Sam, il est introuvable. J'ai fait des photos pour pouvoir manger, mais maintenant ce n'est plus possible parce que ma grossesse commence à se voir. Je n'ai pas d'argent, Sarah, et pas de quoi payer mon loyer. Je n'ai plus de maison.

Sarah ne souhaitait à personne d'en être réduit à cela. Elle savait mieux que personne combien il était difficile de se retrouver seule avec un enfant, mais son cœur s'était endurci.

— Tu ne peux t'en prendre qu'à toi-même. Tu as trompé un brave garçon qui t'aimait, et ça ne t'a pas dérangée plus que ça, lança Sarah avec sarcasme. Si tu t'imagines que je vais t'aider, tu te fourres le doigt dans l'œil. Tu ne mérites que mon mépris. Sors d'ici.

L'attitude de Mo changea brusquement. Ses larmes cessèrent et elle lança à Sarah, un regard plein de haine dans les yeux :

— J'ai fait une erreur, Sarah. Et je le reconnais, mais ce n'est arrivé qu'une seule fois et maintenant j'en paie le prix. Je vais tout perdre à cause de… de cette chose… qui pousse dans mon ventre. Et toi, regarde-toi. Tu as un bon boulot et les Neerly t'ont adoptée, mais tu te permets de me traiter comme de la boue, comme si tu valais mieux que moi. Mais moi, je sais d'où tu viens. Ta mère était une putain, et tu as connu des temps difficiles, au point de jouer les rabouilleuses sur les bords de la Tamise pour pouvoir manger. Mais les gens t'ont tendu la main quand tu en avais besoin, et je pensais que tu ferais de même.

— Ne me mets pas tes malheurs sur le dos, Mo. Quand Tommy est mort et que j'avais le plus besoin de toi, tu étais occupée à séduire mon petit ami. Tu avais tout, mais ça n'était jamais assez. Tu voulais plus, eh bien, maintenant, tu es servie. Sauf que tu ne t'attendais pas à avoir un bébé, pas vrai ? Une fille mère. Oh, mon Dieu, les gens vont jaser. Va quémander ailleurs, parce qu'ici tu perds ton temps.

Sarah s'approcha de la porte d'un pas décidé et l'ouvrit à la volée.

— À bon entendeur, dit-elle.

En passant devant Sarah, Mo lui cracha au visage.

— Très bien, je m'en vais. Mais sache que si tu t'étais comportée comme une vraie femme avec Roger, il ne serait pas venu se consoler dans mon lit, glapit Mo en sortant.

Sarah se dépêcha de verrouiller la porte, puis elle sortit son mouchoir de sa poche et essuya le crachat de Mo. Elle était soulagée qu'elle soit partie et espérait qu'elle ne reviendrait plus jamais. Mo avait l'air de s'imaginer que tout roulait pour elle, mais en réalité elle ne s'était toujours pas remise de la disparition de Tommy. Il était sa première pensée quand elle se réveillait le matin, et la dernière quand elle s'endormait. Elle s'était fabriqué un masque pour cacher son chagrin, mais parfois celui-ci se craquelait, en particulier quand George sortait avec Julie. Elle lui souhaitait tout le bonheur du monde et s'en voulait de se comporter égoïstement. Mais elle se faisait du souci pour son avenir. Si les choses devenaient sérieuses entre George et Julie et qu'ils décidaient de se marier, non seulement elle perdrait sa maison, mais elle perdrait son meilleur ami.

— Coucou ! Y'a quelqu'un ? appela George en poussant la porte, une heure plus tard.

— Dans la cuisine, répondit Sarah.

— Salut, ma grande. Où est maman ?

— Elle est allée faire un dernier essayage et ne sera pas de retour avant une heure ou deux. Tu vas devoir te contenter de mon frichti, ce soir. Une omelette aux champignons ?

— Ça m'ira très bien. J'espère que tu as eu une meilleure journée que moi. Je ne supporte plus de travailler à côté de ton ex. Après la raclée que lui a mise Samuel, on pourrait penser qu'il se serait amendé. Mais penses-tu, il est toujours aussi cavaleur. Il flirte avec la fille du café et une autre qui travaille à la bibliothèque.

— Si elles sont comme moi, elles vont se laisser embobiner. À propos de Roger, tu ne devineras jamais qui est passé au magasin.

— Qui ? demanda George.

— Mo. Elle m'a fait ses excuses, après quoi, elle m'a annoncé qu'elle était enceinte.

George faillit s'étrangler avec son thé.

— Sans blague ? Elle ne manque pas d'air. Tu n'es pas trop secouée au moins ?

— Non, dit Sarah dans un soupir. Mo ne sait pas si le bébé est de Sam ou de Roger. Elle ne sait pas où est Samuel, et Roger ne veut rien avoir à faire avec elle.

— Elle voulait quoi ? De l'argent ?

— Je crois.

— J'espère que tu ne lui as rien donné. Tu te laisses si facilement attendrir.

— Non, non. Je l'ai envoyée balader.

— Bien fait. Espérons qu'elle va te fiche la paix après ça. J'aimerais pouvoir en dire autant de Roger, mais malheureusement, sauf si un autre stand se libère au marché, je vais devoir supporter sa tête de faux jeton jusqu'à la fin de mes jours.

Sarah n'était guère mieux lotie. Car même si elle ne voyait jamais Roger, elle pensait à lui chaque jour.

49

— Tu t'es mis sur ton trente et un, remarqua, Lena lorsque George entra dans le séjour. Julie et toi avez prévu de sortir ce soir ?

— Oui, on va au cinéma.

— Amusez-vous bien, lui lança Sarah même si le cœur n'y était pas.

Dès qu'il fut parti, Lena déclara tout de go :

— Sarah, j'ai de mauvaises nouvelles pour toi.

— Bah, une de plus ou une de moins, je commence à avoir l'habitude, répondit la jeune fille, résignée.

Après le décès de Tommy et la trahison de Mo, elle avait le sentiment que plus rien ne pouvait l'atteindre.

Lena s'assit sur l'accoudoir du canapé et expliqua :

— Albert et moi avons décidé de faire un long voyage de noces. Je ne suis jamais allée plus loin que Brighton, et il voudrait que nous allions rendre visite à sa famille en Italie.

— Oh, mais c'est merveilleux ! J'ignorais qu'Albert avait de la famille en Italie.

— Il n'était pas encore né quand ses parents sont venus s'installer en Grande-Bretagne, mais son vrai nom est Alberto. Il y a des années qu'il n'a pas vu ses proches.

— Et les mauvaises nouvelles, c'est quoi ? voulut savoir Sarah.

— Eh bien, pour pouvoir financer notre voyage, nous allons devoir vendre le magasin. Albert pense pouvoir en tirer un bon prix, et il a déjà trouvé des acheteurs qui seraient intéressés. Je ne pense pas que la boutique va rester longtemps sur le marché.

— Je comprends, dit Sarah.

— Je sais que ce n'est pas bon pour toi. Mais rien ne dit que les nouveaux propriétaires ne voudront pas te garder. Et de toute façon, avec tes références, tu ne devrais pas avoir de mal à trouver un nouvel emploi.

Sarah considéra ses options. Entre l'argent de Mme Alderton-Steele et la partie de son salaire qu'elle avait pu mettre de côté, elle s'était constitué un joli petit bas de laine. Peut-être était-ce l'occasion de mettre son projet à exécution.

— Je suis vraiment désolée, dit Lena.

— Ne vous en faites pas pour moi. J'ai des projets moi aussi.

— Vraiment ? Quels projets ? demanda Lena.

— Je ne vous en ai pas parlé, mais il y a quelque temps j'ai récupéré une coquette somme d'argent. J'avais prévu de la mettre de côté pour Tommy, mais il est mort, et du coup, j'ai gelé tous mes projets. Mais maintenant, je suis prête à me lancer.

— Mais de quoi s'agit-il au juste ! s'exclama Lena, sa curiosité piquée.

— Eh bien, quand j'ai commencé à travailler à l'épicerie, vous m'avez dit que j'étais une vendeuse née, vous vous souvenez ?

— Oui, c'est vrai que tu apprends très vite.

— Est-ce que vous diriez que George adore travailler au marché ?

Lena médita un moment, puis répondit :

— Je dirais qu'en été, ça ne lui pose pas de problème, mais que l'hiver il déteste ça. Sans parler du fait qu'il est obligé de côtoyer Roger à longueur de journée.

— Oui, évidemment, dit Sarah, avant d'ajouter en souriant, cette fois : je songe à louer un local afin de me lancer dans la vente d'articles d'occasion. Si George acceptait d'être mon associé, il pourrait s'occuper de trouver la marchandise pendant que je tiendrais la boutique. Comme vous le savez, la demande est très forte pour les vêtements d'occasion de bonne qualité.

— Mais c'est une excellente idée ! S'il y a bien quelqu'un qui peut faire tourner un commerce c'est toi. Quant à George, il a le chic pour dénicher les bonnes affaires. Il y a un bout de temps qu'il réfléchit à élargir son offre, mais au marché il n'a pas suffisamment d'espace.

— Lena, ne lui dites rien pour l'instant, s'il vous plaît. Je veux d'abord être sûre de trouver un bail dans mes prix. Et puis j'aimerais pouvoir lui annoncer la nouvelle moi-même.

— Je comprends, mais il risque d'y avoir un problème, car je ne crois pas qu'il ait beaucoup d'économies.

— Une partie de l'argent dont je dispose lui revient de plein droit, dit Sarah.

— Comment cela ?

Sarah lui raconta l'histoire des bijoux, puis conclut :

— J'ai une dette envers lui. Si George accepte de devenir mon associé, je vais commencer à chercher un local commercial.

— Je le vois mal laisser passer une occasion comme celle-là. On devrait arroser ça ! Va donc chercher des verres à liqueur, et la boîte de chocolats qui se trouve dans le placard du haut. Un cadeau d'Albert, dit Lena.

Sarah sentit soudain monter l'excitation. Elle avait beaucoup douté jusque-là, n'étant pas certaine de pouvoir monter sa propre affaire. Après tout, elle n'avait guère fait d'études. Mais si une femme aussi avisée que Lena lui faisait confiance, c'était bon signe.

Ce serait merveilleux si elle réussissait à monter son propre commerce et à devenir totalement indépendante.

Le lendemain matin, George était attablé à la cuisine quand Sarah se joignit à lui. Il remarqua d'emblée qu'elle avait l'air plus animée qu'à l'ordinaire. En temps normal, quand elle se réveillait, le matin, et comprenait que Tommy n'était plus là, elle se mettait à pleurer. Mais aujourd'hui, elle n'avait pas les yeux rouges.

Elle se servit une tasse de thé, tout en échangeant un coup d'œil complice avec Lena, et George comprit que les deux femmes étaient en train de comploter quelque chose.

— Eh bien, cette soirée avec Julie ? demanda sa mère.

— Ça s'est bien passé, répondit-il d'une voix morne.

— Ça devient sérieux entre vous ?

— Sérieux ? Il est un peu tôt pour se prononcer, non ?

Sarah se leva abruptement et déclara :

— Je vais faire un tour à la salle de bains.

À peine eut-elle quitté la pièce que Lena demanda :

— Comment trouves-tu cette fille ? Elle te plaît au moins ?

— Elle est gentille, maman… mais ce n'est pas Sarah, répondit-il sans y aller par quatre chemins.

— Je m'en doutais. Mais avec le temps tu vas peut-être t'attacher à elle.

— Comme le lierre à un tronc d'arbre ? dit George en ricanant.

Il aimait beaucoup Julie. Ses cicatrices ne la rebutaient pas et ils s'entendaient bien. Et il avait eu l'impression qu'elle voulait qu'il l'embrasse quand il l'avait raccompagnée chez elle, mais il n'avait rien fait. Ça ne lui paraissait pas juste, dès lors que la seule femme qu'il désirait vraiment était Sarah.

Quand celle-ci revint dans la cuisine, George songea qu'elle avait l'air sexy avec ses cheveux défaits de fille qui sort du lit.

— Albert doit passer me chercher plus tard, et on va commencer à déménager quelques affaires chez lui. Tu pourras te libérer, George ? On ne va pas avoir de trop d'une autre paire de bras, dit Lena.

— Pas de problème. On peut aussi prendre ma fourgonnette si ça t'arrange. Parce que si tu veux mon avis, le coffre d'Albert ne sera jamais assez grand pour contenir toutes tes chaussures et tes sacs à main.

— Ah, ah, très drôle. Mais tu as raison, je vais commencer à faire le tri pour me débarrasser de tout ce qui ne va pas me servir.

— Ne jette rien surtout ! dit George. Souviens-toi que ton fils a un commerce de fripes.

— Ah oui, c'est vrai ! Si tu veux, tu peux y jeter un coup d'œil et me dire ce que tu veux garder, dit Lena, avant d'ajouter avec un clin d'œil à Sarah : et toi aussi tu peux faire ton choix.

George ne voyait pas ce qui aurait pu plaire à Sarah dans la garde-robe de sa mère. Mais l'atmosphère était joyeuse, et il fut content de voir briller une étincelle dans les yeux de la jeune fille.

50

Le jour du mariage était enfin arrivé, et la maison de Lena était en pleine effervescence, avec Mine, Joan et Kath qui s'affairaient telles des abeilles autour de leur reine. George était allé dormir chez Albert, avec ordre de veiller sur le futur marié et de s'assurer qu'il arrivait à l'heure à l'église.

— Sarah, assieds-toi. Je vais te coiffer, ordonna Kath.

Joan était en train de mettre la dernière main à la robe de Lena tandis que tante Mine s'agitait en tous sens sans vraiment se rendre utile.

— Pour l'amour du ciel, Mine, tu me donnes le tournis. Trouve quelque chose à faire. Tiens, prépare-nous dont une tasse de thé, lança Lena à sa sœur.

— On perd son sang-froid ? dit Kath en riant. Détends-toi, ma chérie. Il fait un temps magnifique et tout va très bien se passer.

— Désolée, les filles, et désolée, Min. Mais je suis une vraie pelote de nerfs. Ce n'est pas le genre de truc qu'on fait tous les jours, hein ?

— Tu n'es pas en train d'avoir des regrets au moins ? s'alarma Joan.

— Pas le moindre. J'ai hâte de devenir madame Bosco. Mais tout ce tralala, la coiffure, la robe, les fleurs, le gâteau… c'est trop pour moi.

— Eh bien, il va falloir t'y faire, parce que tu es la reine du jour, dit Joan, tandis que Kath renchérissait : Et tu vas être resplendissante.

— Je sais, mais je ne suis pas tout de même un peu vieille pour tous ces chichis ? demanda Lena en s'étudiant dans la glace accrochée au-dessus de la cheminée. Elle portait des bigoudis et un masque de beauté à base d'œuf cru et de miel que Kath lui avait appliqué.

— Lena, tu es superbe, et non, tu ne vas pas avoir l'air d'une vieille qui veut se donner des airs de jeunette. Toutes les femmes n'ont pas la chance de vivre deux fois le plus beau jour de leur vie, alors profites-en !

— C'est vrai, approuva Joan. On a connu des moments difficiles depuis la fin de la guerre, avec tous les hommes qui ne sont jamais rentrés, le rationnement, la pollution de l'air et la crise du logement. On a bien le droit de s'amuser un peu, et Albert a bien fait d'inviter tous les amis et les voisins à une petite fête de rue. Je suis sûre qu'ils s'en souviendront toute leur vie. Tu as de la chance d'avoir trouvé un homme comme lui, et tu peux être fière de toi. Et d'ailleurs, pour ne rien te cacher, je suis un peu jalouse, dit Joan.

Le silence se fit soudain dans la pièce, puis tante Mine souffla :

— Bon sang, Joan. Quelle éloquence ! Quelqu'un aurait un mouchoir ?

— Au diable le thé, dit Lena. Débouche donc plutôt une bouteille.

Toutes éclatèrent de rire, et Sarah ne fut pas en reste. Enfin, elle commençait à reprendre goût à la vie, et après le speech de Joan, elle se sentait plus déterminée que jamais.

Posté devant l'église, George attendait sa mère. Les invités étaient arrivés et la nef était pleine à craquer. Lorsqu'il avait mené Albert jusqu'au pied de l'autel, ce dernier affichait un calme olympien. Quand sa mère avait épousé son père, ils étaient simplement passés devant M. le maire, mais Albert avait insisté pour qu'il y ait une cérémonie religieuse. Et il était content que Lena ait choisi précisément cette église. C'est là qu'il avait été baptisé, et ce n'était pas celle où les obsèques de Tommy avaient été célébrées.

L'Austin verte parfaitement astiquée arriva enfin, et George regarda sa mère en descendre. Il ne l'avait jamais vue aussi élégante et rayonnante. Il s'imagina Sarah portant la même robe, et lui en frac, même si ce n'était qu'un rêve.

— Je suis fier de toi, maman. Tu es si belle ! Albert a beaucoup de chance.

— Arrête ou tu vas me faire pleurer. Et je n'ai pas envie de faire couler mon mascara, dit Lena avec un petit rire nerveux.

— Bien, dit George en faisant signe au bedeau d'ouvrir les portes de l'église.

L'orgue se mit à jouer la « marche nuptiale », et George commença à descendre fièrement l'allée centrale, sa mère à son bras et Sarah derrière eux.

La cérémonie se passa sans encombre, Lena et Albert échangeant leurs vœux sans bégayer. George se retourna et vit quelques larmes de joie, puis son regard se porta sur Sarah. Elle avait dû sentir qu'il la regardait, car elle se tourna et lui adressa le plus adorable des sourires. Son cœur se serra dans sa poitrine. Il sortait avec Julie à présent, mais il savait que Sarah aurait toujours sa préférence.

Tout s'était passé à merveille, et à présent la voiture s'engageait dans leur rue. Lena eut un choc en voyant les longues tables et les chaises, les banderoles et les décorations qui couraient sur toute la longueur de la chaussée. Tous leurs voisins étaient présents et lorsqu'elle descendit de la voiture, ils l'acclamèrent avec effusion.

— Je vous présente M. et Mme Bosco ! cria une voix puissante.

— Merci, merci à vous tous, qui avez fait de ce jour une réussite, dit Albert. Et maintenant mangeons, buvons et réjouissons-nous !

Lena songea que ce n'était pas dans les habitudes d'Albert de se montrer aussi expansif, mais peut-être que, tout comme elle, il avait bu un ou deux verres pour se calmer les nerfs. Il n'avait pas regardé à la dépense pour la fête : bière pour ces messieurs et sherry pour ces dames, gâteaux maison, roulés à la saucisse et sandwichs à profusion.

Lena commençait à se détendre et regardait ses amis danser au son de l'accordéon et de la guitare. Tout le monde s'amusait, sauf George. Il avait l'air triste tandis qu'il couvait Sarah du regard. Il lui avait dit qu'il sortait avec Julie, mais Lena savait que son cœur était ailleurs.

Sarah faisait la ronde avec les enfants. Tommy devait lui manquer terriblement, surtout un jour comme aujourd'hui, mais elle faisait contre mauvaise fortune bon cœur.

— Tout va comme vous voulez, madame Bosco ? lui demanda Albert. Vous avez l'air perdue dans vos pensées.

— Oui, mon cœur, je suis folle de bonheur. C'est tellement agréable de voir les gens faire la fête.

— Tes amies et toi avez fait un travail formidable, dit Albert. Mais je commence à être un peu fatigué. Ça t'ennuierait si on rentrait à la maison ?

— Pas du tout. On va essayer de s'esquiver sans que personne s'en aperçoive.

La maison, songea Lena. Aujourd'hui, elle laissait celle qu'elle avait partagée avec George depuis la mort de son premier mari. Et bien qu'elle fût triste de la quitter, elle était impatiente de prendre un nouveau départ avec Albert.

51

Un mois s'était écoulé depuis la noce, mais à l'épicerie les clientes ne parlaient que de ça. Albert avait trouvé un repreneur pour le magasin, moyennant un prix tout à fait correct. Sarah avait été obligée de licencier Violette, mais à son grand soulagement, la jeune fille avait trouvé un nouveau travail.

Sarah avait commencé à visiter des boutiques à louer, mais aucune ne lui convenait. Elle devait bientôt en voir une autre, recommandée par Lena, et croisait les doigts pour que ce fût la bonne. Elle était idéalement située entre York Road et Battersea Park Road, dans une rue très passante.

Lena entra dans l'épicerie et lança :

— Bonjour, ma chérie. Tu es prête ?

— Oui. Espérons que je vais trouver mon bonheur cette fois, dit Sarah en allant chercher son sac à main dans la remise.

Elle retourna la pancarte côté « Fermé » puis verrouilla la boutique.

— C'est gentil à Albert d'avoir parlé de moi à M. Burrows.

— En fait, c'est un magasin de chaussures qui existe depuis aussi loin que je m'en souvienne, et Albert m'a dit que M. Burrows voulait le louer pour pouvoir prendre sa retraite. Il n'arrive plus à s'en occuper et du coup il perd beaucoup d'argent.

— Il n'a pas de famille ? Personne qui veuille reprendre l'affaire ? demanda Sarah.

— Tu n'es pas au courant ? Son fils aîné travaillait avec lui jadis, mais il est en prison pour vol depuis le mois dernier. Le juge a voulu faire un exemple et il a écopé d'une peine plus lourde qu'il n'aurait dû. Son autre fils est parti vivre en Australie, quant à sa fille, elle est mariée et mère de quatre enfants.

— Mais pourquoi M. Burrows ne l'a-t-il pas mise en vente, tout simplement ?

C'est ce qu'il a fait, mais comme personne ne semblait intéressé, il a décidé de louer.

Bah, comme ça, au moins, il aura des revenus réguliers, médita Sarah tandis qu'elles s'approchaient de la boutique à la devanture verte.

Elle adorait les grandes vitrines sur deux faces, et se voyait déjà en train d'y exposer leur marchandise.

L'agent immobilier les salua et leur serra la main.

— Vous ne trouverez pas meilleure situation, dit-il en ouvrant la porte.

— Jusque-là, tout va bien, dit Sarah, qui sentait monter l'excitation et avait hâte de découvrir à quoi ressemblait l'intérieur.

Les vitrines laissaient entrer à flots la lumière du jour et le local était spacieux. Une épaisse couche de poussière recouvrait les rayonnages, mais la boutique étant fermée depuis plus d'un mois cela n'avait rien d'étonnant.

— Cette porte-ci donne accès à une cour où il est possible de garer un véhicule, expliqua l'agent.

Tout excitée, Sarah sortit jeter un coup d'œil à la cour, puis rentra de nouveau. Le magasin avait besoin d'une bonne couche de peinture, mais rien de bien méchant.

— Qu'en pensez-vous, Lena ? demanda-t-elle.

— Je pense que c'est parfait. Si George arrive à dénicher des meubles d'occasion, il pourra les restaurer ici, ou même simplement les entreposer. Je ne crois pas que tu trouveras mieux, et puis le loyer est raisonnable.

— Je le prends, dit Sarah en se tournant vers l'agent.

Ce dernier eut l'air satisfait.

— Dans ce cas, je vais contacter M. Burrows et nous allons rédiger le bail, dit-il. Si vous voulez bien passer à mon agence lundi, nous pourrons le signer, et dès versement du premier mois de loyer, je vous remettrai les clés.

Lorsqu'elles sortirent de la boutique, Sarah se mordilla nerveusement les lèvres et dit :

— Je ferais peut-être bien de consulter George avant de signer. Si ça se trouve il ne voudra pas s'associer à moi.

— Oh, mais bien sûr que si. Il va être aux anges. Fais juste en sorte que je sois présente quand tu lui en parleras.

— Bonne idée, approuva Sarah. Quand tout sera réglé, je l'amènerai ici et nous lui annoncerons la nouvelle ensemble.

Il n'y a pas si longtemps, elle était incapable de voir la lumière au bout du tunnel et devait se faire violence pour se tirer du lit. Et voilà qu'elle était sur le point de monter sa propre affaire et de vivre une grande aventure. Elle sourit intérieurement. La vie lui semblait soudain plus belle.

George était en train de ranger son stand quand il aperçut la drôle de petite vieille au dos voûté qui parlait par énigmes. Voyant qu'elle arrivait droit sur lui, il se raidit.

— Jeune homme, coassa-t-elle. Vous n'êtes pas avec la femme qui vous est destinée !

Puis elle passa son chemin.

George secoua la tête, en songeant que la pauvre femme était à moitié ravagée. Mais plus il y songeait, plus il comprenait qu'elle avait raison. Il aimait bien Julie, mais elle n'était pas faite pour lui. Il ignorait si Sarah lui était destinée, mais dès lors qu'il ne pouvait pas être avec elle, il préférait rester seul.

Il finit de remballer sa marchandise et rentra. En arrivant à la maison, il trouva Sarah d'humeur guillerette, contrairement à lui. Il était censé sortir à nouveau avec Julie la semaine prochaine, mais n'en avait pas vraiment envie. Il allait devoir lui dire qu'il ne voulait plus la voir et craignait de la blesser.

— Ça n'a pas l'air d'aller, lui dit Sarah plus tard, tandis qu'assis côte à côte, ils regardaient les images en noir et blanc de la télévision.

— Si, si, répondit-il.

— Allons, je vois bien que ça ne va pas. Tu n'arrêtes pas de te frotter le menton, comme lorsque tu rumines quelque chose.

George sourit. Sarah le connaissait si bien !

— Bon, d'accord. C'est à cause de Julie, concéda-t-il.

— Quel est le problème ? Elle t'a largué ?

— Non, c'est le contraire. Je vais devoir lui annoncer que je ne veux plus la voir. Elle est parfaite, mais elle n'est pas faite pour moi. Et je ne sais pas comment le lui dire sans la vexer. Des idées ?

— Tu pourrais lui expliquer que le problème vient de toi.

— Comment cela ?

— Quelque chose du genre « Je t'aime vraiment beaucoup, Julie, tu es une fille adorable » et ce genre de choses, puis lui dire que tu préfères les garçons, déclara Sarah avec un sourire malicieux.

— Sarah ! Je ne pourrai jamais dire une chose pareille. Sans compter que c'est puni par la loi. C'est tout ce que tu as à me suggérer ?

Il aimait quand Sarah riait en écarquillant des yeux faussement horrifiés. Elle avait retrouvé son humeur espiègle.

— Je ne sais pas, moi, dis-lui carrément la vérité. Les femmes ne sont pas idiotes, voyons, elles savent quand un gars leur raconte des salades… en principe. J'ai bien dit *en principe*. Car il y a naturellement des exceptions. Comme Roger, par exemple. Mais si tu es honnête avec elle, elle n'aura aucune raison de t'en vouloir.

— Je devrais lui dire que je ne l'aime pas, c'est ça ?

— Peut-être pas de façon aussi abrupte. Tu pourrais commencer par lui expliquer qu'on ne peut pas se forcer à tomber amoureux. Dis-lui qu'elle est formidable, et que tu aurais aimé tomber amoureux d'elle, mais que ça n'est pas arrivé. Sur le coup, elle risque de mal le prendre, mais une fois la déception passée, elle s'en remettra. Et elle ne t'en gardera pas rigueur parce que tu n'auras pas cherché à l'embobiner.

— Très bien, je vais suivre tes conseils, dit George, tout en sachant qu'il ne pourrait pas être tout à fait franc avec Julie.

Il ne pourrait pas lui dire qu'il était amoureux d'une autre, une fille qui ne verrait jamais autre chose qu'un ami en lui.

Il éteignit la télévision et Sarah mit du lait à chauffer. Il s'imagina qu'il se passait exactement la même chose chez Albert, et regretta encore une fois que Sarah ne fût pas sa femme.

52

Le lundi matin, Sarah se rendit chez l'agent immobilier. Ils signèrent aussitôt le bail et maintenant elle était en possession des clés. C'était officiel, elle était l'heureuse locataire de l'ancien magasin de chaussures situé dans l'artère principale du quartier, et elle avait hâte d'entreprendre les travaux de rénovation. Mais avant toute chose elle devait changer l'enseigne. Après quoi, elle parlerait de ses projets à George.

Ce soir-là, George avait rendez-vous avec Julie, et Sarah attendait impatiemment son retour. Quand elle l'entendit se garer devant la maison, son cœur se mit à cogner dans sa poitrine. Il était rentré plus tôt que prévu, et Sarah en ressentait du soulagement. Elle avait beau se dire qu'elle n'aurait pas dû être jalouse de Julie, elle l'était malgré tout, et n'était pas mécontente de l'avoir entièrement pour lui.

— Eh bien, comment ça s'est passé ? lui demanda-t-elle dès qu'il passa la porte.

— Pas du tout comme tu l'avais prédit, répondit George, dépité.

— Oh ? Mais encore ?

— On était dans la fourgonnette, et je lui ai dit tout ce que tu m'as conseillé. Et voilà que, tout d'un coup, elle se transforme en furie. Elle commence par me balancer une paire de claques retentissante, après quoi elle m'accuse de tous les maux et me traite de tous les noms. Je suis resté pétrifié. Moi qui croyais avoir affaire à une adorable petite jeune fille ! Sérieusement, Sarah, je n'ai jamais entendu quelqu'un jurer comme ça. Après avoir vidé tout ce qu'elle avait sur le cœur, elle est descendue de la voiture en faisant claquer la portière. J'ai pensé, Dieu merci, c'est fini, mais elle s'est mise à donner des grands coups de sac à main sur le capot. J'ai voulu mettre le contact, mais je tremblais tellement que j'ai fait tomber les clés. Le temps que je les ramasse et que je démarre, elle avait réduit mon rétroviseur en miettes !

— Mince alors ! On peut dire que tu l'as échappé belle. Tu imagines si tu avais épousé une harpie pareille ? Ta camionnette est très endommagée ? demanda Sarah qui avait une furieuse envie d'éclater de rire mais se retint, car George avait l'air traumatisé.

— Non, pas trop, heureusement. Juste une ou deux bosses sur la carrosserie. Qui aurait cru qu'elle était à ce point dérangée ? Attends que je dise à Kath ce que je pense de son « adorable nièce » !

Sarah réprima un gloussement et George demanda, indigné :

— Parce que tu trouves ça drôle ? Tu n'as pas l'air de comprendre que cette fille est le diable en personne !

Le gloussement de Sarah fit place à un fou rire et des larmes se mirent à rouler sur ses joues.

— Oh, George, parvint-elle à articuler entre deux hoquets. J'imagine la tête que tu as fait quand elle t'a giflé. J'aurais voulu être là.

— Elle m'a fichu une trouille bleue.

La liesse de Sarah devait être contagieuse, car George se mit à rire lui aussi.

— Je ne suivrai plus jamais tes conseils en matière de femmes, en tout cas. Et je ne comprends vraiment pas pourquoi on est pliés en deux.

— Mais enfin, George, Julie est une mauviette à côté de toi. Je n'arrive pas à croire qu'elle t'ait fait peur.

— Tu es horrible avec moi. Je ne comprends pas pourquoi je t'aime, dit George.

Sarah cessa soudain de rire. George venait à nouveau de lui déclarer son amour, mais cette fois c'était différent. Elle ne voyait plus ses cicatrices, seulement l'homme au grand cœur qui était son meilleur ami et qui avait toujours été là pour elle. C'est alors qu'elle comprit que ses sentiments pour lui avaient changé. Confuse, elle bondit sur ses pieds et fila s'enfermer dans sa chambre pour essayer de mettre de l'ordre dans son esprit embrouillé.

Était-il possible qu'elle se soit éprise de George sans s'en rendre compte ? Ce qui expliquerait sa jalousie envers Julie. Son estomac se noua soudain et elle eut la même sensation de papillons dans le ventre que lorsqu'elle avait rencontré Roger.

Elle entendit George, lui crier :

— Sarah ? Ça ne va pas ?

Incapable de lui répondre, elle ferma la porte de la chambre et se jeta sur le lit. Était-il possible qu'elle soit tombée amoureuse de George Neerly ?

Le lendemain, George était dans tous ses états. Quelle mouche l'avait donc piqué de dire à Sarah qu'il l'aimait ? Ce n'était pas intentionnel, ça lui avait échappé. Ce matin, il ne l'avait pas vue, et quand il était rentré du travail, elle n'était pas à la maison. Elle cherchait à l'éviter, mais elle ne pourrait pas le faire éternellement.

Quand il entendit la porte d'entrée s'ouvrir, il plaqua un sourire sur ses lèvres, histoire d'alléger un peu l'atmosphère, mais ce fut Lena qui entra dans le séjour.

— Bah, que fais-tu ici ? demanda-t-il.

— En voilà des façons d'accueillir ta mère !

— Désolé, maman. Je suis content de te voir. Je suppose que tu viens m'annoncer que tu pars en voyage de noces, maintenant que l'épicerie a été vendue ?

— Non, pas du tout. Je veux que tu viennes me retrouver demain à l'ancien magasin de chaussures de l'avenue, celui qui a fermé.

— Pour quoi faire ?

— C'est une surprise.

— Quel genre de surprise ?

— Je ne peux rien te dire. J'ai promis de me taire. Tu sais comment on y accède par la ruelle sur l'arrière ?

— Oui, répondit George en plissant le front.

— Très bien. Je t'attends là-bas demain à la première heure. Et maintenant, je file. Je suis tellement excitée que j'ai peur de vendre la mèche.

George se laissa tomber dans son fauteuil, l'esprit en ébullition. Mais il eut beau se creuser la cervelle, il ne voyait absolument pas pourquoi sa mère lui avait donné rendez-vous au magasin de chaussures. Au même instant, la porte s'ouvrit à nouveau et Sarah entra. Il se raidit, mais elle lui sourit et lui lança gentiment :

— Coucou !

— Salut, Sarah. Je viens de recevoir la visite de ma mère.

— Ah oui ? répondit-elle d'un ton qui se voulait dégagé.

— Elle veut que j'aille la retrouver demain matin derrière le magasin de chaussures de l'avenue, mais elle n'a pas voulu me dire pourquoi. Tu es au courant de quelque chose ?

— Absolument pas, répondit Sarah.

Elle ne savait pas mentir, et George eut l'impression qu'elle et Lena étaient de mèche.

— Tu sais quelque chose ! J'en suis sûr. Alors crache le morceau !

— Non, je ne dirai rien. Et n'insiste pas sinon je te jette un seau d'eau glacée à la tête !

— S'il te plaît, implora-t-il.

— Je vais chercher le seau. Non, sérieux, tu ne peux pas patienter jusqu'à demain matin ?

— Bon, bon. Je n'insiste pas, mais c'est uniquement parce que tu es une tête de mule et que je n'arriverai pas à te tirer les vers du nez.

Sarah le regarda et lui sourit avec quelque chose qui ressemblait à de la tendresse, songea George, soulagé. Du moins, sa déclaration de la veille n'avait pas entamé leur amitié.

— Tout est prêt ? demanda Lena en entrant dans l'ancien magasin de chaussures le lendemain matin, où Sarah était déjà en train de s'affairer comme une possédée.

— Oui, je crois. Oh, Lena, je me fais un sang d'encre. À supposer que George refuse ?

— Sarah, inspire profondément et calme-toi. Nous savons très bien que George va être fou de joie, affirma Lena. Il sera là dans vingt minutes, et il va s'inquiéter s'il te voit dans cet état.

— Entendu, je me calme… plus ou moins. On va aller l'attendre dehors. Tel que je le connais, il est tellement impatient qu'il va arriver en avance.

Juste au moment où elles sortaient dans la cour, les deux femmes virent entrer la camionnette.

Sarah se mit à tapoter nerveusement son index contre son pouce, mais Lena ne comprenait pas pourquoi elle se mettait dans un tel état. C'était une occasion en or pour George, et il aurait fallu qu'il soit idiot pour la laisser passer.

— Je savais que c'était un traquenard, dit-il en s'approchant des deux femmes. Et maintenant, je peux savoir ce qui se trame ?

Lena regarda Sarah.

— Vas-y, petite, mets fin à son supplice.

— Eh bien, je sais que tu détestes tenir ton stand au marché en hiver, et je sais également que tu aimerais avoir davantage de marchandise à offrir à tes clientes mais que tu n'as pas assez de place, expliqua Sarah.

— Oui, et alors ?

— Bienvenue dans ta nouvelle boutique ! s'exclama Sarah.

— Comment ça ?

Sarah ouvrit la porte en grand.

— Entre, George. J'ai loué ce local et… j'aimerais que tu sois mon associé. On pourrait vendre des articles d'occasion, des fripes, des meubles.

— Tu es sérieuse ?

— Tout à fait. Comme tu le vois, le local a besoin d'un petit rafraîchissement, mais à nous deux, on doit pouvoir régler ça rapidement.

— Mince alors, ça fait beaucoup à digérer d'un coup ! s'exclama George.

— George, s'il te plaît, réponds à Sarah. Sa pire crainte est que tu refuses de t'associer avec elle, dit Lena en levant les yeux au ciel.

— Oh, mais je serais ravi de pouvoir le faire, sauf que je n'ai pas de quoi. Il faut payer le loyer, acheter de la marchandise…

— Ne t'en fais pas pour ça. Je t'expliquerai tout en détail plus tard, mais fais-moi confiance, on a les moyens.

— Dans ce cas, affaire conclue. Tope là !

George souriait jusqu'aux oreilles. Il y avait longtemps que sa mère ne l'avait pas vu aussi heureux.

— Oh, George, je me réjouis pour toi. Je suis sûre que Sarah et toi allez faire un malheur, dit-elle.

Albert et elle pouvaient partir en voyage de noces la tête tranquille à présent. L'avenir de George s'annonçait radieux.

Sarah serra la main de George, mais son cœur battait à tout rompre et elle avait la bouche sèche à l'idée qu'ils étaient sur le point de s'embarquer ensemble dans une grande aventure.

— Je dois reconnaître que l'emplacement est idéal, Sarah. Ces vitrines sont magnifiques. Pour quelqu'un comme moi qui n'aime pas les surprises, c'en est une fameuse ! Et quand je pense que vous avez fait tout ça dans mon dos, dit George en souriant de toutes ses dents.

— George, ce n'est pas la version finale, mais j'ai réalisé une ébauche d'enseigne. Viens par là, je vais te montrer à quoi ça ressemble, dit Sarah.

George et Lena la suivirent à l'extérieur du magasin. Quand il vit le panneau, sa mâchoire s'affaissa, puis il regarda Sarah, et à nouveau l'enseigne.

— Oh ! murmura Lena, les larmes aux yeux.

Sarah retint son souffle et attendit la réaction de George.

Il lut l'écriteau à haute voix, il sembla réaliser lentement ce que cela signifiait.

— Je n'arrive pas à y croire. « Époux Neerly ». Tu veux dire que… c'est toi et moi ? demanda-t-il incrédule.

— Oui, George, si tu veux bien de moi.

— Mais… je ne comprends pas.

— Quand tu m'as redit que tu m'aimais, j'ai compris que je t'aimais moi aussi. George Neerly, est-ce que tu veux bien m'épouser ?

George lui jeta les bras autour du cou et elle sentit ses pieds quitter la terre tandis qu'il la faisait tournoyer et l'embrassait tendrement.

— Bien sûr que je le veux ! Tu viens de faire de moi l'homme le plus heureux de la terre. Tu as entendu ça, maman ? dit-il. Tu as vu l'enseigne ? Je vais me marier !

Lena hocha la tête, émue aux larmes.

— Je suis tellement contente pour vous deux, mais étant donné qu'Albert et moi allons devoir remettre notre voyage de noces à plus tard, ne tardez pas trop à vous marier.

— Non, non, promis, dit Sarah, et quand elle vit l'amour briller dans les yeux de George, elle comprit qu'elle avait pris la bonne décision. Je t'aime, George Neerly, dit-elle, et j'ai hâte de devenir ta femme.

CHEZ LE MÊME ÉDITEUR

TAMARA McKINLEY

Et le ciel sera bleu

Un raz de marée au Royaume-Uni : depuis 2011, la saga de La Pension du bord de mer – qui compte déjà huit épisodes et plus de 350 000 exemplaires vendus – captive les Britanniques. En pleine Seconde Guerre mondiale, elle met en scène des personnages gravitant autour du couple pittoresque qui dirige la pension. Et le ciel sera bleu *en est le premier volet.*

Angleterre, 1939. Sally Turner, 16 ans, s'occupe seule de son frère Ernie, 6 ans, atteint de polio. Leur mère, l'inconséquente Florrie, les a abandonnés dès que la guerre a éclaté, tandis que leur père a été appelé sous les drapeaux.
Les deux enfants trouvent refuge à Cliffehaven, une bourgade de la côte sud de l'Angleterre. Là, ils sont accueillis par Peggy Reilly, la propriétaire de la Pension du bord de mer.
Sally trouve, auprès de la famille Reilly, un foyer d'adoption qui lui permettra de s'épanouir, et un emploi dans une usine de confection d'uniformes, où ses talents de couturière se révèleront. La jeune fille fait en outre la rencontre de John Hicks, un séduisant pompier. Mais l'arrivée de Florrie à Cliffehaven menace de chambouler ce fragile équilibre…

Née à Launceston, en Tasmanie, Tamara McKinley quitte très jeune son Australie natale pour la Grande-Bretagne, où elle intègre un pensionnat de jeunes filles du Sussex. Ses précédents romans ont paru aux éditions de l'Archipel : de son best-seller La Dernière Valse de Mathilda *(2005), traduit dans quelque vingt pays, à* L'avenir nous appartient *(2020).*

« Les amateurs de sagas vont adorer. »
Peterborough Evening Telegraph

« Amitié, amour, coups du sort et rebondissements…
Tous les ingrédients d'une lecture prenante. »
The Daily Mail

ISBN 978-2-8098-1767-6 / 22 €

TAMARA McKINLEY

Si loin des siens

Reverra-t-elle jamais ceux qu'elle aime ?

Septembre 1940. Polly Brown souffre à l'idée de bientôt devoir se séparer d'Alice. Mais a-t-elle d'autre choix ? Au Canada, sa fille de cinq ans sera à l'abri de la menace ennemie.
À Cliffehaven, sur la côte sud de l'Angleterre où la jeune infirmière s'est fait muter pour se rapprocher de son mari grièvement blessé au combat, les bombardements sont fréquents.
Sur place, Polly emménage à la Pension du bord de mer, où elle se lie d'amitié avec une jeune Polonaise qui a perdu les siens.
Or, au moment où Polly commence à se faire à l'idée que son mari ne survivra peut-être pas à ses blessures, elle apprend qu'un sous-marin allemand a coulé le bateau à bord duquel Alice se trouvait...

« L'originalité de cette saga ? La Pension du bord de mer,
tenue par l'énergique Peggy Reilly. Chaque épisode
nous fait découvrir l'une de ses résidentes. »
goodreads.com

ISBN 978-2-8098-2061-4 / 22 €

TAMARA McKINLEY

L'espoir ne meurt jamais

Angleterre, juin 1940. Le père de Rita, 17 ans, est parti au front. Celle-ci peut cependant compter sur le soutien des habitants de la petite bourgade côtière de Cliffehaven.
Lorsque sa maison est détruite sous un bombardement, beaucoup croyaient que Rita flancherait. Pas du tout ! Elle est au contraire déterminée à participer à l'effort de guerre.
Contrainte d'abandonner son rêve d'intégrer les Forces féminines de l'aviation, elle se porte volontaire au sein d'une unité de pompiers.
Rita s'est fait une promesse : ne jamais perdre foi. Avec l'espoir d'un jour retrouver ceux qu'elle aime.

« S'il ouvre ce nouveau roman de Tamara McKinley,
le lecteur est certain de ne pouvoir rien faire d'autre
tant qu'il ne l'aura pas refermé. »
goodreads.com

ISBN 978-2-8098-2312-7 / 22 €

TAMARA McKINLEY
Où le cœur se pose

Peut-on respecter sa promesse lorsqu'on subit les ravages de la guerre ?
Février 1941. Julie travaille dans le quartier de l'East End, à Londres, quand un bombardement détruit la maison dans laquelle elle a grandi, anéantissant tous les siens, à l'exception de son neveu William, un nourrisson.
Déterminée à tenir la promesse qu'elle a faite à sa sœur de veiller sur William jusqu'à ce que Bill, son père, rentre du front, elle accepte un poste de sage-femme à l'hôpital de Cliffehaven, sur la côte sud-est de l'Angleterre.
La famille Reilly, qui dirige la Pension du bord de mer, la prend sous son aile. Mais bientôt, Julie apprend que Bill est porté disparu… tandis que William tombe gravement malade.
À son chevet, Julie craint de perdre ce petit ange qu'elle commençait à aimer comme son propre fils.

« Une saga aux héros attachants. »
Télé Loisirs

« Courez chez votre libraire. »
Le Tarn libre

ISBN 978-2-8098-2520-6 / 22 €

TAMARA McKINLEY
Quand on ne peut oublier

L'amour les unit. Un océan les sépare…

Décembre 1941. Le père de Sarah Fuller, 19 ans, dirige une plantation d'hévéas en Malaisie, où sa famille mène une vie de riches colons. Mais le conflit qui secoue l'Europe gagne cette partie du monde.
Quand les Japonais commencent à bombarder Singapour, Sarah est contrainte de quitter sa famille et son fiancé, Philip, pour aller trouver refuge en Angleterre. La longue traversée vers le vieux continent s'annonce périlleuse. Or, ni elle ni sa sœur Jane – qui requiert une attention constante – ne savent si leur grand-tante, censée les accueillir, est toujours de ce monde…
Arrivées à Cliffehaven, sur la côte sud-est de l'Angleterre, les deux sœurs s'installent à la Pension du bord de mer, tenue par la chaleureuse famille Reilly.
Bien décidée à participer à l'effort de guerre, Sarah se voit offrir un surprenant travail… Qui ne lui permet toutefois pas d'occulter les mauvaises nouvelles en provenance de Singapour, et la crainte de ne jamais plus revoir Philip…

« Depuis dix ans, cette saga captive les Britanniques.
Et on les comprend ! »
Babelio

ISBN 978-2-8098-2730-9 / 22 €

Cet ouvrage a été composé par Soft Office
à Eybens (Isère)

Impression réalisée par

NORMANDIE ROTO IMPRESSION S.A.S.
à Lonrai (Orne)

en février 2021

pour le compte des Éditions de l'Archipel, département éditorial
de la S.A.S. Écriture-Communication

Imprimé en France
N° d'impression : 2100423
Dépôt légal : mars 2021